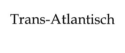

Trans-Atlantisch

Van Colum McCann verschenen eerder bij De Harmonie

Vissen in de nachtzwarte rivier
Zanghonden
Het verre licht
Alles in dit land
Danser
Zoli
Laat de aarde draaien

COLUM MCCANN

Trans-Atlantisch

Vertaling Frans van der Wiel

Uitgeverij De Harmonie – Amsterdam

Deze roman is opgedragen aan Loretta Brennan Glucksman.

Voor Allison en ook voor Isabella.
En, natuurlijk, voor Brendan Bourke.

Geen enkele geschiedenis is sprakeloos.
Hoezeer ook geannexeerd, gebroken en belogen,
de menselijke geschiedenis weigert haar mond te houden.
Ondanks doofheid en onwetendheid blijft de tijd die was,
tikken binnen de tijd die is.

–Eduardo Galeano

2012

De cottage stond aan de rand van het meer. Ze hoorde hoe de wind en de regen over de open watervlakte gierden: ze ranselden de bomen en doorwroetten het gras.

Ze werd vroeg in de ochtend wakker, nog voor de kinderen. Het was een huis om naar te luisteren. Vreemde geluiden op het dak. In het begin had ze gedacht dat er misschien ratten over de leien scharrelden, maar algauw ontdekte ze dat het de meeuwen waren die overvlogen en oesters op het dak lieten vallen om schelpen open te breken. Het gebeurde meestal 's morgens, soms tegen het vallen van de avond.

De schelpen lieten eerst een ping horen, dan even stilte als ze opsprongen en vervolgens rolden ze rammelend over het dak tot ze in het hoge, met kalk bespikkelde gras tuimelden.

Als een oester op zijn punt neerkwam, barstte hij open, maar als hij zijdelings uit de lucht viel brak hij niet: dan lag hij daar als een ding dat niet ontploft was.

De meeuwen doken acrobatisch naar de gebroken schelpen. Met voor even gestilde honger vlogen ze weer weg naar het water, in formaties van blauw en grijs.

Algauw kwam er leven in de kamers, gingen ramen, kasten en deuren open, en trok de wind vanaf het meer door het huis.

BOEK EEN

1919

wolkenschaduw

Het was een omgebouwde bommenwerper. Een Vickers Vimy. Helemaal van hout en linnen en ijzerdraad. Hij was breed en lomp, maar Alcock vond het een kittig dingetje. Hij klopte het op de romp, telkens als hij aan boord klom en naast Brown in de cockpit schoof. In één vloeiende beweging. Zodra hij zijn hand op de gashendel en zijn voeten op de stuurstang had, voelde hij zich al in de lucht.

Het liefst steeg hij tot boven de wolken om dan in schoon zonlicht te vliegen. Dan kon hij over de rand hangen om te kijken hoe de schaduw op het wit beneden vervormde, zich rekte en samentrok op het oppervlak van de wolken.

Brown, de navigator, was ingetogener – hij geneerde zich voor zulk vertoon. Hij zat voor in de cockpit, gespitst op de signalen die de machine kon geven. Hij voelde het karakter van de wind feilloos aan, maar toch stelde hij zijn vertrouwen in wat hij echt kon aanraken: de kompassen, de kaarten, de waterpas naast zijn voeten.

Op dat moment van de eeuw was het begrip 'gentleman' bijna een mythe geworden. De grote oorlog had de wereld door elkaar geschud. Het ondraaglijke nieuws van zestien miljoen doden rolde van de grote metalen cilinders van de dagbladen. Europa was een smeltkroes van beenderen.

Alcock had met jachtvliegtuigen gevlogen. Kleine bommen vielen weg uit het onderstel van zijn toestel. Een plotselinge lichtheid van de machine. Een opwaartse stoot in de nacht. Hij boog zich uit zijn open cockpit en keek hoe de paddenstoel van rook beneden hem oprees. Zijn toestel trok horizontaal en keerde naar huis terug. Op zulke momenten hunkerde Alcock naar anonimiteit. Hij vloog in het donker, zijn toestel overgeleverd aan de sterren. Dan verscheen er beneden een vliegveld met verlicht prikkeldraad als het altaar van een vreemde kerk.

Brown had verkenningsvluchten uitgevoerd. Hij had een bijzonder talent voor de rekenkunde van het vliegen. Hij kon elke hemel omzetten in een reeks getallen. Zelfs op de grond ging hij door met rekenen, met het uitdenken van nieuwe manieren om zijn toestellen naar huis te loodsen.

Beide mannen wisten precies wat het betekende om neergehaald te worden.

De Turken hadden Jack Alcock te grazen genomen tijdens een langeafstandsbombardementsvlucht boven de baai van Suvla. Ze doorzeefden het toestel met mitrailleurvuur, schoten zijn stuurboordpropeller eraf. Hij en zijn twee bemanningsleden maakten een noodlanding op zee, zwommen naar land. Ze werden naakt opgebracht naar de rijen kleine houten kooien die de Turken voor krijgsgevangenen hadden gebouwd. Blootgesteld aan weer en wind. Naast hem zat een Welshman die een sterrenkaart had, zodat Alcock – vastgepind onder de gloeiende spijkers van de Turkse nacht – zijn navigatiekunde kon oefenen. Met één blik op de hemel kon hij precies zeggen hoe laat het was. Maar liever dan wat ook wilde Alcock aan een machine sleutelen. Nadat hij was overgebracht naar een gevangenkamp in Kedos, ruilde hij zijn chocola van het Rode Kruis voor een dynamo, zijn shampoo voor tractoronderdelen en bouwde een rijtje geïmproviseerde ventilatoren van stukken draad, bamboe, schroeven en accu's.

Teddy Brown was ook krijgsgevangene gemaakt, toen hij op een fotoverkenningsvlucht in Frankrijk moest landen. Zijn been was kapotgeschoten. Een tweede kogel had de brandstoftank opengereten. Op weg naar beneden gooide hij zijn camera overboord, verscheurde zijn kaarten, verstrooide de snippers. Hij en de piloot gleden met hun B.E.2c een modderig korenveld in, zetten de motor uit en staken hun handen omhoog. De vijand kwam het bos uit rennen om hen uit het wrak te trekken. Brown rook de lekkende benzine uit de tanks. Een van de moffen had een brandende sigaret tussen zijn lippen. Brown stond bekend om zijn afstandelijkheid. *Neem me niet kwalijk*, riep hij, maar de Duitser bleef doorrennen met zijn gloeiende sigaret. *Nein, nein.* Er kwam een wolkje rook uit de mond van de Duitser. Uiteindelijk gooide Browns piloot zijn armen omhoog en brulde: *Blijf godverdomme staan!*

De Duitser stopte, als door de bliksem getroffen, knikte zijn hoofd naar achteren, wachtte een ogenblik, slikte de brandende sigaret in en rende door naar de vliegeniers.

Het was iets waar Browns zoon Buster om moest lachen toen hij het verhaal hoorde, vlak voordat hij, twintig jaar later, ook de oorlog in ging. *Neem me niet kwalijk. Nein, nein.* Alsof de Duitser slechts zijn overhemd uit zijn broek had hangen, of per ongeluk vergeten was zijn veter goed te strikken.

Brown werd vóór de wapenstilstand op transport naar huis gezet, raakte daar hoog in de lucht boven Piccadilly Circus zijn hoed kwijt. De meisjes hadden rode lippenstift op. Hun jurken kwamen nu bijna tot aan hun knieën. Hij wandelde langs de Theems, volgde de rivier totdat die omhoogkroop naar de hemel.

Alcock kwam pas in december terug naar Londen. Hij zag hoe in het zwart geklede mannen met bolhoeden behoedzaam hun weg zochten tussen de puinhopen. Hij deed mee met een potje voetbal in een zijsteeg van Pimlico Road, waar ze een varkensleren bal heen en weer trapten. Maar hij kon zich alweer voelen opstijgen. Hij stak een sigaret op, keek hoe de rook in de lucht wegkringelde.

Toen ze elkaar begin 1919 voor het eerst ontmoetten in de Vickersfabriek in Brooklands hoefden Alcock en Brown elkaar maar even aan te kijken om te weten dat ze allebei behoefte hadden aan een schone lei. Herinneringen uitwissen. Een nieuwe werkelijkheid scheppen, vers, dynamisch, zonder oorlog. Het was alsof ze hun oudere lichaam wilden gebruiken om er hun jongere hart in te stoppen. Ze wilden niet terugdenken aan de blindgangers, of het neerstorten of verbranden, of de cellenblokken waarin ze opgesloten hadden gezeten, of welke afgronden ze ook in het donker hadden gezien.

In plaats daarvan praatten ze over de Vickers Vimy. Een kittig dingetje.

De heersende wind woei vanaf Newfoundland oostwaarts, trok hard en snel over de Atlantische Oceaan. Bijna drieduizend kilometer zee.

De mannen kwamen met de boot uit Engeland, huurden kamers in het Cochrane Hotel, wachtten op de aankomst van de Vimy in de haven. Hij kwam verpakt in zevenenveertig grote houten kratten. Laat in het voorjaar. Nog een tikkeltje vorst in de lucht. Alcock en Brown huurden een ploeg mannen in om de kratten uit de haven weg te slepen. Ze sjorden de kisten vast op karren met paarden ervoor, zetten het vliegtuig op het veld weer in elkaar.

De weide lag aan de rand van St. John's, op een lage heuvel met een vlak deel van driehonderd meter, een moeras aan de ene kant en een dennenbos aan de andere. Dagenlang lassen, solderen, schuren, naden stikken. De bommenruimtes werden vervangen door extra brandstoftanks. Daar was Brown het meest mee ingenomen. Ze gebruikten de bommenwerper op een totaal nieuwe manier: ze haalden de oorlog uit het toestel, ontdeden het hele ding van zijn hang naar slachting.

Om de wei te egaliseren klemden ze slaghoedjes op ontstekers, bliezen rotsblokken op met dynamiet, slechtten muurtjes en hekken, verwijderden hobbels. Het was zomer, maar er zat nog wat kou in de lucht. Zwermen vogels trokken vloeiend langs de hemel.

Na twee weken was het veld gereed. Voor de meeste mensen was het gewoon een lapje grond, maar voor de twee vliegeniers was het een fabelachtig vliegveld. Ze liepen over de grasbaan heen en weer, kijkend naar de wind in de bomen, speurend naar verandering van weer.

Nieuwsgierigen stroomden toe om de Vimy te zien. Sommigen hadden nog nooit in een auto gezeten, laat staan ooit een vliegtuig gezien. Van een afstand zag het eruit alsof het ontwerp was ontleend aan de vorm van een libel. Het was 13,28 meter lang, 4,52 meter hoog, had een spanwijdte van 20,75 meter. Het woog 5900 kilo als de 3955 liter benzine en de 180 liter olie waren ingenomen. De overspanning van zeildoek had duizenden afzonderlijke stiksels. De bommenruimtes waren vervangen door voldoende brandstof voor dertig uur vliegen. Het haalde een maximumsnelheid van 103 mijl per uur, wind niet meegerekend, een kruissnelheid van 90 mijl en een landingssnelheid van 45 mijl. Het had twee vloeistofgekoelde Rolls-Royce Eagle VIII-motoren van 360 pk en een toerental van 1080 toeren per minuut, twaalf cilinders in twee blokken van zes, elke motor dreef een vierbladige houten propeller aan.

De toeschouwers streken met hun hand over de stijlen, klopten op het staal, tokkelden met hun paraplu op het strakke linnen van de vleugels. Kinderen krijtten hun namen op de onderkant van de romp.

Fotografen trokken zwarte doeken over hun lenzen. Alcock trok grimassen voor de camera, hield zijn hand boven zijn ogen als een oude ontdekkingsreiziger. *Tally-ho!* schreeuwde hij, voordat hij van drie meter hoog in het natte gras sprong.

De kranten schreven dat nu alles mogelijk was. De wereld werd steeds kleiner. In Parijs werd de Volkerenbond gevormd. W.E.B. Du Bois riep het Pan-Afrikaans Congres bijeen met gedelegeerden uit vijftien landen. In Rome waren grammofoonplaten met jazz te horen. Radioamateurs gebruikten vacuümbuizen om signalen over honderden kilometers te verzenden. In de nabije toekomst zou het wellicht mogelijk zijn de dagelijkse editie van de *San Francisco Examiner* in Edinburgh of Salzburg of Sydney of Stockholm te lezen.

In Londen had Lord Northcliffe van de *Daily Mail* tienduizend pond uitgeloofd voor de eerste mannen die aan een van beide zijden

van de Atlantische Oceaan zouden landen. Op zijn minst vier andere teams wilden het proberen. Hawker en Grieve hadden al een
noodlanding op zee gemaakt. Anderen, zoals Brackley en Kerr, stonden klaar op vliegvelden aan de kust in afwachting van gunstiger
weer. De vlucht moest binnen tweeënzeventig uur gemaakt worden.
Non-stop.

Er gingen geruchten over een rijke Texaan die het wilde proberen,
over een Hongaarse prins en, het ergst van alles, over een Duitser
van de Luftstreitkräfte die zich tijdens de oorlog had toegelegd op
langeafstandsbombardementsvluchten.

Het hoofd reportage van de *Daily Mail*, een adjunct van Lord
Northcliffe, zou een maagzweer hebben gekregen van de gedachte
aan een mogelijke Duitse winnaar.

– Een mof! Zo'n verdomde mof! God bewaar ons!

Hij stuurde er verslaggevers op uit om na te gaan of het mogelijk
was dat de vijand, zelfs na zijn nederlaag, voor kon liggen in de race.

Aan het steen in Fleet Street, waar het warme lood werd opge-
maakt, liep hij de toekomstige koppen al ijsberend voortdurend te
verbeteren. Aan de binnenkant van zijn colbert had zijn vrouw de
Union Jack genaaid, waarover hij wreef bij wijze van bidkleedje.

– Kom op, jongens, mompelde hij bij zichzelf. Hup nou. Snel terug
naar het Vaderland.

Elke ochtend werden de twee vliegeniers wakker in het Cochrane
Hotel, en namen daar een ontbijt van pap, eieren, bacon en toast.
Daarna reden ze door de steile straten, de Forest Road af, naar een
met ijs bestoven grasveld. De wind kwam in bittere vlagen vanuit
zee. Ze brachten draden in hun vliegeroveralls aan waarmee ze
warmte uit een accu konden putten, ze naaiden extra bont aan de
binnenkant van hun oorkleppen, hun handschoenen, hun laarzen.

Er ging een week voorbij. Twee weken. Het weer hield hen aan de
grond. Bewolking. Storm. Weersverwachting. Iedere morgen zorg-
den de mannen dat ze gladgeschoren waren. Een ritueel dat ze
opvoerden aan de overkant van het veld. Onder een canvastent zetten ze een stalen wasbekken op een kleine gasbrander om het water

te verhitten. Een metalen naafdop diende als spiegel. Ze stopten scheermessen in hun vluchtkisten voor na de landing: ze wilden er zeker van zijn dat ze, mochten ze in Ierland aankomen, fris en netjes geschoren zouden zijn, fatsoenlijke vertegenwoordigers van het Britse Rijk.

Op de lange juni-avonden trokken ze hun stropdas recht en gingen onder de vleugeltips van de Vimy zitten om welbespraakt de Canadese, Amerikaanse en Britse verslaggevers te woord te staan die op de vlucht waren afgekomen.

Alcock was zesentwintig, afkomstig uit Manchester. Hij was slank, knap, een branie, het soort man met een missie, maar altijd in voor een goede grap. Hij had een flinke bos rossig haar. Hij was vrijgezel en zei dat hij gek op vrouwen was, maar de voorkeur gaf aan motoren. Niets deed hem meer plezier dan een Rolls-Royce tot op de laatste schroef te demonteren en daarna weer in elkaar te zetten. Hij deelde zijn boterhammen met de verslaggevers: vaak zat er een duimafdruk van olie op het brood.

Brown zat op de houten kratten naast Alcock. Hij leek al oud op zijn tweeëndertigste. Zijn zere been dwong hem een wandelstok te gebruiken. Hij was in Schotland geboren, maar opgegroeid in de buurt van Manchester. Zijn ouders waren Amerikaans en hij had een licht Yankee-accent dat hij zo goed mogelijk cultiveerde. Hij zag zichzelf als een middel-Atlantische man. Hij las de anti-oorlogspoëzie van Aristofanes en gaf toe dat hij zijn leven graag continu vliegend zou doorbrengen. Hij was eenzelvig maar zocht de eenzaamheid niet. Sommigen vonden hem op een dominee lijken, maar zijn ogen schitterden heel lichtblauw en kortgeleden had hij zich verloofd met een jonge schoonheid uit Londen. Hij schreef Kathleen liefdesbrieven, waarin hij haar vertelde dat hij het liefst zijn stok naar de sterren zou gooien.

– Goeie god, zei Alcock, heb je dat echt tegen haar gezegd?

– Jazeker.

– En wat zei zij?

– Dat ik de stok dan kwijt zou zijn.

– Aha! Smoorverliefd.

Op persbijeenkomsten nam Alcock het roer in handen. Brown navigeerde door zijn stilte met gefriemel aan zijn dasspeld. Hij had een cognacflesje in zijn binnenzak. Af en toe wendde hij zich af, sloeg zijn uniformjas open, nam een slokje.

Alcock dronk ook, maar ongegeneerd, openlijk, vrolijk. Hij leunde tegen de bar in het Cochrane Hotel en zong *Rule, Britannia* met een stem zo vals dat het vol gein zat.

De stamgasten – voornamelijk vissers en een paar houthakkers – bonkten op de houten tafels en zongen liedjes over dierbaren, verloren op zee.

Het zingen ging door tot laat in de avond, lang nadat Alcock en Brown naar bed waren gegaan. Zelfs op de derde verdieping konden ze horen hoe droevige ritmes uitliepen op golven geschater en dan, nog later, de *Maple Leaf Rag*, gehamerd op een piano.

Oh, go 'way man
I can hypnotize dis nation
I can shake de earth's foundation
with the Maple Leaf Rag

Alcock en Brown stonden met de zon op, wachtten dan op een heldere hemel. Keerden hun gezicht naar het weer. Wandelden over het veld. Speelden gin rummy. Wachtten nog wat. Ze hadden een warme dag nodig, een krachtige maan, een goedgunstige wind. Ze verwachtten de vlucht in minder dan twintig uur te kunnen volbrengen. Over mislukking hadden ze het niet, maar Brown schreef heimelijk een testament, liet alles wat hij bezat aan Kathleen, stak de envelop in de binnenzak van zijn uniformjas.

Alcock maalde niet om een testament. De verschrikkingen van de oorlog stonden hem zo levendig bij dat hij soms verbaasd was dat hij überhaupt nog wakker werd.

– Wat ik nu om mijn oren krijg kan nooit zo erg zijn.

Hij sloeg met zijn volle hand op de flank van de Vimy, keek omhoog naar de wolken die zich ver in het westen samenpakten.

– Behalve natuurlijk nog meer van die verdomde regen.

Eén blik omlaag vangt een rij schoorstenen, schuttingen en toren-spitsen, de wind die pollen gras tot zilveren golven kamt, rivieren die de sloten overkluizen, twee witte paarden die wild door een wei rennen, lange linten teermacadam die uitlopen op onverharde wegen – bos, braakland, koestallen, leerlooierijen, scheepswerven, vissershutten, kabeljauwfabrieken, gemeentegronden. We drijven op een zee van adrenaline, en – Kijk! Teddy, daarbeneden, een roei-boot in een beek, een deken op het zand, een meisje met een emmer en een schep, en de vrouw die de zoom van haar rok oprolt, en daar, kijk, die jonge knaap met de rode trui die de ezel langs de kust voert, kom op, nog één rondje, verras die knaap met een beetje schaduw…

Op de avond van 12 juni maken ze nog een oefenvlucht, dit keer in het donker, zodat Brown zijn Sumner-kaarten kan testen. Elfdui-zend voet. De open cockpit. De kou is fel. De mannen zitten ineen-gedoken achter het windscherm. Zelfs hun haarpunten beginnen te bevriezen.

Alcock probeert het gewicht, de val, het zwaartepunt van de machine te voelen, terwijl Brown aan zijn berekeningen werkt. Bene-den wachten de verslaggevers op de terugkeer van het vliegtuig. Op het veld is met kaarsen in bruinpapieren zakken een echte lan-dingsbaan uitgezet. Bij het landen van de Vimy worden de kaarsen omvergeblazen en branden ze na in het gras. Jongens uit de stad ren-nen er met emmers naartoe om de vlammen te doven.

Als de vliegeniers uit het toestel klimmen klinkt hier en daar applaus. Het verrast hen als ze ontdekken dat een plaatselijke ver-slaggeefster, Emily Ehrlich, de meest serieuze van allemaal is. Ze stelt geen enkele vraag, maar staat altijd met haar gebreide muts op en handschoenen aan in haar aantekenboekje te krabbelen. Klein en onmodieus dik. Een jaar of veertig, vijftig misschien. Ze loopt met zware passen over het modderige veld. Heeft een houten wandel-stok. Haar enkels zijn vreselijk gezwollen. Ze ziet eruit als een vrouw die in een banketbakkerij of achter de toonbank van een dorpswin-kel zou kunnen werken, maar ze weten dat ze een scherpe pen heeft. Ze hebben haar in het Cochrane Hotel gezien, waar ze al jaren woont, samen met haar dochter Lottie. De zeventienjarige hanteert met verbazingwekkend gemak en stijl een camera, alsof ze ermee flirt. In tegenstelling tot haar moeder is ze lang, mager, energiek, nieuwsgierig. Iemand die veel lacht en in haar moeders oor fluistert. Een eigenaardig stel. De moeder houdt haar mond; de dochter neemt foto's en stelt de vragen. Het maakt de andere verslaggevers razend, zo'n jonge meid op hun terrein, maar haar vragen zijn scherp, snel. *Hoeveel winddruk kan de vleugelbespanning hebben? Hoe voelt het als de zee onder u verdwijnt? Hebt u een geliefde in Londen, Mr. Alcock?* Moeder en dochter lopen aan het eind van de dag graag samen over het veld. Emily naar de hotelkamer waar ze gaat zitten schrijven, Lottie naar de tennisbaan waar ze uren achtereen speelt.

Emily's naam prijkt groot voor op de donderdageditie van de *Evening Telegram*, altijd vergezeld van een van haar dochters foto's. Eens per week mag ze schrijven waarover ze maar wil: visserijrampen, plaatselijke twisten, politiek commentaar, recepten, de bosbouw, de suffragettes, de verschrikkingen van de oorlog. Ze is beroemd om haar vreemde uitweidingen. Ooit laste ze, midden in een stuk over een plaatselijke vakbond, tweehonderd woorden in met een recept voor viervierde cake. Een andere keer dwaalde ze in een analyse van een toespraak door de gouverneur van Newfoundland af naar de verfijnde kunst van ijs conserveren.

Alcock en Brown zijn gewaarschuwd om op hun hoede te zijn, want moeder en dochter staan bekend om hun nostalgische buien en hun heftige Ierse temperament. Maar ze mogen Emily en Lottie allebei, ze geven de menigte een kleurrijk tintje, de moeder met haar rare hoofddeksels, lange japonnen, eigenaardige zwijgzame buien, de dochter met haar grote, snelle passen door de stad, waarbij ze haar tennisracket tegen haar kuit slaat.

Bovendien heeft Brown Emily's verslagen in de *Evening Telegram* gezien en ze behoren tot de beste die hij heeft gelezen: *Vandaag liet de hemel boven Signal Hill het afweten. Hamerslagen klinken over het vliegveld als evenzovele klokken. Elke avond lijkt de ondergaande zon steeds iets meer op de maan.*

Het plan is om vrijdag de dertiende te vertrekken. Het is een vliegenierstruc om de dood voor te zijn: een ongeluksdag prikken en vervolgens trotseren.

De kompassen zijn afgesteld, de oversteektabellen berekend, de radio is getest, de schokdempers rond de assen gevlochten, de ribben van schellak en het linnen van spanlak voorzien, het radiatorwater is gezuiverd. Alle klinknagels, splitpennen en stiknaden zijn nagelopen en nog eens nagelopen. De pomphendels. De magneetontstekingen. De accu's om hun vliegpak te verwarmen. Hun schoenen zijn gepoetst. De Ferrosta-thermosflessen gevuld met hete thee en bouillon. De zorgvuldig gesneden boterhammen ingepakt. Lijsten zorgvuldig afgevinkt. Horlicks-moutmelk. Repen Fry's-chocola. Vier stokjes zoethout de man. Een halveliterfles cognac voor noodgevallen. Ze steken gelukstakjes witte heide aan de binnenkant van hun bontgevoerde vliegkappen en installeren twee opgezette dieren – allebei zwarte katten –, het ene in de ruimte onder het windscherm, het andere vastgebonden aan een stijl achter de cockpit.

Dan dienen de wolken zich aan, knielt de regen op het land en houdt het weer hen een volle anderhalve dag aan de grond.

Op het postkantoor in St. John's springt Lottie Ehrlich over een kooi van schaduw op de vloer, stapt naar het loket met de drie tralies waar de bediende zijn zwarte klep omhoogtikt om haar aan te kijken. Ze schuift de gesloten envelop over de balie.

Ze koopt de Cabot-zegel van vijftien cent en vraagt de beambte om een overdruk van één dollar voor trans-Atlantische post.

O, zegt hij, die zijn er niet meer, jongedame, o nee. Die zijn allang uitverkocht.

's Avonds besteedt Brown beneden in de lobby van het hotel veel tijd aan het sturen van berichten naar Kathleen. Telegraferen maakt hem verlegen, omdat hij weet dat anderen zijn woorden kunnen lezen. Hij zit er stijfjes bij. Gespannen.

Hij is langzaam op de trap voor een man van in de dertig, de wandelstok tikt hard op de houten vloer. Drie cognacjes woelen door hem heen.

Vreemd haperend licht valt over de trapleuning en hij vangt een glimp op van Lottie Ehrlich in de barokke houten spiegel boven aan de trap. Het jonge meisje is heel even spookachtig als haar gestalte in de spiegel verschijnt. Wordt dan helderder, langer, roodharig. Ze draagt een peignoir, een nachtpon en slippers. Ze zijn allebei een beetje van elkaar geschrokken.

– Goedenavond, zegt Brown, met ietwat dikke tong.

– Warme melk, zegt het jonge meisje.

– Pardon?

– Ik haal warme melk voor mijn moeder. Ze kan niet slapen.

Hij knikt en licht een denkbeeldige hoed, wil langs haar heen stappen.

– Ze kan nooit slapen.

Haar wangen kleuren, ze is een beetje opgelaten dat ze op de gang in haar peignoir is betrapt, denkt hij. Hij licht opnieuw de nietbestaande hoed en verbijt de pijn in zijn slechte been, klimt nog drie treden, de cognacjes duizelen door zijn hoofd. Ze blijft twee treden onder hem staan en zegt formeler dan nodig is: Meneer Brown?

– Ja, jongedame?

– Bent u er klaar voor om de continenten te verenigen?

– In alle eerlijkheid, zegt Brown, zou ik graag eerst nog een goede telefoonverbinding hebben.

Ze doet nog een stap verder naar beneden, brengt haar hand naar haar mond alsof ze wil gaan hoesten. Het ene oog hoger dan het andere, alsof een buitengewoon hardnekkige vraag lang geleden in haar hoofd is blijven steken.

– Meneer Brown, zegt ze.

– Juffrouw Ehrlich?

– Als het niet te veel gevraagd is?

Een snelle blik naar de grond. Ze zwijgt, alsof ze zojuist een stel losse woorden op het puntje van haar tong heeft gestapeld, rare dingetjes die niet willen bewegen, er niet vanaf willen. Terwijl ze er zetjes tegen geeft, staat ze zich af te vragen of ze zullen omvallen. Brown neemt aan dat ze, net als iedereen in St. John's, aast op een kans om in de cockpit te klimmen als er nog een oefenvlucht komt. Onmogelijk natuurlijk, ze kunnen niemand mee omhoog nemen, een jonge vrouw al helemaal niet. Ze laten zelfs de verslaggevers niet in het toestel zitten terwijl het op het veld staat te wachten. Het is een ritueel, een bijgeloof, niet iets wat in zijn macht ligt, en hij vraagt zich af hoe hij haar dat moet zeggen, voelt zich nu in de knel zitten, slachtoffer van zijn late gedrentel.

– Zou het u erg tot last zijn, zegt ze, als ik u iets meegeef?

– Natuurlijk niet.

Ze loopt behoedzaam de trap op en vliegt de gang door naar haar kamer. De jeugd van haar lichaam beweegt in het wit van de peignoir.

Hij knijpt zijn ogen toe, wrijft over zijn voorhoofd, wacht. Een of andere mascotte misschien? Een aandenken? Een souvenir? Stom toch, dat hij haar zelfs maar de kans gaf om iets te zeggen. Had gewoon nee moeten zeggen. Zijn schouders moeten ophalen. Naar zijn kamer moeten gaan. Verdwijnen.

Ze verschijnt aan het eind van de gang, beweegt zich bruusk en snel. Haar peignoir laat een driehoek bleke huid bloot onder haar hals. Hij voelt een felle, plotselinge steek van verlangen om Kathleen te zien en hij is blij met het verlangen, het verwarrende moment, deze vreemde gebogen trap, dit afgelegen hotel, het cognacje te veel. Hij mist zijn verloofde, dat is het gewoon. Hij zou thuis willen zijn. Tegen haar slanke lichaam aankruipen, zien hoe haar lange lokken over haar sleutelbeen vallen.

Hij houdt de trapleuning een beetje te stijf vast als Lottie dichterbij komt. Met een stukje papier in haar linkerhand. Hij steekt zijn hand uit. Een brief. Dat is alles. Een brief. Hij bekijkt hem. Geadresseerd aan een familie in Cork. Nota bene in Brown Street.

– Geschreven door mijn moeder.

– Werkelijk?

– Kunt u hem in de postzak stoppen?

– Geen enkele moeite, zegt hij, terwijl hij zich andermaal op de trap omdraait en de envelop in zijn binnenzak steekt.

23

's Morgens zien ze Lottie uit de hotelkeuken komen, haar rode haar nog warrig, haar peignoir tot aan de hals dichtgeknoopt. Ze draagt een dienblad met sandwiches verpakt in waspapier.

– Sandwiches met ham, zegt ze triomfantelijk, als ze ze voor Brown neerzet. Ik heb ze speciaal voor u gemaakt.

– Dank u, jongedame.

Als ze door het restaurant terugloopt zwaait ze over haar schouder.

– De dochter van die verslaggeefster?

– Inderdaad.

– Ze zijn een beetje geschift, hè? zegt Alcock, terwijl hij zijn pilotenjack aantrekt en door het raam naar de mist kijkt.

Er steekt met grillige vlagen een sterke westenwind op. Ze zijn al twaalf uur te laat, maar dit is het moment – de mist is opgetrokken en de weersverwachtingen voor de lange termijn zijn gunstig. Geen bewolking. De lucht boven hen lijkt overgeschilderd. De aanvankelijke windsnelheid is hoog, maar zal waarschijnlijk afnemen tot ongeveer twintig knopen. Er zal, later, een goede maan zijn. Hier en daar klinkt gejuich als ze aan boord klimmen, hun veiligheidsriemen vastmaken, nog een keer de instrumenten controleren. Een korte groet van de propellerman. Contact! Alcock zet de gashendel open en brengt beide motoren op vol vermogen. Hij gebaart dat de houten blokken voor de wielen weggehaald kunnen worden. De mecanicien bukt, duikt onder de vleugels, stopt de blokken onder zijn oksels, stapt terug en gooit ze neer. Hij steekt beide handen in de lucht. De motoren hoesten rook. De propellers draaien. De Vimy steekt zijn neus in de storm. In een flauwe hoek met de wind. Heuvel op. Hup nou, hup. De geur van opwarmende olie. Snelheid en draagkracht. Het ongelofelijke gebrul. De bomen staan donker in de verte. Een afwateringssloot tartend aan de overzijde. Ze zeggen niets. Geen *God zij met ons*. Geen *Hou je taai, ouwe jongen*. Ze komen moeizaam op gang, ploeteren tegen de wind in. Hup, hup. Het gewicht van de machine deint onder hen. Onrustbarend. Nu trager dan ooit. De glooiing op. Hij is zwaar vandaag. Zoveel benzine mee.

Honderd meter, honderdtwintig, honderdzeventig. Ze gaan te langzaam. Als door gelei. De krapte van de cockpit. Zweet in hun knieholten. De motoren stampen. De vleugeltips wippen. Het gras onder hen buigt en scheurt. Ze bonken over de grond. Tweehonderdvijftig. Het toestel komt even los en zucht weer neer, doet de grond trillen. Goeie god, Jackie, trek 'm los. De rij donkere dennen staat aan het eind van het vliegveld, komt dreigend dichterbij, dichterbij, nog dichterbij. Hoeveel mannen zijn er zo verongelukt? Haal 'm terug, Jackie boy. Laat 'm zijwaarts slippen. Afbreken. Nu. Driehonderd meter. Jezusmina. Een windvlaag tilt de linkervleugel op en ze hellen iets naar rechts. En dan voelen ze het. Een koude golf lucht in hun maag. We zijn los, Teddy, we zijn los, kijk! Een flauwe stijging. Het hart durft nauwelijks op te springen, maar de kist is een halve meter de lucht in, kruipt omhoog, de wind fluit door de stijlen. Hoe hoog zijn die bomen? Hoeveel man zijn er verongelukt? Hoeveel van ons zijn gesneuveld? Brown rekent in gedachten de dennen om in mogelijk lawaai. De klap van de schors. De wirwar van stammen. Het *takketakketak* van twijgen. De dreun. Hou je vast, hou je vast. De keel nog dicht van angst. Ze komen een beetje omhoog uit hun stoel. Alsof dat het gewicht van het vliegtuig onder hen kan afwerpen. Hoger nu, hup. De hemel achter de bomen is iets onmetelijks. Hoger, Jackie, hoger in godsnaam, hoger. Daar zijn de bomen. Daar komen ze. Hun sjaals vliegen als eerste en dan horen ze het applaus van de takken beneden.

- Dat kriebelde een beetje! brult Alcock door het lawaai heen.

Ze vliegen pal tegen de wind in. De neus gaat omhoog. De machine mindert vaart. Een martelende klim over boomtoppen en lage daken. Nu oppassen voor overtrek. Blijven stijgen. Iets hoger zetten ze een flauwe bocht in. Oppassen. Rustig aan, ouwe jongen. Draaien maar. Een statige bocht, pure schoonheid, puur evenwicht, een eigen soort zelfvertrouwen. Ze houden hoogte. Draaien nu schuiner. Tot ze de wind achter hebben en de neus rechttrekt en ze echt op weg zijn.

Ze zwaaien naar de propellerman, de mecaniciens, de weersdes-

25

kundigen, de paar andere achterblijvers beneden. Geen Emily Ehrlich van de *Evening Telegram*, geen Lottie: moeder en dochter zijn al vroeg naar huis gegaan. Ze hebben het opstijgen gemist. Jammer, denkt Brown. Hij tikt op zijn binnenzak waar de brief nog zit.

Alcock wist het zweet van zijn voorhoofd, zwaait dan naar hun eigen schaduw op het laatste stukje grond en stuurt het vliegtuig op half vermogen richting zee. Het tafereel beneden. Een strook goudkleurig zand. Boten die in de haven van St. John's dobberen. Speeltjes in een jongensbad.

Alcock pakt de primitieve telefoon, schreeuwt halfluid: Hé, ouwe.

– Ja?

– Sorry, hoor.

– Waarvoor?

– Dat ik het nooit heb verteld.

– Wat niet?

Alcock grinnikt en werpt een blik op het water. Ze zijn acht minuten onderweg, zitten op duizend voet, met een windkracht van vijfendertig knopen achter. Ze slingeren over Conception Bay. Het water, een bewegende matgrijze vlakte. Plekken zon en blikkering.

– Ik heb nooit leren zwemmen.

Brown is even in verwarring – de gedachte aan een noodlanding op zee, op het water klappen, een ogenblik drijven op een houten stijl, of je vastklampen aan de deinende tanks. Maar Alcock zwom toch naar de kust toen hij was neergeschoten boven de baai van Suvla? Jaren geleden. Nee, geen jaren. Maanden nog maar. Het komt Brown vreemd, heel vreemd voor dat er niet zo lang geleden een kogel in zijn dijbeen drong en dat hij nu, vandaag, die scherf over de Atlantische Oceaan meedraagt naar een huwelijk, een tweede kans. Vreemd dat hij überhaupt hier is, op deze hoogte, in dit eindeloze grijs, met de in zijn oren brullende Rolls-Royce-motoren die hem in de lucht houden. Kan Alcock niet zwemmen? Dat kan natuurlijk niet waar zijn. Misschien, denkt Brown, moet ik hem eens de waarheid vertellen. Nooit te laat.

Hij buigt zich naar het mondstuk van de telefoon, besluit het niet te doen.

Gestaag winnen ze hoogte. Naast elkaar in de open cockpit. De wind raast ijzig langs hun oren. Brown tikt met de seinsleutel een bericht naar het vasteland. *Goed en wel begonnen.*

De telefoon is een stel draden die ze om hun nek hebben gewikkeld om stemtrillingen op te vangen. Om te luisteren hebben ze oortelefoons onder hun vliegenierskappen gestopt.

Na twintig minuten vliegen, steekt Alcock zijn hand in zijn kap en rukt de hinderlijke oortelefoons af, gooit ze de blauwe ruimte in. Veel te lastig, gebaart hij.

Brown steekt zijn duim maar op. Zonde, eigenlijk. Nu hebben ze geen ander communicatiemiddel meer – alleen haastige briefjes en gebaren, maar ze hebben allang geleerd elkaars bewegingen te lezen: ook elke zenuwtrek is een manier van spreken, bij afwezigheid van stem de aanwezigheid van het lichaam.

Hun vliegenierskappen, handschoenen, jacks en knielaarzen zijn gevoerd met bont. Eronder dragen ze Burberry-overalls. Op elke hoogte, zelfs achter de schuine windschermen, zal het ijzig koud worden.

Ter voorbereiding heeft Alcock drie nachten in een manshoge koelcel in St. John's gezeten. Een keer ging hij op een berg verpakt vlees liggen, maar slapen lukte niet. Een paar dagen later schreef Emily Ehrlich in de *Evening Telegram* dat hij nog steeds naar vers afgesneden biefstuk rook.

Ze staat met haar dochter aan het raam op de tweede verdieping, de handen op het houten kozijn. Ze zijn er aanvankelijk zeker van dat het een illusie is, een vogel vlakbij. Maar dan horen ze het vage ronken van de motoren en weten allebei dat ze het moment hebben gemist – ook geen foto –, toch is het ook een vreemde verrukking om het van een afstand te zien, de machine die naar het oosten verdwijnt, zilver, niet grijs, ingekaderd door de lens van een hotelraam. *Dit is een menselijke overwinning op de oorlog, de zege van uithoudingsvermogen op herinnering.*

Daarbuiten staat wolkeloos en ononderbroken de blauwe lucht. Emily houdt van het geluid waarmee haar vulpen de inkt opslurpt,

27

het gerucht van de houder die wordt dichtgeschroefd. *Twee mannen vliegen non-stop over de Atlantische Oceaan met een zak post, een kleine witlinnen zak met 197 brieven, speciaal gestempeld, en als ze het halen, is het de eerste luchtpost die de oversteek maakt van de Nieuwe naar de Oude wereld.* Een gloednieuwe gedachte: *Trans-Atlantische luchtpost.* Ze probeert de woorden uit, krast ze telkens weer op het papier, *transatlantisch, trans atlas, trans antiek.* De afstand eindelijk gebroken.

Onder hen drijvende ijsbergen. De ruwe voren van de zee. Ze weten dat terugkeer geen optie meer is. Het is nu allemaal cijferwerk. Brandstof omrekenen in tijd en afstand. De gashendel instellen op optimale verbranding. De hoeken en de zijden kennen, en de ruimten ertussen.

Brown veegt het vocht van zijn vliegbril, draait zich om naar het houten kastje achter zijn hoofd, pakt de sandwiches en vouwt het waspapier open. Hij geeft er een aan Alcock die één gehandschoende hand aan het stuur houdt. Het is een van de vele dingen die een glimlach rond Alcocks mond brengt: hoe bijzonder is het niet om een sandwich met ham te eten, klaargemaakt door een jonge vrouw in een hotel in St. John's, meer dan duizend voet lager. De sandwich is des te lekkerder doordat ze al zo ver gekomen zijn. Tarwebrood, verse ham, een milde mosterd vermengd met de boter.

Hij grijpt achter zich naar de thermosfles hete thee, schroeft de dop los en laat een sliertje damp ontsnappen.

Het lawaai dendert door hun lichaam. Soms maken ze er muziek van – een ritme dat zich voortplant van hoofd naar romp naar tenen – maar dan worden ze uit het ritme getild en wordt het weer louter lawaai. Ze weten dondersgoed dat ze tijdens de vlucht doof kunnen worden, dat het gebrul zich voorgoed in hen kan nestelen, en dat hun lichaam het meedraagt als een menselijke grammofoon, waardoor ze, als ze de overkant ooit halen, het nog steeds, altijd, op de een of andere manier zullen horen.

Je aan de voorgeschreven koers houden is een kwestie van talent en magie. Brown moet navigeren met alle middelen die voorhanden zijn. Het Baker-navigatieapparaat staat op de vloer van de cockpit. De koers- en afstandscalculator is aan de zijkant van de romp vastgemaakt. De driftaanwijzer is onder de stoel ingebouwd, samen met een waterpas om de dwarshelling te meten. De sextant zit aan het instrumentenpaneel vastgeklemd. Er zijn drie kompassen, die allemaal in het donker oplichten. Zon, maan, wolken, sterren. Als al het andere faalt, kan hij op gegist bestek terugvallen.

Brown knielt op zijn stoel en kijkt over de rand. Hij draait en buigt, maakt berekeningen op basis van de horizon, zicht op zee en de stand van de zon. Op een notitieblokje krabbelt hij: *Houd hem dichter bij de 120 dan de 140*, en zodra hij het briefje in de krappe kuip doorgeeft, stelt Alcock de besturing heel licht bij, trimt het toestel af, houdt het op driekwart vermogen, erop gespitst om de motoren niet te overbelasten.

Het lijkt zo op het mennen van een paard, zoals het vliegtuig verandert in de loop van een lange reis, de verschuiving in gewicht door het opstoken van benzine, de galop van zijn motoren, de teugelvoering van het stuurmechanisme.

Bijna elk halfuur merkt Brown dat de Vimy ietsje zwaarder aan de neus wordt, en ziet hij hoe Alcock aan het stuur trekt om het toestel weer horizontaal te krijgen.

Onophoudelijk is Alcocks lichaam in contact met de Vimy: hij kan zijn handen niet van het stuur halen, nog geen seconde. Hij voelt de pijn al in zijn schouders en vingertoppen: op nog geen derde van het traject heeft de pijn zich tot diep in elke vezel vastgezet.

Als kind ging Brown naar de renbaan in Manchester om naar de paarden te kijken. Door de week, wanneer de jockeys aan het trainen waren, rende Brown op het binnenterrein van de Salford-baan mee, het ene rondje na het andere, naarmate hij ouder werd verruimde zijn cirkel en drukte hij zo de omtrek naar buiten.

In de zomer dat hij zeven werd kwamen de Pony Express-ruiters uit Amerika en die bouwden hun Wild West Show op langs de rivier de Irwell. Zijn landgenoten. Het land van zijn vader en moeder. Amerikanen. Brown wilde weten wie hij precies was.

Cowboys stonden op het veld hun lasso's te slingeren. Er waren ongetemde pony's, bizons, muildieren, ezels, gedresseerde paarden, een stel wilde elanden. Hij zwierf rond achter de enorme achterdoeken beschilderd met prairiebranden, zandstormen, buitelkruid, tornado's. Maar het meest opzienbarend waren de indianen die met hun machtige hoofdtooi op langs de theesalons in Salford paradeerden. Brown drentelde achter hen aan, hopend op een handtekening. Charging Thunder behoorde tot de Zwartvoetstam. Zijn vrouw Josephine was een cowgirl, een scherpschutter die drukbewerkte leren jassen en revolverholsters droeg. Tegen het eind van de zomer kreeg hun dochter Bessie difterie en toen ze uit het ziekenhuis kwam, verhuisden ze naar Thomas Street in Gorton, pal naast Browns oom en tante.

Op zondagmiddagen fietste Brown naar Gorton en probeerde door het raam van het huis naar binnen te kijken in de hoop de muntstukken van de verentooi te zien glimmen. Maar Charging Thunder had zijn haar afgeknipt en zijn vrouw stond in schort achter het fornuis Yorkshire-pudding te maken.

Na een paar uur vliegen hoort Brown een lichte tik. Hij zet zijn vliegbril op, buigt zich over de romp en ziet de kleine propeller aan de radiogenerator even dol rondtollen, afknappen en wegvliegen. Geen radio meer. Met niemand meer contact. Straks hebben ze geen verwarming meer in hun elektrische pakken. Maar dat niet alleen. Op die ene breuk kan een andere volgen. Door één stuk metaalmoeheid kan de hele kist uit elkaar vallen.

Als Brown zijn ogen dichtdoet ziet hij het schaakbord van het vliegtuig voor zich. Hij kent de openingszetten door en door. Duizend kleine zetten die kunnen worden gedaan. Hij ziet zichzelf graag als een koningspion, die langzaam, stelselmatig oprukt. Er zit iets van agressie in de kalmte die hij bewaart.

Een uur later is er een geratel dat in Alcocks oren klinkt als een Hotchkiss-machinegeweer. Hij kijkt opzij naar Brown, maar die heeft het al gelokaliseerd. Brown wijst omhoog naar de stuurboordmotor waar een stuk uitlaatpijp is gaan splijten en scheuren. Het is roodgloeiend, wordt dan wit, daarna bijna doorschijnend. Een zwerm vonken spuit uit de motor als een stuk beschermend metaal afbreekt. Het vliegt een ogenblik omhoog, bijna sneller dan het vliegtuig zelf, en schiet dan weg in hun schroefwind.

Het is niet rampzalig, maar ze kijken tegelijk naar de beschadigde pijp en, alsof hij daarop reageert, verdubbelt het kabaal van de motor. Ze zullen er nu de rest van de tocht mee moeten leven, maar Alcock weet dat het motorgebrul een piloot in slaap kan wiegen, dat het ritme iemand aan het knikkebollen kan brengen zodat hij in de golven stort. Het is beulen – hij voelt de machine in zijn spieren. De heftige strijd in heel zijn lichaam. De geestelijke uitputting. Altijd wolken vermijden. Altijd naar een zichtlijn zoeken. Elke horizon gebruiken die maar mogelijk is. Het brein dat spookbochten verzint. Het binnenoor dat alle hoeken in balans probeert te houden totdat het enige waarop je werkelijk kunt vertrouwen de droom is om het te halen.

Wanneer ze in de lagen tussen de wolken komen is er geen paniek. Ze sjorren aan hun bontkap, zetten hun vliegbril recht, slaan hun sjaal om hun mond. Daar gaat-ie. De angst voor een mogelijke *whiteout*. Het vooruitzicht om blind te vliegen. Wolken boven. Wolken beneden. Ze moeten de middenruimte zien door te komen.

Ze klimmen om eraan te ontsnappen, maar de bewolking blijft. Ze dalen. Nog steeds wolken. Intense vochtigheid. Niet zomaar weg te blazen. Ik tier, ik raas en ik blaas… Hun vliegenierskappen, gezichten, schouders zijn kletsnat van het vocht.

Brown leunt achterover en wacht tot de boel opklaart zodat hij de machine adequaat kan gidsen. Hij kijkt of hij een glimp zon op een vleugeltip of een blauw gat ziet, zodat hij een horizonlijn kan vinden, een snelle berekening kan maken, een zonnetje kan schieten.

Het toestel zwaait van de ene naar de andere kant, slingerend door de turbulentie. Plotseling een luchtzak. Het voelt alsof hun stoelen onder hen vandaan vallen. Ze stijgen weer. Het onophoudelijke lawaai. De klap. Het overslaan van het hart.

In het afnemende licht vinden ze weer een gat in de bovenste wolkenlaag. De lage rode zon. In de diepte krijgt Brown even de zee te zien. Een flitsende boog van schoonheid. Hij grist de waterpas van de vloer. Kantelt hem, richt hem op. Een snelle berekening. *We maken ongeveer 140 knopen, redelijk op koers, iets te ver zuid en oost.*

Twintig minuten later stuiten ze weer op een enorme wolkenbank. Ze stijgen naar een opening tussen de lagen. *We komen niet voor zonsondergang boven de wolken. We zullen op het donker en de sterren moeten wachten. Kun je erboven komen op iets van 60 graden?* Alcock knikt, laat het toestel overhellen, buigt het langzaam door de ruimte. Rood vuur spuit door de mist.

Ze kennen allebei de spelletjes die het brein kan spelen als het in wolken gevangenzit. Je kunt denken dat een toestel horizontaal vliegt, al hangt het op zijn zij. De kist kan naar de verdoemenis hellen, terwijl ze vrolijk meevliegen, of ze kunnen totaal onverwacht op het water smakken. Ze moeten hun ogen openhouden voor het geringste spoortje maan of ster of horizon.

Die verdomde weerprofeten worden bedankt! krabbelt Brown en hij merkt aan Alcocks reactie, het zachte terugnemen van de motor, de lichte behoedzaamheid van de manoeuvre, dat ook hij bezorgd is. Ze trekken hun kraag op in wolken die als natte dweilen in hun gezicht slaan. Druppels vocht glijden over het open windscherm omhoog. De accu in de stoelen tussen hen in stuurt nog zwakke stootjes warmte door de draden in hun pakken, maar de kou om hen heen is snerpend.

Brown knielt op zijn stoel, buigt zich over de rand om te kijken of hij ergens een open stuk kan vinden, maar nee, dat is er niet.

Geen zicht. 6500 voet. Vliegen volledig op gegist bestek. We moeten door de bovenste wolkenlaag zien te komen. Verwarming loopt ook snel terug!

De botjes in hun oren galmen. De herrie zit opgesloten in hun hersenpan. De kleine witte ruimte van hun brein. Het tettert van de ene wand naar de andere. Op sommige momenten heeft Brown het gevoel dat de motoren van achter zijn ogen naar buiten proberen te breken, een stuk woest geworden metaal, nu onmogelijk kwijt te raken.

Eerst komt de regen. Dan de sneeuw. Kans op natte sneeuw. De cockpit is ontworpen om de meeste weersomstandigheden te doorstaan, maar hagel kan de vleugelbespanning aan flarden scheuren. Ze stijgen naar zachtere sneeuw. Geen licht. Geen opluchting. Ze zitten ineengedoken tegen de storm die om hen heen bonkt. Meer sneeuw. Nu harder. Ze zakken opnieuw. De vlokken bijten in hun wangen en smelten op hun keel. Algauw begint de sneeuw rond hun voeten te stuiven. Als ze boven zich uit konden stijgen en omlaag kijken, zouden ze een kleine open ruimte zien met twee gehelmde figuren die door de lucht snellen. Nog vreemder dan dat. Een bewegende ruimte in het donker, in de gierende wind, twee mannen van wie het bovenlijf witter en witter wordt.

Als Brown met zijn zaklamp op het instrument achter zijn hoofd schijnt, ziet hij dat een laag sneeuw de voorkant van de brandstofdoorvoermeter bedekt. Foute boel. Ze hebben de meter nodig. Om te waken tegen problemen met de carburateur. Hij heeft dit eerder gedaan, zich in de cockpit omdraaien, gevaarlijk hoog boven zijn hoofd reiken, maar nooit in zulk weer. Toch moet het gebeuren. Negenduizend voet boven de oceaan. Wat voor waanzin is dit?

Hij kijkt even naar Alcock als ze door een lichte turbulentie hotsen. Houd hem horizontaal. Hoef ik hem niet te vertellen. Kan niet zwemmen, ouwe jongen. Het zou nauwelijks een glimlach op zijn gezicht brengen.

Brown trekt zijn handschoenen op, zijn oorkleppen strak, windt zijn sjaal hoog over zijn mond. Hij keert zich om in zijn stoel. Een steek in zijn slechte been als hij omhoogkomt. Rechterknie tegen de rand van de romp. Dan de linkerknie, de slechte. Hij grijpt zich vast aan de houten stijl en trekt zich omhoog in de bulderende wind. De chloroform van de kou. De lucht die hem terugduwt. Het striemen van sneeuw op zijn wangen. Zijn doornatte kleren plakken aan zijn nek, zijn rug, zijn schouders. Een kandelaber van snot uit zijn neus. Bloed dat terugkrabbelt uit zijn lijf, zijn vingers, zijn hersens. Alle zintuigen aan hun lot overlaat. Voorzichtig nu. Hij rekt zich uit in de beukende wind, maar kan er niet helemaal bij. Zijn pilotenjack is te dik. Hij trekt de rits los, voelt de wind om zijn bast suizen, strekt zich naar achteren, slaat met de punt van zijn mes de sneeuw van het meterglas.

Goeie god. Die kou. Bijna een hartstilstand.

Hij duikt vlug terug op zijn stoel. Een opgestoken duim van Alcock. Brown pakt meteen de accudraden om zich te warmen. Hij hoeft niet eens het briefje aan Alcock te schrijven: *Verwarming compleet weg.* Op de grond, bij zijn voeten, liggen de kaarten. Als hij met zijn voeten stampt, moet hij oppassen ze niet te bevuilen. Zijn vingertoppen tintelen. Zijn tanden klapperen zo erg dat hij denkt dat ze zullen breken.

Boven zijn linkerschouder, in het houten kastje, staat de thermosfles thee en de cognac voor noodgevallen.

Het duurt een eeuwigheid om de dop van de fles te krijgen, maar dan verdooft de drank de wand van zijn borst.

Ze blijven op de hotelkamer, waar ze de tafel bij het raam hebben laten staan voor het geval het vliegtuig terugkeert. Moeder en dochter kijken, wachten. Er is geen nieuws geweest. Geen radiocontact. Geen beroering op de geïmproviseerde luchthaven. Het is al twaalf uur stil op het veld.

Lottie pakt onwillekeurig de raampost vast. Wat kan er gebeurd zijn? Het was, denkt ze, geen goed idee van haar moeder om die familie in Cork te schrijven. Misschien leidde het af. Nu voelt ze zich medeplichtig. Brown had bij al zijn zorgen geen andere nodig, hoe klein ook. Waarom moest ze hem staande houden op de trap, waarom hem die brief geven? Wat had het ook voor zin? Misschien zijn ze wel neergestort. Ze zijn vast neergestort. Ze zijn neergestort. Ik heb hem een brief gegeven. Hij was afgeleid. Ze zijn neergestort. Ze kan ze horen neerstorten. Het gefluit door de stijlen van het toestel.

Ze drukt haar vingers tegen de kilte van de ruit. Ze houdt op zulke momenten niet van zichzelf, niet van haar vreemde gedrag, haar scherpe zelfbewustzijn, haar jeugd. Ze wou dat ze uit zichzelf kon stappen, het raam uit, de lucht in en naar beneden. Aha, dus… maar dát is het dan misschien? Dat is er dan toch de zin van? Ja. Alle respect, meneer Brown, meneer Alcock, waar jullie ook mogen zijn. Ze wou dat ze van dit moment een foto kon maken. Eureka. De zin van het vliegen. Om van jezelf af te komen. Dat was genoeg reden om te vliegen.

Beneden in de lobby drommen de andere verslaggevers rond het telegraaftoestel. Een voor een rapporteren ze aan hun redacteuren. Niets te melden. Vijftien uur verstreken. Ofwel Alcock en Brown naderen nu Ierland, of ze zijn dood en verdwenen, slachtoffer van hun wensdroom. De reporters beginnen hun eerste alinea's, schrijven ze in beide toonaarden, de elegische en de jubelende – *Heden, een grootse verbinding van werelden* – *Heden, diepe rouw om helden* –, erop gebrand om als eerste de situatie te peilen, en nog meer gebrand om als eerste de telegraaf te pakken te krijgen wanneer er werkelijk nieuws binnenkomt.

Het is kort voor zonsopgang – niet ver van Ierland – als ze een wolk tegenkomen die ze niet kunnen ontwijken. Geen zicht. Geen horizon. Overweldigend grijs. Bijna vierduizend voet boven de Atlantische Oceaan. Nog steeds donker, geen maan, geen glimp van de zee. Ze zetten een daling in. Het sneeuwen is afgenomen, maar ze gaan een gigantische bank van wit in. Kijk toch eens, Jackie. Kijk nou wat eraan komt. Immens. Niet te vermijden. Boven en onder.

Ze worden opgeslokt.

Alcock tikt op het glas van de snelheidsmeter. Geen enkele beweging. Hij geeft een beetje gas en de neus van de kist gaat omhoog. Nog blijft de wijzer staan. Nog meer gas. Nu te abrupt. Verdomme.

Goeie god, Jackie, breng hem in een tolvlucht. We moeten het maar proberen.

De mist wordt nu dikker om hen heen. Ze beseffen allebei donders goed dat ze in een spiraalduik komen als ze dit nu niet doorbreken. Het vliegtuig zal versnellen en in een baaierd van stukken uiteenspatten. De enige uitweg is om in een tolvlucht je snelheid te handhaven. Om controle te houden en ook te verliezen.

Doe het, Jackie.

35

De motoren spuwen een fluim van rode vlammen uit en dan hangt de Vimy een ogenblik roerloos, wordt zwaar, slaat dan achterover alsof hij een kaakslag incasseert. Dan eerst de traagste vorm van vallen. Het heeft iets van een zucht. Kijk die moeizame poging tot vliegen, laat me vallen.

Een vleugel overtrekt, de andere heeft nog steeds lift.

Drieduizend voet boven zee. In de wolk raakt hun evenwichtsgevoel totaal zoek. Geen idee van boven. Geen beneden. Tweeduizendvijfhonderd. Tweeduizend. De regen en de wind slaan in hun gezicht. De machine schokt. De kompasnaald verspringt. De Vimy schommelt. Hun lichaam wordt tegen de stoelen teruggeworpen. Wat ze nodig hebben is een streep hemel of een streep zee. Een beeld. Maar er is alleen maar dikke grijze wolk. Browns hoofd schiet alle kanten op. Geen horizon, geen middelpunt, geen rand. Goeie god. Iets. Wat dan ook. Hou hem in de klauw, Jackie.

Duizend voet en nog vallen ze, negenhonderd achthonderd zevenvijftig. De druk van hun schouderbladen tegen de stoelen. Het razen van bloed naar het hoofd. De zwaarte van de nek. Zijn we boven? Zijn we onder? Nog steeds aan het tollen. Wie weet zien ze het water pas als ze te pletter slaan. Maak de riemen los. Dit is het. Dit is het, Teddy. Hun lichamen zijn nog steeds aan hun stoelen gekleefd. Brown voelt onder zich. Hij steekt het logboek in zijn vliegeniersjack. Alcock ziet het vanuit zijn ooghoek. Wat een fantastische waanzin. Het laatste gebaar van een vliegenier. Red alle gegevens. De weldadige verlossing van weten hoe het is gebeurd.

De wijzer draait nog gestaag. Zeshonderd, vijfhonderd, vier. Geen gejammer. Geen gekreun. Wolkengekrijs. Lijfsverlies. Alcock houdt de kist in tolvlucht, maar het wit en grijs is oneindig.

Een glimp nieuw licht. Een andere kleur muur. Ze merken het in een flits. Een veeg blauw. Honderd voet. Vreemd blauw, tollend blauw, zijn we eruit? Blauw hier. Zwart daar. We zijn eruit, Jack, we zijn eruit! Hou hem. Hou hem in godsnaam. Jezus, we zijn eruit. Zijn we eruit? Er doemt weer een streep zwart op. Daar staat de zee, soldatesk rechtop en donker. Licht waar water hoort te zijn. Zee waar licht hoort op te rijzen. Negentig voet. Vijfentachtig. Dat is de zon.

Jezus, het is de zon, Teddy, de zon! Daar. Tachtig nu. De zon! Alcock geeft de machine een dot gas. Daar. Vol gas. Vol gas. De motoren pakken. Hij vecht tegen de schok. De zee draait. De kist trekt recht. Nog vijftig voet over, veertig voet, dertig, meer niet. Alcock kijkt neer op de Atlantische Oceaan, de golven galopperen met witte koppen onder hen. De zee stuift op tegen het windscherm. Geen kik van beide mannen totdat het vliegtuig weer horizontaal ligt en ze weer beginnen te stijgen.

Ze zitten stil, verstijfd van angst.

Oh go 'way man
you just hold your breath a minit
for there's not a stunt that's in it
with the Maple Leaf Rag

Later zullen ze grappen maken over de tolvlucht, de val, het uitrollen boven het water – *als je leven niet voor je ogen voorbijflitst, ouwe jongen, betekent dat dan dat je helemaal geen leven hebt gehad?* – maar tijdens het klimmen zeggen ze niets. Brown leunt over de rand en geeft een klap op de romp. Ouwe hengst. Ouwe Zwartvoet.

Op vijfhonderd voet boven het water gaan ze over in horizontale vlucht, met helder zicht. En nu een streep horizon. Brown pakt zijn driftcorrectieplaat, past zijn koers aan. Bijna acht uur Greenwichtijd. Brown zoekt naar zijn potlood. *De kriebels?* krabbelt hij, met een reeks uitroeptekens. Hij ziet Alcocks scheve glimlach. Voor het eerst sinds uren hebben ze een stuk zonder mist of wolkenlagen. Een dof, taai soort grijs boven het water. Brown pent de laatste berekeningen neer. Ze zitten noordelijk, maar niet zo ver dat ze Ierland helemaal missen. Brown schat dat de koers 125 graden moet zijn, maar rekening houdend met afwijking en wind zet hij een kompaskoers uit op 170. Koers zuid.

Hij voelt het in zich opkomen, het vooruitzicht van gras, een eenzaam huisje aan de horizon, misschien een rijtje koeien dicht opeen. Ze moeten voorzichtig zijn. Er zijn hoge kliffen langs de kust. Hij heeft de geografie van Ierland bestudeerd: de heuvels, de ronde torens, de kalksteenvlakten, de verdwijnende meren. De baai van Galway. Daar had je liedjes over in de oorlog. De wegen naar Tipperary. De Ieren waren een sentimenteel volkje. Ze stierven en dronken in groten getale. Sommigen voor het Britse Rijk. Ze dronken en stierven. Stierven. Dronken.

Hij schroeft net de dop van de thermos warme thee los als hij Alcocks hand op zijn schouder voelt. Nog voordat hij zich omdraait weet hij dat het zover is. Weet het gewoon.

Oprijzend uit zee, onverschillig zou je bijna zeggen: natte rotsen, donker gras, stenenbomenlicht.

Twee eilanden.

Het vliegtuig steekt met lage snelheid de kustlijn over.

Beneden hen een schaap met een ekster op zijn rug. Het schaap heft zijn kop en begint te rennen wanneer het vliegtuig duikt en heel even blijft de ekster op de rug van het schaap zitten: het is zoiets vreemds dat Brown weet dat hij dit nooit zal vergeten.

Het wonder van de werkelijkheid.

In de verte de bergen. De lappendeken van stenen muren. Kronkelwegen. Armetierige bomen. Een vervallen kasteel. Een varkensboerderij. Een kerk. En daar, in het zuiden, de radiotorens. Zeventig meter hoge masten in een strakke quadrille, wat pakhuizen, een natuurstenen huis aan de rand van de Atlantische Oceaan. Het is dus Clifden. Clifden. De Marconi-torens. Een groot netwerk van radiomasten. Ze kijken elkaar aan. Geen woorden. Zet hem aan de grond. Zet hem aan de grond.

Ze volgen hun lijn over het dorp. De huizen zijn grijs. De daken van leisteen. De straten ongewoon stil.

Alcock joelt. Zet de motoren af. Daalt, trekt de Vimy vlak.

Hun oorkleppen applaudisseren. Hun haar brult. Hun vingernagels fluiten.

Vanuit het gras fladdert een vlucht langsnavelige snippen hoog de lucht in.

Het lijkt hun een ideaal landingsveld, hard en egaal en groen, maar wat ze bij het landen niet opmerken zijn de plakken turf die er als koek vlakbij liggen, de scherpe sneden in de bruine aarde, de lijnen nat touw die langs de randen lopen, de driehoekige hopen aarde in de verte. Ook zien ze de houten turfkarren niet die verweerd en pokdalig van de regen langs de kant van de weg staan. Ze zien de schuinstaande plaggenstekers niet die tegen de karren leunen. Ze zien de hoog opschietende biezen niet langs de verlaten wegen.

Ze brengen de Vimy naar de grond. Een feilloze baan. Ze zouden bijna over de rand kunnen hangen om de aarde in hun handen op te scheppen. We zijn er. Het vliegtuig zweeft nog geen halve meter boven de grond. Hun hart bonst in hun hemd. Ze wachten op het moment van contact. Scheren de graspunten.

Ze komen stuiterend neer. We zijn geland, we zijn geland, Jackie boy.

Maar ze beseffen direct dat ze te abrupt afremmen. Een wiel misschien? Een geklapte band? Een gebroken staartvin? Geen vloek, geen schreeuw. Geen paniek. Het gevoel dat ze wegzakken. Een kuil. En dan weten ze het. Het is veen, geen gras. De levende wortels van zegge. Ze glijden door een groen moeras. De grond houdt het gewicht van de machine nog even en ze schuiven vijftien, twintig, drieëntwintig meter door, maar dan graven de wielen zich in. De aarde wint, de Vimy zakt, de neus duikt, de staart schiet omhoog.

Het is alsof ze onverwacht naar achteren worden gerukt. De voorkant van de Vimy slaat in de grond. Het achtereind knakt. Brown slaat met zijn gezicht tegen de voorkant van de cockpit. Alcock zet zich schrap tegen het voetenstuur, verbuigt het met pure kracht. Een pijnscheut door zijn borst en schouders. Christenezielen, Jackie, wat is er gebeurd? Zijn we verongelukt?

De stilte, een kabaal in hun hoofd. Nu luider dan ooit. Gek genoeg ineens dubbel zo hard. En dan welt er opluchting in hen op. Het lawaai sijpelt door naar de rest van hun lichaam. Is dat stilte? Is dat echt stilte? Die herrie die door hun hersenpan schiet? Goeie god, Teddy, dat is stilte. Zo klinkt die nu.

Brown voelt aan zijn neus, zijn kin, zijn tanden om te zien of hij nog heel is. Een paar snijwonden, een paar blauwe plekken. Verder niets. We leven. Uit het lood geslagen, maar we leven.

De Vimy steekt uit de aarde als een dolmen van de nieuwe wereld. De neus heeft zich minstens een halve meter in het veen geboord. De staart in de lucht.

– Jeetje, zegt Alcock.

Hij ruikt ergens benzine. Hij schakelt de magneetontstekingen uit.

– Vlug. Wegwezen. Eruit.

Brown pakt het logboek, de signaalpijlen, de linnen zak met brieven. Hijst zich op de rand van de cockpit. Gooit zijn wandelstok omlaag en die slaat als een speer in het veen, blijft er schuin in steken. Het been schrijnt als hij landt. Lang leve de grond: het verbaast hem bijna dat die niet uit lucht bestaat. Een levende dolmen, ja.

In de zak van zijn vliegeniersjack heeft Brown een kleine verrekijker. De rechterlens is troebel, maar door de goede lens ziet hij gedaanten met hoog geheven benen door het veen stappen. Soldaten. Ja, soldaten. Het lijken verdomd net speelpoppetjes die eraan komen, donker tegen de chaotische Ierse hemel. Als ze dichterbij komen kan hij de vorm van hun helmen onderscheiden, geweren over hun borst zien schuiven en hun patroongordels zien wippen. Er is een oorlog aan de gang, weet hij. Maar in Ierland is er altijd wel een oorlog gaande, niet? Je weet nooit precies wie of wat je kunt vertrouwen. Niet schieten, denkt hij. Ga ons na dit alles niet overhoopschieten. *Neem me niet kwalijk. Nein, nein.* Maar dit zijn de onzen. Britten, dat weet hij zeker. Een van hen met een camera bungelend op zijn borst. Een ander nog in zijn gestreepte pyjama.

Achter hen, in de verte, paarden en wagens. Een enkele automobiel. Er komt een rij mensen uit het stadje, kronkelend over de weg, grijze figuurtjes. En moet je dat zien. Moet je dat zien. Een priester in een wit koorhemd. Ze komen dichterbij. Mannen, vrouwen, kinderen. Hollend. In hun zondagse kleren.

O natuurlijk, de mis. Ze moeten in de mis hebben gezeten. Daarom was er niemand op straat.

De geur van de aarde, zo verbluffend fris: het komt Brown voor als iets dat hij zou kunnen eten. Zijn oren bonzen. Zijn lichaam voelt alsof het nog door de lucht gaat. Hij is, denkt hij, de eerste mens die tegelijkertijd kan vliegen en staan. De oorlog uit de machine. Hij houdt de kleine zak met brieven als groet omhoog. Daar komen ze, soldaten, mensen, de lichte, grijze motregen.

Ierland.

Een prachtig land. Wel een beetje ruw tegen bezoekers.

Ierland.

1845-46
vrij man

De dageraad ontsloot de morgen in gradaties van grijs. De tros trok strak aan de meerpaal. Het water klotste tegen de Kingstonpier. Hij stapte van de loopplank. Zevenentwintig jaar oud, in een zwarte overjas en een brede grijze sjaal. Hij droeg zijn haar in een hoge bos met een scheiding.

De kasseien waren nat. Paarden ademden damp de septembermist in. Douglass droeg zijn leren hutkoffer zelf naar het wachtende rijtuig: hij was nog niet gewend bediend te worden.

Men bracht hem naar het huis van Webb, zijn Ierse uitgever. Een huis met drie verdiepingen in Great Brunswick Street, een van de betere straten van Dublin. Hij stond zijn koffer af en keek hoe een livreiknecht met het gewicht worstelde. De bedienden stonden op een rij bij de deur om hem te begroeten.

Hij sliep de hele ochtend en middag. Een dienstmeisje maakte een warm bad in een diepe ijzeren kuip. Er was een poeder in gestrooid dat naar citrus geurde. Hij viel weer in slaap, schrok wakker, wist niet waar hij was. Vlug klom hij uit het water. Het spoor van zijn natte voetstappen op de koude vloer. De handdoek voelde ruw aan in zijn nek. Hij droogde zijn gebeeldhouwde lichaam. Hij had brede schouders, was gespierd, meer dan een meter vijfentachtig lang.

In de verte hoorde hij kerkklokken. De lucht rook naar turf. Dublin. Vreemd was het om hier te zijn: klam, gronderig, koud.

Beneden klonk een gong. Etenstijd. Hij stond bij de lampetkom voor de spiegel en schoor zich zorgvuldig, schudde de kreukels uit zijn jacquet, knoopte zijn cravate strak.

Onder aan de trap, aan het eind van de gang, bleef hij een ogenblik gedesoriënteerd staan, onzeker welke deur hij moest kiezen. Hij duwde er een open. De keuken stond vol damp. Een meid stapelde borden op een dienblad. Wat was ze bleek. Haar nabijheid bezorgde hem kippenvel op zijn armen.

– Deze kant uit, meneer, mompelde ze, terwijl ze zich in de deuropening langs hem wurmde.

Ze ging hem voor door de gang en boog nadat ze de deur geopend had. Een haardvuur danste oranje in de barokke schoorsteenmantel. Geroezemoes van stemmen. Een tiental mensen was bijeengekomen om kennis met hem te maken: quakers, methodisten, presbyterianen. Mannen in zwarte geklede jassen. Vrouwen in lange japonnen, koel en elegant, de streep van het hoedenlint nog in de zachte hals. Ze klapten beschaafd toen hij de kamer binnenkwam. Zijn jeugdigheid. Zijn waardigheid. Ze bogen zich naar hem over alsof ze meteen zijn vertrouwen wilden winnen. Hij vertelde hun van zijn lange reis van Boston naar Dublin, hoe hij op de stoomboot *Cambria* gedwongen was tussendeks te verblijven, hoewel hij had geprobeerd om eerste klas te boeken. Zes blanke mannen hadden geprotesteerd tegen zijn aanwezigheid op het dek van de eetsalon. Bloeddorstige bedreigingen werden tegen hem geuit. *Weg met die nikker.* Het was op een haar na op vechten uitgedraaid. De kapitein was tussenbeide gekomen, had gedreigd de blanke mannen overboord te gooien. Douglass had toestemming gekregen om over het dek te wandelen, had zelfs een toespraak voor de passagiers gehouden. Toch had hij 's nachts in de onderbuik van het schip moeten slapen.

De toehoorders knikten ernstig, schudden hem nogmaals de hand, zeiden dat hij een prachtig voorbeeld was, een goede christen. Hij werd naar de eetkamer gebracht. De tafel was gedekt met fraai bestek en glaswerk. Een dominee stond op voor het dankgebed. De maaltijd was voortreffelijk – lamsvlees met muntsaus – maar hij kon er nauwelijks van eten. Hij nipte van het waterglas, voelde zich wee.

Hij werd uitgenodigd om een speech te houden: zijn jaren als slaaf, hoe hij in een hut op de aarden vloer sliep, in een meelzak kroop om de kou van zich af te houden, zijn voeten warmde aan de sintels. Hoe hij een tijd bij zijn grootmoeder had gewoond en er weg was gegaan, naar een plantage. In strijd met de wet had leren lezen, schrijven en spellen. Hoe hij aan zijn medeslaven het Nieuwe Testament had voorgelezen. Op een scheepswerf met Ierse kameraden had gewerkt. Drie keer was ontsnapt. Twee keer teruggehaald. Op zijn twintigste Maryland was ontvlucht. Een geletterd man was geworden. Nu was hij hier om Britten en Ieren aan te sporen de slavernij te helpen uitroeien door vreedzame morele overreding.

Hij was een ervaren spreker – in Amerika had hij al meer dan drie jaar toespraken gehouden – maar dit waren eerbiedwaardige mannen van God en het Britse Rijk, in een heel nieuw land. Hij had de plicht terughoudend te zijn. Toch moest hij precies zeggen wat hij bedoelde. Uitleg geven zonder neerbuigend te zijn.

De zenuwen knoopten zijn hele ruggengraat los. Zijn handen werden klam. Zijn hart bonkte. Hij wilde niet vleien. Maar ook niets verdoezelen. Hij was, wist hij, niet de eerste zwarte die in Ierland lezingen kwam geven. Remond was er eerder geweest dan hij. En Equiano. De Ierse abolitionisten stonden bekend om hun vurigheid. Ze kwamen per slot van rekening uit het land van O'Connell. De Grote Bevrijder. Er heerste, zo was hem verteld, een honger naar gerechtigheid. Ze zouden openstaan voor zijn verhaal.

De gasten keken toe alsof ze een rijtuig zagen voortsnellen, bang dat het plotseling voor hun ogen zou kunnen omslaan. Een zweetdruppel rolde tussen zijn schouderbladen omlaag. Hij stokte even. Balde zijn vuist, hoestte erin, bette zijn voorhoofd met een zakdoek. Hij had zichzelf vrijgemaakt, zei hij, maar was bezit gebleven. Koopwaar. Roerend goed. Voor de wet een verhandelbaar artikel. Elk moment kon hij naar zijn *meester* worden teruggezonden. Het woord alleen al was hatelijk. *Master, massah.* Hij wilde het kapotmaken, vertrappen. Ze konden hem afranselen, zijn vrouw onteren, zijn kinderen versjacheren. Er waren nog steeds kerken in Amerika die het systeem van lijfeigendom voorstonden: een onuitwisbare smet op het

44

christelijke gedachtegoed. Zelfs in Massachusetts werd hij nog op straat achternagezeten, geslagen, bespuugd.

Hij was hier, zei hij om maar één enkele hoed de lucht in te krijgen, maar uiteindelijk zou die hoed hemel en aarde in beweging krijgen. Hij zou niet meer als slaaf teruggaan.

– Bravo, riep een oudere heer.

Een aarzelend applaus klonk op. Een jonge geestelijke haastte zich naar voren om Douglass de hand te schudden.

– Goed gesproken.

De instemming golfde door de kamer. Het dienstmeisje in de zwarte jurk sloeg haar ogen neer. Na de thee met kaakjes in de woonkamer, gaf Douglass de mannen een hand en excuseerde zich beleefd. De vrouwen waren bijeen in de bibliotheek. Hij klopte op de deur, ging bedeesd naar binnen, maakte een lichte buiging vanuit de heupen en wenste hun goedenavond. Hij hoorde hen mompelen toen hij zich terugtrok.

Webb ging hem op de ronde trap voor bij het licht van een nachtblaker. Hun schaduwen waaierden grillig uit over de lambrisering. Een lampetstel. Een schrijftafel. Een nachtspiegel. Een bed met koperen spijlen. Hij maakte zijn hutkoffer open en haalde er een gravure uit van zijn vrouw en kinderen, zette die naast het bed.

– Het is een eer u in mijn huis te mogen ontvangen, zei Webb vanuit de deuropening.

Douglass boog zich voorover om de kaars uit te blazen. Hij kon de slaap maar moeilijk vatten. De zee bewoog nog in hem.

De volgende morgen reed Webb hem rond in een rijtuigje. Hij wilde hem de stad laten zien. Douglass zat naast hem op de bok, in de open lucht.

Webb was klein, mager, zelfverzekerd. Hij gebruikte de zweep met mate.

In het begin waren de straten schoon en ruim. Ze kwamen langs een grote grijze kerk. Een rij keurige winkeltjes. De kanalen liepen kaarsrecht. De deuren hadden vrolijke kleuren. Ze keerden om en gingen het centrum in, langs de universiteit, de parlementsgebouwen, naar het Customs House. Verderop begon de stad te veranderen. De straten werden smaller. De gaten in het wegdek dieper. Algauw was het vuil verbijsterend. Zo erg had Douglass het nog nooit gezien, zelfs niet in Boston. Hopen menselijk afval klotsten door de goten. Het dreef naar stinkende plassen. Mannen lagen ingezakt voor de hekken van logementen. Vrouwen liepen in vodden, in minder dan vodden: als vodden. Kinderen renden blootsvoets rond. Toonbeelden van oeroud verval zaten verbitterd achter hun raam. Ruiten waren stoffig en kapot. Ratten stoven door de stegen. Het karkas van een ezel lag opgezwollen op de binnenplaats van een huurkazerne. Honden schoten toe, vel over been. Er hing een stank van donker bier in de straten. Een jonge bedelares zong met vermoeide stem een deuntje: een politielaars schopte woest tegen haar ribbenkast en joeg haar weg. Ze viel bij het volgende hek, bleef er lachend tegenaan liggen.

De Ieren hadden weinig of geen zelfdiscipline, vond hij. Het rijtuigje reed van hoek naar hoek, sloeg af, sloeg weer af, van grauw naar grauw. Het begon te miezeren. De straten waren modderig, hadden nog diepere kuilen. Het geluid van een viool werd verscheurd door een gil.

Douglass was ontzet door wat zich om hem heen ontvouwde, maar hij bleef gefascineerd kijken, nam alles gretig in zich op. Webb liet de zweep boven de paardenrug knallen. Ze klepperden terug via Sackville Street, langs de Zuil van Nelson naar de brug, de rivier weer over.

De Liffey was pukkelig van de regen. Een platte schuit voer weg van de brouwerij. De wind woei guur en onontkoombaar langs de kaden. Visventers liepen achter kruiwagens met stinkende schelpdieren over de kasseien.

Een groepje jongens in lompen sprong op de treeplank van het rijtuig. Een stuk of zeven, acht. Via de spaken van de wielen werkten ze zich omhoog en hingen dan gevaarlijk aan hun vingertoppen. Sommigen probeerden de rijtuigdeur open te krijgen. Gelach als ze in de plassen vielen. Een klauterde naar voren en landde zachtjes op de bok, vleide zijn hoofd tegen Douglass' schouder. Over de hals en het gezicht van de jongen liepen felrode striemen. Webb had hem op het hart gedrukt geen muntgeld te geven, maar Douglass stopte de jongen een halve stuiver toe. De tranen gaven de ogen van het kind glans. Hij hield zijn hoofd tegen Douglass' schouder alsof het ermee versmolten was. De andere jongens drongen schreeuwend, duwend en smekend op de treeplank naar voren.

– Let op uw zakken! zei Webb. Geen geld meer. Niks meer geven.

– Wat zeggen ze? zei Douglass.

Het kabaal was buitengewoon: het klonk alsof ze een versje opdreunden.

– Geen idee, zei Webb.

Webb liet zijn koets met één wiel op de stoep stilhouden bij een poort en riep een politieman om de jongens weg te jagen. Het fluitje ging verloren in de lucht. Er waren drie dienders voor nodig om ze van de koets te trekken. De bende rende de poort door. Hun kreten weerkaatsten scherp.

– Dank, meneer! Dank!

Douglass bracht een zakdoek naar zijn schouder. Het kind had een lange sliert snot op de mouw van zijn jas achtergelaten.

Hij had zich Dublin zo heel anders voorgesteld. Hij had gedacht aan rotonden, collonades, stille kapelletjes op de straathoeken. Galerijen, zuilen, koepels.

Ze kwamen door een nauwe poort in een gewoel van mannen en vrouwen terecht. Die waren samengekomen voor een bijeenkomst in de schaduw van een theatergebouw. Een roodharige man stond op een bierton over de Herroeping te brullen. De menigte deinde. Gelach en applaus. Iemand reageerde met een kreet over Rome. Woorden vlogen heen en weer. Douglass kon de accenten niet thuisbrengen, of was het de taal zelf? Spraken ze Iers? Hij wilde het koetsje uit en zich tussen de mensen begeven, maar Webb fluisterde dat er moeilijkheden op til waren.

Ze reden verder door een chaos van achterstraatjes. Een vrouw droeg een bak boerenkool aan een touw om haar nek en probeerde tevergeefs de verlepte groene bladeren uit te venten.

47

– Meneer Webb, alstublieft, meneer Webb, edele heer!

Tegen zijn eigen voorschrift in, gaf Webb haar een koperen muntje. Ze dook weg in haar hoofddoek. Het leek alsof ze tegen het muntje bad. Een paar natte, grove haarlokken piepten naar buiten.

In een oogwenk waren ze omsingeld. Webb moest het koetsje door een menigte van uitgestrekte handen manoeuvreren. De arme sloebers waren zo mager en bleek dat ze van de maan leken te komen.

Een dame in George's Street greep naar haar paraplu toen het koetsje passeerde. Een verslaggever die hem toevallig opmerkte, schreef later dat de bezoekende neger er nogal dandyachtig uitzag. Een brutale hoer op de hoek van Thomas Street riep dat zij nooit genoeg van hem zou krijgen, hoe hij ook zijn best zou doen. Hij ving een glimp op van zichzelf in een etalageruit en grifte het beeld in zijn hoofd, geschrokken van deze gelegenheid tot openbare ijdelheid.

Het koetsje hing schuin in de storm. Douglass speurde naar een kiertje licht in de wolken. Het kwam niet. De regen viel nu gestager. Grijs en onverbiddelijk. Niemand scheen er notitie van te nemen. Regen in de plassen. Regen tegen de hoge baksteenmuren. Regen op de leien daken. Regen op de regen zelf.

Webb smeekte hem naar achteren te gaan, waar hij droog zou zitten. Douglass klom naar beneden. De banken binnen waren van zacht leer. De handsteunen van geruwd brons. Hij voelde zich er belachelijk, laf, warm. Hij hoorde eigenlijk buiten te zitten en net als Webb het slechte weer te trotseren. Hij stampte met zijn voeten, maakte zijn jas van boven open. Zijn lichaam dampte. Er ontstond een plasje aan zijn voeten.

In de buurt van de kathedraal hield het even op met regenen. De stad opende zich voor de middagzon. Hij stapte uit en ging op de weg staan. Kinderen waren aan het touwtjespringen, riepen elkaar versjes toe. *Patrick Een-oog kreeg een lief, trouwde zonder boterbrief, zijn liefje werd een mannendief, hij had zijn ene oog toch nog, wablief?* Ze dromden om hem heen, voelden aan zijn kleren, pakten zijn hoed af, staken hun vingers in zijn haar. *Ekster, ekster, bekkentrekster, wie o wie is er de gekste?* Ze lachten bij het voelen van zijn haar: lang, ruig, stug, ongelijk geknipt. Een jongetje stak een takje in de bos krullen, rende joelend weg. Een meisje trok aan de slip van zijn jas.

– Meneer! Hé, meneer! Komt u uit Afrika?

Hij aarzelde even. De vraag was hem nog nooit gesteld. Zijn glimlach verstrakte.

– Amerika, zei hij.

– *Christoffel Columbus bevoer de zee zo blauw, hij kiest niet mij en hij kiest niet jou!*

De jongste van het stel was niet ouder dan drie jaar. Hij had een mager lijfje, een snee onder zijn oog. In zijn vuile haar zaten blaadjes verstrikt.

– Kom touwtjespringen, meneer!

Het touw draaide en kronkelde door de lucht, kletste in een plas, zwiepte weer omhoog, slingerde waterdruppels in het rond.

– Geef ons een sixpence, ja?

Hij was bezorgd over de modderspatten die al op zijn jas zaten. Hij keek naar zijn schoenen: die zouden schoongemaakt moeten worden.

– Asjeblieft, meneer!

– Toe nou.

Een jongen spuugde op de grond en rende weg. Het meisje rolde het touw op, haalde de andere kinderen bij elkaar, liet ze in de houding staan en gedag zwaaien. Een paar straatjongens volgden het koetsje tot ze, hongerig, moe en doorweekt, afhaakten.

De straten werden stiller naarmate ze Webbs huis naderden. Een man met een blauwe kleppet liep over straat, stak de lantaarns aan tot ze gloeiden, een kleine rij lichtkringen. De huizen oogden warm en gezellig.

De kou had zich in hem genesteld. De vochtigheid ook. Hij schopte met zijn laars tegen de bank om zijn tenen te warmen. Douglass verlangde ernaar om binnenshuis te zijn.

Webb kneep in de claxon voor op het koetsje. Binnen enkele seconden had de butler de deur opengemaakt en rende hij met een paraplu de trap af. De butler spetterde door een plas naar Webb toe, maar Webb zei: Nee, nee, eerst onze gast, alsjeblieft. Er hing een vreemde geur in de lucht. Douglass kon nog steeds niet thuisbrengen wat het was. Zoetig, gronderig.

Hij liep snel de trap op met de butler achter zich aan. Hij werd naar de open haard in de woonkamer gebracht. Hij had het vuur de avond ervoor gezien, maar niet wat erin brandde: plaggen aarde.

Hij kroop het bed uit om Anna een brief te schrijven. Hij moest voorzichtig zijn. Ze kon lezen noch schrijven, dus het zou haar hardop voorgelezen worden door haar vriendin Harriet. Hij wilde Anna op geen enkele manier in verlegenheid brengen. *Mijn liefste. Ik ben in hoffelijke en capabele handen. Mijn gastheer en gastvrouw zijn geestig, gezellig en openhartig. De lucht is vochtig, maar dat schijnt mijn hoofd op de een of andere manier helder te maken.*

Zijn gedachten kregen een vrijere loop. Het simpele feit dat hij niet werd achtervolgd, niet over zijn schouder hoefde te kijken, kon hij niet zomaar wegwuiven.

Af en toe moet ik even stilstaan, verbaasd dat ik niet meer op de vlucht ben. Mijn geest heeft zich vrijgemaakt. Ze kunnen me niet op het veilingblok zetten of er zelfs maar van dromen. Ik heb geen angst voor het rammelen van een keten, of het knallen van een zweep, of het draaien van een deurknop.

Douglass legde zijn pen een ogenblik neer, opende de gordijnen voor het stille donker. Geen enkel geluid. Op straat haastte een eenzame man in lompen zich voorbij, gekromd tegen de wind. Toen dacht hij dat hij het woord voor Dublin had gevonden: een *ineengedoken* stad. Zelf had hij ook zoveel jaar in zichzelf weggedoken gezeten.

Hij mijmerde hoe het in zijn eigen woonkamer zou zijn: Harriet die de brief hardop voorlas, Anna in katoenen jurk en rode haarband, haar handen gevouwen in haar schoot, zijn kinderen op de rand van haar stoel, onzeker, gretig, niet-begrijpend. *Ik stuur je mijn niet-aflatende liefde, Frederick.*

Hij trok de gordijnen dicht, ging terug in bed, strekte zijn voeten over het eind van de matras. Zijn tenen staken buiten bed. Het was iets grappigs, bedacht hij, om in zijn volgende brief te vermelden.

Op een tafel lag, in keurige stapeltjes, de Ierse editie van zijn boek. Vers van de pers. Webb stond achter hem in de schaduw, met zijn handen gevouwen op zijn rug. Hij lette scherp op Douglass die het boek doorbladerde en de geur opsnoof. Douglass bekeek een ogenblik de gravure voorin en streek met zijn vinger over het portret. Hij vond dat Webb hem een smalle arendsneus en gladde wangen had gegeven. Ze hadden geprobeerd de neger uit hem te halen. Maar misschien was dat niet Webbs schuld. Misschien was het een fout van de kunstenaar. Een dwaling van de verbeelding.

Hij sloot het boek. Knikte. Draaide zich met een glimlach om naar Webb. Hij streek nog eens met zijn vingers over de rug. Hij zei niets. Er werd zoveel van hem verwacht. Bij elke gelegenheid. Elk gebaar.

Hij wachtte een moment, haalde een vulpen uit zijn zak, hield hem een ogenblik in de lucht en signeerde het eerste boek. *Voor Richard Webb, met vriendschap en respect, Frederick Douglass.*

Met je handtekening moest je enige nederigheid betrachten: het was belangrijk de pen niet te laten zwieren.

Ik ben geboren in Tuckahoe in de buurt van Hillsborough, ongeveer achttien kilometer van Easton, in de provincie Talbot, Maryland. Ik weet niet precies hoe oud ik ben, omdat ik nooit een authentiek document heb gezien waarin dat is opgetekend. Verreweg het merendeel van de slaven kent zijn leeftijd net zomin als paarden die van zichzelf kennen, en het is bij mijn weten de wens van de meeste meesters om hun slaven zo onwetend te houden.

Onder in zijn hutkoffer bewaarde hij twee ijzeren halters. Voor hem gemaakt door een smid uit New Hampshire: een abolitionist, een vriend, een blanke. Elke halter woog elf pond. De smid had hem verteld dat hij ze had omgesmolten van slavenketens die ooit waren gebruikt in de veilinghuizen waar mannen, vrouwen en kinderen werden verkocht. De smid was rondgegaan en had alle ketens opgekocht, omgesmolten en er voorwerpen van gemaakt. Om, zoals hij zei, niet te vergeten.

Douglass hield de halters geheim. Alleen Anna wist het. Ze had haar ogen neergeslagen toen ze ze voor het eerst zag, maar algauw raakte ze eraan gewend: zo begon hij de dag, zo begon hij de nacht. Een deel van hem miste nog steeds de dagen van timmeren en breeuwen: vermoeidheid, verlangen, honger.

Hij draaide de sleutel in de slaapkamerdeur om, trok de gordijnen dicht, sloot het licht van de Dublinse gaslantaarns buiten. Hij stak een kaars aan, stond in hemdsmouwen.

Om beurten hief hij de halters op – eerst vanaf de vloer en dan hoog in de lucht – totdat het zweet op het hout drupte. Hij ging zo staan dat hij zich in de ovalen spiegel kon zien. Hij zou niet verwekelijken. Hij zocht de afmatting – het hielp hem bij het schrijven. Hij wilde dat al zijn woorden zich bewust waren van het gewicht dat ze droegen. Hij had het gevoel dat hij ze ophief en dan naar het uiteinde van zijn vingers liet zakken, zijn spieren aan het werk zette, zijn geest openspleet voor ideeën.

Hij was koortsachtig aan het werk. Hij wilde dat ze wisten wat het zou betekenen om gebrandmerkt te worden: om de initialen van een ander in je huid geschroeid te krijgen; een juk om je nek te voelen; een ijzeren bit in je mond te dragen; het water over te steken in een drijvende doodskist; op de akker van een ander te ontwaken; het geraas van de markt te horen; de zweepslag van de bullepees te voelen; je oren te laten couperen; te aanvaarden, te buigen, te verdwijnen.

Het was zijn taak om dat vast te leggen met de punt van zijn pen. Zijn wijde witte hemd zat onder de inktvlekken. Soms, als hij naar woorden zocht, drukte hij het vloeipapier tegen zijn voorhoofd. Dan keek hij later, bij het aankleden voor het diner – cravate, smoking, manchetknopen, gepoetste schoenen – in de spiegel en ontdekte blauwe inktplekken over zijn hele gezicht. Hij had van Webb gehoord dat de Ierse woorden voor een zwarte man *fear gorm* waren, een blauwe man. Hij keek weer in de spiegel, haalde uit, hield zich in, met trillende knokkels tegen het glas.

Hij daalde de ronde trap af, bleef staan, wreef de neuzen van zijn schoenen nog eens op met de natgemaakte punt van een zakdoek.

De butler begroette hem in de hal. Hij kon zich met de beste wil van de wereld niet meer herinneren hoe de man heette, Charles of Clyde of James. Vreselijk om iemands naam te vergeten. Hij knikte de butler toe, liep de gang door, het donker in.

Webb had een pianist ingehuurd om de avonden te begeleiden. Douglass hoorde de noten door de lucht buitelen toen hij naderbij kwam. Hij was verzot op het gebruikelijke repertoire – Beethoven, Mozart, Bach – maar hij had gehoord dat er een nieuw fenomeen was, een Fransman die Édouard Batiste heette en in Dublin zou komen spelen. Hij zou navraag moeten doen: in zijn huidige leven speelde navragen zonder een gebrek aan kennis te verraden een grote rol. Hij mocht geen onnozele indruk maken, maar wilde ook niet pedant overkomen. Een dunne scheidslijn. Hij wist niet goed wanneer hij zwakte kon tonen.

De kwintessens van intelligentie was dat je wist wanneer, en of, je ook je diepste behoefte om te leren kon uiten.

Als hij een zwakke plek toonde, zouden ze er misschien met licht doorheen schijnen, hem in verwarring brengen, misschien zelfs verblinden. Hij kon zich geen enkele fout veroorloven. Dat was geen excuus voor arrogantie. Het was een kwestie van zelfbescherming. Van Webb kon je natuurlijk niet verwachten dat hij dat begreep. Hoe zou hij dat kunnen? Hij was een Ierse quaker. Goedhartig, zeker. Maar hij zag al zijn inspanningen als pure liefdadigheid. Webbs vrijheid was niet in het geding. Wel zijn vermogen om met vrijheid om te gaan. Webb had zo zijn eigen ideeën over wie slaaf was, en wie niet, en wat daartussenin lag.

Van ondergeschikt belang, dacht Douglass. Hij zou zich er niet door laten vergiftigen. De Ieren waren zo vriendelijk. Hij was te gast. Dat moest hij onthouden.

De butler duwde de deur voor hem open. Douglass ging de salon binnen met zijn armen op zijn rug, zijn handen samengeklemd. Het leek hem het beste om zo een kamer binnen te gaan. Met evenveel eerbied als afstandelijkheid. Niet hoogmoedig. Nooit hoogmoedig. Alleen groot, gevuld, stevig.

Het overviel hem: de overweldigende verbazing dat hij hier was. Een timmerman, een breeuwer van schepen, een akkerman. Dat hij

53

van zo ver was gekomen. Zijn vrouw, zijn dierbare kinderen had achtergelaten. Hier geluid van zijn schoenen op deze vloer hoorde. De enige bewegende schoenen in een kamer vol mannen. Zijn stem was nu zijn handen geworden: hij begreep wat het betekende om vleesgeworden te zijn. Er stroomde energie door hem heen. Hij schraapte zijn keel, maar hield zich nog even in. Dit waren, schoot hem weer te binnen, de leden van de Royal Dublin Society. Wezens met hoge boorden en gekrulde snorren. Ze maakten een ouderwetse indruk. Hij staarde hen aan. Het soort mannen dat hun zwaarden boven de schouw van hun geest hadden hangen. Hij zou zijn woede nog maar niet de vrije loop laten.

Hij stapte naar voren om handen te schudden. Lette op hun namen. De eerwaarde Archibald. Broeder Harrington. Later die avond zou hij ze in zijn dagboek noteren. Dat waren de kleine details van de etiquette die hij moest onthouden. De uitspraak. De spelling.

– Het is mij een genoegen u te ontmoeten, mijne heren.

– Het is een eer, meneer Douglass. We hebben uw boek gelezen. Een opmerkelijke prestatie.

– Dank u.

– Buitengewoon leerzaam. Buitengewoon bewonderenswaardig van stijl, en nog meer van inhoud.

– Erg vriendelijk van u.

– En bevalt Dublin u?

– Het is levendiger dan Boston, ja.

Iedereen lachte en daar was hij dankbaar voor, want het gaf hem de gelegenheid de stijfheid uit zijn lichaam te laten vloeien. Webb bracht hem naar een diepe stoel in het midden van de kamer. Toen hij om zich heen keek zag hij Lily, het dienstmeisje, een kop thee voor hem inschenken. Hij hield van thee met extra veel suiker. Zijn zwakte: hij was een zoetekauw. Lily's gezicht, half uitgesneden in het licht terwijl ze schonk, scherp, knap, albast. Ze zweefde naar hem toe. Haar koele blanke polsen. De porseleinen kop was erg dun. Men zei dat de thee er beter door smaakte. Hij kon de kop in zijn handen voelen trillen. Hoe dunner het porselein, des te luider het rinkelde.

Hij hoopte dat de manier waarop hij de theekop vasthield niet

54

voor lomp werd gehouden. Hij ging iets verzitten in zijn stoel. Voelde zijn handen weer klam worden.

Webb leidde hem in. Zelfs in Amerika had Douglass zelden naar de inleidingen van anderen geluisterd. Ze brachten hem in verlegenheid. Soms maakten ze een karikatuur van hem: de gekleurde conquistador, de gentleman-slaaf, de Amerikaanse Orfeus. In de loop van zo'n inleiding werd er steevast op gewezen dat zijn vader een blanke was. Alsof het niet anders had gekund. Hoe hij bij zijn moeder, broers en zussen was weggehaald, weggegrist, een tijdje onder de hoede van blanke liefdadigheid was gesteld. Douglass vond de beschrijvingen eentonig. De woorden vervluchtigden in zijn hoofd. Hij luisterde niet. Hij bekeek de gezichten van de mannen. Hij voelde hun onzekerheid, een zweempje verwarring rond hun ogen als hij hen aankeek terwijl ze naar hem keken. Een slaaf. In een salon in Dublin. Zo opmerkelijk goed verzorgd.

Hij keek op en zag dat Webb was uitgesproken. Een stilte. Het theekopje trilde in zijn handen. Hij liet de stilte tegen zijn onrust aanleunen. Hij had gemerkt dat de zenuwen hem zuiniger met woorden maakten, sterker, voorzichtiger.

Douglass bracht de schotel onder het kopje.

Ik geef er de voorkeur aan mezelf te zijn, op het gevaar af dat ik me blootstel aan de spot van anderen, liever dan dat ik veins en me blootstel aan mijn eigen afschuw. Mijn vroegste herinnering is die waarin ik de diepe overtuiging koester dat slavernij niet altijd in staat zou zijn mij in zijn weerzinwekkende omknelling te houden. Nu, in de lange boog van deze weg, zie ik mezelf een nieuwe draad spinnen en doe ik een beroep op u, heren, om te vechten tegen het despotisme, de onverdraagzaamheid en de tirannie van degenen die me de toegang tot deze kamer zouden willen weigeren.

Aan het eind van zijn tweede week schreef hij aan Anna dat hij op Ierse bodem niet voor nikker was uitgescholden, geen enkele keer, nog niet tenminste. Bijna overal waar hij kwam werd hij verwelkomd. Hij wist nog niet goed wat hij ervan moest vinden, het over-

55

donderde hem. Er was zich iets in hem aan het uitkristalliseren. Hij had, misschien wel voor het allereerst, het gevoel dat hij zijn huid volwaardig kon bewonen. Het was mogelijk dat hij voor hen slechts een rariteit was, maar iets in hem voelde zich op één lijn staan met degenen die hij ontmoette en dat had hij in al zijn zevenentwintig jaren nog nooit meegemaakt. Hij wilde dat ze erbij kon zijn.

Het was een koud, grauw land onder een hoed van regen, maar hij kon midden op een voetpad lopen, of in een diligence stappen, of een huurrijtuig aanroepen zonder zich te verontschuldigen. Er was overal armoede, zeker, maar toch zou hij de armoede van een vrij man verkiezen. Geen zwepen. Geen ketens. Geen brandijzers.

Hij reisde natuurlijk in voornaam gezelschap, maar zelfs in de meest ongure straten had hij geen krenking gehoord. Hij was weleens met grote ogen aangestaard, maar misschien kwam dat ook doordat de kraag van zijn jas tamelijk hoog van snit was: Webb had hem al gevraagd of hij zich niet een tikje meer bescheidenheid kon veroorloven.

De deurbel luidde lang en traag. De kleermaker keek op, maar in de winkel ging alles gewoon verder. Dat verbaasde Douglass nog het meest: het ontbreken van ontsteltenis. Geen schrik. Geen vlucht. Hij liep het rek met jassen langs. De kleermaker kwam uiteindelijk achter de toonbank vandaan en gaf hem een hand: Welkom in mijn zaak, meneer.

– Dank u.

– U bent hier het gesprek van de dag, meneer.

– Ik ben geïnteresseerd in een nieuwe jas.

– Zeker.

– Een wat lager gesneden jas, zei Webb.

– Ik ben heel wel in staat mezelf te kleden, zei Douglass.

Ze keken elkaar nijdig aan over de zee van de kamer.

– Heren, zei de kleermaker. Deze kant op, alstublieft.

Webb kwam naar voren, maar Douglass legde een hand op zijn borst. De atmosfeer werd ijzig. Webb sloeg zijn ogen neer en toonde een bijna onmerkbare glimlach. Hij haalde een portefeuille van Marokkaans leer tevoorschijn, streek erover en stak hem terug in zijn jaszak.

– Zoals u wilt.

Douglass liep met grote, luide stappen met de kleermaker naar een achterkamer. Scharen, naalden, knippatronen. Bestofte ellenstokken en uitgelegde rollen stof op de tafels. Van welke plantages kwam die stof? Welke vingers hadden die geweven?

De kleermaker gaf een passpiegel een zwiep door de kamer. Het ding stond op een standaard met wieltjes.

Nog nooit had een blanke zijn maten opgenomen. De kleermaker stond achter hem. Douglass rilde even toen de centimeter om zijn nek werd gelegd.

– Neem me niet kwalijk, meneer, is het lint koud?

Hij sloot zijn ogen. Liet zich meten. Zijn ribbenkast, zijn borst, zijn taille. Hief zijn armen op om te zien hoe diep het armgat van het vest kon worden. Ademde in, ademde uit. Liet het voddige gele meetlint toe aan de binnenkant van zijn been. De kleermaker krabbelde de maten op. Zijn handschrift was klein en precies.

Toen hij klaar was, legde de kleermaker zijn vingers om Douglass' schouders en greep hem stevig vast.

– U bent mooi breed, meneer, als ik zo vrij mag zijn.

– Eerlijk gezegd…

Hij wierp een blik op Webb voor in de winkel. De quaker stond als een opzichter bij het raam naar buiten te kijken. Het was alsof de Liffey hem weg wilde voeren op zijn lange, lange grijze mouw.

– Ik zou u heel dankbaar zijn, zei Douglass.

– Ja, meneer?

Hij keek weer om naar Webb.

– Als u me ook een kemelsharen vest wilt aanmeten.

– Een vest, meneer?

– Ja, men noemt het ook wel een gilet.

– Inderdaad, meneer.

De kleermaker draaide hem weer rond, legde de centimeter om Douglass' ribbenkast en bracht de uiteinden bij zijn navel samen.

– U kunt het op de rekening van meneer Webb zetten.

– Goed, meneer.

– Hij is verzot op verrassingen.

Met drommen kwamen ze, nieuwsgierig, ernstig onder hun hoeden. Wolken parfum om zich heen. Ze zaten op de voorste rijen in de methodistenkerken, de gemeenschapszalen van de quakers, de ontvangstsalons van landhuizen. Hij wipte op zijn tenen omhoog, stak zijn duimen in de zakken van zijn nieuwe vest.

's Middags gebruikte hij de thee met de Anti-Slavernij Vereniging van Dublin, het Hibernian-genootschap, de Whigs, de Vrienden der Abolitie. Ze waren goed geïnformeerd, intelligent, vrijmoedig in gesprekken, vrijgevig met donaties. Ze vonden hem zo jong, knap en hoffelijk. Hij kon de rokken horen ruisen in de rij die wachtte om hem te ontmoeten. Webb zei dat hij nog nooit zoveel jongedames op de bijeenkomsten had gezien. Zelfs een of twee katholieken uit gegoede families. In de tuinen van welvoorziene huizen spreidden de vrouwen hun japon uit over houten banken en poseerden met hem voor een portret.

Douglass maakte angstvallig gewag van zijn vrouw en kinderen, thuis in Lynn. Het was vreemd, maar soms trok dat praten over Anna de vrouwen juist aan. Ze bleven rondhangen met gegiechel, parasols en zakdoeken. Ze wilden weten welke mode de vrije negervrouwen in Amerika volgden. Hij zei dat hij geen flauw idee had, dat voor hem de ene japon erg op de andere leek. Ze sloegen hun handen ineen met een verrukking die hij niet begreep.

Hij werd uitgenodigd om met de burgemeester te dineren. De kroonluchters in het Mansion House spankelden. De plafonds waren hoog. De schilderijen majestueus. De kamers gingen in elkaar over als schitterende volzinnen.

Hij maakte kennis met pater Mathew, sloot zich aan bij de geheelonthoudersbeweging. De demon van de alcohol waarde overal rond in de straten van Dublin. Hij legde de onthoudersgelofte af. Daarmee zou hij misschien, dacht hij, een heel nieuw publiek voor zich winnen. Bovendien dronk hij nooit. Hij wilde zijn zelfbeheersing bewaren. In het verlangen naar verdoving zat te veel van de meester. Bij zijn wandelingen droeg hij het gelofte-insigne prominent op het revers van zijn nieuwe jas. Hij voelde zich er op de een of andere manier groter door. Hij zoog zijn longen vol met de grijze lucht van Dublin. Men liet hem zelden alleen. Er waren er altijd wel een of twee die aanboden hem te vergezellen. Hij ontdekte ritme in al het dalen en wenden en herhalen van de Ierse tongval. Hij had een neiging tot nabootsen. *Grand day, y'r honor. For the love of God, wouldya ever gi'us sixpence, sir?* Zijn gastheren vonden het prachtig zijn imitaties te horen. Er zat ook een diepere bedoeling achter: hij wist dat je met zoiets eenvoudigs een publiek kon inpalmen. *I'm pleased to be in aul' Ireland.*

Hij was vijf weken in Dublin. Zijn gezicht verscheen op aanplakbiljetten door de hele stad. Dagbladreporters tafelden met hem in het Gresham Hotel. Hij was *leeuwachtig*, schreven ze, *woest, een elegante panter*. Een krant gaf hem als bijnaam *de Donkere Dandy*. Hij lachte en verscheurde de krant – hadden ze verwacht dat hij zich in lompen van Amerikaans katoen zou kleden? Hij werd meegenomen naar de Four Courts, naar de beste eetzalen geleid, uitgenodigd om onder de kroonluchters te zitten waar hij goed gezien kon worden. Wanneer hij een zaal binnenkwam om te spreken, duurde het applaus vaak een volle minuut. Hij nam zijn hoed af en boog.

Na afloop stonden ze in de rij om zijn boek te kopen. Het verbaasde hem als hij van zijn vulpen opkeek en de rij japonnen zag die op hem wachtte.

Er waren dagen dat hij er moe van werd, zichzelf zag als een kunstig getrimde poedel aan een lijn. Dan ging hij naar zijn kamer, haalde de halters tevoorschijn, en ging als een bezetene aan de gang.

Op een avond trof hij de rekening voor het vest netjes opgevouwen op zijn nachtkastje aan. Hij moest lachen. Ze zouden hem uiteindelijk elke gedachte die hij ooit had gehad in rekening brengen. Hij droeg die avond het kemelsharen gilet aan het diner, stak nonchalant zijn duimen in de zakken terwijl hij op het dessert wachtte.

Elke dag vond hij een nieuw woord en schreef het op in een notitie-boekje dat hij in zijn binnenzak droeg. Kleptomanie. Hostiliteit. Fenicisch. Woorden die hij herkende uit *The Columbian Orator*. Onverdroten. Categorisch. Tendentieus.

Toen hij in zijn jongensjaren de taal ontdekte, was het voor hem alsof hij een boom openkerfde. Nu moest hij voorzichtiger zijn. Hij wilde geen flater slaan. Hij werd per slot van rekening bekeken door Webb en de anderen: wortel, bloesem, stam. Het was van groot belang zijn zelfbeheersing te bewaren. Om dingen tot leven te roe-pen door de geheimzinnige alchemie van de taal. Atlantisch. Atlas. Albast. Hij droeg het beeld uit van zijn eigen volk: soms was het zo zwaar dat hij eronder wankelde.

In Rathfarnham bulderde hij erop los. Hij sprak over vrouwengese-laars, mensenjagers, wiegenplunderaars. Over vleeshandelaren en varkensdrijvers. Over nuchtere dronkaards, berovers van mensen. Over grenzeloze onverschilligheid, fanatieke haat, dorstig kwaad. Hij was in Ierland, zei hij, om de algehele emancipatie te bevorde-ren, om een openbare moraal van niveau te eisen, om de dag van de vrijheid voor zijn drie miljoen geknechte broeders naderbij te bren-gen. Drie miljoen, zei hij. Hij spreidde zijn armen uit, alsof hij hen allemaal omvaamde. We zijn lang genoeg geminacht en belasterd. Slechter behandeld dan de laagste der lage dieren. Geketend, ver-brand, gebrandmerkt. Stop die moordende handel in bloed en been-deren. Hoor de treurige weeklacht van de slavenmarkten. Luister naar de ratelende kettingen. Hoor ze, zei hij. Kom naderbij. Luister. Drie miljoen stemmen!

Na zijn toespraak greep de ceremoniemeester van Dublin Castle hem bij zijn arm en ademde whiskey en verbazing in zijn oor. Hij had nog nooit zo'n toespraak, zulke prachtige woorden bij elkaar gehoord. Dat iemand zo kon spreken! Het was diepzinnig, zei hij, verhelderend, van groter gewicht dan hij ooit had meegemaakt.

– U doet uw ras eer aan, meneer. Grote eer.

– Meent u dat?

– En u bent niet naar school geweest, meneer?

– Nee, ben ik niet.

– En nooit officiële lessen gevolgd?

– Nee.

– En als ik zo vrij mag zijn…

– Ja?

– Hoe komt u in hemelsnaam aan die welsprekendheid?

Een harde knoop trok samen in Douglass' borst.

– Die welsprekendheid?

– Ja? Hoe kan…

– Als u me wilt excuseren?

– Meneer?

– Ik moet even weg.

Douglass ging naar de andere kant van de kamer, zijn schoenen luid klakkend op de houten vloer en onder het lopen brak een glimlach door.

's Middags zag hij Lily wanneer ze de bovenverdieping van het huis schoonmaakte. Amper zeventien jaar. Haar zandkleurige haar. Haar ogen onderstreept met sproeten.

Hij sloot zijn deur, ging zitten schrijven. Zag nog haar gestalte. Op de trap liet hij haar passeren. Ze had een wolk tabakslucht om zich heen. De wereld werd er weer alledaags door. Hij liep vlug naar beneden, naar de salon waar hij ging zitten lezen in de literaire tijdschriften waarop Webb geabonneerd was, de stapels boeken, de couranten. Hij kon zich erin verliezen.

Boven hem klonken Lily's voetstappen. Hij was blij toen ze ophielden. Hij ging weer naar boven om te schrijven. Zijn kamer was brandschoon en de halters waren onaangeroerd gebleven.

Bij de bank aan de College Green stuurden ze de opdracht naar Boston om 225 pond sterling te storten op de rekening van de Amerikaanse Anti-Slavernij Vereniging. Het kwam neer op 1850 dollar. Douglass en Webb kwamen naar buiten in hun nieuwe wollen jasjes en witlinnen overhemden. Er zweefden meeuwen boven Dublin: even talrijk als bedelaars. Achter in een scanderende menigte zag hij het jongetje met de rode striemen over zijn hals en gezicht. Hé, meneer Douglass! gilde de jongen, meneer Douglass, alsjeblieft!

Hij wist zeker dat de jongen, toen het koetsje bij de universiteit de hoek om ging, zijn voornaam uitschreeuwde.

Hij vernam uit de krant dat O'Connell een grote menigte zou toespreken in de haven van Dublin. De voorvechter van het volk. Ierlands trouwste zoon. Hij had zijn hele leven actie gevoerd voor de katholieke emancipatie en parlementair bestuur en had ook over afschaffing van de slavernij geschreven. Briljante essays, gloedvol, meeslepend. O'Connell had zijn leven geriskeerd voor de ware vrijheid en stond bekend om zijn toespraken, zijn brieven, zijn rechtsgevoel.

Douglass zegde een theebezoek in Sandymount af om er op tijd bij te zijn. Hij kwam er via de overvolle kaden. Hij stond versteld van de enorme menigte: alsof de hele spons van Dublin in een gootsteen was uitgeknepen. Al dat tumult van menselijk vaatwerk. De politie dreef de menigte voort. Hij raakte Webb kwijt en drong alleen naar voren, wist bij het podium te komen toen O'Connell verscheen. De Grote Bevrijder zag er opgeblazen, vermoeid en ongezond uit: dat was kennelijk al zo sinds zijn vrijlating uit de gevangenis. Maar er ging een reusachtig gebrul op. *Mannen en vrouwen van Ierland!* Het kabaal was oorverdovend. O'Connell hield een roephoorn vast en als hij erin sprak, knalden de woorden uit hem weg, overweldigend, bruisend. Douglass was verbluft van het betoog, de retoriek, de humor.

O'Connell hield de menigte in het ruim van zijn uitgestrekte armen. Hij dirigeerde. Vertraagde. Draaide op zijn hakken. IJsbeerde over het podium. Duwde zijn pruik recht. Liet stilten vallen. De toespraak werd doorgegeven door anderen, die op hoge ladders stonden en de woorden over het havengebied verspreidden.

– Herroeping is het recht van Erin en de wil van God!

– Hoe we het ook wenden of keren, Engeland heeft onze natie tot knechtschap gebracht!

– Het gebruik van geweld is niet ons doel!

– Verenig u, agiteer, steun mij!

Hoeden en petten vlogen de stinkende lucht in. Het gejuich marcheerde ritmisch door de menigte. Douglass stond als aan de grond genageld.

Na afloop werd de Ier omringd door een geweldige drom mensen. Douglass drong zich verontschuldigend langs tientallen schouders naar voren. O'Connoll keek op, wist meteen wie hij was. Ze gaven elkaar de hand.

– Het is me een eer, zei O'Connell.

Douglass was verrast.

– Geheel de mijne, zei hij.

O'Connells hand werd weggetrokken. Er was zoveel waar Douglass over wilde praten: de herroeping, geweldloosheid, de positie van de Ierse geestelijken in Amerika, de filosofie van de strijd. Hij wilde de hand van de Ier weer grijpen, maar er stonden alweer te veel mensen tussen hen in. Hij voelde elleboogstoten, werd naar achteren geduwd. Een man schreeuwde iets in zijn oor over geheelonthouding. Een ander wilde zijn handtekening voor een petitie. Een vrouw maakte een kniebuiging voor hem: een walm van vuil om haar heen. Hij wendde zich af. Zijn naam weerklonk van alle kanten. Hij had het gevoel alsof hij in een draaikolk rondtolde. O'Connell werd van het podium af geholpen.

Toen Douglass zich weer omdraaide, had Webb zijn arm te pakken, zei dat ze een afspraak in Abbey Street hadden.

– Een ogenblik nog.

– Ik vrees dat we moeten gaan, Frederick.

– Maar ik moet hem spreken…

– Er komen nog meer gelegenheden, heus.

– Maar…

Even ving Douglass de blik van O'Connell op. Ze knikten elkaar toe. Hij zag de Ier vertrekken. Kleintjes in zijn felgroene jas, met zijn zakdoek veegde hij over zijn voorhoofd. Zijn pruik verschoof een beetje. Het had iets triests. Maar als je toch zo'n gezag hebt, dacht Douglass. Zo'n aantrekkingskracht. Zo'n energie. Als je op zo'n bijzondere manier bezit kunt nemen van het podium. Tot rechtvaardigheid zonder geweld kunt oproepen. Zoals zijn woorden nu in het merg leken te zitten van de mensen die nog in de haven rondhingen, terwijl er stukken afval in het water dreven.

Twee dagen later riep O'Connell hem in de Conciliation Hall op het podium en stak hij Douglass' hand in de hoogte: *Dit*, zei hij, *is de zwarte O'Connell!* Douglass zag de petten tot aan het dak gaan.

– Ierse mannen en vrouwen…

Hij keek uit over de vuilnisbelt. Een en al lompen en aanbidding. Dank u, zei hij, dat u me de eer gunt om met u te mogen spreken. Hij hief zijn handen op en bracht de menigte tot bedaren en sprak met hen over slavernij en handel en hypocrisie en de noodzaak om de slavernij af te schaffen.

Nu kreeg hij energie. Vuur. Hij hoorde de deining van zijn woorden door de menigte gaan.

– Als u één blik op een enkel mens werpt, zei hij, werpt u een blik op de hele mensheid. Eén mens onrecht aandoen, is allen onrecht aandoen. Geen enkele macht kan wat goed en rechtvaardig is gijzelen. Afschaffing van de slavernij zal de gewoonste zaak van de wereld worden!

Hij ijsbeerde over het podium. Knoopte zijn jas dicht. Het was een ander publiek dan hij ooit voor zich had gehad. Er werd zacht gemord. Hij liet een stilte vallen. Porde toen zijn zinnen op. Rekte zich naar het publiek. Zocht hun ogen. Toch voelde hij een afstand. Het zat hem dwars. Onder aan zijn keel lag een druppel vocht.

Er klonk geschreeuw van achter uit de zaal. En Engeland dan? Moest hij Engeland niet aanklagen? Was Engeland soms geen slavenmeester? Was er geen loonslavernij? Waren er geen ketens van financiële onderdrukking? Was er geen ondergrondse vluchtroute die elke Ier graag zou gebruiken om aan de tirannie van Engeland te ontkomen?

Een politieman begaf zich achter in de menigte, zijn piekhelm verdween erin. De oproerkraaier was snel tot de orde geroepen.

Na een lange stilte zei Douglass: Ik geloof in de Ierse zaak. Beneden hem kruifde een golf van knikkende hoofden. Hij moest voorzichtig zijn, wist hij. Er waren verslaggevers die elk woord noteerden. Het zou in Groot-Brittannië en Amerika verspreid worden. Hij zweeg even. Hij stak zijn hand omhoog. Draaide hem een slag.

– Wat te denken, zei hij, van een natie die prat gaat op haar vrijheid en toch haar volk geketend houdt? In het boek van het lot staat gegrift dat vrijheid universeel zal worden. De zaak van de menselijkheid is er een van de gehele wereld.

Opluchting stroomde door hem heen toen de menigte applaudisseerde. O'Connell kwam het podium op en hield zijn hand opnieuw in de hoogte. *De zwarte O'Connell!* zei hij nogmaals. Douglass maakte een buiging en toen hij omlaag keek, zag hij Webb vlak vooraan staan, kauwend op de steel van zijn lorgnet.

Tijdens het diner in Dawson Street zat hij naast de burgemeester, maar hij leunde in zijn stoel naar achteren om met O'Connell te kunnen praten.

Later die avond wandelden ze samen door de tuin van het Mansion House, plechtig stappend langs de gesnoeide winterrozenstruiken. O'Connell lichtgebogen, met zijn handen op zijn rug. Hij wilde, zei hij, dat hij Douglass en zijn mensen directere hulp kon bieden. Het deed hem verschrikkelijk pijn om te horen dat er veel Ieren waren onder de slavenhouders in het Zuiden. Lafaards. Verraders. Een smet op hun eigen afkomst. Ze moesten niet bij hem in de buurt komen. Ze brachten gif met zich mee, een schande voor hun natie. Hun kerken zouden gemeden moeten worden. Ze hadden een gelofte van valse suprematie afgelegd.

Hij pakte Douglass bij de schouders. Hij had ooit een man gedood, zei O'Connell. Bij een duel in Kildare. Om een kwestie van katholieke eer. Hij had hem in de buik geschoten. Hij liet een vrouw en een kind achter. Het kwelde hem nog steeds. Hij zou nooit meer doden, maar hij zou nog steeds zijn leven geven voor zijn diepste geloof: een mens kon alleen vrij zijn als hij leefde voor de zaak van de vrijheid.

Ze spraken diepgaand over de situatie in Amerika, over Garrison, Chapman, het presidentschap van Polk, de mogelijkheid van een afscheiding.

O'Connell had iets van een veelzijdig denker, maar Douglass voelde dat de grote man een diepe vermoeidheid verhulde. Alsof de vragen waarmee hij rondliep te zwaar waren om te dragen en langzaam in zijn vlees sneden, zich in zijn lichaam vastzetten en hem neerdrukten.

Hij voelde O'Connells arm op de zijne en hoorde hem zwaar ademen in de stilten tussen de stappen. Een magere man liep speurend door de tuin en tikte op een horloge dat aan zijn vest hing.

O'Connell stuurde de man weg, maar Douglass meende er, voor de allereerste keer, de kleine nederlaag van de roem in te herkennen.

Men zegt wel dat de geschiedenis de kant van de rede kiest, maar die uitslag is allerminst zeker. Duidelijk is dat het leed uit het verleden nooit volledig wordt goedgemaakt door een toekomst van universeel geluk, als zoiets al bereikbaar is. Het kwaad van de slavernij is een blijvende, onuitwisbare werkelijkheid, maar de slavernij zelf zal worden uitgebannen! De waarheid kan niet opgeschort worden. Het moment van de waarheid is nu!

Het rijtuig stond klaar: het was oktober, tijd om zijn lezingentournee in het zuiden te beginnen. Zijn kleren waren geborsteld. Zijn schrijfpapier was in wasdoek verpakt. Webb liet de bedienden de paarden voederen en drenken. Douglass bukte zich om de hutkoffer zelf op te pakken. Nieuwe boeken, nieuwe kleren, zijn halters.

– Wat heb je daar in hemelsnaam in zitten? vroeg Webb.

– Boeken.

– Sta me toe, zei Webb.

Douglass pakte snel de koffer zelf op.

– Ziet er nogal zwaar uit, ouwe jongen.

Hij probeerde te doen alsof het geen moeite was. Hij voelde een spier in zijn rug fel protesteren. Hij zag Webb besmuikt grijnzen. Webb riep de koetsier, John Creely. Het was een kleine man, tenger van bouw, met het uitgemergelde gezicht van een zware drinker. Samen tilden de drie mannen de hutkoffer op de hoge richel achter op het rijtuig en bonden die met touw vast.

Douglass wou dat hij de halters had thuisgelaten. Een onbezonnen beslissing. Hij was bang dat Webb hem ijdel zou vinden.

Door hun dagelijkse omgang hadden Webb en Douglass een hekel aan elkaar gekregen. Webb had iets bombastisch, vond Douglass. Hij was onverdraagzaam, lichtgeraakt, kwezelachtig. Hij had zich kwaad gemaakt toen hij de rekening van de kleermaker kreeg en had de kosten van het vest afgetrokken van Douglass' inkomsten uit zijn boeken. Een beetje krenterig. Hij voelde voortdurend Webbs ogen op zich gericht, wachtend op een misstap. Hij was bang dat hij een stereotype zou worden. Vastgeprikt. Bestudeerd. Ontleed. Douglass hield er niet van om *ouwe jongen* te worden genoemd. Het herinnerde hem aan plantages, aan zwepen, aan voetboeien met spijkers erin, aan knokpartijen. En dan was er het geld – Webb zamelde het in om het aan de slavernijbestrijding in Amerika te doneren. Iedere avond vroeg hij Douglass of hij nog particuliere giften had ontvangen. Dat stak hem. Dan leegde hij overdreven plechtig zijn zakken, trok ze binnenstebuiten en schudde ze uit.

– U ziet het, zei hij, gewoon een arme slaaf.

Toch was Douglass niet blind voor zijn eigen tekortkomingen. Hij vond zichzelf bij tijden kortaangebonden, te snel van oordeel, onvoorzichtig. Hij moest verdraagzamer leren zijn. Hij wist dat Webb niet uit was op financieel gewin, en Webb leek inderdaad spijt te hebben van de ietwat hatelijke toon die hij soms tegen de zwarte man aansloeg.

Ze trokken het touw vaster om de koffer. De bedienden kwamen naar buiten om hem uitgeleide te doen. Lily bloosde een beetje toen hij haar een hand gaf. Ze fluisterde dat het een grote eer was geweest om hem te ontmoeten. Ze hoopte dat ze hem op een goede dag zou terugzien.

Hij hoorde een kuchje achter zich.

– We hebben niet de hele dag de tijd, ouwe jongen, zei Webb.

Hij schudde iedereen nogmaals de hand. De bedienden hadden dit nog nooit van een gast meegemaakt. Ze bleven kijken tot het rijtuig achter de school aan het eind van Great Brunswick Street verdween.

Er gingen geruchten over een aardappelziekte, maar het land buiten de stad zag er gezond, groen, levenskrachtig uit. Bij Greystones stopten ze op een heuvel om naar het schitterende lichtspel op het laatste stukje van de baai van Dublin te kijken. In de verte stonden regenbogen die het met zeewier bezaaide strand iriseerden.

Webb en hij gingen om beurten bij Creely op de bok zitten. Het land was verbluffend mooi. Hagen in bloei. Dartele beken. Als het regende zaten ze in het rijtuig tegenover elkaar te lezen. Af en toe bogen ze zich naar de ander over om hem op de knie te tikken en een passage voor te lezen. Douglass herlas de toespraken van O'Connell. Hij was verbaasd over zijn soepelheid van geest. Zijn streven naar het universele. Hij vroeg zich af of hij nog eens de gelegenheid zou krijgen de man te ontmoeten, voldoende tijd met hem door te brengen, zijn eigen ideeën te scherpen aan de Grote Bevrijder.

Het rijtuig hobbelde door diepe wagensporen. Het ging nauwelijks sneller dan een postkoets of een tweewielig rijtuigje. Douglass was verrast te horen dat er ten zuiden van Wicklow nog geen spoorwegen waren.

De middagen strekten zich uit tussen zeeën van geel op de heuvels. Luiken in de hemel sloegen plotseling open en dicht. Licht en donker joegen elkaar achterna. Het land had een soort primitieve onschuld.

Als hij voor op de bok zat, kwamen er mensen uit hun huizen die alleen maar naar hem keken. Ze sloegen op zijn schouder, schudden hem de hand, zegenden hem met het kruisteken. Ze probeerden hem verhalen te vertellen over landeigenaren, afwezige bezitters, Engelse wreedheden, dierbaren overzee, maar Webb was ongeduldig en wilde verder, ze hadden een programma af te werken, lezingen te geven.

Jonge kinderen holden achter het rijtuig aan, vaak wel een kilometer lang, tot ze wankel in het landschap leken weg te zinken.

Wicklow, Arklow, Enniscorthy: hij tekende de namen op in zijn dagboek. Het viel hem op dat er werkelijk een sfeer van honger over het land hing. In de logementen verontschuldigden de uitbaters zich 's avonds voor het ontbreken van aardappelen.

In Wexford stond hij op de bovenste trap van de Assembly Hall. Onzichtbaar voor anderen, kon hij via de trap zien dat op een verdieping lager een tafel was klaargezet; zijn aanplakbiljet hing aan de muur, trillend in een zuchtje wind.

Het waren de plaatselijke notabelen die hem kwamen bekijken. Chic gekleed, nieuwsgierig, geduldig. Ze namen rustig plaats, ontdeden zich van hun sjaals en wachtten op hem. Zijn woorden raakten hen – *Zo is het!* riepen ze, *Bravo!* – en na zijn toespraak schreven ze promessen uit, zeiden dat ze bazaars, loterijen, taartverkopen zouden organiseren en het geld de Atlantische Oceaan over zouden sturen.

Maar toen Douglass de straat opging, voelde hij zijn huid prikkelen. Het wemelde op straat van de arme Ieren, de katholieken. Ze leken hun lot te omhelzen. Er waren geruchten over Herroepingskringen, clandestiene debatten, huizen die in brand werden gestoken. Telkens wanneer hij zich onder hen begaf, was hij zowel geschokt als ontroerd. De papen waren geneigd tot lachen, uitbundigheid en diep verdriet, hun eigen clichés. Een straatartiest danste in een met belletjes afgezet harlekijnspak. Kinderen ventten op straat blaadjes met balladen uit. Vrouwen staken de brand in kleipijpen. Hij wilde ter plekke een toespraak houden, maar zijn gastheren trokken hem mee. Toen hij over zijn schouder keek, had hij het gevoel dat hij in een sloot keek die maar half uitgegraven was.

Hij werd door een lange laan met majestueuze eiken naar een immens landhuis gereden. Kaarsen in de ramen. Bedienden met witte handschoenen. Het was hem opgevallen dat hij voornamelijk omringd werd door Engelse accenten. Magistraten. Landeigenaars. Ze klonken melodieus en goed geïnformeerd, maar wanneer hij naar de honger vroeg die hij op straat had gezien, zeiden ze dat er in Ierland altijd honger was. Het was een land dat ervan hield om gepijnigd te worden. De Ieren stapelden vurige kolen op hun eigen hoofd. Ze waren niet in staat het vuur te doven. Ze waren altijd afhankelijk van anderen, hadden geen idee van zelfredzaamheid. Ze stonden in brand en goten dan de lege emmers over zich uit. Zo was het altijd geweest.

Het gesprek dwaalde af. Ze legden hem kwesties voor over democratie, eigendom, de natuurlijke orde, het christelijk imperatief. Op een groot zilveren dienblad gingen glazen wijn rond. Hij bedankte beleefd. Hij wilde meer weten van de geruchten over ondergronds verzet. Sommige gezichten om hem heen verstrakten. Misschien konden ze hem dan meer vertellen over de katholieke emancipatie? Hadden ze O'Connells hartstochtelijke aanklachten gelezen? Was het waar dat van Ierse harpisten ooit de nagels waren uitgetrokken zodat ze de kattendarm niet konden bespelen? Waarom was de Ieren hun taal ontnomen? Waar waren de voorvechters van de armen?

Webb nam hem aan de elleboog mee naar de veranda en zei: Maar Frederick, je bijt niet in de hand die je voedt.

De sterren doorzeefden de nacht boven Wexford. Hij wist dat Webb gelijk had. Er was altijd een te volgen lijn. Aan ieder perspectief zaten zoveel kanten. Hij kon er maar één kiezen. Geen enkel brein kon het allemaal tegelijk bevatten. Waarheid, gerechtigheid, werkelijkheid, tegenstrijdigheid. Er konden misverstanden ontstaan. Hij had slechts één doel. Daar moest hij trouw aan blijven.

Hij ijsbeerde over de veranda. Vanuit zee stoof een kille wind op.
– Ze wachten op je, zei Webb.

Hij stak Webb zijn hand toe, drukte die en ging daarna weer naar binnen. De kou kwam door de open deur mee de kamer in. Ze dronken hun koffie uit kleine porseleinen kopjes. De vrouwen hadden zich rond de piano geschaard. Hij had Schubert leren spelen op de viool. Hij kon helemaal opgaan in het adagio: hoe langzaam ook, ze waren verrukt van de behendigheid van zijn handen.

Ze trokken verder naar het zuiden. Vlak na de rivier de Barrow namen ze een verkeerde afslag. Ze kwamen in ruig gebied. Kapotte hekken. Vervallen kastelen. Stukken moerasland. Beboste landtongen. Uit hutten stegen sliertjes scherpe turfrook op. Op de modderige paden zagen ze af en toe lompen bewegen. De lompen zagen er levendiger uit dan de lichamen die erin zaten. Bij het passeren werden ze door de gezinnen aangegaapt. De kinderen zagen eruit als eilandjes van honger.

Iets van de weg af stond een hut in brand. Het was alsof de rook uit de grond opkwam. Op de akkers stonden mannen bij armetierige bomen verbeten in het niets te staren. Bij een van hen was de mond besmeurd met bruine brij: misschien had hij boomschors gegeten. De man keek uitdrukkingsloos hoe het rijtuig voorbijreed en hief zijn stok op alsof hij zichzelf vaarwel zei. Hij strompelde over het veld, met een hond achter zich aan. Ze zagen hem op zijn knieën vallen, weer opstaan en verder naar de einder lopen. Een donkere jonge vrouw plukte bessen van de struiken: de hele voorkant van haar jurk was rood van het sap, alsof ze ze stuk voor stuk weer uitbraakte. Ze lachte schril. Al haar tanden waren weg. Ze herhaalde steeds een zin in het Iers: het klonk als een soort gebed.

Douglass greep Webbs arm. Webb zag er ziek uit. Wit weggetrokken. Hij wilde niet praten. Er was een geur uit het land losgekomen. De grond was omgespit. De aardappelziekte had zijn rotte stank de lucht in gestuwd. De aardappeloogst was mislukt.

– Het is het enige wat ze eten, zei Webb.

– Maar waarom?

– Het is het enige wat ze hebben, zei hij.

– Nee toch.

– Voor al het andere rekenen ze op ons.

Britse soldaten galoppeerden langs, modder sloeg tegen de hagen. Groene mutsen met rode insignes. Als bloedspetters tegen het land. De soldaten waren jong en bang. Er hing een sfeer van opstandigheid in het landschap: zelfs de vogels leken vanuit de bomen omhoog te krijsen. Ze meenden een wolf te horen huilen, maar Webb zei dat de laatste wolf in dit land een halve eeuw eerder was afgeschoten. Creely, de koetsier, begon te jammeren dat het misschien een banshee was.

– Ach, hou op met die malligheid, zei Webb. Rijd door!

– Maar, meneer…

71

– Doorrijden, Creely.

Bij een buitenhuis hielden ze halt om te zien of ze er de paarden konden voederen. Voor de poort stonden drie bewakers. Stenen valken boven hun schouders. De bewakers hadden spaden in hun hand, maar de stelen van de spaden waren tot punten geslepen. De eigenaren waren afwezig. Er was brand geweest. Het huis smeulde. Niemand mocht erdoor. Ze hadden strikte orders. De wachters keken naar Douglass, probeerden hun verbazing bij de aanblik van een neger te bedwingen.

– Wegwezen, zeiden de bewakers. Nu.

Creely liet het rijtuig verder gaan. De wegen kronkelden. Rondom hen rezen hoge hagen op. De nacht dreigde. De paarden liepen trager. Ze zagen er afgepeigerd uit. Aan hun lange kaken hingen slierten speeksel en schuim.

– O, schiet alsjeblieft een beetje op, riep Webb vanuit de koets waar hij knie aan knie zat met Douglass.

Onder een baldakijn van bomen hield het rijtuig krakend halt. De stilte sloot hen in. Boven het gedempte schrapen van de hoeven uit hoorden ze een vrouwenstem. Het klonk alsof ze een zegen afsmeekte.

– Wat is dat? riep Webb.

Creely gaf geen antwoord.

– Rijden, kerel, het wordt al donker.

Maar het rijtuig bleef staan. Webb schopte de onderdeur van de koets met zijn voet open en stapte uit. Douglass volgde. Ze stonden in het zwarte bad van bomen. Op de weg zagen ze de koude, onscherpe gedaante van een vrouw: ze droeg een grijze wollen omslagdoek en het restant van een groene jurk. Achter haar lag een klein bosje takken dat met een riem aan haar schouders was gebonden, ze had het geval achter zich aan gesleept.

Op de takken lag een klein wit bundeltje. De vrouw keek naar hen op. Haar ogen gloeiden. Pijn kneep haar stem toe.

– Helpt u mijn kind, meneer? zei ze tegen Webb.

– Pardon?

– God zegene u, meneer. U helpt mijn kind.

72

Ze tilde de baby van het takkenbosje.

– Goeie god, zei Webb.

Uit de bundel glipte een armpje. De vrouw duwde het in de vodden terug.

– In godsnaam, het kind heeft honger, zei ze.

Er was wind opgestoken. Ze hoorden de boomtakken wild tegen elkaar slaan.

– Hier, zei Webb, terwijl hij de vrouw een muntstuk voorhield.

Ze nam het niet aan. Ze boog haar hoofd. Ze leek op de grond haar eigen schaamte te herkennen.

– Ze heeft helemaal niets te eten gehad, zei Douglass.

Webb tastte weer in zijn kleine leren beurs en bood nu een sixpenny aan. Nog wilde de vrouw het niet aannemen. Ze hield de baby stijf tegen haar borst gedrukt. De mannen stonden als aan de grond genageld. Overvallen door machteloosheid. Creely keek de andere kant op. Douglass had het gevoel dat hij zelf het donker van de weg werd.

De vrouw stak de baby naar voren. De stank van de dood was overweldigend.

– Neem haar mee, zei ze.

– We kunnen haar niet meenemen, mevrouw.

– Alsjeblieft, heren. Neem haar mee.

– Maar dat kunnen we niet.

– Ik smeek u duizendmaal, God zal u zegenen.

De armen van de vrouw leken niet meer dan twee dunne stukken touw die bij haar nek samenkwamen. Ze wipte het armpje van het kind weer naar buiten en masseerde de dode babyvingers: de binnenkanten van de polsen waren al donker.

– Neem haar alsjeblieft mee, meneer, ze heeft honger.

Ze stak de dode baby naar voren.

Webb liet het zilveren muntstuk voor haar voeten vallen, draaide zich met trillende handen om. Hij klom naast Creely op de houten bok.

– Kom op, riep hij naar Douglass. Douglass raapte het bemodderde muntstuk op en stopte het in de hand van de vrouw. Ze keek er niet naar. Het gleed door haar vingers. Haar lippen bewogen, maar ze zei niets.

Webb liet de teugels hard op de donker glimmende rug van het paard kletsen, maar trok ze even abrupt weer in, alsof hij het rijtuig tegelijk aan het rijden en toch niet aan het rijden wilde krijgen.

Kom op, Frederick, riep hij. Stap in, stap in. Schiet op.

Ze maakten vaart. Door moerasland, de kuststrook, lange stukken ongelooflijk groen. De kou spreidde haar armen. Ze hielden halt om meer dekens te kopen. Daarna reden ze zwijgend door het donker langs de zee. Ze betaalden een man om met een lantaarn voor hen uit te lopen tot ze bij een herberg kwamen. De kleine lichtbol tekende de bomen in reliëf. De man viel na twaalf kilometer: er waren geen herbergen open langs de weg. Ze kropen dicht bij elkaar in de koets. Ze zwegen over het dode kind.

Het regende. Het leek de hemel niets te verbazen. Ze passeerden een kazerne waar soldaten in rode uniformen een scheepslading tarwe bewaakten. Ze mochten er de twee paarden voederen en drenken. In de buurt van Youghal stond een oude man op de weg stenen te gooien naar een zwartgewiekte roek in een boom.

Ze konden niets aan de honger doen, zei Webb. Er waren grenzen aan wat je kon bereiken: ze konden de akkers niet gezond toveren. Zulke dingen gebeurden vaak in Ierland. Het was de wet van het land, ongeschreven, onvermijdelijk, vreselijk.

In de herfstkilte reden ze de kaden van Cork op. Het was een heldere avond. Er stond geen wind. Een grote klamme stilte. De kasseien glommen donker.

Ze lieten het rijtuig stilhouden voor Brown Street 9, waar de familie Jennings woonde. Een mooi natuurstenen huis met rozenstruiken langs het smalle trottoir.

Douglass gooide de deur van het rijtuig open. Hij was doodop. Hij bewoog zich alsof er binnen in hem een as was gebroken. Hij wilde alleen maar naar bed. Maar hij kon niet slapen.

Negermeisje. Weggelopen. Luistert naar de naam Artela.
Heeft klein litteken boven haar oog. Mist flink wat tanden.
Op haar wang en voorhoofd staat de letter A gebrand.
Enkele littekens op rug, mist twee tenen.

Te koop. Gezonde kleurling, Joseph.
Kan zich nuttig maken met timmerwerk.
Tevens te koop:
keukengerei, theologische bibliotheek.

Per direct beschikbaar: Zeven negerkinderen.
Wezen. Goede manieren.
Gaaf van bouw. Uitmuntend gebit.

Hij kwam de trap af met een brandende kaars op een beschilderde schotel. Het licht van de kaarsstomp vervormde zijn schaduw. Hij zag zich in verschillende gedaanten: breed, klein, lang, dreigend. Hij gleed bijna uit op de trap. Door de boog van gebrandschilderd glas boven de voordeur kon hij de sterren zien.

Hij overwoog om buiten een stukje te gaan wandelen, maar hij was nog in zijn nachthemd. Daarom liep hij blootsvoets de gelambriseerde gang door en ging de bibliotheek in. De kamer was een en al boeken. Lange gedeelten apologie. Hij streek er met zijn vingers overheen. Prachtige leren banden. Rijen groen, rood, bruin. Gouden en zilveren reliëfdruk op harde ruggen. Hij hield de kaars omhoog, draaide langzaam in het rond, keek hoe het licht van plank naar plank flakkerde. Moore, Swift, Spenser. Hij zette de kaars op een ronde tafel, liep naar de ladder. Sheridan, Byron, Fielding. Het hout voelde koud aan zijn voetzolen. De ladder stond op wieltjes en hing aan een koperen rail. Hij klom naar de tweede sport. Hij merkte dat hij zich zijwaarts kon voortbewegen wanneer hij zich tegen de plank afzette. Hij duwde zich eerst voorzichtig heen en weer. Iets vlugger, roekelozer en toen liet hij los.

Hij moest stil zijn. Straks zou het huis tot leven komen.

Douglass duwde zich opnieuw tegen de plank af, langs de rijen

75

boeken. Klom een sport hoger. Nog een. Er hing een vleug talkgeur in de kamer. De kaars had zichzelf gedoofd. Zijn gedachten dwaalden af naar zijn kinderen. Van hen zou het mogen, dacht hij. Zij zouden het niet veroordelen als hun zo ernstige vader op de ladder langs het raam rolde, terwijl de zon boven de kaden van Cork opkwam, de sterren bijna weg waren, de dageraad een kier in de gordijnen werd. Hij probeerde zich voor te stellen dat ze hier waren, in dit huis met de hoge boekenkasten.

Hij sprong van de ladder, pakte het stompje kaars en maakte aanstalten om weer naar boven te gaan toen de deur openkraakte.

– Meneer Douglass.

Het was Isabel, een van de dochters des huizes, net in de twintig. Ze droeg een effen witte jurk, het haar hoog opgestoken.

– Goedemorgen,

– Een heel goede morgen, ja, zei ze.

– Ik heb even naar de boeken gekeken.

Ze wierp een snelle blik op de bibliotheekladder, alsof ze het al wist.

– Kan ik ontbijt voor u maken, meneer Douglass?

– Dank u, maar ik denk dat ik nog wat ga slapen, zei hij. De reis uit Dublin heeft me nogal vermoeid, vrees ik.

– Zoals u wilt, meneer Douglass. U weet dat we hier in huis geen bedienden hebben?

– Hoe bedoelt u?

– We zorgen voor onszelf, zei ze.

– Ik ben blij dat te horen.

Het was hem al opgevallen dat deze vrienden van Webb ongewoon waren. Eigenaars van een azijnfabriek. Ierse anglicanen. Ze pronkten niet met hun rijkdom. Het huis ademde een sfeer van bescheidenheid. Open voor elke bezoeker. De plafonds waren overal laag, op de bibliotheek na, alsof ze iedereen tot bukken dwongen behalve in de buurt van boeken.

Isabel keek naar het raam. De zon diende zich aan boven een rijtje bomen achter in de tuin.

– En wat vindt u van ons land, meneer Douglass?

76

Douglass werd verrast door de directheid van haar vraag. Hij vroeg zich af of ze geïnteresseerd was in een eerlijk antwoord – dat het platteland hem geschokt had, dat hij zelden zulke armoede had gezien, zelfs niet in het Amerikaanse zuiden, dat hij het nog steeds moeilijk te begrijpen vond.

– Het is een eer om hier te zijn, zei hij.

– Voor ons een eer om u te ontvangen. En hebt u een prettige reis gehad?

– We hebben de binnenwegen genomen. Er was veel te zien. Een paar mooie plekken.

In de stilte dwaalde ze naar het raam. Ze keek uit over de tuin waar het licht lenig tegen de bomen op bleef klimmen. Hij merkte dat ze nog iets wilde zeggen. Ze frummelde aan de rand van het gordijn, wond een van de draden om haar vinger.

– Er is een hongersnood op komst, zei ze ten slotte.

– Sommige stukken van de reis waren deprimerend, moet ik bekennen.

– Er gaan geruchten over hongersnood.

Hij keek opnieuw naar Isabel. Ze was mager en gewoontjes, beslist niet knap. Haar ogen waren felgroen, haar profiel was onaantrekkelijk, haar gedrag natuurlijk. Geen sieraden. Geen kouwe drukte. Haar accent was elegant. Ze was niet het type vrouw waar een mannenhart zich gauw voor zou openen, en toch had ze iets wat de sfeer tussen hen licht maakte.

Hij vertelde haar over het dode kind dat hij onderweg had gezien. Hij zag de woorden in haar gezicht dringen, bezit van haar nemen: de weg, de sleep van takken, het gevallen muntstuk, het dak van bomen, hoe het licht om hen heen was gevallen toen ze wegreden. Het verhaal bedrukte haar. Ze wond de franjedraad zo strak om haar vinger dat het topje opzwol.

– Ik zal er iemand op uit sturen om te zien of ze haar kunnen vinden. Op die weg.

– Dat zou vriendelijk van u zijn, juffrouw Jennings.

– Misschien kunnen ze haar helpen het kind te begraven.

– Ja.

77

– In de tussentijd zou u moeten rusten, meneer Douglass, zei ze.

– Dank u.

– En daarna moet u mijn zussen en mij toestaan om u rond te leiden. Er is in Cork veel om trots op te zijn. U zult het zien.

Hij hoorde de rest van het huis tot leven komen, de vloerplanken boven hen kraken. Hij maakte een lichte buiging, excuseerde zich en liep de gang op. Hij was moe, maar er was werk te doen: brieven, artikelen, een nieuwe poging tot een voorwoord. Er zou een tweede druk van zijn boek komen. Het was zoeken naar evenwicht. Hij moest de juiste spanning zien te vinden. Als een koorddanser. Hij wilde niet meer schipperen. Hij beklom de trap, ging zijn kamer binnen, vouwde de pagina's open die hij wilde herzien. Pakte zijn halters. Liet zijn hoofd rusten tegen de zijkant van de schrijftafel. Tilde de halters op. Begon meteen te tillen en te lezen, te tillen en te lezen.

Algauw hoorde hij hoefgetrappel onder het raam. Isabel reed de grindweg af. Vanuit zijn hoge raam bleef hij haar nakijken tot haar koningsblauwe mantel een stipje werd.

De tapijten waren weelderig. Zijn kussens fris gewassen. Het gastgezin had verse bloemen gesneden en in het raam gezet waar ze wiegden in de wind. Er was een bijbel op het nachtkastje gelegd. *The Crace and Beunfeld Bird and Wildlife Guide. Charlotte, A Tale of Truth. The Vicar of Wakefield. The Whole Booke of Psalmes, with the Hymnes Evangellical, and Songs Spirituall.* In het cilinderbureau vond hij een inktpot, vloeipapier, blanco notitieboeken.

Het was een opluchting om weer dit voorrecht te genieten: de reis over het platteland had aan hem gevreten.

Hongersnood. Het woord was niet eerder bij hem opgekomen. Hij had honger in Amerika gezien, maar nooit een landschap dat door plantenziekte werd bedreigd. De stank hing nog om hem heen. Hij maakte een bad voor zichzelf. Zeepte zijn lichaam in. Stak zijn hoofd onder water, hield zijn adem in, liet zich dieper zakken. Zelfs de geluiden van het huis waren als balsem voor hem: hij hoorde gelach door de kamers omhoog schallen. Hij klom uit het water, veegde de damp van het raam. Het was nog steeds een verrassing om de daken van Ierland te zien. Wat wachtte er buiten nog meer? Welk ander verderf?

Het geluid van vallende bladeren.

Stiller dan regen.

Hij maakte zijn schrijfwerk af, stopte de halters weg, ging met zijn armen achter zijn hoofd op het bed liggen en probeerde een dutje te doen, kon het niet.

Van beneden klonk de etensbel. Hij waste zijn handen in de lampetkom, trok zijn schoonste linnen overhemd aan.

De gezinsmaaltijd werd op plattelandswijze opgediend: rijen borden, kommen, soeppannen, groenten en broden waren op een reusachtige houten tafel klaargezet en iedereen liep erlangs om te kiezen wat ze wilden. In de familie Jennings waren er kennelijk velen die geen vlees aten. Hij besmeerde zijn brood met een dikke sardinepasta, schepte salade op. De gasten verdrongen elkaar lacherig aan de tafel. De familie Waring. De Wrights. Er kwamen nog andere gasten: een dominee, een taxidermist, een valkenier, een jonge katholieke priester. Ze waren opgetogen over de kennismaking met Douglass. Ze hadden zijn boek gelezen en wilden er graag over praten. Het huis scheen open te staan voor alle gezindten en ideeën. Een buitengewone spraakzaamheid. De situatie in Amerika, de positie van de abolitionisten, de kans op oorlog, het geschipper met zuidelijke handelswetten, de gruweldaden die waren begaan jegens de Cherokee-indianen.

Douglass voelde zich plezierig belegerd. De vormelijkheid die bij Webb thuis heerste, ontbrak hier volkomen. De conversatie ontwikkelde zich met verrassende invalshoeken. Zelden eerder waren alle lijnen van het gesprek uitsluitend via hem gelopen. Webb keek toe vanaf de overkant van de tafel.

Douglass vroeg zich vagelijk af of ze hem in de val wilden laten lopen, maar naarmate de uren verstreken voelde hij zich steeds vrijer.

Het verbaasde hem te zien dat de vrouwen naast de mannen aan tafel bleven. Isabel sprak maar weinig. Ze at karig. Ze bevochtigde

79

haar vinger en plukte de kruimels van haar bord. Ze maakte een wat verlegen indruk, maar telkens als ze aan het gesprek deelnam, leek ze dat te doen op het scherpst van de snede. Dan prikte ze venijnig en trok zich weer terug. Douglass had nog nooit zo iemand gezien. Hij voelde zich van zijn stuk gebracht toen ze zich, in een gesprek over Charles Grandison Finney, tot hem richtte en vroeg wat mevrouw Douglass er eigenlijk van vond als vrouwen in het openbaar voorbaden.

Hij kreeg het plotseling warm in zijn kraag.

– Mevrouw Douglass?

– Ja, zei ze.

– Haar standpunten in al dat soort kwesties zijn volkomen duidelijk.

Hij zag Webb ietsje gaan verzitten in zijn stoel. De Ier kauwde op de rand van zijn servet.

– Ze zou er ongetwijfeld achter staan, zei Douglass.

Hij was ervan overtuigd dat het niet Isabels bedoeling was geweest hem in verlegenheid te brengen, maar het zweet brak hem uit. Pareltjes op zijn voorhoofd. Hij zette zijn theekopje zonder gerammel op de schotel, sprak zich uit over de heerlijke maaltijd, excuseerde zich en begaf zich naar de trap. In het voorbijgaan tikte hij Webb even op de schouder.

Hij had Anna en de kinderen al een paar dagen niet geschreven. Hij zou het nu dadelijk doen.

Boven zag hij zichzelf even in de spiegel. Zijn haar was langer, dikker, negerachtiger geworden. Hij zou het zo laten. Er zat geen slot op de deur. Hij zette een stoel klem onder de deurkruk. Haalde zijn halters uit de overhemden waarin hij ze had verstopt. Er waren momenten dat hij nog steeds een kerk in Tuckahoe binnenliep. De houten dwarsbalken. Dat ene lichtvlak dat tijdens de ochtenddienst schuin van oost naar west draaide. De glimp van een cirkelende roodstaartbuizerd in het raam. Het hoge geluid van het orgel. De geur van gras die door de brede witte deur naar binnen zweefde.

Anna vond het misschien heerlijk om een paar avonden te luisteren naar het voorlezen van de brieven, maar ze zouden al spoedig worden verbrand. Hij was er wel blij om dat de brieven in rook zouden opgaan: er kon immers zoveel gebeuren met je persoonlijke geschiedenis.

De stad was donker, maar bedrukte hem niet zo erg als Dublin had gedaan. Hij begon te merken dat er, zelfs in de avondschemering, van alles tot leven kwam. De kerkklokken luidden hoog en schel. De markten in de Saint Patrick's Street gonsden. Zwanen gleden onder de voetbruggen door die de stad doorkruisten. De Shandon-toren stak af tegen de hemel. Zelfs de sloppen leken verdraagzamer. Het was een stad die aalmoezen schonk. Armen waren er nog legio, maar als hij met de zusjes Jennings over de kaden wandelde, lieten de bedelaars hen met rust. Mannen liepen rond met stukjes rokende klei in hun hand. Ze boden Douglass een trekje van hun pijp aan, sloegen hem op de schouder.

Er zat iets in de muziek van het accent dat Douglass aantrekkelijk vond: het was alsof de mensen van Cork lange, luie hangmatten in hun zinnen hingen.

Hij was opgelucht toen Webb na zes lange dagen liet weten dat hij voor dringende zaken Cork moest verlaten. Beide mannen waren blij om van elkaar verlost te zijn. Douglass voelde een flits van vrijheid toen hij het rijtuig nakeek. Voor het eerst in tijden voelde hij zich werkelijk alleen. Op zijn gemak met de barokke spiegel.

Het moet gezegd dat mijn verblijf hier in Ierland mij diep raakt. In plaats van de heldere, blauwe hemel van Amerika word ik omgeven door de zachte, grijze mist van het Groene Erin. Ik adem en zie! de lijfeigene wordt mens! Hoewel ik veel heb gezien wat mijn eigen volk zou doen sidderen, word ik aangemoedigd mijn eigen, ware stem te gebruiken. Ik adem de zeelucht vrijelijk in. En hoewel veel van wat ik waarneem het hart ook bezwaart, ben ik tenminste tijdelijk zonder ketenen.

Hij wandelde langs de Lee, met zijn handen op zijn rug. Een nieuwe manier van lopen voor hem. Pretentieus en openlijk. De houding van een denker. Hij had plezier in de pose, vond het iets bijdragen aan zijn zelfbeeld. Hij hoorde het geklepper van een paard achter zich op de keien, het zachte geluid van krakend gareel. Isabel steeg af en kwam naast hem lopen met haar hand zorgzaam op de paardenhals. De glans van zweet op het lijf van het dier.

Over de rivier voeren platte schuiten af en aan. Schuiten met tarwe. Schuiten met gerst. Schuiten met vee. Schuiten met zout. Schuiten met varkens. Schapen voor het slachthuis verder stroomafwaarts. Vaatjes boter. Havermout. Zakken meel. Kisten met eieren. Manden met kalkoenen. Ingeblikt fruit. Gebotteld soda- en mineraalwater.

Ze keken zwijgend naar de stroom van voedsel. Meeuwen zwermden achter de boten, doken nu en dan om op te pikken wat ze maar konden.

Ze liepen langs een winkel met scheepsbenodigdheden, een boekwinkel, een kleermakerszaak. Verder op de kade trok ze het paard dichter naar zich toe. Alsof het bescherming kon bieden.

– Ik kon haar niet vinden.

– Pardon?

– Die vrouw die u op de weg tegenkwam.

Heel even wist hij niet waar Isabel het over had, losse woorden die over het oppervlak van de dag scheerden, maar opeens bleef hij staan, zei dat het heel erg was, maar dat hij ervan overtuigd was dat het kind inmiddels was begraven.

– U hebt gedaan wat u kon, zei Isabel.

Hij wist dat het niet zo was: hij had helemaal niets gedaan. Hij had verteld wat hij had gezien en er verder over gezwegen.

– Er bestaat niets ergers, zei ze, dan een klein doodskistje.

Hij jongleerde een ogenblik met de woorden in zijn hoofd. Hij knikte. Hij mocht haar graag. Hij was haar in de afgelopen dagen steeds meer gaan zien als een jongere zus. Het was vreemd om zo te denken – haar groene ogen, haar onbeholpen loopje, het ritselen van haar eenvoudige japonnen – maar dat was ze: zusterlijk. Steeds om hem heen. Nieuwsgierig. Opdringerig. Ze verkende nieuwe ideeën met hem. Er waren weinig grenzen. Wat vond hij van de plannen voor Liberia? Wat was de kloof tussen wraak en gerechtigheid? Waren hij en Garrison van plan het geld terug te sturen van kerken die slavenhouders verwelkomden?

Ze werd stiller zodra het gesprek terugkeerde naar wat er om hen heen gebeurde. Dan maakte ze een zin niet af. Trok aan de armband om haar linkerarm. Staarde in de verte. Dan stokte haar stem.

Er was drie tot vier keer zoveel voedsel in het land als de Ierse bevolking nodig had, zei ze. Het werd naar India, China en West-Indië verscheept. De uitputting door het Britse Rijk. Ze wilde dat ze er iets aan kon doen. Je kon de waarheid niet levend houden door te zwijgen. Verderop aan de rivier had haar eigen familie pakhuizen vol voedsel. Flessen azijn. Voorraden gist. Brouwgerst. Zelfs kratten vruchtenjam. Maar het kon niet zomaar weggegeven worden. Er waren wetten en gewoonten en eigendomskwesties. En nog andere complicaties. Handelsverbonden. Verlengde contracten. Belasting. De eisen van de armen. Het wekken van morele illusies.

Het kwam hem voor dat Isabel de wonden der bevoorrechting droeg. Dus hij misschien ook? Hij bladerde door het Nieuwe Testament. *Van eenieder aan wie veel is gegeven, zal veel worden geëist.* En toch, wat zou er gebeuren als hij het openlijk opnam voor de arme Ieren? Wat voor taal kon hij daarvoor vinden? Tegen wie zou hij spreken?

De politiek bracht hem nog steeds in verwarring: wie was Iers, wie was Brits, wie was katholiek, wie was protestant, wie bezat het land, wiens kind had druipogen van de honger, wiens huis was platgebrand, wiens grond was van wie en waarom? De eenvoudige zienswijze was dat de Britten protestant waren en de Ieren katholiek. De een heerste, de ander werd onderdrukt. Maar hoe zat het met Webb? En hoe zat het met Isabel? Hij zou zich graag achter de roep om vrijheid en gerechtigheid scharen, maar hij moest volledig trouw zijn aan de zaak die hem eigen was en die hij kende. Drie miljoen stemmen. Hij kon zich niet uitspreken tegen degenen die hem als bezoeker hierheen hadden gehaald. Er waren grenzen aan wat hij op zich kon nemen. Hij moest in het oog houden wat het belangrijkste was. Het was onduldbaar dat mannen en vrouwen als eigendom golden.

De Ieren waren arm, maar niet tot slaaf gemaakt. Hij was hier gekomen om de bijl te zetten in de touwen die de Amerikaanse slavernij overeind hielden. Soms schaamde hij zich dat hij zijn gedachten zo in bedwang moest houden. Hij besefte dat de kern van ware intelligentie zat in het aanvaarden van tegenstrijdigheid. En dat het erkennen van ingewikkeldheid moest worden afgewogen tegen de behoefte aan eenvoud. Hij was nog steeds een slaaf. Op de vlucht. Als hij naar Boston terugkeerde, kon hij elk moment ontvoerd worden, naar het zuiden gebracht, aan een boom gebonden, gegeseld worden. Door zijn *eigenaren*. Ze zouden een spektakel maken van zijn bekendheid. Ze hadden al jaren geprobeerd hem het zwijgen op te leggen. Niet meer. Hij had de kans gekregen om zich uit te spreken tegen wat hem geketend had gehouden. En hij zou ermee doorgaan tot de ketting in stukken aan zijn voeten lag.

Hij meende nu te weten wat hem hier had gebracht – de kans om te ervaren hoe het voelde om tegelijkertijd vrij en gevangen te zijn. Dat was iets wat zelfs de meest verongelijkte Ier niet kon begrijpen. Om onderworpen te zijn aan alles, zelfs aan de gedachte van je eigen gemoedsrust.

Zijn lichaam, zijn geest, zijn ziel hadden jarenlang uitsluitend gediend ten bate van anderen. Hij had zijn eigen volk aan wie hij verplicht was. Drie miljoen. Zij waren de munt van zijn vrijheid. Welke last zou hij moeten dragen als hij ook de Ieren probeerde te steunen? Hun worstelingen, hun tegenstrijdigheden. Hij had er zelf genoeg.

De schuiten kwamen langs.

Een stroom van varend voedsel.

De zon ging onder boven de leien daken van Cork.

Er was een verhaal dat hij soms aan zijn publiek vertelde. De slavenhouders in Amerika gebruikten tonnen. Meestal van whiskey. Olijfolie. Wijn. Wat voor ton er maar voorhanden was. Ze sloegen dikke, vijftien centimeter lange spijkers in het hout. Soms deden ze ook verbrijzeld glas in de ton. Of doornstruiken. Dan, zei hij, brachten ze hun *slavin* – hij sprak dat woord altijd op een lagere toon uit – naar de top van een heuvel. Voor de meest futiele vergrijpen. Mis-

84

schien was ze vergeten de staldeur af te sluiten. Of had ze een stuk aardewerk laten vallen. Of de meesteres van het huis scheef aangekeken. Of een vuile theedoek laten liggen. Het deed er niet toe. Ze moest gestraft worden. Het was de natuurlijke orde der dingen.

Halverwege zijn verhaal gaf hij de slavin een naam: Mary. Dan hoorde hij zijn Ierse luisteraars stil worden. Mary, zei hij, nog eens.

En dan dwongen de *eigenaren* – dat woord stootte hij woest uit – Mary om de ton uit de schuur te halen. Die werd door het vuil naar buiten en over de zandweg naar de top van een naburig heuveltje gerold. Ze riepen de andere slaven bijeen en brachten ook hen naar de heuveltop. Om toe te kijken. Vaak schreeuwden de eigenaren verzen uit de Heilige Schrift. Ze dwongen Mary om in de houten ton te stappen. Ze duwden haar hoofd omlaag, persten haar schouders erin. De uitstekende spijkers reten haar lichaam open. Het glas drong in haar voeten. De doornen omsloten haar schouders. Dan zetten de meesters het deksel erop en timmerden dat dicht. Ze schudden de ton een tijdje heen en weer. Ze lazen opnieuw uit de Heilige Schrift.

Dan ging de ton stuiterend de heuvel af.

De belangstelling was overweldigend. Hij had zij aan zij met pater Mathew gesproken. Hij had een taal gevonden voor de geheelonthoudersbeweging. De kranten noemden hem nog steeds de zwarte O'Connell. Door de hele stad hingen aanplakbiljetten. Zijn roem breidde zich uit, dag na dag. Hij picknickte met vierentwintig dames van het Vrouwelijke Anti-slavernijgenootschap van Cork: ze waren verrukt dat grote lijf zo lui onder een brede eikenboom te zien zitten, met een sierlijk blauw servet om zijn nek, het geklater van een beek achter hem. De vrouwen maakten de luifelhoeden onder hun kin los en keerden hun gezicht naar de zon. Ze dronken al zijn woorden in. Na afloop wandelde de groep gezamenlijk, met picknickmanden en parasols, door het hoge gras terug naar een houten brug. Douglass waagde het zijn schoenen en kousen uit te doen om even door het koude water te waden. De vrouwen wendden zich giechelend af. Het water maakte de omslagen van zijn broek donker.

Krantenverslaggevers vochten om hem te spreken te krijgen. Hele pagina's werden aan zijn lezingen gewijd. Hij had honderden ponden opgehaald om naar Boston te zenden. Hij had meer dan tweeduizend boeken verkocht. Hierna zou hij naar Limerick gaan, dan naar Belfast. Van daar zou hij oversteken naar Engeland waar hij zijn vrijheid zou bepleiten, zich vrij zou kopen om als vrij man naar Amerika terug te keren.

Hij voelde zich enorm groeien. Zijn stem was altijd van anderen gekomen, maar wanneer hij nu opstond om te spreken, hoorde hij duidelijker die van hemzelf. Op sommige momenten wou hij dat hij duizend stemmen had en ze evenzoveel kanten kon opsturen. Maar hij had er maar één, en die diende slechts één doel: de vernietiging van de slavernij. Hij was bijna blij toen hij op een middag langs een bierhuis in Paul Street liep en iemand hoorde roepen dat er net een *nikker* voorbij was gekomen, een vuile *nikkerjongen*, moest die niet nodig naar huis, hier zou hij geen bananen vinden, wist hij niet dat er in Cork geen bomen waren om aan te slingeren, die had Cromwell allemaal al ingepikt, donder op, *nikker*.

Hij bleef staan, zette een hoge borst op, gaf geen krimp, een bijna geveinsde woede, en liep door in zijn kemelsharen vest. *Nikker. Vuile nikker.* Voor het eerst voelde het woord op een vreemde manier welkom. Een oud hemd dat hij in de toekomst zou moeten dragen. Iets om los te knopen en af te werpen en weer dicht te knopen, telkens weer, telkens weer.

Een paar dagen voordat hij uit Cork vertrok – een dag die hem stilletjes bij zou blijven, een vlag, een vlieger, een overblijfsel – hoorde hij geklop op de deur in Brown Street. Hij was druk aan het schrijven. Zijn onderarmen zaten vol inktspatten. Zijn rug deed pijn van het krommen over het bureau. Hij leunde achterover in zijn stoel en luisterde naar de stemmen die van beneden omhoog zweefden, verdiepte zich toen weer in zijn schrijfwerk.

Later die avond baadde en kleedde hij zich en daalde de trap af voor het diner. Aan het hoofd van de tafel, naast Isabel, zat een jonge vrouw. Ze leek zich opgelaten te voelen met de plaats die haar was toegewezen. Ze zat kleintjes in elkaar gedoken, maar was niet onknap. Blond haar. Een intens bleke huid. Hij meende haar te kennen, maar wist niet waarvan. Ze stond op en zei zijn naam.

– Goedenavond, antwoordde hij, nog in de war.

Het werd stil rond de tafel. Het was hem duidelijk dat er een ander antwoord werd verwacht. Hij kuchte in zijn vuist.

– Een groot genoegen u te ontmoeten, Madame, zei hij.

Hij voelde hoe de gêne zich door de kamer verspreidde.

– Lily vertrekt naar Amerika, zei Isabel.

Pas toen herkende hij haar. Ze zag er zo heel anders uit zonder haar uniform. Nog jonger. Hij herinnerde zich haar gestalte op de trap. Kennelijk had ze haar betrekking bij meneer Webb opgezegd en de reis uit Dublin ondernomen.

– Ze vertrekt over een paar dagen vanuit Cove, zei Isabel.

– Wat geweldig, zei Douglass.

– Ze is hierheen komen lopen.

– Mijn hemel.

– Lily is door u geïnspireerd. Nietwaar, Lily?

– Door mij?

Een lichte paniek overviel hem. Hij zag het gezicht van de jonge vrouw rood worden. Ze scheen het liefst te willen verdwijnen. Hij betwijfelde of ze Webbs huis zonder wrok had verlaten. Hij was er geenszins op uit geweest om opschudding te veroorzaken. Hij knikte beleefd, probeerde haar blik te ontwijken. Het schoot hem pijnlijk te binnen hoe ze vaarwel had gefluisterd. Hij was blij dat zijn aanwezigheid in Dublin niet nog meer teweeg had gebracht.

– Uw toespraken, zei Isabel. Die waren een grote inspiratie. Nietwaar, Lily?

Het dienstmeisje keek niet op.

– Boston? zei Douglass. Is dat uw doel?

Ze knikte en hief langzaam haar hoofd: haar ogen hadden een verrassende glans.

– Misschien probeer ik New York, zei ze.

Een goedkeurend gemompel ging door de kamer. Douglass at snel en zwijgzaam. Hij hield zijn blik op zijn bord gericht, maar af en toe keek hij op en zag hoe Isabel en haar zussen het jonge dienstmeisje overstelpten met aandacht. Ze bedienden haar, vulden uit een kan haar glas gemberlimonade bij.

Het was alsof het dienstmeisje een weegschaal voor haar ogen gebruikte: alsof ze op elk moment twijfelde of ze een vloed van woorden zou uitstorten, dan wel in tranen zou uitbarsten.

Toen Douglass opstond om zich te excuseren – hij had nog schrijfwerk te doen, zei hij – hief hij het glas op Lily en zei dat hij haar alle goeds wenste, dat haar avontuur Gods zegen zou hebben en dat hij ook spoedig naar zijn geboorteland, zijn vrouw en gezin hoopte terug te keren.

De toost werd door de hele tafel overgenomen. Geklink van waterglazen. Het dienstmeisje keek hem heel even aan: hij wist niet zeker of het een blik van angst of van woede was. Hij begaf zich naar boven. Haar verschijning had hem van zijn stuk gebracht. Wat werd er precies van hem verwacht? Hoe had hij moeten reageren? Hij wenste haar inderdaad alle goeds, maar wat had hij meer kunnen zeggen? Moest hij haar morgen een vooraanstaande familie aanbevelen om bij te werken? Zouden Garrison of Chapman misschien iemand weten? Of kon hij haar een deel van de stad aanraden waar ze zich op haar gemak zou voelen? Waarom, vroeg hij zich af, was ze helemaal te voet naar Cork gekomen? En nog wel met zulk weer?

Hij ging aan zijn schrijfbureau zitten, doopte de punt van de pen in de inktpot. Hij had veel te doen, maar schrijven kon hij niet. In bed lag hij te woelen en te draaien.

Bij het ochtendgloren ontwaakten de vogels uitbundig. Een donkere deken was boven Brown Street weggetrokken. Hij hoorde beneden zijn naam roepen. Hij duwde de gordijnen vaneen. Tussen de regenplassen op het erf achter het huis stond Isabel.

– Lily is midden in de nacht vertrokken, riep ze.

Hij kon de kou tegen het vensterraam voelen. Een haan kraaide op het erf, een jonge hen vloog op en repte zich weg.

– Kunt u met ons meegaan, meneer Douglass? vroeg ze.

Er klonk iets van paniek in haar stem.

– Een ogenblik, alstublieft.

Er waren brieven te schrijven. Stukken te ondertekenen. Bijeenkomsten te regelen. Hij moest een debat met de geestelijken van de North Cathedral voorbereiden.

Hij sloot de gordijnen en zette zijn lampetstel in de vensterbank. Hij trok zijn nachthemd uit en maakte een handdoek nat. Het water voelde koud aan. Zijn huid verstrakte ervan. Weer hoorde hij beneden zijn naam roepen. Daarna het luide gehinnik van een paard in de stallen. Het kleppen en klossen van hoeven. Twee van de gezusters Jennings, Charlotte en Helen, kwamen onder de poort door. Ze droegen brede hoeden en groene regenkleding. Isabel verscheen even later weer, met een stevige knol aan de teugel.

Douglass boog zich uit het raam. Hij was een ogenblik vergeten dat hij geen hemd aanhad. Hij zag de twee zussen zich giechelend afwenden.

Isabel legde de paarden een voor een hun leren tuig aan: het grootste paard liet ze voor hem.

Hij vervloekte zichzelf. Een dienstmeid. Een eenvoudige dienstmeid! Dus ze was vroeg vertrokken. Nou en? Dat was hem toch niet aan te rekenen? Maar hij wilde graag aardig zijn. Kon moeilijk nee zeggen. Hij stapte weg van het raam, stootte zijn hoofd tegen de latei. Misschien was het een dwaas verlangen vanwege de jonge vrouw. Niet dat – niet dat – absoluut niet, nee. Hij had geen enkele ongepastheid begaan. In het geheel niet. Beslist niet.

Hij liep naar zijn schrijfbureau, ordende de papieren. Bekeek ze. Maakte stapeltjes, draaide zich om en trok zijn overhemd en laarzen aan. Hij had van meneer Jennings een oliejas gekregen. Een vissersjas. En een zwarte hoed, vormeloos, met brede rand. Die had hij tijdens zijn bezoek nog niet gedragen. Hij betrapte zich ermee in de draaispiegel. Belachelijk. Maar hij kon best om zichzelf lachen. Hij bonkte de trappen af, stak zijn hoofd om de hoek van de keukendeur. Meneer Jennings zette met een klap zijn theekop neer en morste thee over de dikke houten tafel. Douglass maakte een overdreven buiging en zei dat hij een paar uur weg was, gegijzeld door de dochters, die kennelijk hoopten het jonge dienstmeisje uit Dublin te kunnen inhalen, mocht hij tegen de avond nog niet terug zijn, zou men dan alsjeblieft een reddingspatrouille kunnen uitsturen en misschien een sint-bernardshond? De oude Jennings leunde lachend achterover in zijn zachte stoel.

Douglass lichtte de klink van de achterdeur op en liep buiten door de poort naar de voorkant van het huis waar de vrouwen te paard zaten te wachten. Ze glimlachten om zijn aanblik: de jas, de brede hoed.

Hij had lang niet op een paard gezeten. Hij voelde zich dwaas toen hij zich erop hees. De stijgbeugel knelde hard om zijn voet. Het beest was donker en gespierd. Hij kon de ribbenkast met zijn eigen lichaam voelen. Hij was verrast toen Isabel van haar eigen rijdier afsteeg en behendig de buikriem van zijn paard verstelde. De jonge vrouw had een kracht die hij niet eerder had opgemerkt. Ze stapte naar voren en klopte het paard op de hals.

– We nemen de weg naar Cove, zei ze.

Ze reden over de kaden naar het zuiden, de gevangenis voorbij, langs het armenhuis. Haar zussen reden bevallig, met rechte rug. Isabel had een lompere rijstijl. Ze galoppeerde achter postkoetsen aan, keek naar binnen, richtte zich op, reed door. Onder het rijden keek ze om zich heen en riep ze Lily's naam.

De straten gingen gehuld in oktobergrijs. De wind joeg met winterse vlagen over de rivier. Regen spetterde in buien neer. Voor het pesthuis stond een man te kreunen van de honger. Hij strekte zijn armen naar hen uit. Hij deed een paar lange, soepele, aapachtige stappen. Ze reden voorbij. Hij begon zichzelf te slaan, als iemand die door wespen en waanzin werd belaagd. Ze reden sneller. Er kwam een vrouw uit een steeg die om een penny vroeg. Haar gezicht was behaard en overdekt met koortsvlekken. Ze maakten weer vaart. Als ze stilhielden om aalmoezen te geven kwamen ze nooit de stad uit.

Douglass was nu blij met de oliejas en de hoed. Hij realiseerde zich na een paar kilometer dat zijn gezicht bijna geheel schuilging onder de hoed en dat niemand langs de kant van de weg kon zien wie eronder zat.

De stad scheen op te houden bij een bakstenen pakhuis, opeens reden ze tussen bomen. De weg boog af en zwiepte door percelen groen. Ze passeerden een postkoets, zwaaiden naar de reizigers die aan de zijkant zaten. De koets was hoog beladen met kisten en koffers. De berg zag er wankel uit. Ze vroegen naar het dienstmeisje, maar niemand had haar gezien.

Douglass bleef in de schaduw van zijn hoedenrand.

– Lekker weertje, zei hij door de lichte regen heen.

Hij kon het Amerikaans niet uit zijn accent krijgen.

– Zeker, meneer, voor een Yankee wel.

De zusjes Jennings glimlachten toen ze van de postkoets wegreden. Hij probeerde voor hen uit te galopperen, maar de zussen waren meer dan bekwaam: ze zigzagden om hem heen, spoorden hem aan.

Op het platteland kringelden dunne linten rook de lucht in. Hij was verbaasd dat de arme Ieren onder de grond woonden. Hij zag hun hutten vanaf de weg, opgetrokken uit turf en takken en plaggen. Hun akkers waren piepklein. Zo veel heggen. Af en toe een stenen muurtje. De kinderen leken schimmen van zichzelf. Spookachtig. Sommigen waren halfnaakt. Velen hadden zweren op hun gezicht. Geen van hen had schoenen. Hij kon hun geraamte door hun vel heen zien. Het knokige restant van hun leven.

Zijn gedachten gingen terug naar Dublin en het jongetje dat aan zijn schouder had geklit. Wat leek dat lang geleden. De mensen joegen hem geen angst meer aan. Niet zozeer omdat hij immuun was geworden, eerder omdat hij wist dat hem niets zou overkomen. Hij vroeg zich af wat er zou gebeuren als deze weg uitkwam op een straat in Baltimore of Philadelphia of Boston, of de mensen dan wezenlijk anders zouden zijn.

Maar nu wilde hij Lily vinden, haar een oprecht veilige reis wensen. Hij gaf zijn paard de sporen. Ze kwamen gedaanten op de weg tegen, schimmen, maar geen ervan was het dienstmeisje.

In de kleine dorpen hield de regen de nieuwsgierigen op afstand. Ze reden de schoonheid van de doornatte velden in. Het geluid van de hoeven klonk als pistoolschoten. Aan de hemel stond een regenboog. Ze lieten hun paarden halt houden onder een hazelaar waar iemand een lage bank had gebouwd. Isabel pakte de boterhammen uit en haalde een thermosfles thee uit haar zadeltas. Ze had zelfs kopjes meegenomen. Haar zussen gingen op de bank zitten. Ze vulden Isabel goed aan: ze waren knapper en rustiger, alsof ze door een vreemde wet verplicht waren haar tegenwicht te zijn. Het was een uitdagend avontuur, gaven de zussen toe, maar ze moesten maar niet veel verder meer gaan. Het liep al tegen de middag. Ze zouden Lily nooit meer vinden.

– We hebben tijd genoeg, zei Isabel. Het is nog vroeg.

– Mijn zus is eigenwijs. Jammer genoeg is het wijze er al een paar jaar af.

– Het is vijftien kilometer naar Cove. En dan nog terug, zei Helen.

– Dat halen we niet bij daglicht.

– Ach toe, kom mee. Alsjeblieft.

Op de weg was het drukker geworden met postkoetsen en tweewielige karren vol koffers. De gezinnen hadden hun ogen op de verte gericht. Hun kinderen waren ingepakt in grauwe stroken deken. De disselbomen van de karren kreunden. De wagens schommelden in de wielsporen. De paarden zagen eruit alsof ze op weg waren naar de vilder. Ze moesten alles op alles zetten om op de weg te blijven.

De gezusters Jennings galoppeerden in westelijke, daarna in zuidelijke richting. Het was een mooiere route, zei Charlotte, stiller ook. De weg kronkelde en draaide. Toch waren er ook daar gezinnen, allemaal op weg naar het zuiden, samenvloeiend als kleine rivieren.

Tevergeefs vroegen ze of iemand de jonge dienstmeid had gezien. Hoe dichter ze bij zee kwamen, hoe voller de wegen werden met vertrekkenden. Verkopers hadden kraampjes opgezet tegen de heggen. Gezinnen leurden met hun laatste bezittingen. Douglass en de zussen moesten hun paarden inhouden om door de drukte heen te komen. Er was van alles te koop. Violen, inktkokers, potten, hoeden, hemden. Aan heggen hingen schilderijen. Over boomtakken waren gordijnen uitgespreid. Lappen stof met halvemanen, de ooit zo bonte kleuren verbleekt door de tijd. Een prachtige zijden japon, geborduurd met dun gouddraad, treurend gedrapeerd over de bok van een tweewielig rijtuig.

Ze manoeuvreerden hun paarden erdoorheen, naar de kliffen die op de haven uitkeken.

Er kwam een man op hen afgelopen. Hij droeg twee borden, met touwtjes aan elkaar gebonden over zijn schouders. Er stonden tarieven op voor Boston, New York, Newfoundland. Hij dreunde in een monotoon ritme de tarieven op. Een paar kinderen trokken aan zijn zakken. Hij sloeg ze van zich af.

De menigte was zo dicht geworden dat ze moesten afstijgen om hun paarden verder te leiden.

Tussen de mensenmassa zocht een jonge priester naar de zieken. Hij wilde hen de laatste sacramenten toedienen. Hij liet rozenkranskralen door zijn vingers glijden. Hij keek naar Douglass. Ze hadden elkaar nooit eerder gezien, maar een ogenblik lang meenden ze elkaar te herkennen en bleven ze staan om iets te zeggen, maar er kwam niets, er werd geen woord gewisseld.

De priester stapte opzij, onder de overhangende groene takken van een boom waarin slap de kleren van een kind hingen.

– Eerwaarde, zei Isabel. Neem me niet kwalijk, eerwaarde.

Hij draaide zich om en kwam naar hen toe. Zijn ogen stonden groot en vermoeid. Hij trok de rozenkrans strak om zijn vingers. Zijn gezicht verstarde. Zijn stem was bitter. Nee, zei de priester, hij had niemand gezien die aan de beschrijving van Lily voldeed. Hij wroette met zijn teen in de modder, alsof ze daar te vinden zou zijn. Toen draaide hij zich om en spuugde in zijn handen. Nee, zei hij weer, bits.

De priester ging verder, riep in de Ierse taal naar de mensen om hem heen.

Isabel huiverde en haar hand zocht de hals van haar paard. Douglass trok zijn hoed dieper over zijn ogen en leidde zijn paard aan de teugel weg. Ook de zussen deden er eerbiedig het zwijgen toe. De wind kwam vanuit zee en steeg langs de kliffen naar hen op. De haven vormde een boog als een vraagteken. In de diepte was het water bespikkeld met tien of meer houten schepen. Een kleine trieste vloot van masten en gereefde zeilen. De namen weggeschrobd door de golven.

Ze liepen met hun paarden tot op tien meter van de klifrand. De stad zelf lag als een trillend ding onder hen. Rieten daken. Gekromde bomen. Karren die als kleine insecten langs de waterkant naar het plein kropen. Douglass wist wat voor chaos daarbeneden lag, wat voor verlangens, wat voor koorts. Toch was het oneindig mooi. De stad Cove knielde voor het water. Vogels vlogen hunkerend rond de kliffen, gewichtloos op de opwaartse luchtstromen.

Hij bond de teugels om een boom en liep naar de rand van het klif. Hij nam zijn hoed af. Wind en regen striemden om hem heen. Het duurde even voor hij merkte dat Isabel naast hem stond. De twee zussen waren achtergebleven, zaten nu op hun paard. Beneden kroop het wit van de branding de kust op.

Isabel haakte haar arm in de zijne. Haar gezicht tegen zijn schouder. Hij besefte dat de zussen keken. Hij wilde dat hij haar zachtjes van zich kon losmaken, maar ze bleef daar staan, neerkijkend over de stad.

Straks zou de zon verdwijnen, de zee donker worden en al het land om hen verkillen.

Het was al laat in de middag toen ze Lily eindelijk vonden. Drijfnat van de regen en rillend stond ze op de pier. Haar hoofd in een sjaal, haar lichaam als een mummie in een jas. Ze had haar reisbiljet gekocht en wachtte op de ochtendboot. Ze wilde hen niet aankijken, haar gezicht was vertrokken van een heimelijke smart.

Douglass en de twee zussen bleven op afstand. Ze keken hoe Isabel zich naar Lily toeboog. Als een smekelinge. Het leek alsof ze samen baden.

Isabel had voor een paar dagen eten meegenomen. Verpakt in een blauwe theedoek. Met een knoop gebundeld. Ze duwde hem zachtjes in de armen van het meisje. Ze zocht in haar jas en haalde een aantal gevouwen biljetten tevoorschijn die ze Lily vlug toestopte. Douglass voelde een koude rilling. Hij keek hoe Lily haar mond bewoog maar niets leek te zeggen. Wat voor woorden wisselden die twee? Wat voor stilten? Uit een naburige winkel klonk gejammer. De gil van een vrouw. De stomp van een vuist. Kabaal van lachers in een herberg. Ergens in de verte klonk getokkel van een mandoline.

Isabel stroopte haar handschoenen af en drukte ook die in Lily's armen. Daarna maakte ze haar jas open en frunnikte aan haar nek. Het leek een broche. Ze gaf hem aan Lily. Het meisje glimlachte. Isabel boog zich voorover en omhelsde de jonge vrouw, fluisterde iets in haar oor. Lily knikte en trok de sjaal dichter om haar hoofd. Wat voor gedachten beefden daar? Wat voor woeste kracht had haar hier gebracht?

Douglass stond als aan de grond genageld. Hij had echt het gevoel dat hij zijn voeten niet kon optillen. Hij verlangde naar de warmte van een vuur. Hij trok zijn kraag op en hoestte erin. Hij voelde zijn adem terugkaatsen. *Negermeisje. Weggelopen. Luistert naar de naam Artela.*

Isabel keek om en riep naar haar zussen. Ze brachten haar het paard. De zoom van haar lange japon was bemodderd. Ze veegde haar voeten aan de keien af en klom bedeesd in het zadel, spoorde haar paard aan door de drukke straten. Ze reden de stad door, langs een veilinghuis, en weg waren ze.

De priester zag hen over de heuveltop komen. Er liep een lang litteken van donkere modder over de zijkant van zijn soutane doordat hij was uitgegleden en gevallen. Hij had nog steeds de rozenkrans in zijn vuist, al was die nu losser en rammelde langs zijn heup. Isabel stak haar hand op ten afscheid, maar de priester reageerde niet. Hij volgde hen als een metronoom, met zwenkend hoofd, de rest van zijn lichaam vastgepind. Toen liep hij met grote passen door het natte gras weg naar de vuren.

De paarden dropen van uitputting. Schichtig liepen ze door het donker. Ruim na middernacht kwamen ze thuis. Meneer Jennings stond op het erf te wachten. Hij had eten, warme drank en dekens klaar. Het erf was een en al beroering.

Toen Douglass zijn voet op de keien zette, zakte hij door zijn knie. Hij kreeg een kaars aangereikt, een deken, wat eten. Hij sjokte naar binnen. Op de trap vermenigvuldigde zich zijn schaduw.

Die nacht kon hij niet slapen. Tegen de ochtend ging hij naar beneden, naar de rust van de bibliotheek. Zijn knieën deden pijn. Zijn schouders voelden vastgeklonken aan zijn nek. Hij ging stilletjes de kamer binnen. Isabel zat in de hoek, in het halfduister. Ze keek op om hem te zien binnenkomen: het was zijn ritueel om zich op de ladder langs de boekenplanken te rollen. Hij bleef een ogenblik in de deuropening staan, stapte naar haar toe en sloeg zijn armen om haar heen. Alleen dat. Hij hield zijn hand tegen haar achterhoofd. Hij aarzelde een ogenblik. Ze snikte. Toen hij zich losmaakte, was de schouder van zijn hemd nat.

Op zijn laatste ochtend in Cork nam Frederick Douglass een tweewielig rijtuigje en ging er alleen op uit. Het paard leek hem te gehoorzamen. De teugels voelden zacht in zijn handen. Hij reed naar het zuidwesten van de stad om op het strand te wandelen. Daar heerste rust. Geen emigrantenschepen. Het was laagwater en het zand was getekend met een reeks zachte rimpels. Volmaakte echo's, de een na de andere, die zich uitstrekten tot aan de donkere ribbel van de horizon. Geen zee meer. Alleen wolken. Hij voelde een steek van heimwee: het deed hem zo aan Baltimore denken.

Als hij zijn voet neerzette, maakte het water een zuigend geluid onder de zool van zijn laars. Een kortstondige afdruk. De grond bewoog onder hem. Hij tilde zijn voet op en keek hoe het water wegsijpelde, het zand weer opkwam. Het was iets om steeds opnieuw te doen, voetstap na voetstap.

Het zand strekte zich kennelijk kilometers ver uit, maar Isabel had hem gewaarschuwd voorzichtig te zijn, het gebied was berucht om zijn snelle, stille vloed. Het water kon slinks en heimelijk opkomen, binnenstormen, keren, hem omsingelen en dan zou hij in de val zitten. Hij kon het zich moeilijk voorstellen. Het zag er in Douglass' ogen zo volkomen vredig uit.

Hij bukte zich en zag tussen de geribbelde lagen een aantal krabbetjes met hun pootjes door het zand peddelen. Hij zette er een op de palm van zijn hand. Het beestje was bijna doorzichtig, zijn ogen zaten onhandig hoog. Misschien een wenkkrabbetje. Het liep naar de rand van zijn vingers, aarzelde, keerde terug. Hij bewoog zijn arm in de lucht en het krabbetje kroop naar het hoge deel van zijn pols. Douglass liet het weer in het zand vallen waar het zich ingroef en verstopte. Wat was het snel verdwenen.

Verder weg op het strand zag hij een aantal vrouwen in gebukte houding schelpen rapen. Ze droegen lange omslagdoeken en hadden rieten manden op hun rug. Op zoek naar voedsel. Hij had in de krant gelezen dat de aardappelziekte verergerde, dat de prijs van meel binnen een paar dagen was verdubbeld, dat de tarwevoorraden nog nooit zo klein geweest waren. Men kon slechts hopen dat de oogst van volgend jaar niet zou mislukken.

Douglass liep de kust langs. Een schip met hoge masten bleef dicht aan de horizon. Hij volgde het. Toen hij weer omkeek naar het strand, leken de vrouwen in de aarde te zijn weggezakt. Alleen hun donkere jassen waren te zien. Telkens weer bukten ze zich, bogen ze ritmisch voor alles wat ze konden vinden.

1998

para bellum

Hij stapt de helverlichte lift uit. Loopt door de marmeren lobby naar de draaideur. Vierenzestig. Slank. Grijzend. Een tikje stijf nog van het tennissen gisteren.

Een donkerblauw jasje, een beetje gekreukt. Daaronder een lichtblauwe sweater. Geperste broek. Niets uitdagends, niets opzichtigs. Zelfs zijn manier van lopen is ingetogen. Zijn schoenen klinken helder en droog op de vloer. Hij draagt een kleine leren koffer. Hij knikt naar de portier, die toeschiet om het koffertje over te nemen: alleen een pak, een overhemd, een toilettas, een extra paar schoenen. Onder zijn andere arm houdt hij zijn aktetas geklemd.

Vlug door de lobby. Hij hoort van verschillende kanten zijn naam. De conciërge, een bejaarde buurman op de lobbybank, de huismeester die de grote glazen ruiten staat te wassen. Het is alsof de draaideur de woorden heeft opgevangen en ze nu laat rouleren. Meneer Mitchell. Senator. George. Meneer.

Buiten staat de zwarte auto met draaiende motor voor het appartementengebouw. De uitlaat trilt een beetje. Een gevoel van opluchting welt in hem op. Geen pers. Geen fotografen. Een felle New Yorkse regen, zo anders dan de Ierse: jagend, ongeduldig, de paraplu's te vlug af.

Hij stapt de middag in. Voorbij de luifel wordt een paraplu voor hem opgehouden en een autoportier staat open.

– Dank je, Ramon.

Altijd is er eventjes de vrees dat er iemand in de auto zit te wachten. Met nieuws. Een rapport. Een bomaanslag. Geen overgave.

Hij schuift op de achterbank, laat zijn hoofd tegen het koele leer leunen. Altijd weer een moment waarop hij het gevoel heeft dat hij terug kan gaan, iets anders kan bedenken. Dat andere leven. Boven. Dat wacht. Hij is de afgelopen tijd het onderwerp van veel krantenkolommen geweest: zijn mooie jonge vrouw, zijn nieuwe kind, het vredesproces. Hij staat ervan versteld dat hij na zoveel jaar nog steeds kopij oplevert. Op camera wordt vastgelegd. Door de elektronische molen wordt gehaald. Zijn karikatuur op de opiniepagina's, de ernstige brillenman. Hij verlangt naar een lange periode van stilte. Alleen al om op deze stoel te zitten en zijn ogen dicht te doen. Zich een hazenslaapje te kunnen veroorloven.

Het voorportier gaat open en Ramon schuift op zijn stoel, buigt zich naar buiten, schudt de paraplu uit, kijkt over zijn schouder.

– Het bekende adres, senator?

Bijna tweehonderd vluchten in de afgelopen drie jaar. Elke drie dagen één. Van New York naar Londen, Londen naar Belfast, Belfast naar Dublin, Dublin naar Washington, Washington naar New York. Lijnvluchten, privévliegtuigen, regeringscharters. Treinen, auto's met chauffeur, taxi's. Hij leeft zijn leven in twee lichamen, twee garderobes, twee kamers, twee tijden.

– JFK, ja. Dank je, Ramon.

De auto draait iets onder hem, Broadway op. Een bekend abrupt verlies, iets triests, het verdriet van een gesloten voertuig dat zich verwijdert.

– Een ogenblik, Ramon, zegt hij.

– Meneer?

– Ik ben zo terug.

De auto komt zachtjes tot stilstand. Hij grijpt de deurhendel, stapt uit, verbluft de portiers als hij haastig door de marmeren lobby naar de lift stevent; zijn glanzende schoenen klakken, dragen de regen mee.

De achttiende verdieping. Glas en hoge plafonds. De ramen op een kier. Rijen lange witte boekenplanken. Elegante Perzische kleden. In de hoek brandt een vroege lamp. Hij loopt zachtjes over het Braziliaanse hardhout. Een schok van licht, zelfs nu buiten de regen neerkomt. Columbus Circle op het zuiden. Central Park op het oosten. De Hudson op het westen. Beneden hoort hij de zondagse straatmuzikanten, de muziek zweeft omhoog. Jazz.

Heather staat in de slaapkamer van hun zoon, gebogen over de commode, het haar hoog opgestoken. Ze hoort hem niet binnenkomen. Hij blijft bij de deur staan, kijkt hoe ze het klittenband van de luier sluit. Ze buigt zich voorover en kust hun zoon op zijn buik. Ze maakt haar donkere haar los en bukt zich opnieuw over het kind. Kietelt hem. Gekraai van de baby.

De senator blijft bij de slaapkamerdeur totdat ze voelt dat hij achter haar staat. Ze zegt zijn naam, pakt het kind op van de commode, wikkelt het in een deken. Ze lacht en loopt over het mooie tapijt, de vuile luier nog in haar hand.

– Was je iets vergeten?

– Nee.

Hij kust haar. Dan zijn zoon. Hij geeft de jongen een speels kneepje in zijn tenen. Voelt de zachte huid onder zijn vingers.

Hij pakt de luier – die nog warm aanvoelt – en gooit hem in de luieremmer. Het leven, denkt hij, is nog tot de wonderbaarlijkste streken in staat. Een warme luier. Op je vierenzestigste.

Heather loopt met hem terug naar de lift, pakt de slip van zijn jasje, trekt hem naar zich toe. De geur van hun zoon op hun handen. De liftkabels verklanken hun hartzeer.

Wat ze het meest van al vreest is dat hij het vlees wordt waarin een moordenaarskogel eindigt.

Zoveel moorden komen als een donderslag bij heldere hemel. De jonge katholieke vrouw met de Britse soldaat neergevallen over haar kind, lucht sist uit de kogelwond in zijn rug. De man in de taxi met het koude staal in zijn nek. De bom voor de kazernepoort in Newtownards. Het meisje in Manchester dat zeven meter de lucht in werd geblazen, terwijl haar benen van haar wegvlogen. De zevenenveertigjarige vrouw, met pek en veren overdekt vastgebonden aan een lantaarn op de Ormeau Road. De postbode blind geworden door de bombrief. De tiener met zes kogelgaten: in zijn knieën, zijn enkels en zijn ellebogen.

Toen ze afgelopen juli met hem mee was naar Noord-Ierland, kreeg Heather koude rillingen toen er spiegels op wieltjes onder de auto werden geschoven voor ze wegreden. George zei dat het slechts een formaliteit was. Niks om je zorgen over te maken. Hij had het soort gezag dat uit de jaren vijftig stamde, een waardigheid die het meeste gevaar verjoeg.

Ze keek graag naar hem als hij in een menigte stond. Zoals hij zichzelf kon vergeten, wegcijferen, en ieder ander het gevoel kon geven belangrijk te zijn. Hij geloofde in mensen, hij luisterde goed. Daar zat geen veinzerij of diplomatie bij. Hij ging in hen op. Het was gewoon zijn manier van doen. Zijn lange gebogen gestalte, zijn bril. Zelfs de gedistingeerde snit van zijn pak werd onzichtbaar. Soms zocht ze hem, en dan zat hij in een hoekje te praten met de vreemdste mensen. Hij had een neiging tot plotselinge toenaderingen. Een arm vastpakken. Een onverwachte lach. Zijn lijfwachten werden er bloednerveus van. Het maakte niet uit wie het was. Natuurlijk was het ook zijn onvermogen: hij kon geen nee zeggen. Hij vond het zo moeilijk om zich af te wenden. Ouderwetse hoffelijkheid. De sfeer van New England die hij meedroeg. Ze keek hoe het gezelschap rondzwalkte: een klein bassin dat zonder het zelf te weten zijwaarts kantelde. Steeds meer mensen dromden om hem heen. Aan het eind van de avond zag ze hoe hij probeerde zich eruit te roeien: de hopeloos ingesloten zwemmer, nu bedeesd, klaar om weg te gaan, vermoeid, die probeerde zich uit het diepe op te trekken zonder iemand teleur te stellen.

Ze houdt haar voet iets langer tussen de liftdeur dan ze zou moeten doen. Maar dan sluit de deur en is hij weg en hoort ze alleen nog de elektrische katrollen waaraan hij door het hart van het gebouw afdaalt. Hij zal over twee weken weer thuis zijn. Op paaszondag. Hij heeft het beloofd.

Ze hoort de vage ping van de liftbel beneden.

Het verkeer rond Lincoln Center. Het samenkomen van de avenues. De drukte. Dansers haasten zich over de plaza. De straatmuzikanten onder de luifel tetteren de regendruppels omlaag.

Het bevalt hem hier in de West Side, al zou hij soms willen dat ze verder oostelijk woonden, omdat je vandaar makkelijker naar de luchthaven kunt komen. Een strikt praktische reden: om een halfuur reistijd te winnen en iets langer bij haar en Andrew te kunnen zijn.

Verder over Broadway. Linksaf Sixty-Seven Street in. Ze draaien Amsterdam Avenue op naar het noorden. Als Ramon de stoplichten goed uitkient kunnen ze de avenue tot aan het eind doorrijden, er een slinger van gele lichten van maken. Langs de kathedraal. Oostwaarts, door Harlem. Het gewemel van gezichten en paraplu's. 124th Street op. De muurschildering met Bobby Sands bij het politiebureau. Hij had nog willen uitzoeken wie dat geschilderd heeft en waarom. Gek om zo'n muurschildering in New York te zien. *Saoirse*, geschilderd in felle letters boven het gezicht van de hongerstaker. Een woord dat hij de afgelopen jaren heeft leren kennen. Ook de straten van Belfast zijn bedekt met muurschilderingen: King, Kennedy, Cromwell, Che Guevara, koningin Elizabeth, kolossaal afgebeeld op blinde gevels en muren.

Snel invoegen en de lus op naar de Triborough-brug. Een glimp van het water. In de verte, ergens stroomopwaarts, ligt het Yankeestadion. Opeens is hij terug in Fenway Park, dertien jaar oud: het machtig juichende en verstommende groen als hij naar de hoogste rij zitplaatsen klimt, zijn eerste honkbalroes, Birdie Tebbetts, Rudy York, Johnny Pesky op kortestop. Een jongen van buiten. Voor het eerst in de grote stad. Ziet Ted Williams naar de plaat gaan. De Kid, de Kanjer, de Spetterende Splinter. Hij hoort nog de tok van de eerste bal die over de stadionlichten wordt geslagen. Een mooie tijd was dat. Lang geleden, maar niet ver weg.

Hij leunt tegen de koele achterbank. Hij heeft in de loop der jaren in allerlei stoeten, processies, parades meegereden, maar deze stilte is hem het liefst van al. Onder de radar reizen. Al was het maar voor een uur of twee.

Hij klapt de aktetas open. Ze zijn in een mum van tijd de brug over. Ramon heeft een pasje waarmee hij naar het tolhok zwaait. Soms probeert de politie door het donkere glas naar binnen te turen, alsof ze onder de waterspiegel van een rivier kijken. Om te zien hoe groot de vangst is. Helaas, ik ben het maar. Zijn staf is al in Belfast en Dublin. En hij heeft beveiliging geweigerd als hij thuis is in New York, Washington, Maine. Niet nodig. Ze gaan toch geen bom onder zijn grasmaaier plakken?

Er is een hoop leeswerk in te halen. Een verslag van de Stormont. Een intern memo over ontmanteling. Een doorgestuurd dossier van MI-5 over de vrijlating van gevangenen. Al die geheime geschiedenissen. Die oude verlangens. Het geweld van zwakke mannen. Hij is het helemaal zat, moe van de voortdurende wijzigingen. Wat hij wil is een heldere, scherpe horizon. Hij legt de mappen een ogenblik opzij, ziet New York voorbijschieten door de trommelende regen op het raam. Al die grijze Greyhounds en gele taxi's. De betonnen blokken van Queens. De kapotte neonreclames. De scheve watertorens met hun rottend hout. Het rasterwerk van de bovengrondse trein. Het is een primitieve stad, zich bewust van zijn eigen tekortkomingen, zijn vuile hemd, ongepoetste tanden, openstaande gulp. Maar het is de stad van Heather. Ze vindt het er heerlijk. Hier wil ze zijn. En hij moet toegeven dat de stad ondanks zichzelf iets aantrekkelijks heeft. Niet helemaal Maine, maar niets is ooit zoals Maine.

Hij heeft een keer gehoord dat een man weet waar hij vandaan komt als hij weet waar hij begraven wil worden. Hij weet zijn plek al, op het klif, uitkijkend over zee, Mount Desert Island, het donkere groen, de welving van de horizon, de hoekige rotsen, de schuimvlokken die opwaaien van de golven. Geef hem een stukje groen boven de kreek, met een laag wit hek eromheen. Een paar scherpe rotspunten om in zijn rug te prikken. Zaai mijn ziel in de ruige rode aarde. Laat me daar tevreden rusten, kijkend naar het ophalen van de kreeftenfuiken, de trage slentergang van zeekapiteins. Het zwenken van de meeuwen. Maar heb alstublieft nog wat geduld, Heer. Nog op zijn minst twintig jaar. Dertig zelfs. Vijfendertig, waarom niet? Nog vele ochtenden te gaan. Hij zou best nog eens naar de volle eeuw kunnen kruipen.

Onder de banden sist het regenwater. Op snelwegen geeft Ramon graag stevig gas. De Grand Central Parkway op. Wisselend van baan naar baan. De korte *vrrap* van droogte onder de viaducten. Door naar de Van Wyck. Er is geen terug meer. Het licht verflauwt door de tengere schouders van de middagregen.

Nog twee weken en het is Pasen.

Laatste kans.

Si vis pacem, para bellum.

Gisteren in Central Park, in het gele zonlicht, strekte ze zich voor een backhand, nam de bal schitterend, slicete hem zo dat hij een ogenblik lang zweefde en vlak over het net viel. Hij struikelde naar voren, lachend om de gedurfde slag, het perfecte tegeneffect, en klapte tegen het net. Overal om hen heen het applaus van de stad, in de bladeren en bomen en gebouwen, en een buizerd die over de baan scheerde met daarboven een paar kunstige wolken tegen het blauw en op de achtergrond de oppas die het kinderwagentje wiegde, en even had hij het verlangen om de telefoontjes naar de Stormont te maken, het allemaal bij deuce te laten.

Op de stoep stopt hij Ramon een cadeautje toe. Drie kaartjes voor de seizoensopening. De Mets. Tweede galerij. Niet ver van de thuisplaat. Neem je jongens mee, Ramon. Leg ze alles goed uit. Zeg tegen Bobby Valentine dat hij de zweep erover legt.

Ze kennen hem zo goed op JFK dat het bijna voelt alsof hij daar aan de balie zou moeten staan om te onderhandelen. Uw luchtrechten. Uw vergoedingen. Uw vertragingen.

De stewardessen zijn erg op hem gesteld, op zijn rust, zijn bescheidenheid. Van een afstand ziet hij eruit als een man die voortdurend door het grijs schuifelt, maar van dichtbij is hij flexibel en scherp. In zijn verlegenheid zit ook iets van flirten.

Bij de balie van British Airways wordt hij bij de arm genomen en voorbij de incheckbalie gebracht naar wat ze de Vippery noemen. Geen metaaldetectoren. Helemaal geen controle. Hij zou liever de gebruikelijke weg bewandelen, als een normale reiziger, maar de luchtvaartmaatschappij staat erop en ze sluizen hem altijd door. Deze kant op, senator, deze kant. De gang naar de Vippery is afgetrapt en smoezelig. Vreemd, dat de wanden zo slecht geschilderd zijn. Een bleke, zoetpaarse kleur. De plinten zijn kapot en gesplinterd.

Hij wordt via de achteringang de glamoureuze glitter binnengebracht. Twee mooie, stralende glimlachen vanuit de receptie. Meisjes met rood-wit-blauwe zijden sjaaltjes. Hun volmaakt Engelse accent. Alsof ze al hun klinkers met een fraaie suikertang aanreiken.

– Heerlijk u weer te zien, senator Mitchell.

– Goedemiddag, dames.

Hij had liever dat ze niet zo luidruchtig deden met zijn naam, maar hij knikt hen toe, kijkt even op hun badge. Altijd goed om een voornaam te kennen. Clara, Alexandra. Hij bedankt ze allebei en kan ze bijna horen blozen. Hij werpt een blik over zijn schouder, de kleine deugniet in hem, als hij naar de achterzijde van de lounge wordt geloodst. Hij heeft daar filmsterren, diplomaten, ministers, industriemagnaten ontmoet, en een stel rugbyspelers tot aan hun dikke nek onder de wijn. De mindere goden van de wereldfaam, met hun Rolexen die onder hun manchetten uit piepen. Het interesseert hem niet zo, de spotlights. Wat hij zoekt is een plek waar hij niet wordt gestoord, maar wel kan opstaan om zijn benen te strekken als het nodig is. Hij is kortgeleden met yoga begonnen, op aandringen van Heather. Het voelde in het begin nogal belachelijk. De omlaag kijkende hond. Dolfijnplank. Kraanvogelhouding. Maar het heeft hem enorm helpen ontspannen, alle knopen losser gemaakt. In zijn jongere jaren was hij veel minder lenig. Het levert ook een zekere mentale soepelheid op. Hij kan gaan zitten, zijn ogen dichtdoen en een goed meditatiepunt vinden.

Hij ziet een gunstige plek in de achterste hoek van de lounge, waar de regen decoratief langs het donker omlaag rolt, neigt een beetje in de richting van het raam, laat zich er door de jongedame heen loodsen. Alsof zij degene is die de plek heeft gekozen. Met haar hand in zijn onderrug.

Hij houdt de aktetas tussen hen in. Voor afstand en decorum.

– Kan ik u iets te drinken brengen, senator?

Hij is een theeman geworden. Hij zou het zelf nooit geloofd hebben. Het verrast je altijd weer, dit ongevraagde leven. Het begon in het noorden. Hij kon er niet onderuit. Thee bij het ontbijt, thee bij de lunch, middagthee, thee voor het slapengaan, thee tussen de thee door. Hij heeft de kunst van het zetten geleerd. De juiste pot kiezen. Het kraanwater laten lopen tot het koud is. Het laten doorkoken. De theepot wiegend voorverwarmen. De blaadjes uitstrooien. De tijd voor het trekken bepalen. De thee nat maken, zo noemen de Ieren het. Hij is geen man voor alcohol, en de thee heeft hem door heel wat late avonden heen gesleept. Met koekjes. Of biscuits, zoals ze dat noemen. Iedereen heeft zo zijn eigen zwakheden. Die van hem zullen hemel noch hel in beroering brengen. McVitie's Digestives.

– Met melk en drie klontjes, graag.

Hij hoedt zich ervoor naar het wiegen van haar heupen te kijken als ze door de lobby wegloopt. Hij leunt achterover in de stoel. Maar god, wat is hij moe. Hij heeft een paar slaappillen in zijn tas, voorgeschreven door een bevriende arts, maar het idee staat hem tegen. Misschien voor een noodgeval. Een grappenmaker schreef in de krant: *Wat stilte voor de Stormont.* Hij voelt de dagen die komen al op hem drukken, de bedenkingen, het semantische gesteggel, het zenuwachtig zoeken naar evenwicht. Hij en zijn team hebben hun een deadline gegeven. Ze zullen zich eraan houden. Dat hebben ze zichzelf beloofd. Een eindstreep. Anders sleept het hele proces zich eindeloos voort. Nog eens dertig jaar impasse. Clausules en voetnoten. Systemen en subsystemen. Visies en revisies. Hoe vaak is het allemaal al geschreven en herschreven? Hij en zijn team hebben hen de taal laten uitputten. Dag na dag, week na week, maand na maand. Hen in hun eigen verveling laten rondwentelen. Hen door het sarcasme heen laten praten naar een soort verbijstering dat zo'n gevoel ooit heeft kunnen bestaan.

Het was af en toe net verstoppertje spelen met jezelf. Maak de deur open en daar zit je. Tel maar weer tot twintig. Wie niet weg is, is gezien. Ik kom. Doen alsof je niet weet waar je zit.

Hij speelde dat met zijn broers toen hij jong was, in het kleine huis in Waterville. Hij verstopte zich in de kast onder de trap waar zijn moeder de potten met vijgen bewaarde. Een vertrouwde geur. De potten stonden hoog op de planken: zijn eigen kleine Libanon, vol en netjes. Vanuit de gang kwam een sprankje licht, het lekte naar binnen, verzachte het donker. Hij kroop weg in de hoek, onder de planken, wachtte tot hij ontdekt werd. Zijn broers raakten er zo aan gewend hem op dezelfde plek te vinden dat ze hem een keertje uren hadden laten zitten, om hem te jennen, en om ze terug te jennen hield hij zich muisstil, bleef onder de trap zitten tot na het eten toen ze hem eruit kwamen halen, verkrampt, boos, een klein beetje triomfantelijk.

Die oude tijd komt op de vreemdste manieren terug, als een plotselinge spanning die met een zalmsprong door de oppervlakte breekt. De achterkant van het huis in Waterville lag aan de brede Kennebec-rivier. De rook van de zagerij dreef stroomafwaarts. Als de reusachtige boomstammen aankwamen, werden ze druipend nat uit de grijze rivier gehesen. De houtzagen jankten. Zaagsel wervelde op de wind. Treinfluiten snerpten door de lucht. De stad bleef er waakzaam door. Hij had zijn krantenwijk. Reed op een fiets met franjes aan het stuur. Wipte over de spoorbruggen. Leerde de stegen en de zijwegen kennen. In zijn zak rammelde het kleingeld. Hij hield van de dagen dat de rivier bevroor en hij zich afvroeg wat ze daaronder meevoerde: water onder water. Hij zag de mannen uit de fabrieken thuiskomen na een lange dag hun vlees te hebben verpand. Ochtenden van verse blauwe sneeuwval. Tegen het eind van de dag zag de sneeuw zwart van het gruis.

Hij groeide op in de kleren van zijn broers. Zijn moeder moest er altijd om glimlachen als ze de overhemden van de ene schouder op de andere zag glijden, alsof jeugd iets was dat in elke fase steeds werd doorgegeven. Als hij uit de kleren was gegroeid, laadde ze ze in de auto en bracht ze naar de winkel van het Leger des Heils in Gilman Street. *Ya hadi*, zei ze dan. Wees ons genadig.

Hij was zich bewust van het Horatio Alger-etiket dat aan hem kleefde. Zijn moeder was Libanese, een textielarbeidster. Zijn vader, een wees, was conciërge bij een universiteit. Zijn Amerikaanse jongensjaren. De kranten dreven er soms de spot mee. Hij ging na de universiteit een onrustig leven tegemoet. Onrechtmatige daden, contracten, akten, de voorzittershamer. Hij had zomaar een jurist met vlinderdasje kunnen worden, of een kleinsteedse rechter die aan de rand van de stad woonde. Hij bloeide op bij Webster en Darrow. *A Plea for Harmony and Peace. Resist Not Evil.* Mysteries die oplosten in feiten. Als jurist had hij een hekel aan verliezen. De tweede plaats is geen verdienste. Hij greep zijn kansen. Advocaat, kandidaat voor het gouverneurschap, federaal rechter. Vijftien jaar in Washington. Zes jaar fractievoorzitter van de meerderheid in het Huis van Afgevaardigden. De op een na machtigste man van Amerika.

Hij kon een munt opgooien om aan de taal ervan te beluisteren hoe die zou neerkomen: wat hem verbaasde was dat een munt soms op zijn kant kon neerkomen. Vietnam. Grenada. El Salvador. Koeweit. Bosnië. Mexico. Al die keren dat de logica op het randje balanceerde. De gezondheidszorg. Het Noord-Amerikaans Vrijhandelsverdrag. De milieuwet. Een enkele keer betaalde verandering uit.

Daarna trok hij zich terug, stond op het punt zijn eigen weg te volgen, de advocatuur op te nemen, vrij adem te halen, de spotlights achter zich te laten. Hij bedankte zelfs voor het hooggerechtshof. Maar toen belde de president opnieuw. Clintons informele charme. De ambitieuze ongedwongenheid. Een gunst, George, zei hij. Twee weken Noord-Ierland. Zie het als een handelsverdrag. Meer is het niet. Een uitstapje over het water. De senator werd overgehaald. Hij zou voor een paar weken gaan, meer was het niet. Voor hij het wist, was het een jaar, toen twee, toen drie. De schaduw van scheepswerf Harland and Wolff viel over Belfast. Ooit was daar de *Titanic* gebouwd. De vage hoop dat hij de lange blauwe ijsberg, het diepe onderzeese van de Ierse geschiedenis, kon helpen bijdraaien.

Hij kijkt nu uit het raam naar de rijen vliegtuigen, de bezige platformwagens, de met neonstokken zwaaiende mannen op de startbaan. De hele wereld, altijd ergens naar op weg. Iedereen heeft haast. De noodlottige wetten van onze eigen belangrijkheid. Hoevelen zitten er op dit moment in de lucht? Neerkijkend op ons in het wazige, verwarde landschap beneden. Zo raar om jezelf in het raam weerspiegeld te zien, alsof je tegelijkertijd binnen en buiten bent. De jongen die naar binnen gluurt naar de man op leeftijd, weer vader, verbaasd dat hij hier überhaupt zit. De manier waarop het leven het onverwachte uitdeelt. Altijd zo onafgerond.

Hem is door journalisten al vaak gevraagd of hij Noord-Ierland kan uitleggen. Alsof hij even een zin uit de lucht kan plukken, een kernachtige soundbite voor de eeuwigheid. Hij is gek op Heaney. *Twee emmers waren makkelijker te dragen dan een. Wat je ook zegt, zeg niets.* Kortstondige doorbraken, tussenpozen van rust, grote scheuren in het landschap. Het is hem nooit gelukt alle politieke partijen samen in één kamer te krijgen, laat staan de hele situatie in één zin. Een van de mooie dingen van de Ieren is hoe ze de taal tegelijkertijd vermorzelen en ontwikkelen. Hoe ze die verminken en vereren. Hoe ze hun stiltes kleur geven. Hij heeft uren achtereen in een kamer zitten luisteren naar mannen die over woorden praatten en toch nooit dat ene woord uitspraken dat ze wilden zeggen. De maniakale uitwijdingen. Het gedraai en gekronkel. En dan, opeens, hoorde hij ze zeggen, *Nee, nee, nee,* alsof de taal altijd maar één woord heeft gekend dat enige betekenis had.

Paisley, Adams. Trimble. McGuinness. Gooi een woord in hun midden en kijk hoe ze de lont aansteken. Ahern. Blair. Clinton. Mowlam. Hume. Robinson. Ervine. Major. Kennedy. McMichael. Een mooie bezetting. Bijna Shakespeariaans. En hij zit, samen met de Chastelain en Holkeri, in de coulissen te wachten op het moment dat de acteurs hun speren tevoorschijn halen. Of niet.

Hij heeft, moet hij toegeven, opwindende dagen beleefd in het noorden. Op het scherpst van de snede. Een roekeloosheid waar hij van geniet. Weer de jongensjaren. Onder de trap. Klaar om tevoorschijn te komen, in pak en das, met de handen omhoog in gespeelde overgave. Traject Een, Traject Twee, Traject Drie. Hij houdt niet van de loftuitingen, de al te hartelijke begroetingen, de toffe schouderklopjes, de verwijzingen naar zijn geduld, zijn overwicht. De koppigheid van de fanatici, dat is wat hij wil breken. Er bestaat, weet hij, enig verwantschap met zijn eigen vorm van geweld in de manier waarop hij hardnekkig volhoudt en vecht. Zoals de terrorist zich de hele nacht in een natte greppel kan verbergen. Kou en vocht sijpelen in de laarzen van de sluipschutter, kruipen naar zijn billen en langs zijn ruggengraat naar zijn schedel en door zijn poriën weer naar buiten, zo koud, zo verschrikkelijk koud is het loeren, het wachten tot de sterren weg zijn en de ochtend kwettert met een schijntje licht. Hij zou het graag langer uithouden dan die man in de greppel, hij zou de kou, de regen, het slijk en de kans op een kogel willen trotseren, hij zou in het riet willen blijven zitten, onderwater, in het donker, ademhalend door een holle stengel. Blijven zitten tot de kou er niet meer toe doet. De vermoeidheid het wint van de verveling. Hem met elke ademtocht evenaren. Laat de sluipschutter het maar zo koud krijgen dat hij de trekker niet kan overhalen en sta het silhouet dan toe ontmoedigd de heuvel over te sjokken. De klootzak afmatten en hem dan uit de greppel zien klimmen, hem bedanken en de hand schudden en hem door het laantje met hoge doornhagen uitgeleide doen met het senatorsmes in zijn rug.

– Uw thee, meneer.

Hij drukt zijn handpalmen tegen elkaar als een dankgebedje. Ze draagt een zilveren dienblad: keurige kleine sandwiches, biscuitjes, cashews.

– Wat noten, senator?

– O, ja.

Het kost hem moeite niet onbeschaamd te grijnzen, of zelfs voluit te lachen. Hij zou graag zeggen dat hij de afgelopen tijd al te veel noten heeft gehad, te hard om te kraken, maar misschien zou ze het niet begrijpen, of als een belediging opvatten, dus glimlacht hij maar, neemt de thee aan en laat haar de cashewnoten op de tafel zetten. Ja, en te veel idioten met te veel noten op hun zang. Paramilitairen, politici, diplomaten en zelfs ambtenaren. De veelhoek van Noord-Ierland. Hij telt bij elkaar zes, zeven, acht partijen, en zelfs meer. Met horten en stoten een vuurvliegflitsje vooruit. Context die context doorkruist. Er valt niets te winnen in het noorden: geen olie, geen grondgebied, geen DeLorean-bolides meer. Hij krijgt niet eens betaald voor zijn werk: alleen zijn onkosten, meer niet. Geen salaris. Natuurlijk wel enig politiek voordeel, voor hem, voor de president en voor het nageslacht, misschien zelfs voor de geschiedenis, maar er zijn gemakkelijker manieren om dat te krijgen, eenvoudiger ijdelheden, bereikbaarder ideeën.

Hij is zich er terdege van bewust dat sommigen daar denken dat ze hem aan een touwtje hebben waar geen eind aan komt. De onpartijdige marionet. De janklaassen. Maar hij ligt er geen moment van wakker, ook niet van hun botte krantencartoons waarin ze hem mistroostig laten bungelen. Ook niet van hun dubbelzinnige opmerkingen. Hij heeft iets vinnigs over zich: hij heeft het recht verdiend om de duisternis iets open te breken, om hen voor het blok te zetten.

De Ieren zelf zijn bang dat ze op de een of andere manier blijven uitstellen, maar hij weigert dat toe te staan, die eindeloze woordenvloed, woordenvloed, woordenvloed. Hij zal over de tachtig zijn wanneer Andrew naar de universiteit gaat. De vader die voor grootvader wordt aangezien. De verre voorouders. Al die oeroude spoken. Er werden in Noord-Ierland eenenzestig kinderen geboren op de dag van Andrews geboorte. Eenenzestig manieren waarop een leven zich kan ontplooien. De gedachte haalt een scherp mes van spijt door het merg van zijn ruggengraat. Zijn zoon is nu net vijf maanden oud, en hij kan amper op vier handen de dagen tellen die hij met hem heeft doorgebracht. Hoeveel uur heeft hij niet in strenge kamers zitten luisteren naar mannen die over een komma of de plaats van een punt ruzieden, terwijl hij alleen maar terug wilde naar de verwondering van zijn piepjonge kind? Soms keek hij alleen hoe ze praatten en zei hij weinig of helemaal niets. Vliegers van taal, wolken van redeneerkunst die steeds weer langsdreven. Gevangen op de voortrollende golf van hun eigen stem. Hij hoorde bepaalde uitdrukkingen en liet zich erdoor meevoeren, naar buiten over de boomtoppen, naar wat de Noord-Ieren 'the yonder', de verre verten noemden. Verzonken in de woorden. Zittend bij plenaire vergaderingen, wachtend. De kribbigheid in de zaal. De benauwende mannelijkheid. Die eeuwige angstvalligheid van ze; ze staken een hand omhoog om tegen mensen te zeggen dat ze geen respect verdienden, terwijl het duidelijk was dat ze het zelf zo nodig hadden.

Op sommige dagen wenste hij dat hij de mannen de vergaderzalen kon uitsturen, en de zalen kon vullen met vrouwen: de korte, hevige schok van 3200 moeders. Degenen die in de puinhopen van supermarkten zochten naar stukken van hun dode echtgenoten. Degenen die de beddenlakens van hun overleden zoon nog steeds op de hand wasten. Degenen die een extra theekop aan het hoofd van de tafel lieten staan, voor het geval er wonderen bestonden. De elegante, de kwade, de slimme moeders, degenen met haarnetjes, degenen die uitgeput waren van al dat sterven. Zij droegen hun verdriet – niet met foto's onder hun arm, of met publiekelijk gejammer, of door zich op de borst te slaan, maar met vermoeidheid rond hun ogen. Moeders en dochters en kinderen en ook grootmoeders. Ze hadden nooit in oorlogen gevochten, maar ze leden eronder, tot in hun vezels. Hoe vaak heeft hij het niet gehoord? Hoe vaak waren er niet twee manieren om dat ene te zeggen? Mijn zoon is dood. Hij heette Seamus. Mijn zoon is dood. Hij heette James. Mijn zoon is dood. Hij heette Peader. Mijn zoon is dood. Hij heette Pete. Mijn zoon is dood. Hij heette Billy. Mijn zoon is dood. Hij heette Liam. Mijn zoon is dood. Hij heette Charles. Mijn zoon is dood. Hij heette Cathal. Mijn zoon heet Andrew.

Buiten komt de regen nog steeds met bakken naar beneden. Bagagewagens haasten zich heen en weer. Hij pakt een biscuitje, blaast zijn thee koel. Op zondagavond naar Ierland. Op woensdagavond naar Londen. Op donderdag naar Washington D.C., naar zijn advocatenkantoor. Op vrijdagavond naar New York. Zondags weer terug naar Engeland en Ierland.

Soms heeft hij het gevoel dat er helemaal geen beweging is: duizenden kilometers in de decompressiekamer, dezelfde kop thee in dezelfde theekop in dezelfde luchthavenlounge, dezelfde stad, dezelfde chique auto.

Hij vraagt zich af wat hij zou doen als het vliegtuig vertraging heeft, of het dan makkelijk zou zijn om naar huis te gaan, de lift omhoog te nemen, de sleutel om te draaien, de lamp aan te doen, weer die andere man te worden naar wie hij al even intens uitkijkt.

Hij wordt als laatste naar het vliegtuig gebracht. Een speciaal voorrecht. Alsof hij onopgemerkt kon blijven. Een aantrekkelijke gedachte: werkelijk onzichtbaar zijn. Beschikken over een invloedrijke anonimiteit.

Hij werd altijd herkend in Washington. Het gedrang, het geduw, de schouderklopjes. De wandelgangen van de macht. Waar hij een hekel aan had waren de gala's, de tuinfeesten, de rode lopers. Flitsapparaten, persconferenties, tv-camera's. De vervelende onvermijdelijkheden. Ook in New York werd hij herkend, maar daar scheen het niemand iets te interesseren. De stad was zo blasé dat ze alleen van zichzelf vervuld was. In Maine voelde hij zich thuis, tussen zijn eigen mensen.

Hier, in dit rijk van wolken en lucht, kennen ze hem ook allemaal. Ze schieten toe om zijn colbertje op te hangen, de kleine koffer in de bagageruimte te schuiven. Hij kijkt opzij en ziet tot zijn genoegen dat de plaats naast hem vrij is. Het vriendelijke knikje of de verontschuldigende halfgrijns is overbodig. Zijn gewoonten zijn inmiddels ingesleten. De raamplaats. Aktetas naast hem weggestopt. Schoenen een beetje los, maar niet helemaal uit, nog niet. Het heeft iets ongegeneerds om al voor het opstijgen je schoenen uit te doen.

De stewardess gaat de rij langs. Een blad, een tang. Hij neemt het witte handdoekje aan, houdt het tegen zijn voorhoofd, en veegt dan de holten tussen zijn vingers schoon. Wat wordt zo'n doekje snel koud. Voor één keer wou hij dat hij zo'n vervloekt telefoontje had. Hoe noemen ze die ook weer? Draagbare telefoon. Mobieltje. Gsm. Om even naar huis te bellen. Maar zijn weigering om zo'n ding te nemen is een erezaak geworden. Hij houdt zich aan het idee vast, ouderwetse borstklopperij. Hij heeft ruim zestig jaar zonder gekund: waarom zou hij er nu aan beginnen? Eigenlijk belachelijk. Al zijn medewerkers hebben er eentje. Zijn onderhandelingsteam. Alle journalisten. Er zijn zelfs keren geweest, vlak voor het opstijgen, dat hij er een leende van een medepassagier om Heather nog even te bellen. Met zijn hand over zijn mond om geen onbeschaafde indruk te maken.

Er wordt een menu op zijn schoot gelegd, maar hij kent de kaart van deze maand uit zijn hoofd: kreeftensoep, tuinsalade, kip cordon bleu, oosterse noedels, biefstuk van de haas, paddenstoelrisotto. De Britten schijnen aan hun culinaire reputatie te werken. De toppers onder hen. Het zijn harde, onbuigzame jongens, al zijn ze sinds ruim een jaar een stuk milder geworden. Beschaamd door wat ze eeuwenlang in Ierland hebben uitgespookt. Bereid om te vertrekken. Snel weg te wezen. Ze zouden binnen de kortste keren hun handen schoonwassen, als ze dat maar niet voor het oog van de wereld hoefden te doen. Ze lijken stomverbaasd te zijn dat Noord-Ierland op de een of andere manier bestaat. Hoe hebben ze in hemelsnaam ooit kunnen denken dat het land goed voor hen zou kunnen zijn? Waar het allemaal op neerkwam was trots. Trots tijdens de opkomst, trots tijdens de ondergang. Ze willen met enige waardigheid kunnen vertrekken. *Tally-ho. Ta-ra.* Voyeurs van hun eigen ervaringen. Ze bezien het leven indirect. En de Ieren in het zuiden hebben bijna precies het tegenovergestelde dilemma. Beschaamd door het feit dat het hen was ontnomen. Eeuwen verlangend uitzien. Als de begeerte naar een getrouwde vrouw. En nu is ze daar plotseling, je kunt haar hebben, en je weet niet helemaal zeker meer of je dat eigenlijk wel wilt. Bedenkingen. Andere bruidsschatten. De schimmel in de kamer waar het verleden ligt opgeslagen. De Unionisten, de Nationalisten, de Loyalisten, de Republikeinen, de Planters, de Gaels. Het eindeloze tentoonstellen van zichzelf. Zaal na zaal. Schilderij na schilderij. Mannen op hoge paarden. Banieren in de strijd. Belegeringen en rivieroevers. De lettersoep van de terroristen.

In het begin kon hij de accenten niet verstaan. De scherpe medeklinkers. Hoekig en hard. Het klonk in zijn oren als een volledig andere taal. Ze stapten naar de microfoon. Hij moest zich naar voren buigen in een poging het te ontcijferen. De kleine gekwelde tussenwerpselen. Ach. Aye. Toch. Niet onze schuld, meneer de voorzitter. Zes counties in zesentwintig stoppen gaat niet. Ze trapten verdomme de deur in, zo deden ze dat. Ze duwden kleine Peader uit de helikopter. Met alle respect, senator, maar we praten niet met moordenaars. Als meneer de voorzitter wil weten hoe het is, waarom komt hij dan niet een keer naar de Shankill?

Ze stortten de inhoud van eindeloos veel laden over de vloer uit. Maar hij kreeg het algauw door. Hij begon het verschil te horen tussen een Belfasts en een Dublins accent, tussen Cork en Fermanagh, zelfs tussen Derry en Londonderry. De hele geografie zat in de woorden. De geschiedenis achter elke lettergreep. De slag aan de Boyne. Enniskillen. Bloody Sunday. In de kleinste details zaten aanwijzingen. Een Gary was een Prod, een protestant. Een Seamus was een Taig, een paap. Liz woonde op Shankill Road. Bobby op Falls Road. Sean ging naar het St. Columba's gymnasium. Jeremy naar het Campbell. Bushmills was een protestantse whiskey. Jameson was voor katholieken. Niemand reed in een groene auto. Je droeg nooit een oranje das. Je ging op vakantie naar Bundoran of je ging naar Portrush. Steek je vlag uit. Bestel je drankje. Kies je beul uit.

God, het was een ondoorzichtig netwerk. Een waar hij heel wat nachtjes over moest slapen. Een die een eeuwigheid van rust behoefde.

Toch was hij op hen gesteld geraakt: de politici, de diplomaten, de spindoctors, de ambtenaren, de veiligheidsmensen, en zelfs op de schreeuwers buiten het hek. Allemaal hadden ze hun heel eigen muziek. En een zekere gulheid. Al die vuile was maakte op de een of andere manier welsprekend. Er was hem eens verteld dat een beetje Ier vijftig kilometer zou omrijden, enkel en alleen om een belediging te horen – en honderd kilometer als het echt een mooie belediging was. De valse bescheidenheid. De zelfkleinering. De oplettendheid. Er zat iets in dat eindeloze bekvechten dat hem in de lijmpot heeft gevangen en hem erin heeft vastgehouden. De verwarde complicaties. De grenzen van de inspanning. De fascinatie voor het onmogelijke. Hij wilde alert blijven voor wat er te leren viel. En er zat altijd een aanwijzing in het anonieme moment. De vrouwen in de kantine. Ze knikten naar hem en vingen zijn blik op. De meewarige glimlach. De dappere hersenschim. Het toefluisteren. *God zegene u, senator, maar het is gekkenwerk.* Nou, dat kan wel zijn, maar ik doe het toch.

Het was hem niet onbekend dat ze hem in het begin maar een stille sukkel vonden. De Arabier. De Yank. De Rechter. Zijne Excellende. Mohammed. Mahatma. Ahab. IJzeren pot. Ze noemden hem om de een of andere reden zelfs de Serviër. Hij voelde er niet voor om de

Ier of de Libanees uit te hangen. Hij moest niets hebben van het simpele vooroudersentiment: hij wilde zichzelf tot het kleinst mogelijke continent maken.

Maar hij wist zeker dat sommigen hem woedend wilden maken. Zodat hij ergens over zou struikelen. De verkeerde dingen zei. Zodat ze zelf de vermoorde onschuld konden spelen. Maar hij vond manieren om in de achtergrond op te gaan, dan bleef hij zwijgen, over de rand van zijn bril kijken. Hij had een hekel aan zijn dragende rol in het proces. Het waren anderen die de mogelijkheden hadden geschapen: Clinton, Reynolds, Hume, Major. Hij wilde die alleen veilig aan de grond zetten. Naar beneden halen van waar ze waren, in de wolken, als zo'n machtige lompe machine uit het begin van de eeuw, zo'n kist van lucht en hout en draad waarmee ze op de een of andere manier het water over waren gevlogen.

Een rood ooglid van zon voor het raampje. De vaag verspreide ochtendwolken. Londen beneden. Het zoemen en aanspringen van vliegtuiglampjes. Zijn voeten zijn gezwollen tijdens de vlucht. Uit de handbagageruimte haalt hij zijn sweater.

Hij schaamt zich een beetje dat Heather tegenwoordig zijn kleding kiest. Ze kent een Perzische kleermaker die zijn pakken dubbelrijs maakt. Het duurde een tijdje voor hij over de streep was. Alleen al het begrip *bespoke tailor*, maatkleermaker! De sweaters komen van Cenci of daaromtrent. Het heeft iets troostends. Je een ogenblik overgeven aan nostalgie. Vreemd, dat verlangen door afstand werkelijker wordt. Als hij de sweater aantrekt, kan hij bijna weer terug zijn in Sixty-Seventh Street. Vreemd ook, dat een leven zo gemakkelijk een nieuwe vorm kan aannemen. De mislukking die hem misschien nog het meest dwarszit is zijn eerste huwelijk. Het ging gewoonweg niet. Ze hebben het geprobeerd, hij en zijn eerste vrouw, ze hielden vol, het lukte niet, wat stuk was bleef stuk. As wordt geen hout meer. Wat hij in het begin vreesde, was het idee dat zijn volwassen dochter hem met zijn nieuwe pak en dassen zou zien en dan helemaal niets zou zeggen, dat het zwijgen regelrecht naar het hart van de mislukking zou gaan.

Hij trekt zijn jasje over zijn schouders. Voorwaarts. Weg. Hij is als zesde het vliegtuig uit. Hij laat de anderen voorgaan. Zijn lichaam hoort nog vagelijk bij de cabine. Die lucht achter in zijn kuiten.

Halverwege de loopbrug wordt hij verrast door een hand op zijn elleboog. Bomaanslag? Moord? Verbroken wapenstilstand? Maar het is een jongeman met blauwe ogen en een neusringetje. Die moet voor in het vliegtuig hebben gezeten. Vagelijk bekend. Misschien een soort popster. Of iemand van de film. *Succes, senator, we bidden voor u.* Met een Engels accent. Vreemd om te bedenken dat zo'n jongeman überhaupt bidt. Meestal waren het de oudere vrouwen van Noord-Ierland die dat tegen hem zeiden. Terwijl ze hun haarnetje schikten. Kralen om hun witte vingers wonden.

Hij schudt de hand van de jongeman en loopt met grote passen door de gang. Maar god, wat heeft hij een hekel aan deze wandeling. Wie staat hem dit keer op te wachten? Wat voor veiligheidsdetachement? Het wordt steeds strenger aan deze kant van de plas. Gewoon om hem naar een andere terminal te brengen. Een jonge vrouw met kort blond haar steekt haar hand ter begroeting op: hij weet haar naam nog hoewel hij haar maar twee keer eerder heeft ontmoet. Lorraine. En twee nieuwe veiligheidsmensen. Ze stappen kordaat op hem af. Geen nieuws op hun gezichten, geen plotselinge fiasco's. Geen zichtbaar verdriet. Godzijdank.

– Hoe was uw vlucht, meneer?

– Uitstekend, dank je.

Een leugentje natuurlijk, maar waarom zeuren? Ze kan moeilijk even een kussen voor hem tevoorschijn toveren. Ze gaan vlug de trap af naar buiten, naar de wachtende auto, naar Terminal Twee.

– Het spijt me, meneer, maar uw volgende vlucht heeft vijfendertig minuten vertraging, zegt ze.

Lorraine heeft aan haar riem plaats voor drie telefoons. Ze weet er stijlvol en elegant mee te jongleren, haakt haar vinger onder de riem: het wilde westen van de telecommunicatie.

In de lounge van British Midland hebben ze een gedeelte voor hem gereserveerd. Thee, gebak, yoghurt. Ze overhandigt hem een memo, en hij bekijkt het snel. Een rapport over Ahern en Blair. Concessies over de voorgestelde Noord-Zuid-vertegenwoordigingen. Een clausule in het Kaderdocument van drie jaar geleden. De status van de Raad en basis van zijn gezag. Het lijkt erop dat ze in de buurt komen van een voorzichtige overeenkomst over Traject Twee.

Heel even permitteert hij zich de luxe van een glimlach. Twee uur in New York. Heather en Andrew zullen nu slapen.

Het Noorden, beneden, is verblindend in de ochtendzon. Stukken fel geel op de schorren. De velden zo uitgestrekt en grazig. Het meer en de waterweiden. Een zilveren riviermonding en een gigantisch meer. Een door de kudde verstoten wolkje hompelt naar het westen weg. Het vliegtuig maakt een bocht en de stad Belfast verschijnt, altijd weer kleiner dan hij dacht. De hoge kranen van de scheepswerven. De doolhof van zijstraten. De voetbalvelden. De flatgebouwen. De aanstormende troosteloosheid. Dan weer boven de weiden, de ongelooflijke diepte van het groen. Hij heeft het land nooit eerder zo licht gezien: een heldere dag door de ochtendwolken heen. Hij is gewend aan zijn grijze kanten, zijn lanen, zijn hoge muren. Ze zetten de daling in boven Lough Neagh. Een vage droefheid bij het landen, spanning in de keel.

Op het gras beneden wordt de schaduw van het vliegtuig teruggebracht tot zijn eigen grootte en is dan weg. *Welkom op Belfast International. De inhoud van de handbagageruimte kan tijdens de vlucht zijn verschoven.* De stewardessen moederen over zijn jasje. Hij wordt weer door de controle gesluisd, langs een koffiebar en de kiosk waar hij een snelle blik werpt op de krantenkoppen in de kleine metalen rekken. Geen ellende. Een goed teken.

Buiten hangt de vage geur van landbemesting in de lucht. Drie wachtende auto's. Gerald, zijn chauffeur, begroet hem met een knikje en de overname van zijn koffertje.

In de auto geeft Gerald een papiertje met getallen naar achteren door. Even de schrik dat het slecht nieuws is, maar het zijn honkbalscores, met de hand overgeschreven van Reuters. Hij laat er snel zijn oog over gaan. De seizoensopening. O, ja. God zij geprezen. De Sox hebben gewonnen.

– Goed begin, zegt hij.

– Aye, senator. Oakland? Waar ligt dat eigenlijk?

– Een ontzettend eind weg. Californië.

– In de zon.

– Houd het goede nieuws gaande, Gerald.

– We zullen zien wat we kunnen doen, senator.

Het konvooi rijdt de luchthaven over en dan naar de M2, een brede snelweg. Velden en heggen en hier en daar een boerderij. Weinig verkeer tot ze de stad naderen. Hij zou zich in willekeurig welke grote Amerikaanse stad kunnen wanen, tot hij naar buiten kijkt en de vlaggen boven de woonwijken ziet wapperen. Ze tekenen de skyline, eisen die op, kleuren die. De Unionisten gaan voor de davidsster, de Republikeinen steken de vlag van de Palestijnen uit. Kleine oorlogen, grote gebieden.

Op een muur langs de weg bij Ballyclogham staat een nieuwe graffiti, geschreven in grote witte letters tegen het grijs: *We zullen je nooit van z'n leven vergeten, Jimmy Sands.*

Wat zelfs op Geralds gezicht een wrange glimlach brengt als ze voorbijrijden, want het was natuurlijk *Bobby* die ze nooit zouden vergeten.

In de begintijd – toen het proces nog vers was – reed hij vaak naar de Stranmillis Tennis Club aan de oevers van de Lagan.

Negen of tien buitenbanen, allemaal kunstgras. Besprenkeld met korrelig zand. Zwaar voor zijn enkels. Maar hij ging graag naar buiten om een balletje te slaan: hij speelde met de jongere ambtenaren. Ze waren in het begin zo hoffelijk om niet te proberen hem te verslaan, tot ze in de gaten kregen dat hij een soort onverslaanbaarheid bezat. Hij was taai, beet zich vast, speelde verdedigend, glijdend over de achterlijn sloeg hij de bal telkens weer veilig over het net terug. De foto's gaven een andere indruk, maar hij was kwiek.

De luxe van ouder worden was dat je je ijdelheid kon opgeven: hij kon uren in de Ierse motregen blijven spelen. Hij droeg een witte tennisbroek, lange sokken en een blauw trainingsjack. Na afloop nam hij de kans waar om zichzelf in de kleedkamerspiegel uit te lachen.

Toen hij vroeg op een ochtend van de noordelijke baan af kwam, zag hij tot zijn verrassing een hele groep vrouwen bij elkaar staan op de banen voor het clubhuis. Hij kuierde er op zijn gemak naartoe. Tegen de achterkant van de banken hingen borden: ALL-IRELAND DAMESTOERNOOI. Een mooi idee, vond hij. Tennissen konden ze in ieder geval wel samen. Een bejaarde vrouw die haar rolstoel achter de banen langs loodste, intrigeerde hem. Een zwaargebouwde vrouw met opvallend grijs haar. Ze moest tegen de negentig zijn, maar ze redde zich prima met die stoel. Er ging mildheid van haar uit. Ze hield achter elke baan even stil en schreef met potlood iets op haar klembord en riep dan naar de spelers en de umpires. Ze had een zangerige stem. Hij meende een Amerikaans accent te horen, maar was er niet zeker van.

Later die dag kwam hij terug na een reeks plenaire vergaderingen in de Stormont. Het gebruikelijke bekvechten. De dag had zijn energie opgebrand. Het toernooi was nog aan de gang. Hij maakte zijn das los, trok zijn jasje uit en schoof tussen het publiek om naar de finale te kijken.

De vrouw in de rolstoel had zich achter de baan geïnstalleerd. Ze had een wollen plaid over haar schoot. Ze knikte bij elk punt en klapte aan het eind van de games: lang, luid en enthousiast. Hij kon niet zien voor wie ze partij koos, als ze dat al deed. Af en toe moest ze verschrikkelijk lachen en legde dan haar hoofd op de schouder van een jongere vrouw naast haar. Golfjes applaus gleden door de avond.

Dit waren de momenten die hem het liefst waren. Verscholen in de anonimiteit. De alledaagse dingen. Ierland zonder oorlog.

De wedstrijd eindigde met een beleefd applausje en de bejaarde dame werd van achter de banen weggereden. Hij zag haar een plastic glaasje champagne van een dienblad plukken.

Ze werd een ogenblik alleen gelaten en hij zag dat het wiel van haar rolstoel in het kunstgras vastzat.

– Lottie Tuttle, zei ze en ze stak haar hand uit.

– George Mitchell.

– O, we weten wie u bent, senator, we hebben u vanochtend bezig gezien met die vreselijke backhand.

Hij schoot in de lach.

– Bent u Amerikaanse? vroeg hij.

– God, nee.

Ze dronk het glaasje champagne leeg.

– Canadese. Min of meer.

– Min of meer?

– Newfoundland.

– Prachtige plek.

– Lottie Ehrlich heette ik toen. Ooit. Lang geleden.

– Ach zo.

– Ik stam eigenlijk van de druïden af.

Ze lachte en trok aan het rechterwiel van de stoel, die een elegante draai maakte. Hij hoorde iets Iers in haar accent.

– Ik woon op het schiereiland. Strangford.

– Aha, zei hij. Daar heb ik over gehoord. Het meer.

– Inderdaad. Het lough. U zou eens langs moeten komen, senator. U bent van harte welkom. We hebben er een kleine cottage aan het water.

– Tja, ik ben momenteel nogal druk bezet, Lottie.

– We hopen dat u die janboel voor ons gaat oplossen, senator.

– Dat hoop ik ook.

– Dan kunt u daarna weer aan uw backhand werken.

Lachend reed Lottie de baan af om met de winnares van het toernooi te praten. Ze duwde de rolstoel helemaal zelf, maar opeens draaide ze zich met een grijns om.

– Weet u, senator, uw probleem is dat u uw achterste voet niet goed neerzet.

Hij had haar daarna nog een paar keer gezien. Ze was een vaste bezoeker van de club. Ze was, naar hij hoorde, ooit een behendige speelster geweest. Ze had jaren geleden haar kleinzoon verloren bij de Troubles. De senator had nooit gevraagd hoe de jongen was omgekomen: hij wilde niet in een positie komen om partij te moeten kiezen, wiens schuld, wiens moord, wiens bom, wiens rubber kogel, wiens bureaucratie het was geweest.

Wat hem voor Lottie Tuttle innam, was dat ze erop stond zichzelf in haar rolstoel voort te bewegen.

Hij zag haar vroeg op een ochtend de stoel naar het midden van een van de banen rijden. Ze droeg een wijde witte rok en een witte blouse. Zelfs haar racket was antiek, een groot houten frame met rood-witte kattendarmbespanning. Een jongere vrouw stond aan de andere kant van het net en lobde haar wat ballen toe. Ze speelden een halfuur lang. Lottie sloeg maar drie of vier keer raak, en na afloop zat ze uitgeput voor het clubhuis, met ijszakjes om haar gezwollen arm, tot ze in slaap viel en onder een deken een dutje deed.

Hij rijdt tussen de kantoren van de Stormont door. Rijen lage, vierkante gebouwen. Niet erg paleisachtig. De Goelag noemen ze het. Een goede naam. Toepasselijk.

Zijn auto trekt langzaam op. Een massa mensen is voor de hekken samengedromd. Kaarsen aan de ene kant, vlaggen aan een andere. Hij houdt zijn hoofd omlaag, zit diep weggezakt op de achterbank. Maar achter in de menigte ziet hij toch een man die een bord omhooghoudt en er gaat een scheut van vreugde door hem heen: *Het ongelooflijke gebeurt.*

God zij geloofd, denkt hij, als de hekken opengaan en de auto zachtjes naar voren dringt, terwijl flitslichten op het raam uiteenspatten.

Hij loopt het parkeerterrein af en neemt de trap met twee treden tegelijk: ondanks zijn jetlag wil hij energie het gebouw binnenbrengen.

Ze zijn er nu allemaal: het Noorden, het Zuiden, het Oosten, het Westen. De Unionisten aan het ene eind van de gang, de Republikeinen aan het andere. De Ierse regering beneden. De Britse boven. Jonge diplomaten pendelen door het tussengebied. De gematigden zwerven rond. Knappe jonge waarneemsters van de Europese Unie lopen langs met klemborden. Gezoem van de kopieermachine. Geklater van toetsenborden. Geur van verbrande koffie.

Hij doet behoedzaam maar energiek zijn ronde: handdrukken, oogwenken, knikjes, glimlachjes. Tim. David. Maurice. Stewart. Claire. Seamus. Charles. Orla. Rory. Françoise. Goedemorgen. Fijn jullie weer te zien. We hebben dat rapport om twaalf uur klaar, senator.

Er zit veerkracht in zijn passen. De vaalgrijze gang door. De kleine toiletruimte in. Snel een schoon overhemd. Hij duwt zijn armen gehaast door de mouwen. Hij staat niet graag in zijn hemd. Hij buigt zich naar de spiegel. Het haar is grijzer dan had gemoeten. En een beetje schaarser bovenop.

Hij haalt snel een kam door zijn haar, maakt een scheiding opzij, plenst wat koud water in zijn gezicht. Hij ziet weer een rivier voor zich, waarom weet hij niet: de Kennebec. Er is een liedje dat hij ooit bij een diner in Dublin heeft gehoord: *Flow on lovely river, flow gently along, by your waters so clear sounds the lark's merry song.* De Ieren zijn beroemd om hun songs, maar al hun liefdesliedjes zijn triest en hun oorlogsliedjes opgewekt. Hij heeft ze vaak 's avonds laat in de hotelbars horen zingen, noten die naar zijn kamer omhoog zwierven.

Zijn staf wacht in het personeelskantoor. Martha. David. Kelly. Ook zij hebben kringen rond de ogen door slaapgebrek.

Ze bellen naar de zaal om de Chastelain en Holkeri op te roepen. Daarna hun eigen staf, zowel Ieren als Britten. Een lang gevolg van vermoeiden.

– Hoe was uw vlucht, senator?

– Uitstekend, zegt hij.

Ze grijnzen en knikken: dus niet. Ze hebben allemaal hun oorlogsverhalen. Vertraagde vluchten. Vergeten verjaardagen. Een gesprongen waterleiding in Joy Street. Een gemiste bruiloft in Newcastle-upon-Tyne. Een lekke band op de weg vanuit Drogheda. Een zieke nicht in Finland. Hun persoonlijke verhalen hebben hen met elkaar verbonden. Ze zijn het proces allemaal volledig zat, maar de deadline heeft ze wakker geschud.

– Nou, vertel, zegt hij, waar staan we?

Ze hebben een concept van zestig pagina's, twee regeringen, tien politieke partijen en iets minder dan twee weken. Traject Een. Tra-

123

ject Twee. Traject Drie. Geen van de drie deelprocessen zijn al uitgekristalliseerd. Het ongelooflijke weefsel van de taal. Alle losse draadjes hangen er nog bij. De miniemste vezels. De slecht gelegde knopen. Er is de mogelijkheid van een bijvoegsel. Het gerucht over een revisie. Het voorstel voor opschorting. Hoe staat het in Londen? Hoe staat het in Dublin? Hoe staat het in de Maze? Of is het Long Kesh? Er is een verzoek geweest voor afschriften van de plenaire vergaderingen. Wat betekent *substantiële onderhandelingen* precies? Heeft het veiligheidsteam de politieke achtergrond van het kantinepersoneel gecontroleerd? Er gaan geruchten over een boerderij aan de grens van Tyrone waar hele kratten raketgranaten verborgen liggen. Iemand heeft het MI-5 rapport naar de Londense *Times* gelekt. Kan iemand alsjeblieft de *Sunday World* ontwapenen? Paisley staat voor de poort tot demonstratie op te hitsen. Heb je gehoord dat Mo Mowlam weer haar pruik heeft afgezet? Dat geloof je toch niet, ze hebben geprobeerd een bandrecorder in een zitbank de Stormont binnen te smokkelen! Er wordt gefluisterd over moordaanslagen, beraamd achter de gevangenismuren. In Armagh is een bom van tweehonderd pond onklaar gemaakt. Iemand heeft een Molotovcocktail op de speelplaats van een katholieke kleuterschool gegooid. De Vrouwencoalitie heeft tot kalmte en fatsoen opgeroepen. Het licht in David Trimbles kamer was tot halfvijf vanochtend nog aan. Er zou iemand moeten zorgen dat die Sands-graffiti in Ballygloghan eraf wordt geboend. Als er iets vlekkeloos zou moeten werken zijn het toch wel de kopieerapparaten. Zorg dat het woord *concept* duidelijk op elke pagina staat gestempeld. Was er al absolute helderheid over de Noord-Zuid-ministerraad?

Iedereen springt van zijn eigen richel, zeilt de volle lucht in, ontwikkelt op weg naar beneden een manier van vliegen.

Later op de ochtend, alleen in zijn privékantoor, knipt hij de bureaulamp aan. Een kleine schuine urn van licht. Zijn bureau is schoongemaakt. Zijn foto's zijn afgestoft. De documenten hoog opgestapeld. Het rode lichtje op zijn persoonlijke antwoordapparaat knippert. Hij bladert de berichten door: zeven in totaal. Het een na laatste van Heather. Ze moet midden in de nacht hebben gebeld. *Hoor*, zegt ze. Het geluid van zijn slapende zoon. *Hoor*. Andrews tere ademhaling. Hij speelt het twee keer af en dan een derde keer.

Eenenzestig kinderen.

Hij maakt de knoopjes van zijn mouwen open, slaat zijn manchetten om, belt naar beneden om te vragen of ze hem nog een pot thee kunnen brengen.

Tijdens een zomer in Acadia heeft hij leren schaken. Zet na zet. Inruilen. Pennen. Laten instaan. De ongelooflijk ruil van de koning en de toren verbaasde hem. Je moest eerst de koning verzetten en dan de toren. De rand van het bord fascineerde hem. Er was een gezegde: *Het paard aan de rand is schakers schand.*

Hij leerde het paard aan de rand over te houden, veilig, totdat hij laat in het spel naar binnen kon komen en er een heel bord was met opeens acht velden.

Gedurende drie dagen logeren hij en zijn staf in het Europa. In het centrum van Belfast. Het Hardboard Hotel, noemen ze het. Het Wrede Paleis. In de afgelopen jaren zijn er zevenentwintig keer delen van opgeblazen. Het zwaarst gebombardeerde hotel van Europa. Het is, om de een of andere reden, nog steeds het populairste hotel bij journalisten, van wie hij de meeste bij hun voornaam kent. Ze zijn op alle uren van de dag in de pianobar te vinden. Hij heeft vaak gezien hoe ze hun houding, hun nonchalante onverschilligheid, hun ondoorgrondelijkheid oefenen, wanneer ze hun eerste glas voorgezet krijgen. Ze zitten achter in de bar alsof de drank hun is opgedrongen. Een verplichting is. En dan opeens is het eerste glas leeg, en zijn ze er al zes op weg naar de vernieling. Verhalen over Sarajevo, ongetwijfeld. Srebrenica. Kosovo. Alsof Noord-Ierland een ietwat weemoedige degradatie is. Er zijn er veel die alleen al het idee van een vredesproces sentimenteel vinden. Een raadselachtig stukje van hen heeft een heroïsche mislukking nodig. Ze zijn de meeste avonden op stap, op zoek naar de brandende wrakken en de meisjes met knieschoten. Of ze zijn op zoek naar een lek, een flard schandaal, een geval van seksueel sektarisme. Als hij de lobby binnenkomt, proberen ze hem een quote af te troggelen. Hij begrijpt het, die banale begeerte aan de basis van een verhaal. Om hun eigen versie van de gebeurtenissen de wereld in te brengen. Vooral de sensatiebladen mijdt hij: de *Sun*, de *Mirror*, de *News of the World*. Hij let op met wie hij in de lift stapt, voor het geval ze ongemerkt een foto van hem maken.

Ze zien hem als een man die uit een andere eeuw is gestapt, hoffelijk, gereserveerd, onpartijdig, een antieke Amerikaan, maar het is ook een soort vermomming: daaronder vermoeden ze de aangewezen man voor het einde van de twintigste eeuw, iemand die zijn tijd afwacht, die wacht tot hij zijn slag kan slaan. Niemand heeft hem ooit helemaal kunnen doorgronden, of hij wordt gedreven door angst voor het kwaad, of aangespoord door het vooruitzicht op wat goed is, of dat hij in het ingewikkelde tussengebied zit. Mysterie. Stilte. Slaap.

Boven is de kamer klein en donker. Het bed smal. De sprei glimmend door gebruik. Maar er staan tenminste een schaal met fruit op de tafel en bloemen op het dressoir. Paaslelies, een zachte hint.

Koffers op de grond. Jasje. Overhemd. Riem. Broek. Geen Heather om orde te scheppen. Hij gaat liggen, doodmoe, het werk van de dag zindert nog in hem na. Hij voelt zich schuldig over de twee beveiligers die zijn deur moeten bewaken. Hij zou ze graag binnenroepen, ze even de voeten omhoog laten steken, ze wat fris uit de minibar aanbieden. Het zijn goeie kerels, stuk voor stuk, maar wat een baan om de hele nacht voor een deur te moeten staan met alleen de stilte van een man die geleerd heeft overal, op elk moment te kunnen slapen.

Hotelkamers verscherpen zijn eenzaamheid. De lucht van anderen die hier eerder waren.

Een van zijn assistentes had een keer bij het raam in de eetzaal een contactlens laten vallen. Op handen en knieën zocht ze rond bij de plint. Plukjes stof, losse draden van het tapijt. Ze vond de contactlens, die aan het behang was blijven zitten. Maar toen ze de lens lospeuterde, zag ze voor het eerst dat het behang daar nieuwer was dan de rest. Het was een perfect passend vierkant, maar slecht geplakt. Een stuk ervan was losgekomen. Eronder zag ze een schroeiplek, waarvan het zwart overging in rood. Hoogstwaarschijnlijk van een benzinebom die jaren geleden naar binnen was gegooid. De oude hiërogliefen van het geweld.

Hij hoorde dat de vrouwen van Belfast natte dekens bij de deur hadden liggen, voor alle zekerheid.

Hij slaat zijn eigen deken open, maakt zich gereed voor de nacht. Hij heeft een garderobekoffer, die hem van de ene naar de andere plaats vergezelt, een stel verscholen spookkleren. Hij vindt de pyjama, werkt zich er haastig in. Daarna kost het hem geen moeite om in slaap te vallen, al is het maar voor een paar uur.

Hume, Trimble, Adams. Mowlam. Mallon. McMichael. Cooney. Hill. Donoghue. McWilliams. Sager. Een voor een komen ze naar zijn kamer. Allemaal bezorgde mannen en vrouwen. Iedereen heeft iets te verliezen. Dat – heeft hij ontdekt – maakt deel uit van hun grootmoedigheid. Het vermogen om mislukking te accepteren. De prijs van wat ze misschien zouden moeten achterlaten.

Ze voelen zich nu op hun gemak bij hem. Ze kennen zijn gewoonten. Hij zit niet graag meer achter zijn bureau. Dat machtsgebied heeft hij opengebroken. Hij komt er nu achter vandaan en gaat aan de kleine tafel zitten die hij met vier houten stoelen bij het raam heeft laten zetten.

Voor elke bezoeker is er een nieuwe schaal met koekjes en een warme pot thee. Hij schenkt de thee zelf in. Een van zijn kleine gebaren. Hij weet niet zeker of het een truc is of niet, maar het ritueel bevalt hem. De dienbladen stapelen zich op zijn bureau op. Ook dat maakt deel uit van zijn act. Hij wil de vergaderingen niet laten verstoren. Toneelspel of fatsoen: hij weet niet zeker wat het is.

Hij brengt de bladen naar de kantine beneden waar de dames met de haarnetjes haastig toeschieten, een en al protest en verontschuldiging.

– Wat krijgen we nou, senator?
– Laat die bladen toch, senator.
– Och, dat hoeft u toch niet te doen. U bent me d'r eentje.
– Als u niet getrouwd was, kreeg u nu een zoen van me.

– U wilt zeker niet mee naar huis om *mijn* vuile boel op te ruimen, hè, senator? Dat zou me nog 's een vredesproces zijn.

Als de kantine leeg is, zoekt hij een plekje in de hoek om even naar ze te kijken. Hij houdt van hun zangerigheid, hun bedrijvigheid. Ze doen hem denken aan de dames uit Maine. De serveersters in de cafetaria's. De vrouwen in de tolhokjes, leunend uit hun door uitlaatgas beslagen ramen.

Een van de theejuffrouwen, Claire Curtain, heeft links op haar voorhoofd een litteken in de vorm van een hoefijzer. Op een middag zag ze hem ernaar kijken en ze vertelde opgewekt dat het kwam door een bomaanslag – ze was op weg naar een concert in een muziektent, en vlak in de buurt stond een paardenregiment; de bom ontplofte toen ze er door de bomenlaan langsliep, ze werd aan haar hoofd getroffen en hield er een bijna volmaakte hoefijzervorm op haar voorhoofd aan over, en wat ze zich vooral herinnerde was dat ze hevig duizelend bijkwam en verbijsterd keek naar paardenhoeven die in de bomen bungelden.

De gangen gonzen. Buiten klinken vaag de spreekkoren van de menigte. Het nerveuze geratel van overvliegende helikopters. Hij neemt de achtertrap naar zijn kamer, met een rol McVitie's koekjes verborgen onder zijn jasje.

Hij was vorige zomer door Gerald naar een boerderij op de Plantation Road in Derry gereden. Hij had een bespreking in Coleraine gehad en het was nog vroeg: hij werd pas rond middernacht in Belfast terugverwacht.

Hij dacht aanvankelijk dat hij Gerald misschien kon overhalen om naar zee te rijden en de kustweg langs de kaap te nemen, maar ze sloegen af naar het zuiden, een wirwar van weggetjes het binnenland in, waar Gerald was opgegroeid.

Kastanjebomen overwelfden de wegen. Schapen en koeien defileerden door de weiden. Het licht lengde, rekte de schaduwen van de hagen en bomen. Het deed hem denken aan het zuiden van Maine, dat malse, regenfrisse gevoel.

Ze reden langs een stuk zorgvuldig aangelegd bos. Gerald wees naar zijn oude school, de sportvelden, de boksclub. Het was een uur of negen, tien in de avond, maar de hemel was nog licht, boven de hooioppers vlogen vogels.

– Bent u hier ooit geweest, senator?

Hij schudde zijn hoofd, nee. Ze reden een kleine heuvel op en Gerald stopte de auto voor een blauw hek. Beneden, halverwege het dal, lag een brede rij stapstenen in een rivier. Machtige eiken bogen naar het water. Een sliert hagen daalde af naar een boerderij in de verte. Diepe tractorsporen liepen langs de rivieroever.

Gerald stapte de auto uit en leunde op het hek, met zijn kin in de kom van zijn handen. Zomerse rook zweefde door de lucht: houtvuur, iets vreemds op zo'n warme avond.

– Ik heb daarginds als kind gewoond, zei Gerald.

Hij wees naar de kleine, door een groepje hoge eiken omsloten boerderij.

– Mijn zus woont daar nu.

Hij wist wat Gerald vroeg. Waarom niet? dacht de senator. Het was laat op de avond, maar hij kon er wel een uurtje tussenuit.

– Je moet even bij haar langsgaan, Gerald.

– Och. Ze zit daar met de kleintjes. Ze zou er een hartaanval van krijgen.

De chauffeur talmde wat in stilte, alsof hij nog een reactie verwachtte. Er werd niet meer gesproken. Het licht zakte langzaam over de velden. De senator greep het blauwe hek. Het kreunde toen hij tegen de stang duwde, en het hek veerde terug. De klink was roestig. Een paar blauwe schilfers vielen in het gras.

– Even de benen strekken, zei hij.

Gek dat het veld zo hobbelig was: vanaf het hek had het volkomen egaal en glad geleken. Kluiten aarde. Oude hopen mest. Taai, stekelig onkruid. Hij liep naar de enorme stilte van de bomen. Onder hem maakten zijn goede schoenen zompige geluiden.

Gerald riep hem achterna en toen hoorde hij het doffe dichtslaan van een autoportier en het zachte brommen van een motor. Toen hij omkeek zag hij de auto langzaam vooruit glijden, het dak nog net zichtbaar boven de heg.

De auto toeterde nog eens. Hij stak zijn handen als antwoord omhoog, maar liep verder de wei in. Zijn schuine schaduw in het avondlicht. In de verte kwamen nu kleuren aan de noordelijke hemel, de aurora borealis. Allerlei tinten rood, groen en paars. Hij voelde de zoom van zijn broek tegen het gras. Kleine modderspatten kropen langs zijn hielen omhoog.

Bij de rivier overwoog hij even om om te draaien en dezelfde weg terug te nemen. Luid getoeter. Geen auto. Hij was uit het zicht. Hij maakte zijn das los. De stapstenen waren glad. Hij tuurde in het water onder hem. De avondzon maakte raderen van licht op het oppervlak. Hij meende een school stekelbaarsjes te zien wegschieten. Hij hield zich vast aan een boomtak en zakte licht door zijn knieën, beducht voor een val, maar hij landde veilig op de middelste riviersteen.

Bladeren wiegelden om hem heen. Geuren van mos en riet en forel. De gedachte dat er nog zulke ogenblikken waren ontroerde hem. Hij keek omhoog door de enorme bomen. Een glimp lucht. Hij greep het lange gras aan de overkant van de rivier, trok zich eraan op. Zijn voet bleef iets achter en plonsde in het water. Plotselinge kou rond zijn enkel. Met een aanloop nam hij de steile oever. De voering van zijn schoen schuurde tegen zijn hiel. In de verte klonk opnieuw luid getoeter.

Vijftig meter van de boerderij zag hij haar op het achtererf. Bij de waslijn. Tussen grijze baksteen en een paar oude auto's. Ze was jong en had een schort voor. Haar haar was in een donkere knot onder in haar nek getrokken. De waslijn liep dertig meter over het erf. Wit touw tussen twee hoge palen. Een grote rieten wasmand steunde op haar heup. Ze haalde reusachtige witte beddenlakens van de lijn. Geralds zuster.

Ze liep de hele waslijn langs, maakte de houten knijpers een voor een los en stak ze dan in haar haar.

De zon stond nu groot op de westelijke horizon: de beddenlakens kleurden magentarood.

Hij hoorde in het huis een telefoon rinkelen: geluid droeg hier ver. Geralds zus bukte en zette de wasmand op de keien. Ze liep lusteloos naar het huis. Ze leek naar binnen te zuchten. Het bellen hield op.

Een paar ogenblikken later hoorde hij een gil uit het huis en zag haar in een werveling van haar en schort en knijpers tevoorschijn komen. Ze rende naar de waslijn en rukte de laatste lakens eraf, keek wild om zich heen.

Geralds auto kwam toeterend door het laantje. De senator stapte tussen de bomen vandaan. Gerald had zijn raam omlaaggedraaid en grinnikte nu.

– Mag ik je voorstellen: de senator.

– Och, hemel, kijk zijn schoenen toch eens, zei ze. Wat heb je die arme man aangedaan?

– Helemaal mijn eigen schuld, zei de senator.

– Ik ben Sheila.

– Aangenaam kennis te maken.

– Liet hij u door de wei lopen?

– Nou, niet echt.

– Hij is nooit helemaal goed bij zijn hoofd geweest, onze Gerry.

Ze pakte hem bij de elleboog en loodste hem naar het huis. Hij maakte zorgvuldig zijn schoenen schoon op de donkere mat en liep op kousenvoeten door de bijkeuken en een betegelde gang. Warmte golfde uit een groot rood fornuis. Een nog verse etensgeur. Eenvoudig serviesgoed op planken aan de muur. In de voorkamer zaten drie kinderen stil rond een tv-toestel. Een spelletjesprogramma. Ze waren in pyjama. Sheila riep hen. Haar stem klonk hoog en scherp. De kinderen zetten meteen de televisie uit en gingen staan om hem een hand te geven. Sproeten. Vlaskoppen. Hij zakte op een knie voor hen en wreef met zijn knokkels over hun schouders.

Hij vroeg hoe ze heetten: Cathal, Anthony, Orla. Een acuut gemis overviel hem: hij liet hen een foto van Andrew zien, maar ze begrepen het niet; ze keken er even naar en zeiden niets.

Hij werd meegetroond naar de keukentafel en hoorde al het schelle fluiten van de ketel. Gerald zat tegenover hem, met gevouwen handen, zijn gezicht in een gulle grijns.

Motten fladderden over de mond van een schemerlamp aan de andere kant van de kamer. Bloemetjesbehang op de muren. Op het dressoir een rij foto's. Op een aantal ervan was een langharige, knappe jongeman te zien. Hij leek van de foto's te verdwijnen: de man bereikte een bepaalde leeftijd en ontbrak daarna. Een plotselinge bezorgdheid overviel de senator: was Geralds zwager soms op de een of andere manier bij de Troubles betrokken? Misschien was er een moord geweest. Misschien een veroordeling. Een schietpartij. Een internering. Hij voelde zijn schouders verstijven van angst. Misschien had hij er totaal verkeerd aan gedaan om door die wei te lopen, deze boerderij binnen te gaan, zijn schoenen uit te doen. Misschien zouden anderen beweren dat hij aan een partij gelieerd was. Hij wist nu niet of hij dat ooit zou kunnen rechtzetten. Al die tijd dat hij hier was had hij zorgvuldige keuzen gemaakt. Wat was het eenvoudig om zomaar een misstap te doen.

Het licht van koplampen zwaaide over het plafond. Het donker was zo snel ingevallen. Auto's op de weg buiten. Misschien waren ze gevolgd. Mogelijk iemand die foto's nam. En natuurlijk waren de gordijnen niet helemaal dicht. Hij draaide zich opzij naar het raam. Bracht zijn hand voor zijn gezicht. Weer zwaaide koplamplicht door de kamer. Hij vervloekte zichzelf, kneep zijn handen stijf dicht.

Hij zag Geralds zus vanuit de keuken naar hem toe komen. Ze was klein van postuur, slank, sierlijk. Haar gezicht lichtte op toen ze door de deuropening stapte. Haar ogen hadden iets hards. Hij werd verrast door de zweetgeur die ze afgaf. Sheila streek met haar handen over het buffet. Toen bleef ze even staan en pakte een van de fotolijstjes.

– We hebben hem verloren, nu zes jaar geleden, zei ze.

– Hoe bedoelt u?

– Mijn man.

– Wat erg.

– De Noordzee, zei ze.

Sheila's blik draaide even naar de kinderen die op het kleed bij de erker zaten.

– Hij werkte op de olievelden.

Ze dempte haar stem weer.

– We praten er niet veel over waar de kleintjes bij zijn, zei ze.

Hij voelde een golf van opluchting. Een vlaag van dankbaarheid.

Sheila had zijn moment van angst aangevoeld. Hij wilde haar hand pakken. Blij dat hij zich vergist had. Dat het bevestigd was. Maar wat moest hij zeggen? Hij had het ergste gevreesd. Ierland. Altijd het ergste.

Hij keek nog eens naar het raam.

– Vind je het goed als we de gordijnen sluiten, Gerald?

Hij wilde onderuitzakken op zijn stoel, zich ontspannen. Omringd door de theekoppen en het aardewerk. Morgen kon hij weer cynisch zijn: daar is altijd tijd voor.

Hij bracht het kopje naar zijn lippen. Er lag al een vliesje kou over de thee. Hij keek naar de klok op de schoorsteenmantel. Bijna half elf. Sheila zette de ketel weer op. De senator strekte zijn benen languit. Hij hoorde de kinderen op het kleed rondkruipen, tegen elkaar fluisteren. Er was kennelijk iets grappigs aan de hand. Hun beroemde bezoeker. Zijn Amerikaanse accent? Zijn gedrag? De manier waarop hij zijn biscuits in zijn thee doopte misschien? Ze zaten nu te giechelen en hij zag een strenge trek op Sheila's gezicht komen. Ze keek de kinderen boos aan. Die werden stil. Ook over haar ogen leek een gordijntje te schuiven.

Ze sneed nog een plak vruchtencake af. Gerald zette de elektrische kachel aan. Hij had nog een verhaal te vertellen. De senator keek naar de klok op de schoorsteen. Om elf uur 's avonds stond hij op om afscheid te nemen. Weer giechelden de kinderen.

Hij wilde haar een hand geven, maar ze trok hem naar zich toe zoals je met een vertrouwd iemand doet. Hij dacht even dat ze hem op zijn wang wilde kussen.

– Zal ik dat voor u stoppen? vroeg Sheila zacht in zijn oor.

– Hoe bedoelt u?

Weer gefluister.

– U gaat in de Stormont toch niet uw schoenen uitdoen, hè?

Hij keek omlaag en zag het gat in de hiel van zijn rechtersok. Nu lachte ze, met een schuin naar hem opgeheven gezicht.

– Het is zo gepiept, zei ze.

Toen hij Heather later die avond aan de telefoon had, hoorde hij zijn vrouw alleen maar lachen op de lijn, en drie dagen later arriveerden, in een exprespakket dat door de geheime dienst geopend en onderzocht moest worden, vijf paar effen grijze sokken, niet voor zaterdag of zondag, want dan wilde ze hem gewoon weer thuis hebben.

Hij verandert de vijfde nacht van hotel. Er zijn geruchten en bommeldingen geweest. Weer een sterke aanwijzing voor een moordaanslag. 's Morgens pakt hij zijn pyjama, zijn tandenborstel en zijn extra kleren in, en 's avonds verhuist het veiligheidsteam hem naar het Hilton aan het water. Van daar zal hij naar zijn favoriete hotel gaan, het Culloden.

Het doet er niet toe. Hij brengt nu al zijn tijd in de Stormontgebouwen door. Die donkere gangen.

Aan de telefoon praat hij met Blair en Ahern. Ook met Clinton. Een brief met succeswensen van Nelson Mandela. Een handgeschreven briefje van Václav Havel. Laat op de avond ijsberen hij en Holkeri door de zalen. Licht lekt onder deuren vandaan. Gefluister in de achtergangen. Wachten tot er nieuwe versies van zinnen, alinea's, complete documenten hun kant op komen. Hij moet denken aan zalm die de verkeerde kant op zwemt, tegen de stroom in. De Kennebec. Zijn verraderlijkheden. De abrupte bocht bij de zagerij. Lichtplekken in de draaikolken, dwarsgolven.

Als op zondagavond de diplomatieke post uit Londen aankomt – twee dagen te laat – zakt de moed hem in de schoenen. Traject Twee. Van Ahern en Blair. Zodra hij het leest weet hij dat dit niet zal werken. Hij vergadert met de Chastelain en Holkeri en hun staf. Er hangt kou in de lucht. Er is een gedicht van Frost uit zijn schooltijd. *Wiens bossen dit zijn meen ik te weten.* Hij hoort het weer, vaag, fragmentarisch. *En mijlen te gaan alvoor ik slaap.* Er zijn momenten waarop hij wou dat hij volstrekte eenvoud in het proces kon rammen. Graag of niet.

Hij heeft een halve bibliotheek over de filosofie van geweldloosheid gelezen. Hoe vrede moest worden begrepen in al zijn morele aspecten. Het fatsoenlijk naast elkaar bestaan van al het bestaande. De uitgesloten middenpositie. Het overstijgen van de persoonlijkheid. De ijdelheid van culturele superioriteit. De spanning tussen het individuele geweten en de collectieve verantwoordelijkheid. De noodzaak om steeds weer te verkondigen wat al gezegd is. Later, op de persconferentie, houdt hij zijn handen op in een gebaar van kalmte. Hij heeft het geoefend. Het is een kunst: de handen voldoende openhouden zonder het gezicht te omlijsten, de vingers breed spreiden in een gebaar van geruststelling. Een vraag kunnen ombuigen in plaats van weg te wuiven. Hij laat lange stiltes vallen voordat hij antwoordt. Spreekt gelijkmatig, rustig. Laat zijn blik door de zaal dwalen. Langzaam. Onbevangen. Hij probeert zijn bril niet op zijn neus omhoog te duwen – te zeer een teken van gedraai. Hij weet al dat hij de schuld op zich zal nemen. Het is zijn uitstel, zijn fout, zijn onzorgvuldigheid. Doet er niet toe. Ze moeten verder.

Hij bedankt de premiers en regeringsvertegenwoordigers. Ze verdienen veel lof. Geweldige inspanning. Energie. Concentratie. Bezieling. Bereidheid. We sporen iedereen aan zo voort te gaan. Het gezonde verstand dicteert. De discussies duren voort. Kunt u uw vraag anders formuleren? Die bewering, meneer, is onjuist.

Flitsapparaten flitsen. Een mobiele telefoon gaat af. Een huivering van zenuwlachjes schiet door de zaal. Hij houdt zijn antwoorden vaag. Loopt op zijn tenen om de waarheid heen. Hij waakt ervoor de beleefdheid niet te laten omslaan in woede. Het is zijn taak om de verwarring in toom te houden. Weer terug te keren naar het moment van eenvoud. Ze eraan te herinneren waarvoor ze gekomen zijn. De mensen van Noord-Ierland hebben lang genoeg gewacht.

Eerst moeten ze de handtekeningen hebben. Daarna zullen ze over de vrede onderhandelen. Nog jaren gehakketak voor de boeg, hij weet het. Geen toverstokje. Het enige wat hij wil is de penpunten over het papier horen krassen. Maar wat hij nu eigenlijk wil, meer dan wat ook, is de persconferentie uit lopen en de zon in, een ochtend en avond samengeperst, zodat er tegelijkertijd opkomst en ondergang, oost en west is. Het valt hem op zulke momenten op dat hij een man is van kruiswoordpuzzels, pyjama's en sloffen. Het enige wat hij eigenlijk wil is een vliegtuig naar New York pakken, de lobby van het appartement in Sixty-Seventh Street binnenlopen,

In zijn eigen tweede kans stappen, die passende stilte van het vader-schap.

Hij schrijft een e-mail aan Heather om te zeggen dat hij spoedig thuis zal zijn. Paaszaterdag op zijn laatst. Hij is voorzichtig met de bood-schap, voor het geval die wordt onderschept. Geen uitbundigheid. Geen liefdesverklaringen. Hij klikt op *Versturen* en gaat dan, midden in de nacht, een stukje wandelen, tussen de rozen in het Lady Dixon-park, schopt steentjes voor zich uit, stap voor stap gevolgd door zijn beveiligingsdetachement.

Het is een foto die een paar dagen later door de kranten wordt gebruikt. Voor de paaseditie. De senator die een steentje voort-schopt. In het halfduister. Weg van een grot van licht. Op Goede Vrij-dag zelf.

Niets in Noord-Ierland – zelfs niet het meest voor de hand lig-gende – ontsnapt ooit aan de aandacht.

Het is alsof hij, in een fabel, een lege graansilo heeft bezocht. In het begin stond hij beneden in het galmende donker. Verschillende figu-ren kwamen boven op de silo samen. Ze tuurden met een hand boven hun ogen omlaag en begonnen hun graankorrels op hem te gooien: woorden. Eerst een lichte regen. Vol ijdelheid en geschiede-nis en wrok. Kletterend de leegte in. Hij stond daar en liet het meta-lig om hem heen klinken, tot het begon te stromen en het graan een ander geluid aannam, en hij zijn armen omhoog moest steken om de woorden van zich af te slaan en een beetje ademruimte te krijgen. Overal om hem heen was de lucht vol stof en kaf. Van hun eigen akkers. Ze stortten hun gewande bitterheid omlaag, en in zijn stilte bleef hij maar zwiepen, sputteren, de woorden van zich af duwen. Een weigering om te verdrinken. Wat niemand in de gaten had, ook hijzelf niet, was dat het graan maar bleef stijgen en de silo volliep, maar hij steeg mee, en de geluiden veranderden, woord na woord viel om hem heen en hoopte zich onder hem op. En nu, boven op de silo, nu hij zelf omhoog is geklauterd en zich heeft afgeklopt, nu staat hij op gelijke hoogte met de storters die stomverbaasd zijn over de taal die onder hen ligt. Ze kijken elkaar aan. Drie manieren om van de silo beneden te komen. Ze kunnen in het graan vallen en verdrinken, ze kunnen van de rand springen en het opgeven, of ze kunnen leren het heel voorzichtig rond hun voeten te zaaien.

Een vermoeden van ochtend hangt vaag in de lucht. Hij draagt zijn dikke grijze overjas, zijn sjaal, een effen wollen hoed. Hij draagt geen pet, bang dat het partijdig zou lijken. Die verdraaide eisen van de vrede. Hij rijdt naar de Stormont, tikt Gerald op de schouder als ze het hek zullen binnengaan.

– Weet u het wel zeker, senator?

Hij ziet de veiligheidsmensen haastig hun plaatsen innemen zodra hij uitstapt. De kou bijt in zijn wangen. De dageraad lijkt regen te beloven. Hij laat het autoportier voor alle zekerheid ietsje openstaan. Mannen en vrouwen staan rond oliedrums hun handen te warmen. Hun hoofden gaan omhoog als ze hem zien. Ze hebben zoveel kaarsen verzameld en ze de hele nacht gebrand. Tegen de muur rijen en rijen bloemen. Hoe is het mogelijk om van de doden te spreken? Hij heeft zich de ellende van deze mensen voorgesteld. Een soort geestengenootschap. Hoeveel nachten hebben ze voor deze hekken staan wachten? Winkeliers. Loodgieters. Muzikanten. Slagers. Tinnegieters. Hoogleraren. Hun trauma's en moeilijkheden. Hij voelt zich bij hen thuis. Een tienermeisje met een zweem van verdriet in haar ogen. Een man die de sjofele capuchon van zijn jas omlaag doet om iets te zeggen. Aye, senator. Hoe is het ermee? Koud zat, hè? Verslaggevers die zich door de menigte dringen. Een moslimvrouw met een hoofddoek: zelfs zij heeft een Ierse hartstocht. Een groot verlangen dat voelbaar is door de gure kou heen. Gemompel golft tussen de mensen heen en weer.

Aan de rand van de menigte blijft hij staan. Hij weet niet of ze het nu wel of niet is. Haar gezicht in de verte. Hij gluurt over een rij schouders. De bewegende menigte. De deining. Aan de rand van de versperring. In een rolstoel. Met dekens om zich heen. Hij duwt de mensen voorzichtig uiteen en gaat naar haar toe.

– Goeiemorgen.

– Hallo, senator.

Haar naam is hem even ontschoten. Uit Stranmillis. Had haar kleinzoon verloren.

– Geen tennis vandaag?

– Ik dacht, ik kom naar de laatste set kijken.

– Nou, laten we hopen dat het de laatste is, zegt hij.

– Hoe dan ook, game en set, senator.

– Voorlopig.

– Laat het waar worden. Voor ons, zegt ze, en ze zwijgt even: Alstublieft.

Hij knikt. De Schots geruite deken is tot aan haar kin opgetrokken. Minstens negentig jaar. Wat doet ze in hemelsnaam buiten met zulk weer? Het valt hem op hoe makkelijk het is om ja te zeggen, ja, hij zal zorgen dat het lukt, hij zal alles doen wat in zijn vermogen ligt om het te laten lukken. Maar het is nu niet meer aan hem. Het is niet van hem: het is het eigendom van anderen.

– Bedankt dat u gekomen bent, Lottie.

– Succes, senator.

– Dank u.

– Senator. Mijn dochter. Hannah. Kent u haar?

– Ja, natuurlijk.

Een jongere uitgave van Lottie, in feite. Achter in de vijftig, of zestig. Een hoop energie en flair.

– We kunnen u niet genoeg bedanken, senator, zegt Lottie.

– Het is niets, zegt hij.

– O, het is wel iets, het is zeker iets.

Lottie draait haar stoel, trekt haar handschoen uit, steekt hem haar hand toe en zegt: U weet niet wat dit betekent, senator.

– Ik doe wat ik kan.

Hij wordt naar de auto teruggeloodst en onwillekeurig – hij weet niet goed waarom – schuift hij naast Gerald op de voorbank en legt hij zijn hand op het dashboard, alsof dit een grens is die hij moet oversteken, een plek waar hij niet zal terugkomen. De auto schuift langzaam door het hek en de slagboom wordt achter hem neergelaten. *U weet niet wat dit betekent.* Misschien heeft ze gelijk – en heeft hij al die tijd niet echt geweten wat het betekent. Nu betekent het alles. Hij zal dit nu doorzetten. Tot het bittere einde. Hij zal niet toegeven. Hij hoort een ander soort geschreeuw achter hem, een spreekkoor, en het dreunen van een Ierse trom.

Hij wordt voor het gebouw afgezet. Hij maant Gerald om naar huis te gaan en wat rust te nemen, maar hij weet drommels goed dat zijn chauffeur op het parkeerterrein zal blijven, op de neergeklapte autostoel, met de radio aan, achter de voorruit die langzaam door de warmte beslaat, en in de kleine ruimte zal liggen woelen en draaien.

Kwiek neem hij de trap, het saaie kantoorblok in. Er hangt zwaarte in de gangen. Onder het lopen schudt hij handen, tikt hij op schouders. Hij kent ze allemaal bij naam. Ze zijn beleefd, vol respect – en bang. Als ze dat konden toegeven, zijn zij ook degenen die iets verliezen. Een kostbaar ding. Eens in de duizend jaar. Vrede.

Hij neemt de trap naar de tweede verdieping. Het trappenhuis stinkt naar sigarettenrook. In zijn kamer zet hij zijn raam op een kier.

Het nieuws komt later in de ochtend. Een moord in Derry. Een lid van de paramilitairen. De verklaringen zijn de wereld in. De perscommuniqués. De mannen van het geweld. Zinloze vergelding. Trevor Deeney. Zat in een auto naast zijn vrouw. Van dichtbij doodgeschoten. Om wat voor reden? Is er ooit een reden? Er zal vergelding volgen. Dat is al aangekondigd. Ook deze moord was vergelding. Vermoord de moordenaars. Deeney's broer had het vuur geopend in een bar die De Rijzende Zon heette. Aan ironie geen gebrek. Hij legt zijn voorhoofd op het bureau. Op een rad gebonden zullen we niet breken.

Si vis pacem.

Hij pakt de telefoon. We kunnen dit niet laten gebeuren, zegt hij. We moeten een scherpe veroordeling laten uitgaan. Een streep trekken. Geen angst tonen.

Para bellum.

Hij loopt van kamer naar kamer. Werkt aan het persbericht. Ze zijn het er allemaal over eens: niets kan ons nu nog laten ontsporen. Daar zijn we te ver voor gekomen. Genoeg is genoeg. *No surrender,* geen overgave. Wij hebben die kreet nu overgenomen. Hij is van ons. No. Surrender.

Later bereikt hem het nieuws dat de moeder van Bertie Ahern in Dublin is overleden. Toch komt de Taoiseach morgen wat later per helikopter. Ook Blair komt, met zijn konvooi. De machtsmakelaars. De boegbeelden. De mannen die het hebben geërfd. Ze zullen met zijn allen op één plek zijn. In dat ene gebouw. Terdege voorbereid. Er wordt nu al gesproken over duizend journalisten. Duizend. Het overweldigt hem. Uit alle hoeken van de wereld. Hij moet het nu coördineren, dit eindspel. Hoe dan ook. Hij gaat aan zijn bureau zitten, schroeft zijn vulpen open. *Er kan geen sprake zijn van een pauze of schorsing. Ik ben van plan de partijen te laten weten dat ik een dergelijk verzoek zelfs niet in overweging neem. Er komt geen schorsing, niet voor een week, niet voor een dag, niet voor een uur. We komen tot een overeenkomst of we komen niet tot een overeenkomst.*

Hij duwt het raam verder open. Zeewind. Al die schepen daar. Al die generaties die vertrokken zijn. Zevenhonderd jaar geschiedenis. We vormen een beeld van onze toekomst door ons het verleden voor te stellen. Door heen en weer te gaan. Het water over. Het verleden, het heden, de ongrijpbare toekomst. Een natie. Alles voortdurend veranderd door het heden. Het strakke elastiek van de tijd. Zelfs geweld breekt. Zelfs dat. Soms met geweld. U weet niet wat dit betekent, senator.

De komende twee dagen zal hij nauwelijks slapen, nauwelijks eten. Zelfs geen hotel zien. Hij weigert zijn kamer te verlaten. Hij zal aan zijn bureau slapen. Hij zal zich wassen aan het fonteintje in de kleine badkamer. De kraan openzetten. De zeepdispenser indrukken. Zijn handen grondig, werktuiglijk wassen. Water in zijn nek plenzen. Teruglopen door de gang. Vergaderen met Hume en Trimble. Zorgvuldig luisteren naar elk woord dat ze zeggen. Goeie kerels, allebei. De hoekstenen van het proces. En hij zal uren aan de telefoon zitten met Clinton. De kleinste details van het proces onder de loep nemen. De hele droom ervan. De parade van voetstappen door de gang. Concepten maken en wijzigen. Hij zal de ambtenaren smeken geen documenten te lekken. Hij zal zelf bij het kopieerapparaat staan. Enkel om de memo's te bewaken. Hij zal de kopieën zelfs nummeren. De trappen op en neer lopen. Van de kantine naar zijn kamer en terug. Bezoeker na bezoeker. Partijleiders. Afgevaardigden. Diplomaten. Ambtenaren. Hij zal het gevoel krijgen dat hij hetzelfde gesprek al tien keer, twintig keren heeft gevoerd. Hij zal zich midden in een zin betrappen, zich afvragen of hij datzelfde niet al seconden eerder heeft gezegd. Het bloed stijgt naar zijn wangen. Verlegenheid. Zoeken naar een nieuwe manier om precies hetzelfde te zeggen. Zijn oren zijn gespitst op rellen, nieuwe moorden, bomaanslagen. Op de radio. De televisie. Zelfs op de menigte aan de poort. Er gebeurt niets. Alleen het voortdurende kloppen op zijn deur. Bladen met sandwiches. Potten thee. Hij zal buiten de sirenes horen loeien. Horen hoe er gejuicht en gejouwd wordt. De brieven die onder de deur door worden geschoven. Het fluisterend gekerm van schietgebedjes. De bladen met onaangeraakt eten. Claire Curtain. Lottie Tuttle. Sheila Whelan. Al die brokstukken van zijn dagen. Zijn verlangen naar slaap is bijna even sterk als zijn verlangen naar vrede. Hij zou haar moeten bellen. Heeft hij haar gebeld? Haar stem. Zijn ademhaling. Andrew. Slaap.

Het kantinepersoneel vertrekt om tien uur 's avonds, maar daarna hollen zijn eigen medewerkers naar beneden om het gas aan te steken, het water op te zetten, de theeblaadjes te roeren. Hijzelf zal opheffen en schenken, opheffen en schenken. Deze herinnering zal helemaal naar thee ruiken.

Er is iets aparts aan Blair. Het nette pak, de das. Iets onverzorgds aan Ahern. Drukke rouwtijd. Beiden stormen binnen, nemen hun kamers over. Eerste verdieping. Tweede verdieping. Het ene overleg na het andere. Het ene telefoongesprek na het andere. Blair zegt tegen hem dat hij het gevoel heeft dat hij een hogedrukruimte binnenstapt. De druk loopt langzaam op. Begint aan te zwellen. Een bekend gevoel, maar wat is het woord ervoor? Er is absoluut een woord voor, een uitdrukking. De senator kan er niet opkomen. Zo vermoeid nu. De pijn in zijn schouders. Hij zoekt naar het woord, maar kan het niet vinden.

Vier uur in de ochtend. De kamer van Blair. Het bureau netjes en smetteloos. Een pen balanceert op de rand van een koffiekop. Het overhemd van de premier is tot op het tweede knoopje open. Ze zijn nu vastgelopen op een taalkwestie. De Britten en hun woorden. De Ieren en hun eindeloze betekenissen. Hoe heeft zo'n kleine zee ooit tussen hen in kunnen komen?

Hij ziet hoe Blair zijn handen door zijn haar haalt. Vreemd. Het haar van de premier is nat. En zijn wangen glimmen. Heeft hij zich dan net geschoren? Heeft hij kunnen douchen? Waar dan, en hoe? Er is toch geen douche in het gebouw? Dat kan niet. In al die maanden hier heeft de senator er nooit een gezien, er nooit over gehoord. Was ook niet nodig, je had hotelkamers. Maar een douche? Hij hunkert er nu naar. Het idee alleen al. Een stortbad. Je schoonspoelen. Hij zou het hem op de man af moeten vragen, maar ja, er is ook nog zoiets als decorum. Etiquette. Is het niet onbeleefd om zoiets persoonlijks aan te snijden met de premier? Nou, concentreer je. Concentreer je. Het gaat over gevangenen. En preventieve detentie. En taal. Achthonderd jaar geschiedenis. Hoe ziet die eruit nu ze de woorden kunnen manipuleren? Wat is de juiste manier om de Unionisten tot handelen te dwingen? Zal Adams meespelen? Kan Ahern McGuinness iets influisteren? Welke laatste woorden? Waar is Hume? Er komt nog steeds licht onder Trimbles deur vandaan. Het alledaagse sluipt binnen. Moe. Zo ontzettend moe. Hij kan er nog steeds niet over uit dat Blairs haar nat is.

Hij verlaat Blairs kamer om kwart voor zes, en om zes uur in de ochtend stuurt hij zijn staf op speurtocht uit. Ze komen triomfantelijk terug. Er is inderdaad een douche. Ze hadden het al die tijd niet geweten. Op de tweede verdieping. Niet te geloven, zeg. Een kast, nauwelijks groot genoeg om in te staan. De senator gaat naar boven, kleedt zich uit, stapt erin, leunt met zijn hoofd tegen de tegelwand. Vettig en groezelig. Het kan hem niet schelen. Het water hamert neer op zijn schouders. Warm en hard tegen zijn gezicht. Echt water onder hoge druk. *Caissonziekte.* Dat is het. Dat is het woord dat hij zocht. Caissonziekte.

Hij droogt zich af met zijn overhemd en loopt de gang op met een wipje in zijn stap. Zijn sokken zijn doorweekt van de natte vloer waarop hij heeft gestaan.

Vroeg in de middag op Goede Vrijdag geeft Gerald hem een envelop. Hij vouwt het velletje papier open. Leunt achterover in zijn stoel. Hij was het totaal vergeten Nou, daar heb je het. De Sox. Winst in de laatste inning.

Hij hoort beneden gejuich, applaus op de gang, alsof het hele land het nieuws heeft gehoord.

Een paar tikken op de ruit doen hem omkijken. Een lichte regen buiten. Druppels vallen diagonaal tegen het glas, blijven even hangen, alsof het ze verrast dat ze werden tegengehouden. Kruipen dan omlaag. Groeien aan en vallen verder. Hij loopt de kamer door en buigt zich om de klink op te lichten, zet het raam wijd open. Vochtige lucht komt de kamer binnen. Straatgeluiden. Getoeter van auto's. Gejuich van achter de hekken aan de voorkant. Een vaag geluid van verkeer en dan stilte. Hij zou dit moment graag vasthouden, het rekken, zich alleen daarmee omgeven, erin gevangen zitten. Hij leunt met zijn hand tegen de raampost. Lichte regen tikkelt op zijn pols.

De senator hoort de telefoon rinkelen en zacht geklop op de deur, langzaam dwingender.

Het gejuich op de gang wordt luider.

Hij legt zijn hand plat tegen het raam. Misschien doe je afbreuk aan zulke blijdschap door erover na te denken. Eenenzestig kinderen. Hij beseft nu dat hij zal terugkeren naar een vorm van alledaagsheid, naar andere dagen van verveling en verlies, en dat de Troubles hem naar alle waarschijnlijkheid nog een dreun na zullen geven, maar nu, voor heel even, dit uitgestelde ogenblik, is het onmogelijke gebeurd.

De senator drukt zijn hoofd tegen de koelte van het glas.

– Kom binnen, zegt hij.

Hij vertrekt op de ochtend van paaszondag in alle vroegte naar de luchthaven. Een stralende dag. Alsof het op de een of andere manier zo moest zijn. Hij komt het Culloden Hotel uit, loopt de stenen trap af naar de auto. Vermoeidheid in zijn ogen, zijn kaak, zijn schouders. Zijn hele lichaam is ergens anders.

Een helikopter hangt boven de skyline. Bomen in de verte zwaaien. Stukjes witte wolk glijden over een gelaagd blauwe lucht.

Een paar journalisten staan hem op te wachten bij de oprit van het hotel. *The Irish Times. The Independent. Die Zeit. Le Figaro.* Ze noemen het al het Goede Vrijdag-akkoord. Hij kuiert naar ze toe. Handen in zijn zakken. Nog steeds in zijn blauwe pak, maar met open overhemd, een kleine gebruinde 'v' in zijn hals, de rest bleker. Hij heeft maar tien minuten. Hij kent hun vak: ze willen een-op-een met hem praten. Fintan. Dirk. Lara. Dominique. Altijd hun voornamen. Hij wandelt met ze over het grind, zij aan zij. Zijn schoenen raken grijs bestoft. Hij staat zelf verbaasd van zijn kalme antwoorden. Ja, we moeten enige voorzichtigheid in acht nemen. Het echte werk begint nu pas. Ik ben redelijk optimistisch. Hoopvol, in feite. We hebben steeds het gevoel gehad dat er iets bereikt kon worden. We geven het nu in handen van de mensen van het Noorden en het Zuiden. De ware aard van een democratie is haar vermogen om ja te zeggen wanneer zelfs de machtigen nee zeggen. Er zijn momenten geweest waarop ik dacht dat we op de rand van mislukking stonden.

Hij heeft even de neiging om een van de journalisten te vertellen dat het een gekkenhuis was in de gangen van de Stormont, dat hij beneden in de kantine champagnekurken hoorde knallen, dat hij zijn hoofd tegen de douchecel had gelegd en had gehuild van blijdschap. Maar het decorum dient bewaard te worden. Soberheid blijft geboden. Voorzichtige stappen. We zijn allemaal al eens uitgevangen.

Het werkelijke oordeel, zegt hij, is aan de geschiedenis. Het is nu het bezit van de gewone mensen. We hadden geen vrede kunnen vinden als het verlangen ernaar er niet al was. Er had niets bereikt kunnen worden als er niet eerst de wil toe was geweest. De medewerking gold over de hele linie. Nee, er is geen moed voor nodig om een politieman in het achterhoofd te schieten. Er is wel moed nodig om te vechten in de arena van de democratie. Maar laten we niet doen alsof het nu is afgelopen. En laten we ook niet doen alsof het nog maar net is begonnen. Het was niet de verwachting, nee. Het was de overtuiging. Generaties moeders zullen dit begrijpen. Ik vind het allerminst sentimenteel, nee, nooit, niet dat. Cynisme is gemakkelijk. Een optimist is een moediger cynicus.

Even hapert zijn stem. Denk erover na, zegt hij. Het is eenvoudig genoeg. We zijn gedwongen te veranderen omdat we gedwongen zijn te herinneren. En we zijn gedwongen te herinneren wanneer we gedwongen worden tot confrontatie. Eenenzestig kinderen.

Hij kijkt naar de helikopter in de lucht. Die duikt een ogenblik schuin opzij en verdwijnt achter de boomtoppen. Hij voelt een dof bonzen in zijn borst, maar het geluid van de rotoren neemt af en de helikopter keert en vliegt weg.

De journalisten bedanken hem. Schudden hem de hand. Hij loopt naar Gerald die heel licht grinnikend tegen de auto geleund staat. De chauffeur heeft een velletje papier in zijn hand. De senator neemt het aan, stopt het weg. Hij bewaart het voor in het vliegtuig.

De auto ronkt de weg op. Een waas van groene heggen. Afgelegen pakhuizen. Daklijnen. Vlaggen. Snerpende fluiten, vrolijke sjerpen, de echo van de Ierse trommen. Het is nu genoeg geweest. De gekruiste ArmaLite-geweren, de sombere liederen, de zwarte baretten. Weg, allemaal weg. Wie me hier gebracht heeft, zal me naar huis moeten brengen.

Het zal nu ochtend zijn in New York. Hij zal naar Londen vliegen, dan naar huis. Hij zal er tegen de middag zijn. Direct vanaf het vliegtuig. Hij zal, voor even, alle decorum laten varen. Hij zal door de douane komen en haar daar zien wachten, hangend over het dranghek. Donker haar met een streep grijs. Zonnebril boven op haar hoofd. Welsprekender kan een welkom niet zijn. Hij zal Andrew in zijn armen nemen. Zich over hem heen buigen. Hen samen in een omhelzing houden.

Hij kan ook vooruitbellen, met haar praten en vragen of ze beneden wacht. In de marmeren lobby. Haar handen tegen het glas. Zijn zoon in de draagzak op haar borst. Het vlugge naar achteren schoppen van haar hiel. Zoals vrouwen uit andere oorlogen. Ze zal door de draaideur naar buiten wentelen, vier kwarten, gewesten van verlangen.

Hij kan haar ook volledig verrassen. Aankomen zonder iets te zeggen. De luchthaven over, snel de gangen door, de deur uit en het kortstondige licht in, waar Ramon met zijn platte pet onder de luifel wacht. De snelwegen. De bruggen. De verkeerslichten op groen. De drukte van de gele taxi's. Door het portaal van de tolweg. Over de brug. Ramon zal Harlem induiken, gas geven naar het westen, naar het zuiden zwieren via Broadway. Gezinnen die in het harde gele zonlicht wandelen. Jonge vrouwen met honden. Kinderen met honkbalpetjes. In de buurt van het Lincoln Center minderen ze vaart, wisselen rustig van rijbaan. Ramon draait scherp de gebogen oprit in. De senator zal de aktetas in de achterbak laten liggen. Geen verslaggevers alsjeblieft. Geen camera's. Geen notitieboekjes. Hij zal de draaideur openduwen. Een reeks knikjes en lachjes. De portiers vragen om niet naar boven te bellen. Geen waarschuwing. Hij wil haar verrassen. In ieder geval voor een ogenblik. Hij hoopt dat ze de liftbel niet zal horen. Hij zal zachtjes de sleutel in de deur omdraaien en door de kamer sluipen, over het vloerkleed, de slaapkamer in waar hij hen slapend aantreft, een middagdutje. Hij zal dan even blijven staan kijken. Haar uitgewaaierde haar. Haar lichaam lang en slank en stil tegen de lakens. De baby tegen haar aan. Trekt dan snel zijn schoenen, zijn jasje, zijn sweater uit. Tilt het beddenlaken op. Paaszondag. Kruipt naast hen in bed. De koelte van het kussen. De schuine reep zonlicht door de kamer. Maakt hen lachend wakker. Het kneepje in zijn huid. Die van haar. De glooiing van haar heup.

En daarna een wandeling naar Sheep Meadow. Het gras dat koel aanvoelt. De wolkenkrabbers grijs en ontzagwekkend tegen de bomen. Je weer klein mogen voelen. Die nietigheid verwelkomen. De zon boven de westkant van Manhattan. Dalend. Het donker dat terugrolt.

De auto rijdt verder. Nu buiten Belfast, het platteland op. Het licht op de glooiende velden. Hier omheind, daar onbegrensd.

Er is altijd ruimte voor minstens twee waarheden.

BOEK TWEE

Maar dit is niet het verhaal van een leven.
Het is het verhaal van levens die met elkaar zijn vervlochten,
elkaar opeenvolgend overlappen, weer verrijzen,
graf na graf.

— WENDELL BERRY, 'RISING'

1863-89
ijshuis

Ze stond aan het raam. Het was de honderdachtentwintigste dag dat ze mannen zag sterven. Ze kwamen over de weg in door paarden getrokken wagens. Ze had nog nooit zo'n slachtpartij gezien. Zelfs de paarden leken het niet te kunnen geloven. Ze trapten zand onder hun hoeven naar achteren. Hun ogen stonden groot en droevig. De wielen knersten. De rij wagens strekte zich uit van het pad tot in het bos. Het bos strekte zich uit tot in de oorlog.

Ze kwam de trap af en ging door de open deuren de allesomvattende hitte in. De wagens waren al gekeerd op de weg. Een eigenaardige rust. De mannen hadden niet meer de kracht om te schreeuwen. Alleen nog voor zacht gejammer, kleine snikken van pijn. Degenen die zaten leken te slapen. Degenen die lagen, lagen zo opeengepakt in koor te ademen, dat het één grote massa leek. Een kluwen van bloederige ledematen. Halfvergane leren broeken. Stinkende flanellen hemden. Opengereten vlees: wangen, armen, oogkassen, testikels, rompen. De laadvloeren van hun wagens waren zwart van het bloed. Het was ook op de wielen gelekt, zodat hun leven onder hen leek te cirkelen en te draaien.

Een soldaat droeg sergeantsstrepen op zijn mouw en een gouden harp op zijn revers. Een Ier. Ze had er al zoveel verzorgd. Hij had een wond in zijn hals. Bedekt met vuil verbandgaas. Zijn gezicht had verschillende tinten donker van het teruggewaaide kruit. Zijn tanden waren gebroken van het bijten op patroonhulzen. Hij kreunde en zijn hoofd hing slap opzij. Ze veegde de wond zo schoon als ze maar kon. Zijn luchtpijp maakte een triest zacht geluid. Hij zou binnen een paar minuten dood zijn, wist ze. Zwarte streepjes schaduw streken over hem heen. Ze keek omhoog. Gieren in de lucht. De vleugels roerloos gestrekt. Ze zweefden op de thermiek. Wachtten. Heel even bedacht ze dat ze de gewonde man zou moeten verstikken.

Ze legde haar hand over zijn ogen. Ze voelde zijn leven zich onder haar vingers afsluiten. Het was niet nodig zijn adem te stoppen. Het was bijna alsof een klein rood gordijn werd dichtgetrokken. Er waren er zoveel die wachtten tot ze in vrouwenhanden waren.

Ze werd op haar elleboog getikt. De dokter was klein en rond. Ze moesten de mannen uit de wagen tillen, zei hij, ze in het gras leggen. Hij droeg een met bloed bespatte vlinderdas. Een rubberen schort over zijn uniformjas. Er werkten twaalf andere verplegers bij de wagens: vier vrouwen.

Ze tilden de soldaten zo voorzichtig mogelijk op en legden ze op het gras in de afdruk van anderen die er slechts een paar uur eerder hadden gelegen. Overal was het gras uitgeput door de vorm van de oorlog.

De artsen liepen op en neer langs de rijen stervenden. Ze kozen degenen die ze mogelijkerwijs nog konden redden. De soldaten kreunden en strekten hun armen uit. Ze wilde hen onmiddellijk schoonwassen. De andere verplegers hadden houten emmers klaargezet, met sponzen erop. Ze gooide een handdoek in een emmer.

Lily was zelf meer water overgestoken dan haar lief was. Het was vaak bij haar opgekomen dat ze die hele, onafzienbare Atlantische Oceaan zou kunnen gebruiken om hen te wassen.

Ze droegen de levenden op brancards naar binnen. Glibberig van het bloed. De gewonden zaten wezenloos op hun bed. Het hospitaal was ooit een glasfabriek geweest. Sommige mannen hadden stukken glaswerk gevonden en dat rond hun bed uitgestald. Barokke vazen, gekleurde bekerglazen. Er had een kleine hoeveelheid gebrandschilderd glas gelegen, gemaakt voor de kerken van Missouri, maar daarvan was het meeste weggehaald en verkocht.

Af en toe ging er een luid gekletter door het hospitaal als een soldaat uit bed strompelde, of gek werd, of de lakens van zich aftrapte, of zijn bedtafeltje omgooide. Beneden in de kelder lagen nog steeds grote platen glas. Er hadden ook tientallen spiegels gestaan, maar die waren weggeborgen zodat de mannen niet konden zien wat er van hen geworden was.

Lily was in dezelfde week uit St. Louis vertrokken als haar zoon. Ze wilde in de buurt zijn van zijn regiment. Hij was zeventien. Een kop met kastanjekleurig haar. Ooit een verlegen joch, maar vol branie was hij weggegaan door het vooruitzicht van de oorlog.

Ze had dagenlang gelopen, vond het hospitaal tussen een paar kleine gebouwen, niet ver van de slagvelden. Bij aankomst kreeg ze de wasserij als werkplek toegewezen. Ze hadden op het achtererf een kleine, provisorische hut neergezet. De hut was een verzameling ruwe boomstammen met een glooiend dak van zeildoek. Onder het klapperende doek stonden zes houten tonnen op een rij, vier voor warm water, twee voor koud. Ze droeg lange handschoenen en dikke laarzen. Modder spatte op tegen de achterkant van jaar jurk. De zoom was donker en dik van het bloed. Ze waste beddenlakens, handdoeken, bandages, uniformen van medisch personeel, gescheurde blouses, soldatenmutsen. Ze roerde de kleren rond in een houten vat. In een andere ton draaiden twee cilinders om het vuil uit de vezels te persen. De slinger ging eindeloos rond. Ze kreeg blaren op haar handen.

Als het water eruit was, sprenkelde ze kalk in de tonnen. Dat zou de geur van bloed wegnemen. Ze hing de kleren hoog aan een waslijn. 's Nachts kwamen coyotes op hoge poten uit het nabijgelegen bos aangelopen. Soms sprongen ze op en rukten het wasgoed van de lijn. Hier en daar zag ze tussen de bomen repen wit.

Na zesentachtig dagen nam een negerin het wassen over. Lily werd naar binnen gehaald om in de verpleging te helpen. Ze kleedde zich in een zwart zouavenjasje en een dunne katoenen jurk. Haar

haar was in een knot in haar nek samengebonden en werd op zijn plaats gehouden door een bonnet. Op de voorkant van de hoed was een Unie-insigne gespeld.

Ze maakte ondersteken schoon, verwisselde lakens, vulde matrassen met schoon stro, weekte wattenbollen in kamfer. Schuurde met zand de bloederige operatietafels schoon. En nog was de lucht ondraaglijk. Stank van uitwerpselen en bloed. Ze verlangde weer naar buiten en naar het vuile goed, maar ze bleek een goede hulp te zijn en de chirurgen mochten haar graag. Ze verrichtte eenvoudige hechtingen en verstrekte de koortsmiddelen. Ze vulde de waskommen naast de bedden en leegde de po's. Stak haar armen onder de oksels van gewonden en hielp hen te verliggen. Klopte op hun rug terwijl ze hun longen leeghoestten van donker slijm. Dweilde de rotzooi op van hun verschrikkelijke diarree. Hield bekers koel water aan hun lippen. Voerde hen havermout, bonen, dunne soep, geel paardenvet. Gaf hun rabarber tegen de koorts. Negeerde hun wellust en gefluit. Er werden ijsbaden gemaakt voor gek geworden soldaten. Ze werden in een diepe, ijskoude kuip ondergedompeld totdat ze bewusteloos raakten. Ze hield hun hoofd onder water en voelde de kou vanuit haar polsen omhoogkruipen.

Sommige soldaten fluisterden schunnigheden als ze in hun buurt kwam. Hun taal was smerig. Hun erecties waren woest. Om de mannen tot bedaren te brengen zei ze dat ze een quaker was, al was ze dat helemaal niet. Ze smeekten haar om vergeving. Ze legde haar hand op hun voorhoofd, liep door. Als ze haar Zuster noemden, keek ze niet om.

Lily hielp de chirurgen bij spoedoperaties: ze moest de zaagtanden slijpen voor het amputeren van ledematen. De zagen moesten tweemaal daags geslepen worden. De mannen kregen een rubberen bit om in hun mond te stoppen. Ze hield hun schouders neergedrukt. Ze spuugden het rubberen bit uit en zij duwde het terug. Ze hield zakjes chloroform boven hun neus en mond. En nog gilden ze. Grote houten tobben stonden onder de tafels om het bloed op te vangen dat omlaag droop. Emmers vol ledematen: armen naast dijbenen, afgezaagde vingers naast enkels. Ze dweilde de vloer en schrobde die met carbolzeep en water. Spoelde de dweil uit in het gras. Zag de grond rood worden. Aan het eind van de avond liep ze naar de achterkant van het gebouw om over te geven.

Maar weinig soldaten bleven langer dan een dag of twee. Ze werden naar een ander hospitaal verder achter de frontlinie gestuurd, of terug naar het slagveld. Ze had geen idee hoe de mannen weer zouden kunnen vechten, maar weg sjokten ze. Ooit waren het machinisten, kwartiermeesters, butlers, koks, timmerlieden, smeden geweest. Nu vertrokken ze in de laarzen van hen die al dood waren.

Soms keerden ze luttele dagen later terug en werden in de lange loopgraven in de bosvloer gegooid. Ze stopte kamfer in haar neus om de stank te temperen.

Lily deed navraag naar haar zoon, maar voorzichtig, alsof ze het vlees van een wonde sondeerde. Als ze hem zag, wist ze, zou ze hem naar alle waarschijnlijkheid niet erg lang zien. Thaddeus Fitzpatrick. Zijn korte, gedrongen lijf. Zijn gezicht vol sproeten. Zijn helblauwe ogen. Zo beschreef ze hem aldus aan vreemden: het was alsof zijn hele lichaam om zijn ogen heen was gebouwd. Zijn vader, John Fitzpatrick was lang geleden verdwenen. Ze had zijn naam moeten aannemen. Nieuwe namen betekenden trouwens maar weinig. Ze behoorden de naamgevers toe. In St. Louis, waar ze als dienstmeid had gewerkt, kende men haar als Bridie. *Verschoon de lakens, Bridie. Veeg de haard uit, Bridie. Kam mijn haar, beste Bridie.* Een vrouwennaam kon wisselen. Nu was ze Lily Fitzpatrick. Soms Bridie Fitzpatrick. Maar ze zag zichzelf nog steeds als Lily Duggan: als ze iets droeg, dan droeg ze dat. De klank van Dublin zat erin. Een naam die bij The Liberties hoorde. De grauwheid, de kasseien. In Amerika kon je alles kwijtraken, behalve de herinnering aan je oorspronkelijke naam.

Thaddeus was vernoemd naar haar vader, Tad. Ze had hem in haar eentje grootgebracht, eerst in New York en daarna in St. Louis. Een kleine, mooie jongen. Hij had op school leren lezen en schrijven. Hij toonde belangstelling voor cijfers. Op zijn twaalfde begon hij als leerjongen bij een heiningbouwer. Haar lieve zoon dreef hekpalen de grond in. Ze koesterde een droom dat hij de prairie op zou gaan.

Naar het westen toe. Diepe sneeuw. Hoge ceders. De weidse velden. Maar de oorlog hield hem thuis. Hij zou tegen de despoten gaan vechten, zei hij. Vier keer had hij over zijn leeftijd gelogen om dienst te kunnen nemen. Vier keer was hij teruggestuurd in zijn handgenaaide uniform. Telkens een beetje brutaler dan de vorige keer. Er zat iets venijnigs in zijn dapperheid. Alsof hij het zelf niet begreep. Een keer had hij haar geslagen. Met gebalde vuist. Hij viel naar haar uit en sloeg een diepe snee boven haar oog. Een zoon van zijn vader. Hij zat mokkend aan de keukentafel. Nooit een woord van spijt, maar hij was een week of twee rustiger, tot de kwaadheid hem opnieuw de deur uit dreef. Zijn schouders knapten bijna uit het uniform. De broek was zo lang dat hij door de modder sleepte.

Er was muziek in de straten van St. Louis. Trompetten. Mandolines. Tuba's. Fluiten. Langs de Mississippi werden jongens naar de oorlog gelokt door mannen met vlinderdassen. Andere waren getooid met ceremoniële zwaarden en sjerpen. Glorie. Manlijkheid. Plicht. *Breek die verstikkende macht. Schud deze natie wakker voor haar juiste Bestemming. Naar de Benton-kazerne met de Jongens!* Ze boden vijfenzeventig dollar om dienst te nemen. Hij dacht op een of andere manier nog steeds dat het een tweeweekse veldtocht zou worden, een jeugdig avontuur. Hij hing zijn ransel om en wrong zich tussen de soldaten van de Unie. Rechtsomkeert. Draai links. Rechts, links uit de flank – mars.

Trommelaars sloegen de maat. Regimentswimpels wapperden. Het Eerste Minnesota. De Negenentwintigste Iowa Vrijwilligers Infanterie. Het Tiende Minnesota Vrijwilligers. Er waren flarden van een lied te horen. *The sun's low down the sky, Lorena, it matters little now, Lorena, life's tide is ebbing out so fast.*

Ze had nooit veel vertrouwen gesteld in God, maar Lily bad voor het behoud van haar zoon en bad dus om hem nooit op de wagens te zien. En biddend dat ze hem nooit zou zien, vroeg ze zich af of ze hem nu voorgoed tot het slagveld veroordeelde. En biddend om hem thuis te brengen, bedacht ze soms welke verschrikkingen hij mee terug zou nemen, als hij al terugkwam. Cirkels binnen cirkels. Patronen op een kruis.

Ze liep de ziekenzaal uit, de trap af, de nacht in. Ze had een hekel aan het onmetelijke van het donker. Het deed haar te veel aan de zee denken. Ze luisterde naar het sjirpen van de sabelsprinkhanen. Hun herhaling leek een betere manier van bidden.

Ze was in de begindagen van 1846 helemaal vanuit Cove gekomen. Zeventien jaar oud. Acht weken op het water. De zee stampte en deinde. Lily bleef meestal in haar kooi. Bij de vrouwen en kinderen. Hun bedden waren dicht opeengestapeld. 's Nachts hoorde ze de waterratten door het ruim roffelen. Het eten was op rantsoen, maar ze kon eten dankzij Isabel Jennings en de twintig pond sterling die ze had gekregen. Rijst, suiker, stroop, thee. Maïsbrood en stokvis. Ze bewaarde het geld zorgvuldig ingenaaid in de nekrand van een bonnet. Ze had een omslagdoek, een katoenen jurk, een paar schoenen, verschillende zakdoeken en naalden, draad en vingerhoed. En de blauwe amethisten broche die Isabel haar die late regenmiddag in de hand had gedrukt. Ze had hem onder haar rokband gespeld, zodat hij niet gezien kon worden. Ze school in haar kooi.

De wind was krankzinnig. Stormen beukten op het schip. Ze was doodsbang voor de hoge golven. Ze had haar hoofd hard gestoten aan de rand van de kooi. Koorts en honger. Ze dwaalde naar het dek. Er werd een kist overboord geschoven. Bij de plons in het water brak hij open. Er verdween een been. Haar maag draaide om. Ze daalde weer af naar het stinkende donker. Dagen stapelden zich op nachten, nachten op dagen. Ze hoorde een schreeuw. Land in zicht. Een golf van vreugde. Loos alarm.

New York verscheen als opgehoest bloed. De zon ging onder achter pakhuizen en hoge gebouwen. Ze zag mannen op de kade als wandelend verval. Een man blafte vragen. Naam. Leeftijd. Geboorteplaats. Harder praten, zei hij. Praat godverdomme harder. Ze werd bespoten met luizenpoeder en mocht door. Lily wurmde zich langs de waterkant tussen de stuwadoors, politieagenten en bedelaars door. Uit de olieachtige haven steeg een gore lucht op. Alles was kapot, rauw, vuil. Ze had in haar leven maar een paar Amerikanen ontmoet – allemaal in het huis van Webb in Dublin, toonbeelden van waardigheid, mannen zoals Frederick Douglass – maar in New York waren de mannen bijna schimmen. De schichtige negers liepen gebogen en in elkaar gedoken. Wat voor vrijheid was dat? Sommigen droegen nog de brandmerken. Ze liep hun voorbij. Littekens. Krukken. Draagdoeken. De vrouwen op de kaaien – blanke vrouwen, zwarte vrouwen, mulatten – hadden schreeuwerig geverfde lippen. Jurken die boven de enkels uit kwamen. Het was allerminst wat Lily zich van de stad had voorgesteld. Geen mooie rijtuigen met trekpaarden ervoor. Geen mannen met strikdassen. Geen meeslepende toespraken aan de havenkant. Alleen vuile Ieren die haar vol minachting aanriepen. En stille Duitsers. Gluiperige Italianen. Ze dwaalde in een waas tussen hen door. Kinderen in lompen van ongebleekt katoen. Honden op de hoek. Een zwerm duiven zeilde uit de lucht omlaag. Ze vluchtte weg van het geschreeuw van voerlieden en de ritmische roep van straatventers. Trok haar omslagdoek strak om haar schouders. Haar hart bonsde in haar dunne jurk. Ze liep de straten door, doodsbenauwd voor dieven. Haar schoenen waren bevuild door menselijk afval. Ze hield haar hand op haar bonnet gedrukt. Het begon te regenen. Ze kreeg blaren op haar voeten. De straten waren als een koortsdroom. Baksteen op baksteen. Stem op stem. Ze kwam langs schaarsverlichte ateliers waar vrouwen zaten te naaien. Mannen met hoge hoeden stonden in de deuren van stoffenwinkels. Jongens waren op hun knieën straatkeien aan het leggen. Een dikke man draaide aan een orgeltje. Een meisje knipte papieren figuurtjes. Ze haastte zich voort. Een brutale rat rende haar op de weg voorbij. Ze sliep in een hotel op Fourth Avenue waar de bedwantsen zich verschansten onder een lap behang. Ze werd op haar eerste ochtend in Amerika wakker door de schreeuw van een paard dat onder haar raam met een knuppel werd geslagen.

Er lagen nog steeds glasplaten in de kelder, gemaakt van het fijnste, helderste zand. Ze zag zichzelf in de weerspiegeling: zesendertig jaar nu, tenger, nog steeds blond maar met een grijs randje aan de slapen. Lijnen rond haar ogen en diepe rimpels in haar hals.

Op een avond ontdekte ze een donkerharige soldaat in de kelder: hij had het slot op de deur opengebroken en had van de glasplaten een hok om zich heen gebouwd. Hij zat in de glazen doodskist te schateren van het lachen. Hij zat, wist ze, vol met laudanum.

's Morgens lagen de glasplaten weer precies op hun oude plek, netjes opgestapeld in de hoek, en de soldaat stond op het punt om terug te gaan naar het front. Hij was er zo een, dacht ze, die het wel zou overleven.

– Kijk uit naar mijn zoon, zei ze tegen hem.

De soldaat staarde langs haar heen.

– Hij heet Fitzpatrick. Thaddeus. Roepnaam Tad. Hij heeft een harp op het revers van zijn uniform.

De soldaat knikte uiteindelijk, maar zijn blik was gericht op iets achter haar. Ze was er bijna zeker van dat hij geen woord had gehoord van wat ze had gezegd. Er klonk een schreeuw en hij sloot aan in de rij van angstigen. Ze rolden hun poncho's op, boenden hun tinnen bekers, prevelden hun gebeden en vertrokken weer.

Het was voor haar een alledaags beeld geworden, soldaten die achter de bomen verdwenen alsof ze de stomme hulpjes van hun musketten waren.

Ze pakte een hanglantaarn, streek een lucifer aan, bracht hem naar de pit. Een zwak blauwgeel vlammetje. Ze zette de spiegel eromheen, liep de ziekenzaal uit, verlichtte alles voor haar uit. Ze wachtte buiten op de trap. Blootgesteld aan de nacht. Een briesje in de drukkende hitte. De bomen donkerder dan het donker zelf. Uilen krijsten door het bosgewelf en vleermuizen schoten onder het dak van de fabriek vandaan. In de verte hoorde ze het gekef van coyotes. Af en toe geluiden uit het hospitaal achter haar: een gil, het geratel van een theewagen op de bovenverdieping.

Lily haalde een pijp uit de zak van haar zouavenjasje, stampte met een dun takje de tabak aan. Zoog de rook diep in haar longen. De kleine vertroosting. Ze klemde de pijp tussen haar tanden, legde haar armen om haar knieën en wachtte.

Ze herkende het geklepper van Jon Ehrlichs wagen. Hij liet de paarden halt houden voor het hospitaal. Hij groette haar, gooide haar het halstertouw toe om de paarden vast te leggen aan de ijzeren ring bij de kelderdeur. Het was routine geworden. Jon Ehrlich was een jaar of vijftig, misschien ouder. Hij droeg een soldatenpet met leren klep, een houthakkershemd en dito jack, ook al was het hartje zomer. Zijn haarpunten werden grijs waar ze ooit blond waren geweest. Zijn rug was krom van het werk, maar hij maakte nog een vitale indruk. Hij was zwijgzaam, maar als hij sprak had hij een zachte Scandinavische zangerigheid.

Op de wagen had hij acht kratten met ijs staan. Hij had met een van de artsen van het hospitaal een contract afgesloten en liet het ijs vanuit pakhuizen in het noorden de rivier afzakken. Het ijs was zorgvuldig verpakt.

– Mevrouw, zei hij en tikte aan zijn muts. En?

– Hoe bedoelt u?

– Nieuws? Uw jongen?

– O, zei ze, nee.

Hij knikte, liep langs de wagen naar achteren, en maakte een voor een de touwen los die hij naar de andere kant smeet, waar ze in het zand vielen. Onder de laadvloer lag een plasje smeltwater.

Hij trok een pin uit een scharnier, liet de houten klep zakken. Met een lange ijzeren haak haalde hij het bovenste krat voorzichtig omlaag. Hij stelde zich achter de wagen op, draaide zich om en hees het krat ijs op zijn rug. Zakte iets door zijn knieën en gromde. Het gewicht van het ijs maakte hem manker.

Ze verlichtte de weg voor hem, een meer van geel. De trap af, langs de glasplaten. Terwijl ze door de kelders liepen, werden hun schaduwen rondom hen vermenigvuldigd. Hij worstelde met het gewicht van het krat. Groot als een hutkoffer. Ze hoorde hem zwaar en snel ademen. Ze duwde de deur van de ijskelder open. Binnen hingen stukken vlees aan haken. Planken gevuld met rijen geneesmiddelen. Potten met vruchten. Het koude blauw golfde haar tegemoet. Hij stapte de ijskamer in en schoof de oude ijsblokken in de hoek. Hun rechte lijnen waren versmolten. Moeilijk te stapelen. Algauw zouden ze verdwenen zijn.

Hij duwde het nieuwe krat tegen de muur. Zo ging het acht keer. Er was stilte tussen hen. Zijn houthakkersjack was nat van ijs en zweet.

Jon Ehrlich haalde een kleine tang uit zijn zak en maakte de kratten een voor een voorzichtig open. Zaagsel en stro vielen op de grond. Hij haalde de ene na de andere enorme ijsstaaf eruit en veegde ze allemaal schoon met zijn gehandschoende handen. De nieuwe broden waren perfect vlak en recht. Een zweempje blauw aan de uiteinden, hard wit in het midden. Hij stapelde ze nauwkeurig op. Hoe dichter opeen, zei hij, hoe langer ze meegingen. Zij zat in de hoek naar zijn werk te kijken, daarna ging ze naar boven om iets te drinken voor hem te halen. Tegen de tijd dat ze terug was, zat hij al op de buitentrap te wachten. Hij had een stukgelezen boek opengeslagen. Een scherpe zweetwalm sloeg van hem af. Ze keek naar het boek. De letters zeiden haar niets.

– Is dat de Bijbel?

– Ja, mevrouw.

Ze was mannen met bijbels op zak gaan wantrouwen. Ze had de indruk dat die geloofden dat hun eigen stem daar op een of andere manier in was vastgelegd. In de kerken van New York en St. Louis had ze gezien hoe ze hun gebral over de wereld uitstortten.

– Ik zeg niet dat ik achter elk woord sta, zei Jon Ehrlich, maar het is niet allemaal onzin.

Hij klapte het boek dicht, tikte aan zijn pet, liep naar de wagen, en liet de paarden keren. De wagen was lawaaierig van leegte.

– Welterusten, mevrouw.

– Lily, zei ze.

– Ja, mevrouw.

Ze sloop terug naar de ijskelder en tilde een van de oude, voor driekwart gesmolten blokken op. Ze nam het mee naar boven naar de afdeling, waar de twee nachtzusters wachtten. Ze legden het oude ijs midden op de tafel en schaafden er met een scherp mes randen en schilfers af om in de monden van de gewonde mannen te stoppen.

Er waren middagen dat ze toekeek hoe de oude negerin buiten in de hut het bloed uit de uniformen waste. Het zeildoeken dak klapperde terwijl ze in stilte werkte: geen plantagelied, geen spirituals, alleen het klappen van het zeil dat de hitte accentueerde, terwijl de vrouw nu en dan opkeek naar de rijen mannen die af en aan zeulden met hun lijken.

Ze herkende hem aan zijn voeten. Hij was met een hoop andere mannen aangekomen. Ze lagen ruggelings op de karren, armen en benen vervlochten als een gruwelijk borduurwerk. Hij lag bijna boven op de stapel, maar zijn gezicht was bedekt. Ze hoefde hem niet om te keren. Ze wist het meteen. Hij had als kind zijn enkel gebroken. De kromme teennagels. De welving van de wreef. Zij had die voet gemasseerd. Het vuil eraf gewassen. De schrammen met zalf ingewreven.

Broderick, de zaalhulp, tilde hem van de wagen en legde Thaddeus op het gras. Zijn gezicht werd met een zakdoek bedekt. Vliegen begonnen al om hem heen te zwermen.

– We zullen hem nu begraven, zuster.

Ze schudde haar hoofd en wendde zich af om een soldaat naar boven te dragen. Broderick lichtte zijn pet en hielp haar. Ze namen er nog een op hun schouders en toen nog een. Lily legde hen op hun bedden, zette de schaar in hun uniformen. Vroeg naar hun naam. Verzorgde het gruwelijk toegetakelde vlees. Ze vertelden haar over de slag, hoe ze aan twee kanten waren ingesloten door de grijze gelederen. Hoe de paarden op hen af waren gestormd. De mist die was opgetrokken. Het gedreun van de hoeven. Een achteloze trompet abrupt tot zwijgen gebracht. Het ploffen van kogels in boomstammen.

Ze voorzag in al hun noden. Haar hand ging het wasbekken in en uit.

Pas veel later, toen alle overlevenden waren verzorgd, keek ze uit het raam naar de rij lijken die nog op het gras lag te wachten. Ontzielde hopen vlees. Alleen de kleren zouden weer afmarcheren. De uniformjassen, de laarzen, de knopen. Ze bleef een hele tijd in de stilte van het trappenhuis staan, verstarde toen haar gezicht. Ze liep naar buiten, het gras op, en knielde naast hem neer, nam de zakdoek van zijn gezicht, legde haar hand op zijn wang, streelde zijn gladde kin en voelde haar maag krimpen van de kou tegen haar hand. Ze kleedde hem uit. Ik hoop dat je opgestegen geest nu naar me luistert. Wanneer je boven komt om bij God of de duivel aan te schuiven, mag je ze namens mij allebei vervloeken. Die godsgruwelijke machinerie van bloed en botten. Die van waanzin dronken oorlog die van moeders eenzaamheid maakt. Ze maakte de knopen van zijn hemd los. Legde haar hand op zijn hart. Hij was net naast zijn oksel getroffen. Alsof hij zijn handen omhoog had gestoken om zich over te geven, maar de kogel toch kans had gezien om binnen te glippen. Een kleine wond. Nauwelijks groot genoeg om hem te doden.

Lily maakte de wond schoon met harde zeep en een bekken met koud water. Ze verbond hem zoals ze de levenden zou hebben verbonden en sleepte toen zijn lichaam over het gras.

Geen maan. Een machtige duisternis. Het hoefgeklop van de paarden. Jon Ehrlich klom van de wagen met een smal gerand hoedje op en laarzen aan. Ze zat zoals altijd op de onderste treden op hem te wachten. Toen ze hem zag aankomen, stak ze de lamp aan. Het weer was aan het omslaan, er zat iets van vorst in de lucht.

– Lily, zei hij, terwijl hij aan zijn hoed tikte.

Ze draaide zich om en hielp hem het eerste krat van de wagen te halen. Ze duwde het naar voren en liet het zachtjes tegen zijn rug leunen. Hij zette zich schrap en nam de last op zijn schouders. Gebogen in de bekende houding. Ze ging hem voor, de kelder in, achter de halve cirkel van de zwaaiende lichtplas aan door de oude glasfabriek. Een paar ratten schoten de hoek in, slopen weg langs de glasplaten. Lily bleef voor de deur van de ijskamer staan. Ze wendde haar gezicht af.

Toen hij aan de koude metalen hendel rukte en de deur openduwde, zag hij de jongen in volle lengte liggen, opgebaard op de resterende blokken. Zijn uniform netjes gewassen en gestreken, zijn schoenveters gestrikt, het harpinsigne op zijn borst. Zijn haar gewassen en gekamd.

– O god, zei Jon Ehrlich.

Hij zette het krat neer, tastte naar het boek in zijn jaszak. Lily stootte een dierlijk geluid uit: als iets wat gestoken, aangeschoten, opengesneden was. Ze stormde op hem af met haar hoofd als een stier omlaag. Hij ontweek haar. Ze draaide zich om. Ze haalde haar arm naar achteren en stompte hem op zijn borst, hard, een dreun van verdriet. Jon Ehrlich deed een stap terug. Een ademstoot schoot door hem heen. Hij zette zich schrap. Stond onbeweeglijk. Ze stompte hem weer. Met de volle kracht van haar vuist. Ze schreeuwde het uit en bleef stompen tot ze uitgeput tegen hem aan hing, haar hoofd tegen zijn schouder.

Later, al bijna ochtend, begroeven ze Thaddeus tweehonderd meter van het hospitaal. Er kwam een kapelaan. Er klonk dronkenschap in zijn gebeden. Een paar mannen stonden voor de hospitaalramen naar hen daarbeneden te kijken. Een zwak rif van licht klom boven het oosten omhoog.

Ze wist dat ze met Jon Ehrlich mee zou gaan. Hij stelde geen vragen toen ze op de wagen ging zitten en de plooien van haar jurk gladstreek. Ze keek recht voor zich uit. Ze hoorde het zachte scheuren van het gras in de monden van de paarden: zoals het bewogen en vermalen werd.

Lily ging met Jon Ehrlich mee naar zijn huis ten noorden van de Grand River. Ze werd protestants gedoopt: het leek haar nauwelijks te verschillen van wat ze al had besloten niet te geloven. Sinds Dublin had ze tot geen enkele kerk behoord. Zelfs toen was het alleen maar plichtmatig geweest. Ze zat in de tweede bank van voren. Ze kreeg een bijbel en een stukje kant als aandenken. De dienst was kort en stroef, een paar woorden in het Noors, de meeste in het Engels. De predikant vroeg of iemand van de aanwezigen bereid was het kwaad te verzaken en de Heer te aanvaarden als zijn of haar goddelijke verlosser. Jon Ehrlich gaf haar een tikje op de elleboog. Ja, zei ze, en liep naar voren. Boog haar hoofd. Wachtte. Hier en daar in de kerk steeg een enkel halleluja op. Ze werd door de achterdeur mee naar buiten genomen naar een forellenriviertje waar de gemeente zich verzamelde. Ze barstten in gezang uit. *Leid mij uit dit donk're dal, tooi me met garven van vrede.* Ze werd door de rietkraag naar een ondiepe plek in de rivier gedragen. Een reiger vloog op, flapte verwoed het water over, zijn vleugelpunten raakten het oppervlak en rimpelden het. De dominee zei dat ze haar neus moest dichthouden. Hij legde zijn hand in haar rug. Toen ze werd onder-gedompeld voelde ze weinig meer dan kou.

Ze had niet echt een idee van wat het betekende om protestant te zijn, het was een leegte in haar, ook al herinnerde ze zich nog zo goed de bijeenkomsten van de quakers in het huis in Great Brunswick Street, waar Webb, vooraan in de kamer met samengevouwen han-den, zijn lange, wijdlopige ideeën uiteenzette over lotsbestemming, vrede en broederschap. Ze had Jon Ehrlich niet over die tijd verteld. Ze was bang dat als ze het deed, hij zich misschien voor haar zou afsluiten. Het was een goeie ziel. Hij verdiende geen jaloezie. Het oude leven in Ierland stond nu ver van haar af: ze had het niet meer nodig, ze was er weg.

Na de doop trouwde ze meteen en ging mee naar de blokhut aan het meer. Lily Ehrlich. Ze stapte van de wagen in het harde zand en keek om zich heen.

– Ik leef bescheiden, zei hij.

Het was een vlak land. Een kalm meer. Andere, kleinere meren strekten zich tot in de verte uit. Aan de weg stonden een paar hou-ten pakhuizen dicht bij elkaar. Muggen dansten in grote zwermen rond. De paarden zwiepten met ongeduldige manen.

– Ik moest je maar binnenbrengen, zei hij.

Hij had een stille, open glimlach. Ze trok haar jurk strak als een bloesemknop, maakte een revérence voor hem.

– Je op je rug leggen.

– Het werd tijd, zei ze.

Het was voor het eerst in lange tijd dat ze lachte.

Hij zwaaide de deur van de hut voor haar open. Zilveren vlokjes stof lieten het zonlicht stotteren. In de hoek stond een bed van den-nenpalen vastgesjord met paktouw. Hij keek hoe ze zich voor hem uitkleedde, trok toen zijn laarzen uit, knoopte zijn bretels los, en liet zijn kleren om zich heen op de grond vallen.

Ze vond hem vurig en enthousiast voor een oudere man. Ze lagen naast elkaar uit te hijgen, haar gezicht tegen zijn schouder. Ze maakte hem wakker toen het nog donker was aan de hemel. Hij draaide zich naar haar toe en grinnikte.

– Zelfs de Bijbel zegt dat er geen kwaad in steekt.

Lily was zevenendertig toen ze haar eerste van de zes kinderen-Ehrlich kreeg: Adam, Benjamin, Lawrence, Nathaniel, Tomas en in 1872, zeven jaar na het eind van de oorlog, de jongste, hun enige meisje, Emily.

Zodra de kou intrad, begon het meer dicht te vriezen. Elke dag stond Jon Ehrlich op en kleedde zich aan bij de nawarmte van de kachel, ging dan stil de hut uit om het ijs te keuren. Als het tien centimeter dik was kon het een man houden. Hij liep van de ene kant van het meer naar de andere, in het begin dicht langs de kant. Lily keek hoe hij in de verte kleiner werd, lang en mager, minder kreupel.

Een felle wind woei over de sneeuw aan de oever, joeg kleine wervelingen op. De bomen vormden een donkere stoet naar de vlakke verte. Hij liet zijn oudste zoons meekomen.

Vader en zoons liepen steeds in kringen rond bij het keuren van het ijs. Valk spelen, noemde hij het. Ze cirkelden steeds dichter naar het midden van het meer. Telkens als ze aan het eind van een spiraal kwamen, hief Jon Ehrlich zijn laars op en stampte om de dikte te testen. Lily zag de twee oudste jongens, Adam en Benjamin, hetzelfde doen. Het droge bonken van hun laarzen verbrak de stilte. Ze dacht elk moment dat ze erdoor konden zakken, dat het meer hen zou grijpen, zou dichtvriezen, hun sjaals, petten, monddoeken zou opslokken. Maar ze cirkelden in nauwgezette patronen binnenwaarts. Ze hoorden de dikte van het ijs aan het geluid van hun laarzen.

Ze gingen de volgende morgen eropuit om met de bevloeiing van het meer te beginnen. Jon Ehrlich gebruikte een lange dunne avegaar om de gaten te boren. Staal met een scherpe punt. Wanneer hij aan de dwarsstang draaide, leek het Lily alsof hij boter stond te karnen. Kleine ijsvonken sprongen op van het oppervlak. Hij ging met de jongens het meer over en boorde het ene na het andere gat in het ijs, een meter van elkaar. Ze maakten een dambord van het meer. Door elk gat staken ze een dunne stok om te zien of de boor er helemaal doorheen was gegaan. Het water borrelde op en verspreidde zich. Laag op laag. Het water uit elk boorgat liep over in dat van zijn buurman, een uitvloeiende vrieslaag.

In de loop der dagen volgden ze hun eigen voetstappen terug over het meer en staken de ijsmond op elk van de gaten opnieuw door. Weer kwam het water omhoog. Lily bracht hun hun middageten op het meer: plakken brood en ham, flessen melk dichtgestopt met theedoek en touw. Jon Ehrlich dronk en haalde zijn mouw langs zijn mond. Adam en Benjamin keken naar hun vader en deden hetzelfde. Straks zouden ook Lawrence, Nathaniel en Tomas met hen meegaan.

Als ze in de blokhut terugkwamen, had Lily het vuur opgestookt. Jon Ehrlich waste zich in de lampetkom en ging dan bij het licht van een lantaarn zitten. Een man van twee levens. Hij zette zijn bril op en las voor uit de Bijbel. Laat op de avond liepen hij en Lily samen naar buiten om te kijken hoeveel dikker het ijs was geworden. Ze hadden geen schaatsen onder. Ze wilden het ijs niet bekrassen, al wist Jon Ehrlich dat ze dat later wel zouden doen.

Ze boorden het ijs opnieuw open en elke dag, elk seizoen werd het dikker. Als het sneeuwde verliep het proces sneller, en er waren nachten dat het ijs minstens zeven centimeter aan kon groeien.

Het donker van hun gestalten schoof over het enorme wit. Toen het meer dik genoeg was, trokken ze een zwaar houten raam achter zich aan. Het raam was voorzien van een ijzeren keerbord. De sneeuw hoopte op en verzamelde zich in richels. Rij na rij verscheen aan de westkant van het meer. Voor Lily leken het evenzovele witte wenkbrauwen.

Wanneer de sneeuw was geruimd, vlakten Jon Ehrlich en zijn zoons het ijs af. Ze maten grote vierkanten af, elk ter grootte van een halve deur. Ze sneden het meer in met een ijsploeg. De bladen werden in groeven gezet en de ploeg werd door het werkpaard getrokken. Stukjes ijs vlogen de lucht in. Zodra het ijs diep ingesneden was, zetten ze zich aan het werk om langs de geploegde lijnen te zagen. Het beste ijs had de kleur van kristal. Hard en zuiver.

De vloeren van de opslagschuren werden bedekt met fijngemalen eikenschors. Geen ramen. Dubbele wanden. De spouwen waren opgevuld met zaagsel om wat er binnen lag te isoleren. De ijsstaven werden hoog opgetast en zo dicht tegen elkaar dat er nauwelijks nog een mes tussen te krijgen was.

Het was voor Lily een van de grote raadsels: hoe het ijs bestand was tegen het weer, zelfs in de lente.

Als de kou inviel, bewerkten ze het meer. Na een tijd ging zelfs Emily, de jongste, mee om de blokken uit het water te helpen tillen. Ze gebruikten haken aan lange stelen om de staven over het meer naar het trekpaard te slepen, dat geduldig op zijn werk stond te wachten. Eén snelle polsbeweging kon een ijsblok twintig meter over het ijs laten tollen. Lily keek graag naar Emily als ze de staven over het oppervlak loodste, naar de ingewikkelde toeren die het jonge meisje met de blokken uithaalde.

Wanneer de zijrivieren ontdooiden, voeren ze het ijs helemaal naar St. Louis op een schuit die kreunde onder het gewicht. De staven waren verpakt in kratten en bedekt met stro om smelten te voorkomen. Langs de rivieroevers loeiden elanden. Hoog in het blauw boven hen zweefden slechtvalken.

Jon Ehrlich manoeuvreerde de schuit langs de zandbanken naar de haven en sloeg de lading op in een ondergrondse kelder aan de rivierkade. Een ijshandelaar op Carondelet Avenue kwam zijn werk inspecteren. Knisperende biljetten werden uitgeteld. Het was goede handel. Het was alsof de Wederopbouw vanzelf wist hoe het leven weer op gang moest komen. Hotels. Restaurants. Oesterwinkels. Rijkelui in prachtige huizen. Zelfs kunstenaars die beelden uit reusachtige ijsblokken wilden houwen.

Hij sloot een nieuw pachtcontract af voor een klein meer in het noorden. Experimenteerde met nieuwe isolatiemethoden. Ontwikkelde een sledesysteem. Liet de blokken door een dicht netwerk van

kanalen slepen. Hij maakte plannen voor een stel hefbomen met katrollen voor de opslagschuren. Er was vraag naar ijs dat over de Mississippi naar verre steden als New Orleans kon worden vervoerd. Ze
bouwden aan de overkant van het meer een nieuw huis, dat pal in
de ochtendzon lag. En een rookhok. Zijden spek en gerookte ham
hingen aan haken. Geneeskrachtige planten: aralia, slangenwortel,
seneblad, anijs. Bakken vol zoete aardappelen. Diepe vaten boter.
Appelgelei. Ingemaakte perziken.

Lily had nog nooit zulke voorraden etenswaar gezien. Ze liep verbluft langs de volle planken.

Op zondag laadden ze de overtollige voedselvoorraad op hun
wagen en reden ermee naar de kerk, vroeg, zodat ze het rustig aan
anderen konden uitdelen. Jon Ehrlich legde de leidsels zacht op de
paardenruggen. Hij ademde zwaar. Zijn leeftijd begon hem parten
te spelen. Alsof zijn lichaam een eigenschap van het ijs had overgenomen. Maar hij laadde de voedselvoorraden uit. Lily had weinig
behoefte aan de kerk, behalve als kleine afwisseling van het huis-
houden, maar ze was blij dat ze voedsel kon weggeven. Ze had ooit,
lang geleden, veel ergere honger gezien. Ze wilde het niet nog eens
zien. Ierse en Duitse en Noorse gezinnen stonden in een rij aan de
achterdeur. Ze hadden een houding van gekwetste trots, alsof ze het
niet lang nodig zouden hebben.

Jon Ehrlich kwam op een milde lenteavond in 1876 thuis en zette
de paarden vast bij de opslagschuren. Het was een lange reis
geweest. Een week op de weg. Hij kwam aan over het pas bestrate
erf met een groot doek in een sierlijst. Hij riep haar naam. Ze gaf geen
antwoord. Hij liep het huis in, schopte zijn laarzen uit en riep nog
eens. Ze kwam uit de keuken in het achterhuis. Haar pantoffels slof-
ten over de vloer.

– Wat maak je toch in vredesnaam een drukte?

Hij hield het schilderij voor haar op. Eerst dacht ze dat het een
soort doos was. Ze kwam dichterbij. Ze keek naar Jon Ehrlich, toen
weer naar de doos. Een riviergezicht in Ierland. Een boogbrug. Een
rij overhangende bomen. In de verte een cottage.

Lily wist niet wat ze moest zeggen. Ze stak haar hand uit en voel-

167

de aan de lijst van het schilderij. Als je erin keek was het alsof je door een ander raam naar buiten keek. Wolken. Snel stromend water. Trekkende ganzen in de lucht.

– Voor jou.

– Waarvoor?

– Ik heb het in St. Louis gekocht.

– Waarvoor?

– Het is jouw land, zei hij.

Hij had het gekocht, zei hij, van een schilder die kennelijk beroemd was. Dat hadden ze hem op de markt verteld.

– Je eigen landgenoten, zei hij.

Lily ging op een afstandje van het schilderij staan. Haar handen beefden. Ze draaide zich om.

– Lily.

Hij keek hoe ze de deur uit liep, naar het meer. Vroege voorjaars-insecten dansten om haar heen. Ze ging aan het meer zitten, met haar hoofd in haar handen. Hij begreep het niet. Hij zette het schilderij tegen de tafel bij de deur. Zei er niets meer over. Morgen, dacht hij, zou hij het weg doen.

Later die avond lagen ze samen in bed, met hun kinderen, Emily en Tomas, slapend aan hun voeten. Ze beefde en keerde zich van hem af, draaide toen vlug weer naar hem toe. Ze was een kind van asocialen geweest in Dublin, zei ze. Dronkaards. Ze had het geen mens ooit ver-teld. Ze had geprobeerd het te vergeten. Ze verwachtte geen oordeel en wilde geen medelijden. Haar vader dronk. Haar moeder dronk. Soms leek het of ook de ratten dronken, de deuren dronken, de latei-en dronken, het dak dronk. Ze werd in bed gehaald tussen hen in, moeder en vader. Een huurkazerne. De beddenplank rammelde. Ze verloor een kind. Veertien was ze. Ze was als dienstmeid uit werken gestuurd. Ze had een leven achter de rug van kelders, rattenkeutels, trappenhuizen, soeplepels. Een halve dag vrij per week. Klossend door de natte donkere straten. Om tabak te kopen. Het enige verzetje.

Geen deel van Ierland had ooit ook maar vaag geleken op het doek dat Jon Ehrlich mee naar huis had genomen. Het land dat hij voor haar had meegebracht was onherkenbaar, afgezien misschien van

168

die ene reis die ze lang geleden had gemaakt van Dublin naar Cork. Ze was weggelopen uit een huis aan Great Brunswick Street. Had gelopen en gelopen en gelopen. Vijftien, zestien, zeventien dagen naar het zuiden, door Wicklow, Waterford, over de bergen en naar Cork. Ze was nog een onnozel kind. Meer niet. Ze volgde een verlangen. Ze herinnerde zich nog de baldakijnen van bomen, het verschuivende licht op de velden, de valleien, de rivieroevers, de wind die harde, lage regen in haar gezicht sloeg. De honger die opkwam uit het land, met zijn stanklucht die zich op de mannen, vrouwen en kinderen vastzette.

En nu een schilderij. Stel je voor. Een schilderij. Het leek haar iets te zeggen wat ze nooit had begrepen. Een kathedraalklok in Dublin beierde. Een paard gilde. Sackville Street. Een meeuw zeilde boven de Liffey. En toch kon ze zich de geluiden uit haar jeugd niet precies herinneren: ze verdraaiden en vervormden in haar hoofd. Waarom kwamen bepaalde momenten weer in haar op? Ze drukte haar gezicht nu tegen Jon Ehrlichs borst. Ze wist niet goed wat ze met zulke gedachten aan moest. Ze voelde zich opengesneden. De Duggan in haar – het kapotte stuk van haar – had nooit ook maar één keer gedacht dat ze iets kon bezitten, laat staan zo'n schilderij. Achtenveertig was ze. Al meer dan dertig jaar in dit land. Ze was Amerikaanse geworden. Op welk duizelingwekkend moment had ze niet verder gewild en was ze, zonder te weten waarom, de andere kant opgegaan? Op welk tijdstip had haar leven betekenis gekregen? Ze kon het niet zeggen. Ze was inderdaad een onnozel kind geweest. Een dienstmeid. In een huis van allesbehalve onnozele dingen. Luisteren naar vreemde gesprekken. Ideeën over democratie, geloof, slavernij, liefdadigheid, heerschappij. Het waren dingen die ze niet goed begreep, maar die een andere wereld opriepen. En daarom liep ik. Geen idee waarheen. Geen plan, Jon Ehrlich. Ik liep maar een eind weg. Kijk me nu eens. Een schilderij. Jij brengt een schilderij voor me mee. Je geeft me een schilderij in handen.

Ze draaide haar gezicht weer tegen zijn borst. Hij wist niet wat hij aan moest met de manier waarop ze huilde. Ze kroop tegen hem aan en viel in een vaste, diepe, uitgeputte slaap.

Het schilderij werd op de schouw boven de haard gezet. Soms meende ze Isabel Jennings met grote passen langs de rivieroever te zien lopen, het lange elegante zwiepen van haar japon. Daar stond Richard Webb, hevig verongelijkt, op de boogbrug te kijken naar de snelle stroom, het bruisende water. Er waren ook dagen dat ze haar geest liet dwalen naar Frederick Douglass: hij kwam niet vaak op het schilderij voor, maar zweefde erbuiten, wachtte om naar binnen te lopen, misschien vanaf de heuvel in de verte of de weg achter de cottage. Ze schrok als ze zich herinnerde hoe hij op zijn kamer met zijn halters bezig was. Zijn gezicht in de regen op de dag van haar vertrek. Zijn bleke handpalmen. Ze herinnerde zich hoe zijn rijtuig uit Great Brunswick Street verdween en dat boven nog zijn handdoek lag, losjes over de lampetkan gegooid. Hoe hij over zijn schrijftafel gebogen zat in zijn wijde witte overhemden.

Ze had gehoord dat Douglass zich nu had aangesloten bij de partij van wijlen Abraham Lincoln. Dat hij toespraken hield over eerlijk stemrecht voor de negers. Hij was een man die veel bewondering, maar ook hoon oogstte. Ze hadden hun vrijheid verkregen, maar tegen welke prijs? In Ierland had ze hem gezien als een echte heer, groot, scherp, indrukwekkend, maar hier was hij eerder verwarrend. Niet dat ze ook maar iets tegen de negers had. Waarom zou ze? Er was geen reden toe. Het waren ook mannen en vrouwen. Ze hadden honger, ze vochten, ze stierven, ze plantten, ze oogstten, ze zaaiden. Maar er was ook grote beroering over hen. Lily had gehoord dat de Ieren in New York rellen waren begonnen. Mannen opgehangen aan lantaarns. Kinderen verbrand in een weeshuis. Woeste ranselpartijen op straat. Niets was simpel. Zo veel mogelijkheden. De jaren hadden haar versomberd. Lily's eigen zoon had voor de Unie gevochten. Hij was op het slagveld gestorven voor dezelfde woorden waarover Douglass al die jaren geleden in Ierland had gesproken. En toch had Thaddeus het nooit over slavernij of zwartjes of vrijheid gehad. Hij wilde gewoon vechten. Dat was alles. De eervolle ijdelheid van het sterven.

Het gebeurde dat ze naar St. Louis in het zuiden ging, of zelfs naar Des Moines in het noorden, en negers op straat zag lopen, en afkeer in zich voelde opkomen. Ze verbood het zichzelf. Probeerde niet in die val te trappen. Maar het zat er wel, ergens vaag.

In de kerk boog ze haar hoofd en bad ze om vergeving. Oude gebeden. Herinnerde bezweringen. Ze sloeg de bijbel open die voor haar lag. Ze vond dat ze moest leren lezen, maar de stilte had iets zuivers. Ze probeerde de woorden van Douglass in de salon in Great Brunswick Street terug te roepen, maar haar gedachten dwaalden af naar de mannen voor wie ze het gordijn had dichtgetrokken: de warmte van het blauw achter hun oogleden terwijl hun vlees overging naar grijs.

Ze keek hoe Emily tegen haar vader aan hing en luisterde. Zeven jaar oud en ze volgde zijn ruwe vinger over de bladzijde. Het boek Job. Openbaring. Het boek Daniël. Het deed haar goed het te zien. De ruimte rond Emily's bed raakte vol met boeken van school. Toch was het vreemd om naar een kind te kijken – haar eigen vlees en bloed – dat zo anders was dan zijzelf.

Vaak trof Lily het meisje slapend aan, met haar lange haar als een soort bladwijzer tussen de pagina's.

Buiten echode een schreeuw. Lily besteedde er geen aandacht aan. Ze liep van het rookhok terug naar de keuken. Ze schroefde een pot maïsmeel open, sprenkelde wat op het houten keukenblad, leunde tegen het fornuis. De hitte wolkte eruit. Ze duwde een van de fornuisdeurtjes met haar knie dicht. Ze pakte een pot karnemelk van de plank. Opnieuw scheurde een schreeuw door de lucht.

De schreeuwen waren ergens uit de buurt van de opslagschuren gekomen. Ze luisterde. Weer een paar doffe bonken, daarna stilte. Ze liep naar het raam. De hemel een teer lichtblauw. Een ander geluid, hol en aanhoudend, een kreun, een langzaam zwichten. Adams stem klonk over de sneeuw.

Lily rende naar buiten. De kou beet in haar gezicht. De sneeuw stoof op van haar voeten. Uit de schuren kwam geen geschreeuw meer. Alleen een indringende stilte.

Langs de stallen en de sledenschuur. Ze riep hun namen onder het hollen. Dij de schuren zag ze plukken zaagsel door de lucht waaien. Ze sloeg de hoek om. Gebarsten planken. De spijkers staken eruit. Een groot ijzeren scharnier lag op de grond. Een ijsvork stond nog in de sneeuwberg gestoken. Een wirwar van katrollen lag verloren op de grond.

Er liep een bloedspoor tussen de blokken gevallen ijs en de houten wand. Ze ging eerst naar Benjamin, toen naar Adam, weer terug naar Benjamin. Het bekken van de jongen was door één blok platgedrukt. Ze duwde het gewicht van zijn borst, legde haar wang tegen zijn lippen. Geen zuchtje adem. Ze veegde het zaagsel van zijn wenkbrauwen. Ze deed hetzelfde bij Adam. Ze schreeuwde niet. Ze hoorde de andere ijsblokken boven haar nog bewegen en schuiven, maar nu zachtjes, bijna eerbiedig. Ze liep voorzichtig over de gevallen planken en boog zich over haar man.

Jon Ehrlich probeerde te knikken, maar er kwam een bel bloed uit zijn mond omhoog. Ze duwde het verbrijzelde blok van zijn benen. Ga niet dood. Waag het niet. Hij bewoog zijn hoofd een beetje. Zijn ogen knipperden. Haal het niet in je hoofd om nu dood te gaan.

Ze was er zeker van dat ze hem zag knikken, maar toen hoorde ze het reutelen van zijn keel. Lily voelde zijn leven uit hem wegvallen, alsof het licht werd, alsof het wegsmolt. Ze kwam overeind, bracht haar handen naar haar hoofd en slaakte een hoge jammerklacht.

De opslagschuur stond nog overeind, met drie wanden. Wanden die deinden en kraakten. Het meer in het ijs. Water dat naar beweging verlangde. Ze stapte over de gebroken planken en boog zich weer over Benjamin.

Ze stak haar armen onder de oksels van haar jongste zoon en probeerde de dode jongen onder de brokstukken vandaan te trekken. Zijn laars bleef achter een balk steken. Ze voelde de laars scheuren terwijl ze hem onder de brokken wegrukte. Ze trok opnieuw. Het ijs bewoog.

Er golfde een soort lach uit hem. Ze boog zich over hem heen. Weer die lach. O. Benjamin. O. Ze greep hem bij zijn achterhoofd maar het viel slap opzij. Ze schudde hem door elkaar. Sta op, sta op, je leeft. Zijn ogen waren groot en verbaasd en star. Ze richtte zich half op en krabbelde over de harde grond naar Adam toe. Legde haar gezicht tegen zijn lippen. Geen adem. Geen warmte. Weer dat lachen, ze wist het zeker. Maar van waar, van wie? Ze hoorde het weer, dit keer van de werkelijke afstand. Haar borst ging wild op en neer. O. Uit het huis. De andere kinderen kwamen uit de blokhut. Het opgewonden spel van hun stemmen. Lily stond op en holde om de hoek van de schuren. Ze zwaaide met de ijsvork. Ga terug naar binnen, zei ze. Leg hout op het vuur, Nathaniel. Ruim het maïsmeel op, meisje. Kom niet meer naar buiten. Ik ben zo weer bij jullie. Horen jullie? Tomas? Lawrence? Onmiddellijk, zei ik. Jezus nog aan toe. Nu. Alsjeblieft.

Emily staarde haar aan. Als aan de grond genageld.

– Ga! schreeuwde Lily. Ga!

Ze zette zich weer aan het werk om de lichamen onder de brokstukken vandaan te sleuren. De drie wanden stonden nog. Ze bewogen, dreigden om te vallen.

Ze legde de lichamen van haar man en twee zoons naast elkaar op de grond, ging toen terug naar het huis. Ze had doeken nodig om hun ogen mee te bedekken. Lily duwde de deur van de hut open. De jongens zaten kleintjes in de bijkeuken. Emily stond aan het raam naar buiten te kijken. Lily riep haar dochters naam. Geen antwoord. Ze riep nogmaals. Emily, zei ze. Geen enkele beweging. Ze stapte naar haar toe en draaide het meisje van het raam weg. De ogen van het kind stonden ver, leeg.

Lily sloeg haar dochter hard in het gezicht, zei dat ze zich moest aankleden, er was werk te doen. Het kind verroerde zich niet, maar opeens richtte ze zich op en legde haar voorhoofd tegen Lily's sleutelbeen. Moeder, zei Emily.

Twee avonden later liet Lily een timmerman komen om de ijsblokken opnieuw te stapelen en de houten schuur te repareren. Het was akelig weer. Er stond een gure wind. Het gehamer ging de hele nacht door.

Straks zou het gaan dooien. Ze zou moeten leren om zelf het ijs te vervoeren. Om het in de schuiten te krijgen en de rivier te laten afzakken.

Ze lag in bed met haar vier overgebleven kinderen. De jongens waren nu oud genoeg, dacht ze. Emily kon helpen met het bijhouden van de boeken. Er waren mogelijkheden om te overleven. Ze keek uit over het meer. Het licht van de maan zuchtte erover. Ze maakte eerst Tomas wakker, daarna de twee anderen. Ze stapten de nacht in, naar de grote schuur, hun adem maakte wolkenvormen tegen het donker. Eerst zetten we de wagens klaar, zei ze. Zorg dat de paarden gevoederd zijn.

De brochures waren van een firma in Cincinnati. *De McGuffey Leesmethode. Een niet te missen kans. Leer het Uzelf in 29 dagen. Niet Goed Geld Terug.* Ze had geen idee wat ze ermee aan moest. De woorden kwamen haar voor als gekriebel op rijtjes. Hoe kon ze leren lezen als ze al niet lezen kon? Hoe konden ze van haar verwachten dat ze leerde wat ze nooit geleerd had? Haar ogen zwommen. Haar keel kneep dicht. Ze stopte de brochures weg op de plank.

Ze huurde een rijtuig en ging naar het zuiden, twee dagen, het hele eind naar St. Louis. De gebouwen leken zo enorm hoog. Wasgoed wapperde voor de ramen. Mannen met stetsons op bonden hun paarden aan palen. De fluit van een spoorwegstation gilde. Lily vroeg naar de boekwinkel. Een jonge knaap wees haar de weg. Er klingelde een bel aan de deur. Ze schuifelde tussen de planken door. Bang dat ze gezien zou worden. De woorden op de ruggen van de boeken zeiden haar helemaal niets.

Een bediende vond het voor haar, hoog op de planken, alleen met een ladder te bereiken. Ze wist door de gravure op het titelblad dat hij het was. Het boek werd voor haar verpakt in bruin papier met een touw erom.

Thuis verschoof Emily een kleine vinger onder de tekens op de pagina. Dit is *I*. Dit is *W*. Dit is *A*. Dit is een *B*.

In het derde jaar na de dood van Jon Ehrlich had Lily een ploegje mannen dat voor haar werkte – twee Noren, twee Ieren en een Bretonse voorman. En haar zoons. Lily was een tenger figuurtje op het ijs, een beetje gebogen door de jaren, gekrompen van verdriet, maar haar stem bereikte het hele oppervlak. Ze kochten de nieuwste gereedschappen: aksen, trekmessen, ijsploegen, paardentuig. De zagen sproeiden witte vonken omhoog. De paarden zwoegden en dampten. De schuren waren herbouwd en verstevigd.

Na school hielp Emily om de enorme blokken ijs over het oppervlak van het meer te schuiven.

Eens in de maand ging Lily naar de stad. Een slopende reis. Vaak was het drie dagen heen en drie terug. Lily marchandeerde aan de balie op Carondelet Avenue. Ze kende de prijs die zij kreeg en ze wist tegen welke prijs de ijshandelaar verkocht. Het idee dat er zo'n grote kloof tussen zat, maakte haar razend.

Ze haalde de vulpen van Jon Ehrlich uit haar zilveren beursje en zette een handtekening op het papier. Dat had ze wel geleerd: met een pen een krabbel zetten die op zijn minst op een naam leek. De ijshandelaar wreef met een duim langs zijn neus. Hij was mager en scherp, alsof hij met een nieuwe zaag was gesneden.

– Kunt u schrijven?

– Natuurlijk kan ik schrijven. Wie denkt u wel dat ik ben?

– Ik bedoelde er niets mee, mevrouw Ehrlich.

– Nou, dat hoop ik dan maar.

Ze beende weg, langs de Mississippi. Ze zag jongere vrouwen langslopen in hun elegante opschik: brede hoeden en ruisende japonnen. Raderboten en stoomschepen. De hele rivier was druk met handelsverkeer. Krantenjongens riepen over goud en spoorwegen. Een heteluchtballon verscheen boven de rivier en dreef af naar het westen. Bij de Opera reed een man heen en weer op een machine met een reusachtig voorwiel. De omstanders noemden het een *vélocipède*. Er waren jongemannen met brede cowboyhoeden die hun paarden buiten de saloons vastbonden. Ze keken niet vaak meer naar haar, maar dat deerde Lily niet. Haar rug was stijf van de ijsjaren. Ze had een schommelende schuifelgang gekregen. Ze bewaarde drie elegante japonnen voor zakelijke bezigheden. De rest van de tijd was haar kleding eenvoudig, donker, een herinnering aan rouw.

175

In haar vierde jaar zonder haar echtgenoot, kwam ze een prijs overeen met de voorman uit Bretagne. Ze verkocht hem de blokhut, de pachtcontracten en alle werktuigen. Allereerst pakte ze het schilderij in dat ze van John Ehrlich had gekregen. Alle dozen, meubilair, stoelen, serviesgoed, boeken. Ze laadden vier wagens vol. Het schilderij hield ze bij zich op de bok. Ze stopten voor hun nieuwe huis aan Florissant Avenue. Het wegdek was verhard met vergruisde schelpen. Het was een bakstenen huis met één verdieping, hoge plafonds en een brede trap. Een lichtblauw tapijt versierd met guirlandes van rozen. Boven aan de trap hing ze het schilderij, daarna begon ze onmiddellijk met het opzetten van haar ijshandel. *Middenmeer IJs.* Een Engelse letterschilder maakte een vignet op de pakhuisdeuren. Ze was zenuwachtig vanwege zijn accent. Hij boog voor haar en ze werd knalrood van verlegenheid. Een Engelsman, stel je voor. Boog voor haar. Lily Duggan. Bridie Fitzpatrick. Ooit hadden de dodenkarren gerateld. Het begon te sneeuwen.

Ze bedacht met verbazing dat ze het ijs zelfs niet meer hoefde aan te raken. Dat het anderen waren, verder naar het noorden, in Missouri, Illinois, Iowa, die het werk deden. Ze begrootte de zaken zorgvuldig. De lonen, het vervoer, het smeltverlies. De verbazingwekkende logica van het geld. Het gemak waarmee het binnen kon komen, en de snelheid waarmee het weg kon zijn. In St. Louis verwierf ze een doorlopend krediet bij de Wells Fargo Bank in Fillmore Street. Ze liep er naar kasbedienden die haar naam kenden. Hoe gaat het met u, mevrouw Ehrlich? Wat een genoegen u weer te zien. Op straat knikten mannen en vrouwen beleefd naar haar. Ze werd er bang van. Ze kneep in de rand van haar wijde japonnen en stamelde een groet. Leveranciers toonden haar de beste stukken vlees. Er was een hoedenwinkel in Market Street. Lily kocht een zwierig model met een struisvogelveer, maar eenmaal thuisgekomen bekeek ze zich in de lange ovalen spiegel en moest er niet aan denken om ermee gezien te worden. Ze stopte hem terug in de doos en raakte hem nooit meer aan.

De vraag groeide. Van ziekenhuizen. Van stoomschepen. Van restaurants. Viskramen. Banketbakkers. Er waren zelfs hotels die ijs in drankjes begonnen te gebruiken.

Na zes jaar was Lily Ehrlich in staat haar oudste overlevende zoon, Lawrence, naar de universiteit in Chicago te sturen. Daarna ook Nathaniel en Tomas. In de winter van 1886 werd Emily veertien. Ze bracht het grootste deel van haar tijd op haar slaapkamer door met haar boeken. Lily dacht aanvankelijk dat haar dochter door eenzaamheid werd gekweld, maar kwam er algauw achter dat het meisje niets liever deed dan de gordijnen sluiten, een kaars aansteken en in het flakkerende donker lezen. De toneelstukken van Shakespeare. De werken van Emerson. De gedichten van Harte, Sargent, Wordsworth. Er waren zoveel boeken in de kamer dat Lily het behang niet meer kon zien.

Haar eigen experiment met boeken had niet zo lang geduurd: ze was de moeder van de dochter. Dat was genoeg.

Lily splitste haar ijsbedrijf in de winter van 1887. Drie gelijke delen voor elk van haar zoons. Lawrence kwam na zijn studie thuis in een grijs pak met een strikje en in het bezit van een oostelijk klinkend accent. De twee jongere broers waren geïntrigeerd door de wolken stoom die boven het spoorwegemplacement dreven: zij verkochten hun aandeel, lichtten hun hoed en zeiden vaarwel. Nathaniel ging naar San Francisco in het westen, Tomas naar Toronto in het oosten. Emily kreeg niets: niet uit kwaadwilligheid, maar simpelweg omdat het zo hoorde. Iets anders was nooit bij Lily opgekomen. Moeder en dochter kochten een kleiner huis aan Gravois Road. Aan de voorkant onderhielden ze een tuin. Ze bemoeiden zich weinig met anderen. Op zondag kleedden ze zich voor de kerk: lange handschoenen, brede hoeden, witte voiles die over hun ogen vielen. Soms werden ze samen op de promenade gezien. Er waren niet veel mannen die Emily's aandacht vroegen. Emily verwachtte dat ook niet. Ze kon niet echt voor knap doorgaan. Boeken waren alles voor haar. Er waren nachten dat Lily haar vroeg bij haar in bed te komen, naast haar onder de dekens te kruipen, zich in de kussens te nestelen en voor te lezen. *Ik ben geboren in Tuckahoe in de buurt van Hillsborough, ongeveer achttien kilometer van Easton, in de provincie Talbot, Maryland.*

Dat huis in Great Brunswick Street leek Lily nu heel ver weg, was iets vreemds geworden in haar dagelijkse realiteit. De jaren zelf leken te vergeten wat ze ooit was geweest. De schaduwen van veertig jaar.

Ze had geen kijk op chique mode, maar voor de gelegenheid droeg ze een lange paarse polonaise met een aangezette, openvallende schoot. De amethisten broche hing hoog op haar hals. Haar grijze haar was onder de gebogen rand van een mauve bonnet gestoken.

Ze stapte voorzichtig uit het koetsje en schuifelde arm in arm naast Emily, die een eenvoudige alpacawollen jurk droeg. De avond was koel. Het duister was net ingevallen. Ze was beduusd van het bewegende licht en de vele personen die haar zo dichtbij passeerden. Ze gingen het hotel binnen. Langs de granieten zuilen. De piccolo's bekeken hen slechts vluchtig. Binnen zweefden hoge pianoklanken door de lobby. De doffe pijn zat nu diep in haar lichaam. Haar handen, haar knieën, haar enkels.

Lily wierp een snelle blik op de grote houten klok in de hoek bij de erkers. Ze waren veel te vroeg. Overal om hen heen stonden vrouwen in dure sjaals en japonnen. Een paar mannen in zwart jacquet met zwarte das. Geroezemoes en reuring. Ook kleine groepjes negers, apart in de hoeken. Voornamelijk mannen. Iedereen op zijn best gekleed.

Weifelend ging ze verder. Een bezoeking. Ze wist zeker dat ze naar haar keken. Ze bleef dicht langs de rasterwand, vond een rij landschapsschilderijen om zogenaamd te bewonderen, trok Emily naar zich toe.

– Stil nu, zei ze.

– Ik zei niks, moeder.

– Hou toch je mond.

Op grote houten ezels in de hotellobby zag ze zijn naam. Daaronder de woorden: *Nationale Vereniging voor Vrouwenstemrecht.*

Kleine groepjes vrouwen wandelden rond onder de kroonluchters. Hun ernstig gekwebbel. Verderop bij de bar kleurden kringen rook de lucht violet. Vaag gerinkel van glaswerk.

De pianist begon een nieuwe melodie. Lily draaide zich naar Emily en duwde een los haarvlechtje achter het oor van het meisje.

– Moeder.

– Stil.

– Daar is hij, zei Emily.

Aan de andere kant van de lobby zag Lily hem staan. Douglass was nu eenenzeventig jaar oud. Grijs, maar nog steeds met een uitbundige bos haar. Hij droeg een zwart jacquet en een wit overhemd met opstaande boord. In zijn borstzak een witte zakdoek. Hij vulde zijn jacquet ruimschoots, had een wat ronde rug gekregen, maar straalde nog steeds kracht uit: dikker, breder, maar meer ontspannen. Hij werd omringd door een groepje van acht à tien vrouwen. Ze bekeken hem halsreikend. Hij hield enige afstand, maar opeens legde hij zijn handen om zijn mond en zei iets en de vrouwen lachten alsof ze allemaal deel uitmaakten van een ingewikkeld opwindmechaniek.

Hij liet zijn blik door de lobby dwalen. Lily wist het niet zeker, maar misschien was zijn oog even op haar gevallen. Of anders gebeurde er iets achter haar, was er wat opschudding. Toen ze zich omdraaide om weer naar hem te kijken, was hij al op weg naar de gehoorzaal van het hotel.

De hal trok achter hem aan naar binnen. Een tochtvlaag. Een lichtspoor. Alsof alles samendrong om hem te volgen. Ze voelde zich aarzelen. Ze was weer zeventien. Stond voor het huis van Webb. Om hem vaarwel te zeggen. Het vroege licht van Dublin. Het handen schudden. Zo ongewoon. Het kraken van het rijtuig. Later foeterde Charles, de butler, het personeel uit. Hoe durven jullie. De kleinste momenten: ze komen terug, blijven hangen. De klop van een hoef op de kasseien. De manier waarop hij haar aankeek toen hij wegging. De manier waarop hij de dag had geopend. De baaierd van mogelijkheden. Ik heb hier weinig of niets. Een kamertje boven in een huis. Een achtertrap. Ik ben min of meer van hen. Hun bezit. Ze vertrok in het donker. De schaamte die ze in Cork voelde. Aan de eettafel van de Jennings. Hij had haar niet herkend. Ook in de haven. Hij bleef in het zadel. Ze was voor hem niet meer dan een opruimster van papier, een tapijtveegster, een vloerbezem, een meter bonte katoen. Maar wat had ze gewild? Wat had ze verwacht? Ze hoorde het luide hinniken van de paarden. De duikende zeemeeuwen. De regen. Ze kon hem niet aankijken. Regen stroomde over haar gezicht. Een bestemming. Op de boot stappen en weg zijn. Het was een en al verwarring. Ze was ook nog zo jong. De scheepstoeter was een opluchting.

Lily pakte Emily's arm en samen staken ze de vloer over. Twee politiemannen stonden voor de deur van de gehoorzaal met hun knuppel tegen hun kuit te tikken. Ze keken haar aan, zeiden niets. De zaal was bijna vol. Rijen en rijen vrouwen op klapstoelen. Hun jurken uitgespreid om zich heen.

Ze kozen hun plaatsen bijna achter in de zaal. Ze trok haar handschoenen uit en legde haar hand op die van haar dochter, wreef met haar duim over de binnenkant van Emily's pols.

Douglass werd ingeleid door een bleke vrouw in een effen zwarte tuniek. Applaus klaterde door de lucht. Hij stond op uit de eerste rij. Beklom de trap aan de zijkant van het toneel. Een traagheid die hij goed maskeerde. Hij schreed naar de lessenaar. Legde zijn handen erop en keek de zaal in. Hij was dankbaar voor de inleiding, zei hij, blij om in een stad te zijn die zoveel had betekend in de veelledige strijd voor werkelijke democratie, die hij zo vurig ondersteunde. Zijn stem trilde een beetje.

Hij zweeg een ogenblik, ging toen naast de lessenaar staan alsof hij zich in volle lengte wilde tonen. Zijn glimmende schoenen, zijn donkere broek, zijn aan de taille bijgesneden jacquet. Zijn huid was lichter dan ze zich herinnerde. Hij spreidde zijn armen, liet de stilte nog wat duren. *Wanneer de ware geschiedenis van de antislavernijbeweging wordt opgetekend, zullen vrouwen een grote plaats in dat verhaal innemen.* Hij sprak alsof hij het voor het eerst zei, of hij die woorden net had gevonden bij de laatste paar stappen over het toneel, zacht nu, bijna fluisterend, een geheim dat onthuld zou worden. *De strijd van de slaaf is in het bijzonder een vrouwenstrijd geweest.* Onmiddellijk was er beroering in de zaal. Een gezette dame stond op en applaudisseerde. Verschillende andere vrouwen volgden. Een man op de eerste rij begon te schreeuwen, wierp een boek de lucht in. *Stuur die nikker naar huis!* Er brak een handgemeen uit. Malende armen en benen. De protesteerder werd afgevoerd. Vier vrouwen vertrokken samen met de man. Douglass hief zijn handen op en strekte het wit van zijn palmen. De zaal bedaarde. *Wanneer een grote waarheid openbaar wordt, kan geen macht op aarde haar gijzelen, haar grenzen dicteren, of haar onderdrukken.* Ze zag een orkest in hem, een heel scala aan instrumenten en klanken. Zijn stem was luid en galmend. *Ze kan niet anders dan voortgaan totdat ze het denkbeeld van de wereld wordt.* Hij liep heen en weer over het toneel. Een lichtcirkel in en uit. Zijn schoenen klikten op de planken. *Zo'n waarheid is het recht van de vrouw op gelijkheid met de man. Ze is ermee geboren. Het behoorde haar toe voordat ze het begreep. De rationele grondslag voor een goed staatsbestuur ligt in de vrouwelijke ziel.* Lily voelde haar dochters hand nu steeds steviger om haar arm klemmen. Rond Douglass zweefden levendig dansende stofdeeltjes in de lucht: het was alsof het stof zelf iets in werking zou zetten.

Hij legde zijn hand op zijn voorhoofd alsof hij een nieuw idee probeerde op te roepen. Hij sloot zijn ogen: bijna in gebed.

Lily dacht dat hij misschien zo zou blijven staan, dat ook zij voorgoed zou worden ingesponnen in elk voorval dat zijn geest nu had gevonden. Ze was terug op de trap. Hij liep rakelings langs haar op weg naar beneden. Ze voelde haar hart opspringen. Overal om haar heen gingen er nu vrouwen staan, het applaus golfde door de zaal, er werd geroepen, maar Lily bleef zitten, en wat ze voelde was onvergelijkbaar, uitzonderlijk, maar ook gewoon, alle levende momenten kwamen bijeen in dit ene, de deur van zijn kamer ging dicht, een kleine kier licht eronder werd feller in het donker. Ze begreep dat ze van zo ver was gekomen, die hele weg had afgelegd, dat ze een deur had geopend, en haar eigen dochter was in de kamer, haar eigen geschiedenis en vlees en duisternis bogen zich naar het licht van een oude lantaarn om te lezen.

Na afloop werd Douglass snel het hotel uit geleid. Buiten wachtte een rijtuig, het paard schraapte met zijn hoeven over de kasseien. De avond was zwoel geworden. Een nagelrandje maan hing boven St. Louis. De gaslantaarns maakten het donker onregelmatig.

181

Een groep protesteerders had zich aan de overkant van de straat verzameld, mannen in hemdsmouwen en brede bretels. Een rij agenten stond voor hen, de armen ineengehaakt, onverschillig.

Lily zag hoe Douglass zijn hoofd ophief en bijna geamuseerd de straat over keek. Hij hield de hand vast van een blanke dame, die hij het rijtuig hielp instappen. Zijn tweede vrouw. Het geschreeuw vanaf de straat werd luider, terwijl Douglass een voorstelling maakte van zijn goede manieren.

Hij maakte een buiging naar zijn vrouw, liep om naar de andere kant van het rijtuig, bukte zich en draaide opzij, trok toen zijn schouders op en stapte in. Het paard was groot en elegant. Het tilde zijn hoeven op en brieste.

Lily had even het idee dat ze erheen moest lopen, in het raam moest leunen, hem groeten, haar naam zeggen, hem vragen of hij zich haar herinnerde, maar ze bleef in de schaduw staan. Wat kon ze zeggen? Wat voor extra betekenis kon het hebben dat ze haar naam zei? Hij zou misschien alleen herkenning veinzen, of zich waarschijnlijk helemaal niets herinneren. Zij had haar dochter. Haar zoons. De draagkracht van ijs.

Lily hoorde het gerinkel van het paardentuig en het gekners van wielen door de nacht. Ze schudde de plooien van haar jurk en legde haar hand op Emily's arm.

Tijd om naar huis te gaan. Kom mee.

1929
avondlied

Verhalen begonnen voor haar als een brok in de keel. Ze vond praten soms moeilijk. Werkelijk begrip lag net onder de oppervlakte. Ze voelde een soort heimwee, telkens als ze achter een vel papier ging zitten. Haar verbeelding zette zich af tegen de druk van wat haar omringde. Emily Ehrlich hield zich niet staande met theorieën of formules, maar met momenten van ontspanning, wanneer ze het gevoel had dat ze op volle snelheid lag: een plezier dat spurtend hindernissen nam. Wanneer ze opging in een klein excelsis.

De beste momenten waren wanneer haar geest leek te imploderen. Hij maakte een warboel van de tijd. Al het licht verdween. De oneindigheid van haar inktpot. Een sidderend donker aan het eind van haar pen.

Uren van verlies en vluchten. Waanzin en mislukking. Eén woord doorkrassen, zo'n vlek midden op de pagina maken dat het niet meer leesbaar was, het vel in lange dunne stroken scheuren.

Het lange zoeken naar een woord, als het draaien aan de slinger van een put. De emmer in de mijnschacht van de geest gooien. De ene na de andere lege emmer ophalen, totdat die eindelijk, onverwacht, ergens op stuitte en plotseling gewicht kreeg en zij het woord ophees, daarna opnieuw de leegte afdregde.

De eersteklas hut was klein en wit. Twee bedden. Uitzicht aan bakboordzijde. Verse bloemen in een kristallen vaas. Een kroonluchter die was ontworpen om niet te schommelen.

Mededelingen knalden door het geruis van de luidspreker, het nasale gejengel van een steward: etenstijden, waarschuwingen voor zonnebrand, aanvangstijden van clubs.

Ze hadden zich nooit erg om hun uiterlijk bekommerd, maar op de eerste avond hielpen moeder en dochter elkaar met hun kleding.

Het water was kalm, maar ondanks het geringe slingeren en deinen was het moeilijk om elkaars haar te kammen. Emily zette een kleine ronde spiegel in de patrijspoort. Haar haar was grijs geworden. Dat van Lottie was modieus kort geknipt. Achter hun eigen spiegelbeeld konden ze de lijnen van het bewegende scheepslicht op zee zien.

Het gewicht dat Emily met zich meedroeg trok haar naar de grond. Ze was zesenvijftig, al waren er dagen dat de spiegels een heel ander decennium op haar gezicht te zien gaven. Haar enkels waren permanent gezwollen, evenals haar polsen en nek. Ze droeg schoenen die twee maten te groot waren. Ze liep met een stok. Donker sleedoornhout. Een kleine zilveren knop op het handvat. Een rubberen dop van onderen. Hij was voor haar gemaakt door een vakman in Quidi Vidi. Ze had een timide loopje, was zich bewust van de ruimte die ze innam, alsof haar lichaam haar ongemak, de ruimte die ze innam, nog niet wilde toegeven.

Lottie – groot, roodharig, zelfverzekerd – droeg een lange tafzijden jurk, een gepunnikt halssnoer tegen de welving van haar keel. Ze was nu zevenentwintig, en had iets haastigs over zich: ze leek vóór zichzelf uit te lopen. Moeder en dochter waren zelden gescheiden. Gevangen in een levensbaan. Als tegenpolen met elkaar verbonden.

Ze liepen schuchter naar de eetzaal, Emily steunend op de arm van haar dochter. Ze bleven een ogenblik bij de ingang staan, verrast door de aanblik van de gebogen trapleuning. Rond de spijlen waren bloemen gevlochten. Overal om hen heen vertoon van weelde. Jongemannen in donker pak en smokingoverhemd. Vrouwen met veren in het haar, langgerekte halzen, uitgestoken armen. Zakenlieden in groepen bij elkaar, sigarettenrook kronkelend boven hen. Er luidde een bel en er ging gejuich op. Het schip was ver genoeg op zee. Er kwam een opera van toosts tegen de Drooglegging op gang. De lucht zelf leek al verschillende glazen gin op te hebben.

Ze werden naar de tafel van de scheepsdokter begeleid. Hij was een knappe Canadees met een donkere haarlok midden op zijn voorhoofd, een mager gezicht vol lachrimpels. In een mooi gesneden overhemd met mouwophouders. Hij boog zich over tafel naar hen toe. Het gesprek ging over Lomer Gouin en Henry George Carroll, over een lichte schommeling op de effectenbeurs, over tarweprijzen, over anarchisten in Chicago, over Calvin Coolidge en zijn voorliefde voor industriemagnaten, over Pauline Sabin en haar oproep om het alcoholverbod op te heffen.

De gerechten werden binnengebracht, opgediend op elegante porseleinen schalen. Na een paar drankjes kreeg de dokter een dikke tong. Een jazznoot schetterde vanaf het podium. Een trompet zwaaide. De piano aarzelde. *Wolverine Blues. Muskat Ramble. Stack O'Lee Blues.*

Emily krabbelde een paar snelle woorden in haar aantekenboekje terwijl Lottie naar de hut terugging om haar nieuwe camera, een zilverkleurige Leica, te zoeken. Emily hoopte dat haar dochter foto's zou nemen van de kleine melkwegen van rook waar het hele schip doorheen leek te glinsteren.

Het was hun eerste buitenlandse reis. Een trip van minstens een half jaar. Emily zou verhalen opsturen naar een tijdschrift in Toronto, Lottie zou foto's maken. Europa bruiste van ideeën. Schilderijen in Barcelona. Bauhaus in Dessau. Freud in Wenen. Het tweede lustrum van Alcock en Brown. Big Bill Tilden bij het herentennis op Wimbledon.

Ze hadden zo weinig mogelijk in hun houten koffer gepakt in de hoop dat ze zich makkelijk zouden kunnen verplaatsen. Een paar verschoningen, wat warme kleren, twee exemplaren van hetzelfde boek van Virginia Woolf, zakboekjes, fotorolletjes, wat medicijnen voor Emily's artritis.

De dagen waren lang. De uren vergleden. De zee was rondom majestueus grijs. In de verte de kromming van de horizon. Moeder en dochter zaten aan dek naar achteren te kijken als de avondzon rood opvlamde.

Ze lazen de roman van Woolf gezamenlijk, gingen bijna per pagina gelijk op. *De stem klonk buitengewoon treurig. Zonder een zweem van lichamelijkheid, zonder een zweem van passie ging ze de wereld in, eenzaam, onbeantwoord, en brak tegen de rotsen – zo klonk het.* Wat Emily het mooist van alles vond was het schijnbare gemak waarmee Woolf schreef. De woorden gleden zo moeiteloos in elkaar over. Er werd een gevoel van volledig leven door overgebracht. Het was, in handen van Woolf, een demonstratie van bescheidenheid.

Emily vroeg zich soms af of het haarzelf niet aan werkelijke overtuiging ontbrak. Ze had bijna dertig jaar lang artikelen geschreven. Er waren twee bundels verschenen en verkommerd bij een uitgever in Nova Scotia. Haar artikelen hadden aardig wat belangstelling getrokken, maar ze vroeg zich af of ze niet van veel dingen een vaag idee, en van maar enkele een helder idee had. Alsof ze een weerstand tegen diepgang had ontwikkeld. Dat ze nu slechts de oppervlakte raakte. Dat ze op een onafzienbaar stuk glas zwom. Ze mocht dan de bekrompen verwachtingspatronen hebben doorbroken – ongehuwde moeder, krantenjournalist – maar dat leek nauwelijks voldoende. Ze had jaren en jaren geprobeerd een plek voor zichzelf te veroveren, maar nu, zoveel ouder, was ze moe genoeg om zich af te vragen waarom dat zo belangrijk zou zijn. Er drukte iets op haar.

Ze wilde wel iets, iets net buiten haar bereik, maar ze wist nooit goed wat het dan kon zijn. Ze had een vermoeden van iets meer, het omslaan van een bladzij, het eind van een regel, de stoot van een woord, een breuk in het patroon van haar gewoonten. Ze benijdde de jonge Woolf. Het meesterschap en de belofte die de Engelse toonde. Haar overvloed van stemmen. Het vermogen om in meerdere verschillende lichamen te leven.

Misschien was de reden van haar reis om zich los te maken van de sleur. Om het vuur van haar dagen wat op te porren. Zij en Lottie hadden zo lang dicht op elkaar geleefd in het Cochrane Hotel. De kamer was klein, maar ze zouden uitstekend in staat zijn geweest om elkaar geblinddoekt te ontwijken.

Aan dek begonnen de badmintonwedstrijden. Emily bekeek van een afstandje de boog van de shuttle, hoe die midden in zijn vlucht even stil leek te hangen, alsof hij door magneetkracht in het schip werd tegengehouden en daarna, wanneer hij de andere kant op werd geslagen, een ogenblik treuzelde, de mogelijkheid van wind ontdekte, en weer naar voren schoot.

Lottie kwam uit de hut naar boven in een lange rok, zwiepend met een geleend racket. Een dynamisch type. Altijd geweest. Geen poeha, geen charme, maar één brok energie, een beetje imponerend. Ze was niet knap, maar dat deed er nauwelijks toe. Ze was het soort jonge vrouw wier lach je tot in de verste hoeken kon horen. Ze werd al snel gevraagd voor een gemengd dubbel.

Een ober deed zijn ronde over het dek met een blad drankjes dat hij hoog boven zijn hoofd droeg. Een oud Servisch paar liep hand in hand: ze kwamen terug, zeiden ze, van hun Amerikaanse experiment. Twee prachtig geklede Mexicanen liepen onder de glans van hun haar. Op de boeg oefende een fanfareorkest. Emily keek hoe de schoorsteenschaduw over het dek kroop, langzaam verschoof van de ene kant van het schip naar de andere.

Verbaasd bedacht ze dat haar eigen moeder de oversteek een jaar of tachtig eerder op een drijvende doodskist had gemaakt, een schuit vol koorts en verlies, en dat zij zelf nu, met haar eigen dochter, op reis was naar Europa, eersteklas, op een schip waar het ijs werd gemaakt met behulp van een elektrische generator.

Bij het verlaten van de eetzaal, liet ze haar stok over de planken ketsen. Wisselende tinten donker boven het water. Geen maan. Sterrenlicht spatte op de hoge golven. Het licht leek uit de oceaan op te rijzen. In de verte leek de zee zoveel zwarter dan de lucht. Het dek was nat van stuitwater. Af en toe zwegen de machines en leek het schip sneller te varen en was de stilte immens.

Ze klom moeizaam de trap af naar de hut. Een steward vergezelde haar. Ze bedankte hem en ging vol pijn naar bed. Later op de avond hoorde ze stemmen op de gang. Ze zweefden, vloeiden samen, stierven weg en kwamen weer op. Ze hoorde een dommig lachje en daarna was het even stil, het geluid van sluitende deuren, een verre dreun die van boven op het dek leek te komen, als van dansen, een stukgesmeten glas, en verwaaide stemmen. Ze keerde het kussen, probeerde de koele kant te vinden.

Eindelijk draaide het slot op de deur om. De ademhaling vertraagde. Lottie had gedronken. Emily hoorde haar jurk uitgeput op de grond vallen. De koffer ging open. Een blote voet die zijn evenwicht hervond op de vloer. Een zacht gegiechel.

Emily keek hoe haar dochter in bed kroop.

Zelf had ze nooit een geliefde gehad. Zelfs geen echtgenoot. Alleen een man die in haar leven was gekomen en daarna verdwenen. Vincent Driscoll. Een dagbladredacteur in St. Louis. Glanzend hoog voorhoofd. Inkt aan zijn vingers. Hij was tweeënveertig. Hij had een foto van zijn vrouw in zijn portefeuille. Emily was secretaresse op de advertentieafdeling. Hooggesloten blouses en een amethisten broche. Vijfentwintig. Ze had ambitie. Ze leverde een stuk in over de Christelijke Vrouwen-Geheelonthoudersbond. Ze klopte op de deur van de redactie. Driscoll zei dat ze een vrouwelijke stijl had. Bloemrijk en overdadig. Zelf sprak hij in harde, heldere, afgemeten zinnen. Hij legde zijn hand op haar achterwerk. Hij scheen een soort cynische trots te ontlenen aan het feit dat ze de hand duldde.

Hij nam haar mee naar het Planters House Hotel. Hij bestelde gegratineerde oesters, reerug, een Gruaud Larose. Boven vielen de bandjes soepel van haar schouders. Het klamme wittebrood van zijn lichaam schokte.

Ze schreef nog een stuk en daarna nog een. Hij bewerkte het met potlood. Hij zei dat hij haar opleidde. De voorjaarsoverstromingen van de Mississippi. Een ontplofte stoomketel op Franklin Avenue.

Het afschieten van een beer in de Forest Park Dierentuin. Tom Turpin en zijn Harlem Rag, de negermuziek in Targee Street. Hij redigeerde de verhalen strak. Op een dag in 1898 sloeg ze de krant open en zag daar haar allereerste gepubliceerde stuk: een beschouwing over de erfenis van Frederick Douglass, drie jaar na zijn dood. Ze had ieder woord zelf geschreven. De naamregel luidde: V. Driscoll. Ze voelde zich hol vanbinnen. Ze wankelde. In het hotel knapte Driscoll bijna uit zijn dure witte pak. Zijn jasje kon nooit zonder zichtbare moeite dicht. Zijn onderlip trilde. Ze had dolblij moeten zijn met de verschijning van het stuk in de krant. Hoe durfde ze. Ze moest hem dankbaar zijn. Hij leende haar zijn naam. Alleen al hun samenwerking zou genoeg moeten zijn. Ze zwierf langs de rivier onder een rode lucht. Ze hoorde de krantenjongens de naam van het blad schreeuwen. Met háár woorden erin. Ze liep naar haar pension in Locust Street. Een kleine kamer met een geëmailleerde waskom en een houten handdoekenrekje. Haar weinige kleren hingen levenloos in een bekraste kast. Een uitklaptafeltje aan de muur. Ze had van boeken een tafel gemaakt. Ze tikte met de penpunt op het papier. Haar tijd zou komen.

Ze klom weer de trappen van het krantenkantoor op. Schoof haar kopij op zijn bureau. Hij keek haar aan en haalde zijn schouders op. V.E. Driscoll, zei hij weer. Zijn tegemoetkoming. De E voor Emily. Hun geheim.

Vuurwerk schoot boven St. Louis de lucht in. De twintigste eeuw was een explosie van kleur. In de hotelkamer legde ze haar enkels voorzichtig in Driscolls knieholten. Hij tilde het laken op alsof het een witte vlag was. Ze plakte het etiket *uitdijen* op zijn leven: zijn voorhoofd dijde uit, zijn taille dijde uit, en ook zijn faam. Ze wachtte. Ze wist niet goed waarop. Ze werd het zat. Zijn macht. Zijn gedrag. De manier waarop ze het duldde. Op straat riepen krantenjongens de naam Driscoll. Emily liep weg. Ze voelde iets bewegen. Was 's morgens misselijk. Ze was zwanger geraakt. Het was een schok. Ze overwoog even om een dokter te zoeken, maar verwierp het idee. Er zou geen vader zijn, ze was als vrouw haar tijd vooruit, ze had er last van gehad maar dat kon haar niet schelen, ze liet zich niet door conventies dwingen. De bekoeling van de liefde had meer licht geworpen op de aard ervan dan wat ze er feitelijk van had ondervonden. Het enige wat ze wilde, zei ze, was haar naam. Haar werkelijke naam. Er was geen plaats in de krant voor een verslaggeefster, zei hij. Tenminste niet buiten de societyrubriek. Was er nooit geweest. Ze legde haar hand op haar buik. Begon over zwangerschap. Hij verbleekte. Het kind zou, zei ze, misschien longen hebben die de hele wereld kon horen. Hij spreidde zijn hand zachtjes uit op zijn reusachtige houten bureau, maar zijn knokkels waren wit. Het was, zei hij, chantage. Ze ging bedeesd zitten. Ze schoof haar vingers in de schoot van haar jurk. Op zijn bureau stond een portret van zijn kinderen. Hij tikte met zijn potlood op de lijst. Alleen initialen, zei hij. Ze moest onder Driscoll blijven schrijven en dan zou ze een tweede column krijgen, E.L. Ehrlich. Dat klonk nog mannelijk. Ze kon ermee leven. Haar eigen column. De *L* voor *Lily*.

Ze bracht het kind ter wereld in de vroege winter van 1902. 's Nachts, wanneer de baby sliep, werkte ze weer, angstvallig precies aan elke zin. Ze wilde dat haar stukken de bondigheid en het ritme van gedichten hadden. Ze dwong de woorden naar de rand van de pagina. Schreef en herschreef. De ragtimewedstrijden in het Rosebud Café, waar de muzikanten op de toetsen hamerden. Een bijeenkomst van anarchisten in de kelder van een woonkazerne in Carr Street. De bokswedstrijden met de blote vuist in Thirteenth Street, de buurt waar de krantenjongens woonden. Ze had de gewoonte bij het schrijven gedachtesprongen te maken, zodat ze soms uitweidde met een verhandeling over de patronen van de vogeltrek langs de Missouri, of over de voortreffelijke kwarktaart die te krijgen was bij het Duitse eethuis in Olive Street.

Ze was gesteld op haar alleen-zijn. In de loop van de jaren had ze soms mannen ontmoet die belangstelling voor haar toonden. Een verkoper van Perzische tapijten. Een sleepbootkapitein. Een bejaarde overlevende van de Burgeroorlog. Een Engelse timmerman die een Eskimodorp aan het bouwen was voor de Wereldtentoonstelling. Maar ze neigde naar alleen-zijn. Ze keek naar de rug van hun jasjes als ze vertrokken, naar de plooien ontstaan door hun schouderbladen. Wat bleef, waren de wandelingen met haar dochter langs de rivieroever. Ze ademden gelijk. Hun jurken bewogen eendrachtig. Ze vond een appartement in Cherokee Street. Ze ging zich te buiten aan een schrijfmachine. Die ratelde de hele avond door. Ze schreef de column van Driscoll. Ze vond het niet erg. Ze vond het zelfs leuk zich in zijn bekrompen geest te verplaatsen. Bij haar eigen column had ze het gevoel dat ze ook al haar kraakbeen inzette. Een geluksgevoel. Ze kamde het vlammende haar van haar dochter. Het waren dagen van grote bevrijding: ze had het idee dat ze zichzelf uit het diepst van de put omhoog aan het hijsen was.

In 1904 werd Driscoll voorovergezakt aan zijn bureau gevonden. Een zware hartaanval. Zijn derde op rij. Ze zag hem voor zich, sidderend in zijn benauwde witte vest. De begrafenis vond plaats onder de felle zon van St. Louis. Ze arriveerde met brede zwarte hoed en lange handschoenen. Achter in de rouwstoet liep ze, met Lottie aan de hand. Later die week werd ze bij de krant op kantoor geroepen. Haar hart bonsde van verwachting. Nu zou ze haar volle naam, haar naamregel, haar recht krijgen. Haar tijd was gekomen. Ze was eenendertig. Dit was haar kans. Al die verhalen. De Wereldtentoonstelling had de stad laten sprankelen. De skyline klom gestaag. Al die accenten op straat. Ze zou het allemaal optekenen. Ze liep de trap op. De krantenbazen zaten met gevouwen handen te wachten. Een van hen porde verstrooid met de poot van zijn bril in zijn oor. Hij trok een grimas toen ze ging zitten. Ze begon te praten, maar ze kapten haar af. Driscoll had voor hen een brief in zijn bureaula achtergelaten. Ze voelde haar lip trillen. De brief werd voorgelezen. Hij had, beweerde hij, al die tijd haar stukken geschreven. Woord voor woord. Tot aan de kleinste nuances. Het was zijn afscheidsgeschenk. Zijn klap in haar gezicht.

Ze was perplex dat hij zoveel werk van zijn wraak had gemaakt. Ze zou nooit meer voor hen mogen werken, zeiden de bazen. Ze probeerde woorden te vinden. Ze sloten de mappen die voor hen lagen. Een stond erop om de deur voor haar open te houden. Hij keek naar haar alsof ze niet meer was dan een langslopend paard.

Ze liep langs de rivier, haar gezicht verborgen onder haar brede hoed. Haar moeder had er ook gelopen, jaren eerder. Lily Duggan. Water gedragen door water. Emily ging terug naar het appartement in Cherokee Street. Ze gooide haar hoed weg, pakte hun spullen in een tas, liet de schrijfmachine achter. Ze vertrokken vanuit St. Louis naar Toronto, waar haar broer Tomas, een mijningenieur, woonde. Een kamer voor twee maanden. Zijn vrouw had bezwaren. Ze wilde geen ongehuwde moeder in huis hebben. Emily en Lottie namen een trein naar Newfoundland: de zee bevroor niet.

Ze huurden een kamer op de derde verdieping van het Cochrane Hotel. Twee dagen later klopte ze aan bij de *Evening Telegram*. Het eerste stuk dat ze schreef, was een portret van Mary Forward, de eigenaresse van het Cochrane. Mary Forward liep rond onder haar woeste grijze haardos. Haar armbanden gleden langs haar onderarmen omlaag als ze het haar uit haar nek tilde. Het hotel zelf was met snelle, rake streken neergezet. De pasgetrouwde stellen – boerenzoons en boerendochters met dikke, nerveuze vingers – die in de ontbijtzaal zaten. De piano die op alle uren van de dag klonk. De trapleuningen gebogen als een vraagteken. Mary Forward was zo verguld met het artikel dat ze de pagina ingelijst in de toegang naar de bar ophing. Emily schreef nog een stuk. Over een schoener die op de rotsen was gelopen. Een ander over een havenmeester die nog nooit op zee was geweest. Ze mocht haar volledige naamregel gebruiken. Ze kroop in de huid van de stad. Ze voelde zich daar op haar gemak. De vissersschepen. De kleine bellen die over het water luidden. De dreiging van storm. Ze ving het palet van kleuren langs de kaaien. Roden, okers, gelen. Het voortdurend zoeken naar een beter woord. De stilten, de godslasteringen, de ruzies. De bewoners waren wantrouwend tegenover nieuwkomers, maar Emily gaf de indruk een oude bekende te zijn en viel niet op tussen hen. Net als Lottie.

In de loop der jaren publiceerde Emily gedichten bij een uitgeverij in Halifax. De bundels liepen niet, maar dat interesseerde haar nauwelijks meer; ze hadden een tijdje bestaan, hadden een plank gevonden om op te rusten. Dat gold ook voor de wekelijkse columns: ze mocht dan geen geliefde hebben gehad, maar er was nog steeds een hoop ruimte nodig om een leven te vullen.

De volgende ochtend zwaaide Emily haar voeten uit het bed. Lottie sliep nog. Een haarpiek was over haar gezicht gevallen en deinde zachtjes mee op haar ademhaling. Een vage lucht van gin in de kamer.

Ze rolde haar maillot omhoog over haar enkels en wrong zich in haar schoenen. Ze pakte haar stok, boog zich over Lottie heen en kuste de warmte van haar voorhoofd. Haar dochter reageerde, maar werd niet wakker.

De gang was stil. Ze liep die witte tunnel door. Bleef staan en leunde tegen de wand om op adem te komen. Ze kon de vinger niet leggen op de leegte die ze voelde. De boot stampte en kreunde. Ze dacht bij zichzelf dat ze misschien aan het vechten was tegen een opkomende hoofdpijn.

Ze werd de trap op geholpen door een jonge steward. De frisse lucht kalmeerde haar een ogenblik. Het grijs van het water strekte zich eindeloos uit. Het nam vormen aan als in een kindertekening.

De boot kwam in ruwe zee. Een schelle fluit sneed door de lucht. De parasols werden opgeklapt en weggeborgen. De dekstoelen vaardig opgestapeld.

Op de een of andere manier was er een esdoornhouten gitaar op het bovendek blijven liggen. Een regenvlek op zijn donkere hals. Ze raapte hem op en schuifelde terug naar de trap. Ze wilde hem aan zijn eigenaar teruggeven. Een scherpe, hete pijn kroop over haar voorhoofd. Ze was de uitputting nabij. Haar stok viel en rammelde van de trap. Ze greep de leuning. Tree voor tree liet ze zich zakken. Ze zorgde dat de gitaar niet tegen de trap kletterde als de boot slingerde.

Uit de gang kwam een stank van braaksel. Een boodschap schalde vervormd uit de luidspreker. Het laatste dat ze zich kon herinneren was de vallende galm van de gitaar toen er weer een golf toesloeg.

Emily werd wakker toen de scheepsarts zich over haar heen boog. Hij hield een stethoscoop op haar borst. Toen hij wat afstand nam om haar te bekijken, zag ze haar gedaante dansen in de ronde spiegel. Ze probeerde rechtop te zitten en iets te zeggen. De wereld had een wazig karakter gekregen.

Lottie drentelde nagelbijtend op de achtergrond. Haar lange lijf, haar lichtblauwe ogen, haar kortgeknipte haar.

De dokter tastte Emily's hele arm met zijn handen af, zocht naar zwellingen in haar hals. Een beroerte, dacht ze. Ze mompelde iets. De dokter stelde haar gerust, legde een hand op haar schouder. Hij droeg een trouwring aan zijn linkerhand.

– Het komt wel weer goed, mevrouw Ehrlich.

Ze voelde haar lichaam verstrakken. Ze zag Lottie zich naar de dokter toe buigen en iets tegen hem zeggen. Hij haalde zijn schouders op, zei niets, nam de stethoscoop van zijn nek. Hij draaide zich om naar de rij kasten achter zijn hoofd, pakte een fles pillen, telde er een paar uit op een zilveren schaaltje, goot ze in een glazen potje.

Ze bleef drie dagen in de ziekenboeg. Ernstige uitdroging, zei hij. Mogelijke overbelasting van het hart. Zodra ze in Southampton aankwamen, zou ze zich moeten laten onderzoeken. Lottie bleef de hele dag bij haar.

Er werd een vochtige doek op haar voorhoofd gelegd. Ze vroeg zich af of een deel van haar vooral ziek was geworden, omdat ze een tijdje langer in de aanwezigheid van haar dochter wilde blijven. De wens om haar niet kwijt te raken. Om haar dichtbij te houden. Om in die tweede huid te leven.

Een dag voor aankomst in Engeland werd ze aan dek gebracht. Een kleine sluier bruin in de mist. Een onduidelijke donkere vorm. Lottie zei dat het de kust van Ierland was. De kaap van Cork verdween achter hen – in het zog van de boot lichtte fosforescentie op.

In Southampton gaf ze de kruier een paar shilling om hun hutkoffer snel af te voeren. Ze wilde niet naar het ziekenhuis. Ze hadden al een chauffeur geregeld die hen naar Swansea zou brengen. Ze kon nu niets meer veranderen.

Ze zag Lottie bij de loopplank handen schudden met de scheeps-arts. Dus dat was het. Dat was alles. Ze voelde een vaag verdriet.

Ze pakte Lotties arm en samen liepen ze de loopplank af. Haar benen voelden hol aan onder haar. Ze bleef een ogenblik staan, bui-ten adem, schoof haar hoed recht en ze liepen naar een rij chauffeurs die op de kade stonden te wachten. Een oude Ford. Een Rover. Een Austin.

Een gezette jongeman met een gladgeschoren gezicht stapte naar voren. Hij stak een zachte hand uit en stelde zich voor. Ambrose Tut-tle. Hij droeg het blauw van een RAF-uniform, een lichtblauw over-hemd, een broek die in harmonicaplooien op zijn schoenen viel. Zijn hoofd kwam tot aan Lotties schouder. Hij keek naar haar op alsof ze op stelten liep.

Hij wees naar een kastanjebruine Rover met spaakwielen en een fors zilverkleurig ornament op de motorkap.

– Sir Arthur verwacht ons, zei hij.

– Is het een lange rit?

– Ik vrees van wel, ja. We zijn er misschien pas tegen de avond. Maak het u gemakkelijk. Ik vrees dat de wegen tamelijk hobbelig zijn.

Toen hij zich bukte om de reiskoffer op te tillen, werd een strook-je huid onder aan zijn rug zichtbaar. Emily ging voorin zitten. Lottie installeerde zich achterin. De auto reed weg uit de haven. Buiten de stad kwamen ze plotseling in stralend zonlicht door een tunnel van kastanjebomen.

De weg rammelde door hen heen. Af en toe werden ze door scha-duw berimpeld wanneer ze onder een gewelf van bomen reden. De hagen waren lang en groen en geknipt. Ze leken de auto naar de verte te lokken.

Ze reden bijna zestig kilometer per uur. Emily wierp een blik op haar dochter op de achterbank, zag de wind aan de hals van haar blouse knabbelen. Het blauw van de lucht was sinds het middaguur nauwelijks veranderd. Ze vond het Engelse platteland in harmonie met zijn ordelijkheid. Heel anders dan Newfoundland. De akkers waren rechthoekig. Ze konden ver zien, de oude hoofdwegen liepen taps naar de horizon toe, goed georganiseerd, welgemanierd, een wereldrijk waardig. Anders dan wat ze had verwacht. Geen kolenmijnen, geen sintelbergen, geen grauwe Engelse armoe.

Het was moeilijk praten boven het geluid van de motor uit. Aan de rand van Bristol stopten ze bij een kleine Engelse theesalon. Ambrose nam zijn pet af en onthulde een bos blond krulhaar. Hij sprak met een eigenaardig accent. Belfast, vertelde hij hen, maar Emily meende aan de manier waarop hij het zei te horen dat hij een kind van rijke ouders moest zijn. Zijn accent was eerder Engels dan Iers. Het had een muzikale vormelijkheid.

Hij zat nu al een paar jaar bij de RAF, bij de verbindingsdienst, maar was nooit gepromoveerd naar de luchtdivisie. Hij klopte op zijn buik alsof hij zich excuseerde.

De lucht betrok. Lottie schreeuwde aanwijzingen vanaf een reusachtige kaart die wapperde in de wind. Ambrose keek achterom naar Lottie alsof ze plotseling zelf zou opwaaien, als een intrigerende remparachute.

Toen het licht begon af te nemen, schakelde Ambrose terug, nam behendig de bochten, en stuurde de Rover weer over een lang stuk tussen de heggen. Ze naderden Wales. Een reeks kleine heuvels, als silhouetten van op hun zij slapende vrouwen.

Vroeg op de avond waren ze verdwaald. Ze stopten aan de rand van een veld en keken hoe een valkenier zijn kunst beoefende: de vogel werd afgericht aan het eind van een touw, de lange spiraal van zijn vlucht leerde hem langzaam zijn grenzen. De valk bleef een ogenblik biddend hangen, landde daarna feilloos op de handschoen van de valkenier.

Ze waren genoodzaakt in Cardiff te overnachten. Een groezelig hotel. De lucht rook naar zee en storm. Emily voelde zich weer koortsig, duizelig. Lottie hielp haar de trap op en kroop naast haar in bed.

De volgende morgen namen ze de route langs de kustweg. De zon klom achter hen omhoog en brandde de mist weg. Kinderen zwaaiden vanaf slootkanten, jongens in grijze korte broeken, meisjes in blauwe schortjes. Sommigen waren blootsvoets. Een paar fietsen kwamen rammelend en bemodderd langshobbelen. Een oude vrouw zwaaide met een wandelstok en riep iets in een taal die ze niet verstonden. Een rij goudkleurige hooioppers stak een veld over.

Ze stopten bij een smalle beek en deelden met zijn drieën een thermosfles warme thee en hun enige beker, waaruit ze het laatste restje in het gras uitschudden. Emily schuifelde het stroompje langs. Ze hoorde Lotties hoge lach door de lucht schallen. Bij een bocht met overhangende bomen zag Emily een oudere man in lieslaarzen staan. Hij had een hengel, maar maakte geen enkele beweging, stond gewoon in gedachten verzonken tot zijn aan dijen in het water. Alsof hij in de beek wortel had geschoten. Ze stak haar hand op om te zwaaien, maar hij keek langs haar heen. Ze was blij met de anonimiteit. Ze wist nu zeker dat ze Brown alleen wilde spreken.

De man in de beek draaide zich om, maar niet om zijn hengel uit te werpen. Het was alsof hij daar stond om het licht aan de haak te slaan. Ze stak weer haar hand op en hij knikte, naar haar idee meer uit verplichting dan uit vriendelijkheid.

Toen ze bij de oever van de beek terugkwam, zaten Ambrose en Lottie dicht bij elkaar samen een sigaret te roken.

Het huis lag aan de westelijke rand van Swansea. Aan de kant van het water. Aan het eind van een lange oprijlaan met witgeverfde hekken. Groot, rode baksteen, dakkapellen. Emily telde drie schoorstenen. Het grind knarste onder de banden. De auto kwam tot stilstand. Raven vlogen van de dakrand op. De lange takken van een kastanjeboom schraapten over het dak van het huis.

Browns vrouw Kathleen kwam haar op de stoep begroeten. Ze was donkerharig, gedistingeerd. Op een ingetogen manier knap. Ze ging Emily voor naar een gelambriseerde woonkamer. Smaakvol ingericht. Lange donkerbruine gordijnen flankeerden een dubbele openslaande deur, die uitkwam op een zorgvuldig onderhouden achtertuin. De wind leek belangstelling te hebben voor de gordijnen: hij kwam door de halfopen deuren, schudde aan de stof, snuffelde rond en trok door de kamer. Foto's op de planken. Een van Alcock en Brown samen met de Engelse koning. Een andere met Churchill. Luchtvaartboeken domineerden de planken. Grote delen gebonden in bruin en geel leer. Een paar trofeeën van geslepen glas en ingelijste oorkonden op kleine houten standaards. Op de tafel stond een dozijn oude gele rozen met roodgestreepte bloemblaadjes te verleppen in een grote vaas.

Emily wurmde zich in een stoel bij het raam. Een kop en schotel waren op het tapijt naast de divan achtergebleven, vergeten. Een paar eenzame kruimels op de rand van de schotel. Ze keek om zich heen, de kamer, het groene gazon voor het raam, de zilverige zee. Er was een groot aantal brieven naar de RAF voor nodig geweest om Brown op te sporen. Er gingen geruchten over whiskey, ontgoocheling, mislukking. Dat hij jaloers was op de beroemdheid van Lindbergh. Dat hij de moed had opgegeven. Uit foto's had ze de indruk gekregen dat hij op de rand van algehele aftakeling stond.

Boven kon ze voetstappen horen kraken en steunen. Soms een geluid dat op het verschuiven van meubilair leek. Deuren die dichtsloegen.

Kathleen stak haar hoofd om de deur. Haar man, zei ze, zou zo beneden zijn, hij was iets aan het zoeken, hij bood zijn excuses aan. Haar haar was een zacht glanzende waterval.

Even later kwam Kathleen weer binnen om voor Emily een zwartgelakt blad met thee en koekjes neer te zetten. Een patroon op een schotel. Een cirkelvorm. Geen begin, geen eind. Met grote stappen over de weiden van St. John's tien jaar geleden. Plakken ijs op het gras. 's Nachts kijken naar de testvluchten. Het geluid van de warmdraaiende Vimy. Het ratelend gebrul. Het effect ervan op het gras. De kleine wolk vuil in de lucht.

Ergens klonk de stem van een kind. Emily bracht haar stoel dichter bij het raam, keek over de aflopende heuvel naar de grijze, geribbelde zee.

Ze schrok op van een zachte hoest. De deur was open. Brown stond als een silhouet tegen het licht. De gedaante van een schaduw. Voor hem stond een jonge knaap, gekleed in een hagelwit matrozenpak. Zijn haar was netjes gekamd. Zijn korte broek was geperst. Lange kousen met elastiek. Brown sloot de deur. Het donker maakte hem zichtbaar. Hij ging zelf gekleed in tweed met een das strak om zijn boord. Hij legde zijn handen op de schouders van de jongen en leidde hem naar voren. De jongen stak geroutineerd zijn hand uit.

– Prettig kennis met u te maken.

– En met jou. Hoe heet je?

– Buster.

– Ach, wat een geweldige naam. Ik ben Emily.

– Ik ben zeven.

– Dat ben ik ooit ook geweest, geloof het of niet.

Het jongetje keek om naar zijn vader. De handen van Brown kromden zich dieper om de schouders van de jongen, daarna gaf hij er twee tikjes op en het joch draaide zich meteen om en rende naar de tuindeuren. Hij gooide ze wijd open en een sterke zeelucht waaide de kamer in.

Ze keken de jongen na, die langs de tuin naar een tennisbaan rende, waar hij over het doorgezakte net sprong en achter een haag verdween.

– Een lief joch, meneer Brown.

– Hij zou de hele dag rennen als je hem de kans gaf. Teddy.

– Pardon?

– Zeg maar Teddy.

– Het doet me goed je weer te zien, Teddy, zei ze.

– Uw dochter?

– Ze komt wat later.

– Een bijzonder meisje, als ik me goed herinner.

– Ze is wat foto's aan het maken aan de kust.

– Al een volwassen vrouw, neem ik aan.

Brown was zelf aanzienlijk ouder geworden in die tien jaar sinds de vlucht. Het kwam niet alleen door het verloren haar, of het gewicht dat zich op zijn lichaam had vastgezet. Hij maakte de indruk dat hij een diepe uitputting verhulde. Had lichte wallen onder zijn ogen. Een slappe onderkin. Hij was gladgeschoren – op zijn wangen lag nog een roze schraalheid, maar hij had zich in zijn hals gesneden en een druppeltje bloed was naar zijn kraag gedropen. Hij had een net pak aangetrokken, maar zijn lichaam leek zich er onwennig in te voelen.

Er hing een zweem van verval om hem heen, zeker, maar beslist niet meer dan om haarzelf, dacht ze.

Hij pakte zachtjes haar elleboog en bracht haar naar de bank, nodigde haar uit te gaan zitten, trok een kleine rotanstoel bij. Hij boog zich voorover naar de lage glazen tafel en vulde de theekopjes, gebaarde naar de pot alsof daarin een antwoord kon worden gevonden.

– Ik ben tamelijk nalatig geweest, ben ik bang.

– Hoezo?

Hij zocht in zijn binnenzak, haalde er een brief uit, vol kreukels en watervlekken. Ze herkende hem direct. Een blauwe envelop. *Aan de familie Jennings, Brown Street 9, Cork.*

– Ik was zo druk met alles. Na de vlucht. En daarna heb ik hem om de een of andere reden weggestopt.

Ze realiseerde zich dat dat het was waarnaar hij boven had gezocht: de geluiden van schuivend meubilair, laden die opengingen, deuren die dichtgingen. Niet dat ze de brief was vergeten – ze had gewoon aangenomen dat hij zijn weg naar Brown Street had gevonden, of misschien ergens onderweg verloren was geraakt: zij en Lottie hadden nooit antwoord gekregen.

– Ik ben vergeten hem op de post te doen. Het spijt me vreselijk.

Hij was nog steeds dicht. Ze keek neer op haar eigen handschrift. De inkt was een beetje vervaagd. Ze bracht de brief naar haar lippen. Alsof ze hem zo kon proeven. Toen stopte ze hem achter in het aantekenboekje.

– Het geeft echt niet, zei ze.

Brown keek naar zijn voeten, alsof hij zich zenuwachtig afvroeg waar dit op uit zou draaien.

– Het is een herdenkingsartikel, zei Emily.

– Pardon?

– Wat ik wil schrijven, een artikel omdat het tien jaar geleden is.

– Ach, ja. Ik begrijp het.

Brown hoestte in zijn vuist.

– Eerlijk gezegd heb ik niet meer zoveel gedaan. Ik vlieg niet meer, weet u. Ik ga naar lunches. Daar heb ik nogal een carrière van gemaakt, vrees ik.

Brown klopte op zijn binnenzak: wat hij zocht was er niet. Hij haalde een zakdoek tevoorschijn en bette er licht zijn voorhoofd mee. Emily liet de stilte duren.

– Ik ben de beste luncher die er is. Tegen het avondeten begin ik in te zakken. Ik zou op enkel een lunch de zee kunnen oversteken. Maar ik heb nogal een hekel aan die nieuwerwetse vliegtuigen. Ik hoorde dat ze van plan zijn om er maaltijden in te serveren. Dat is toch niet te geloven?

– Ik heb er foto's van gezien.

– De cockpit is overdekt. De piloten zeggen dat het is alsof je de liefde bedrijft met je hoed op.

– Pardon?

– Ik neem aan dat u deze uitspraak niet zult citeren, juffrouw Ehrlich? Nogal grof van me om dat te zeggen. Maar natuurlijk, tja, nou ja, laten we maar zeggen dat er ideale situaties zijn waarbij je een hoed moet dragen.

Dit was zijn nummer geworden, vermoedde ze, hij bracht zijn faam met luchthartige ironie. Ze lachte, nam wat meer afstand van hem. Tegenwoordig waren zijn dagen een ovatie voor het verleden. Ze wist dat hij de Vickers Vimy waarschijnlijk uit hemzelf had weg gepraat, honderden vraaggesprekken in de loop van de jaren. En toch was het hele verhaal nooit volledig verteld. Ze zou de platgetreden paden moeten verlaten, langs een omweg teruggaan naar de kern.

– Nog gecondoleerd, zei ze.

– Neem me niet kwalijk?

– Alcock.

– Ach, Jackie, ja.

– Tragisch, zei ze.

Zij en Lottie zaten in de eetzaal van het Cochrane Hotel toen ze het nieuws hoorden. Precies een half jaar na de vlucht. Alcock was neergestort boven Frankrijk. Op weg naar een luchtshow in Parijs. Verdwaald in een wolk. Niet in staat de kist uit zijn tolvlucht te halen. Hij was in een akker neergekomen. Hij werd bewusteloos in de cabine aangetroffen. Een boer had hem uit het wrak getrokken, maar Alcock overleed een paar uur later. Hij droeg aan zijn pols een met diamanten bezet horloge. Hij werd er een paar dagen later mee begraven.

– Tien jaar, zei Brown, alsof hij uit het raam sprak, het gazon af, naar zee.

Emily dronk haar thee uit en schikte haar lichaam naar de zachtheid van de bank. De klok op de schoorsteenmantel tikte. Schaduwen kwamen de kamer binnen, losten langzaam weer op. Het trof haar hoe mooi het licht rond Browns voeten speelde. Ze wilde hem terugbrengen, alle confetti van zijn schouders vegen, terugkeren naar het moment van de rauwe ervaring, boven het water, het moment nog een keer tot leven zingen.

– Je bent een pacifist, zei ze.

– Van het soort dat ieder mens is, veronderstel ik. Ik heb weinig bijzonders gedaan en heel veel geluk gehad.

– Dat bewonder ik.

– Er is niet veel voor nodig.

– Je hebt de oorlog uit het vliegtuig gehaald.

Brown keek haar even aan, richtte zijn blik toen op de tuin. Hij streek met zijn handen over zijn stok, tikte er toen mee tegen de kant van de tafel. Hij keek alsof hij de strekking van wat hij zou zeggen aan het afwegen was.

– Waarom vlieg je niet meer?

Hij glimlachte meewarig.

– We worden ouder, zei hij.

Ze liet een stilte vallen, duwde haar dikke handen in de schoot van haar jurk.

– We moeten schipperen.

Vanuit de verte brak het geluid van gelach abrupt in, bleef een ogenblik hangen, stierf toen weg.

– Ik denk dat ik een groot deel van de tijd nog steeds in de lucht zit.

Toen kwamen de herinneringen los: de pure bevrijding van het opstijgen. Hij vertelde haar over zijn nachten in het gevangenkamp, de terugkeer naar huis, de opwinding over de Vimy, hoe de oude bommenwerper zich gedroeg, de trilling ervan in zijn lichaam, de sneeuw die in zijn wangen beet, de minieme zichtlijnen, het verlangen om Kathleen te zien, de manier waarop de kist was geland, het vastlopen in het veengras, de verbazing dat ze nog leefden, de mensenmassa's in Ierland, de terugkeer naar huis, staand op het balkon van de Aero Club in Londen, de ridderorde, de prijs, de dag dat hij Alcock voor het laatst de hand schudde. Hij had heel wat geschreven, zei hij, en hij trad nog weleens op, maar zijn leven was grotendeels in ruste, hij voelde zich gelukkig thuis met Kathleen en Buster. Hij vroeg niet te veel, hij had al genoeg gehad.

Ze zag hoe ontspannen hij raakte. Aanvankelijk had ze hem triest gevonden – toen hij eerder in de deuropening stond, beschermd door zijn zoon – maar nu ontdekte ze een sprankeling in hem, een terugkeer naar wie hij werkelijk was. Het verheugde haar. Hij had een stroeve glimlach die in zijn ogen begon en aan zijn lippen trok, totdat zijn gezicht gladder, vertrouwelijker werd.

De thee was koud geworden, maar ze schonken het restje in hun kopjes uit. De schaduwen lagen languit in de kamer. Hij voelde weer verstrooid aan zijn jaszak.

– Nog één ding, zei Brown. Als u me toestaat.

Hij schoof zijn vingers in elkaar alsof hij een schietgebedje deed, en keek haar aan. Toen pakte hij een koekje, doopte het in zijn thee. Hij hield het koekje een ogenblik omhoog tot het brak en viel. Hij viste het doorweekte halfje er met zijn theelepel uit. Secondenlang bleef hij zwijgen.

– Ik hoop dat u het me niet kwalijk neemt.

– Ja?

– Het was niet tragisch.

– Hoe bedoel je?

– Jackie, zei hij. Jackie zat in zijn kist, ziet u. Precies waar hij wilde zijn. Hij zou het helemaal niet tragisch hebben gevonden.

Brown trok het lepeltje uit zijn mond, maar hield de bolle kant nog tegen zijn kin gedrukt. Ze wilde dat ze Lottie had meegenomen om hem in die pose te fotograferen.

– Daarboven. Iets anders zorgt daar voor je vrijheid. Begrijpt u wat ik bedoel?

Ze hoorde hem adem happen.

– Misschien een kind, zei hij. Misschien kan dat eraan tippen. Misschien is dat het enige.

Hij staarde over haar schouder naar buiten. Ze keek om en zag de jongen, Buster, in de tuin. Hij werd onderlijnd door de rand van het raam en hij leek met iemand te praten. Ze draaide zich verder om en zag Ambrose door het raam. Een pet zwierig schuin op zijn hoofd. Hij was bezig het tennisnet op te rapen. Hij schudde het uit, alsof er regendruppels op zaten, daarna trok hij het strak. Het viel weer. Ze stonden met zijn tweeën te lachen, man en jongen, al waren ze maar vaag te horen.

Lottie stond aan de rand van de tennisbaan, de camera bungelend langs haar zij. Ze pakte het andere eind van het net en spande het, bukte zich om een tennisracket van de grond te rapen.

– Uw dochter, zei Brown. Haar naam is me ontschoten.

– Lottie.

– O ja.

– Als je haar straks een paar ogenblikken gunt om een foto te maken, zouden we je erg dankbaar zijn.

– En wie is de jongeman?

– Onze chauffeur. Hij werkt bij de RAF in Londen. Hij had de hele nacht gereden om ons in Southampton op te halen. Daarna heeft hij ons hierheen gebracht.

– Dan moeten we hem voor de lunch uitnodigen.

Het porselein rammelde in Browns hand toen hij de kop en schotel op de tafel wilde terugzetten.

– Is hij piloot?

– Dat wilde hij worden. Hij werkt bij de verbindingsdienst. Waarom?

– Je gaat in een kist omhoog terwijl je weet dat je soms niet in één stuk beneden komt.

De schotel viel luidruchtig op het glazen blad en hij stak zijn hand in zijn zak. Zelfs door de stof heen beefden zijn vingers. Hij stond op en hij liep de kamer door.

– Wilt u me niet kwalijk nemen? zei Brown, en hij ging naar de deur. Hij zweeg even, nog met zijn rug naar haar toe. Er is iets wat ik te doen heb.

Een kwartier later kwam hij naar beneden. Zijn das zat weer strak om zijn keel en zijn wangen hadden een blos. Hij liep direct op Lottie af om haar een hand te geven.

– Goed je te zien, jongedame.

– U ook, meneer. Mag ik u verzoeken? Het licht is nu mooi.

– O ja.

Lottie trok de camera van haar schouder. Ze troonde Brown mee naar buiten, naar de veranda, vroeg hem op de lage stenen muur te zitten, voor de rozenstruiken, met de zee op de achtergrond. Hij legde zijn stok op de muur, tuurde een beetje ongemakkelijk naar de camera, pakte zijn zakdoek, maakte die vochtig, poetste de neus van zijn schoen.

De lucht achter hem was een spektakel van regenwolken, grijs doorschoten met blauw. Een witte rozenstruik hing over zijn schouder.

– Nou, meneer Brown. Een vraag.

– Ah, een quiz.

– Herinnert u zich de kleur van het tapijt in het Cochrane Hotel?

– Het tapijt?

– Op de trap.

Brown hield zijn hand boven zijn ogen vanwege het licht. Even deed het gebaar Emily denken aan wat ze tien jaar geleden in Newfoundland had gezien.

– Rood, raadde hij.

– En in de eetzaal?

– Klopt dat, rood?

Lottie koos een andere hoek, wilde de schaduw op de zijkant van zijn gezicht vangen, bewoog zich soepel langs de muur.

- En hoe heette de weg waarover u reed? Om naar Lester's Field te komen?

- Ik begrijp het al. Een fotografentruc. Harbour Road, als ik me niet vergis. Hebben ze nog die vissersboten?

- De mensen daar praten nog steeds over u, meneer Brown.

- Teddy.

- Met veel genegenheid.

Emily keek hoe haar dochter een fotorolletje verwisselde. Het belichte rolletje ging in de zak van haar jurk. In de loop der jaren was ze er snel en behendig in geworden: ze kon het in een paar seconden.

- Ik heb een foto van u waarop u zich aan het scheren bent, zei ze. Herinnert u zich nog dat wasbekken aan het eind van het veld?

- Dat verwarmden we met een bunsenbrander.

- U stond gebogen over het bekken.

- Voor het geval we die avond zouden vliegen.

Terwijl ze aan het praten was, sleepte ze een stoel over de veranda. Zonder hem iets te vragen, zette ze Brown op de stoel. Hij liet zich zonder mopperen meetronen. De wolkenformaties achter hem verschoven.

- Jij maakte sandwiches voor ons, zei hij. Die ochtend.

Hij glimlachte breed. Ze wisselde van lens, hurkte laag bij de grond voor een breder beeld.

- Het spijt me ontzettend van je brief.

- Moeder vertelde het.

- Ik ben vreselijk nalatig geweest.

- Hij is overgekomen, meneer Brown.

- Dat zeker.

Ze koos een andere hoek, draaide hem een beetje in de stoel.

- Het was trouwens groen.

- Pardon?

- Het tapijt, dat was groen. In het Cochrane.

Hij wierp zijn hoofd in zijn nek en lachte.

- Ik had durven zweren dat het rood was.

Even later vloog een tennisbal hoog door de lucht en landde in de rozenstruiken achter Brown.

206

– Voorzichtig, riep hij naar Buster.

Brown liep de veranda over en klom moeizaam op de lage muur. Hij gebruikte zijn stok om de witte bal tussen de rozen uit te porren. Er waren verschillende pogingen voor nodig. Eén blaadje was aan de bal blijven kleven.

Brown stapte van de muur af, kromde zijn rug en smeet de bal verrassend behendig de lucht in. Ze nam hem midden in de worp, met het blaadje zwevend achter hem.

– Hebbes, zei Lottie.

Vroeg in de middag gebruikten ze de lunch op de veranda: Brown, Emily, Lottie, Ambrose, Kathleen en Buster. Een heel assortiment sandwiches, waarvan de korst zorgvuldig was afgesneden. Een donkere vruchtencake. Een theepot warmgehouden onder een geborduurde theemuts.

Het verbaasde Emily niet dat ze een vage whiskeylucht bij Brown bespeurde. Dus daarom was hij de kamer uit gegaan. Daardoor had hij zich zo op zijn gemak gevoeld tijdens het fotograferen. Maar waarom ook niet? Hij had zo'n nieuwe gewaarwording wel verdiend, vond ze.

Ze zag hoe hij zich naar Ambrose overboog en de jongeman op zijn arm tikte.

– En hoe gaat het daar? vroeg Brown. In Londen?

– Uitstekend, meneer, zei Ambrose.

– Het is nogal een missie. Om deze lieftallige dames rond te rijden.

– Zeker, meneer.

– Ben je Iers?

– Noord-Ierland, meneer.

– Mooi zo. Ik mag de Ieren wel.

Ambrose aarzelde even, maar zei niets. Brown leunde achterover in zijn stoel, knikte en staarde weg in de verte. Zijn jasje viel open. Ze zag een glimp van een zilveren heupflesje. Kathleen legde haar hand op Browns onderarm om hem daar vast te houden, hem op de grond te houden, alsof hij alcoholisch zou opstijgen. Hij gaf haar een knikje alsof hij zeggen wilde: Ja, schat, maar laat me, alleen deze ene keer.

Het middaglicht omringde de veranda. Aan het eind van de lunch stormde Buster naar de tennisbaan. Hij kwam terug met drie rackets en een witte tennisbal.

– Ga mee tennissen, alsjeblieft, alsjeblieft.

Lottie en Ambrose keken elkaar aan, stonden van tafel op, namen de jongen bij de hand en staken samen het gazon over.

– Ah, zei Brown.

Emily keek vanuit haar tuinstoel toe. Het net was opgehangen en strakgetrokken. Haar dochter liet de tennisbal een paar keer op de racketsnaren stuiteren, sloeg hem toen over het net naar Ambrose. Een vlaag fijne druppels sprong van de bal het zonlicht in.

Tegen de tijd dat ze vertrokken sliep Brown. Opgevouwen in een ligstoel met een deken tot aan zijn kin. Een groene rups kroop gestaag over de stenen. Browns oogleden knipperden. Emily stak haar arm uit en pakte zijn hand, vouwde haar palm om zijn vingertoppen heen. Zijn lichaam rilde en het leek alsof hij wakker werd, maar hij draaide zich op zijn zij in zijn stoel en pufte, doodmoe, lucht door zijn lippen.

Emily deed een stap achteruit. Ze wist al dat ze de alcohol niet in haar artikel zou vermelden. Niet nodig. Zinloos. In plaats daarvan wilde ze hem weer terugbrengen in de lucht, tussen de wolkenlagen. Om hem die oude waardigheid terug te geven. Om een juichkreet te horen als hij over de boomtoppen scheerde.

Ze stopte de bovenkant van de deken rond zijn kin in. Zijn zwakke adem op haar vingers. Haartjes die hij verzuimd had te scheren. Ze draaide zich om en gaf Kathleen een hand.

– Bedankt voor uw gastvrijheid.

– Heel graag gedaan.

– U hebt een geweldige man.

– Hij is moe, dat is alles, zei Kathleen.

Ambrose slingerde de auto aan en zette hem in de versnelling. Hij liet hem langzaam opkomen. Ze zwierden de laan onder de kastanjebomen in. Het zou, zei hij, een lange rit worden naar Londen.

Emily keek om en zag Kathleen en Buster op de stoep voor het huis staan. Kathleen had haar armen om haar zoon geslagen, haar kin rustte op zijn hoofd. Het grind knerste onder de wielen. De bomen bogen zich naar de weg. De takken verdrongen elkaar. Een briesje liet de bladeren trillen. Buster rukte zich los en Kathleen draaide zich om en verdween in haar huis.

Toen Emily uren later wakker werd – in de auto, in het groeiende donker – was ze niet verbaasd dat ze haar dochter met haar hoofd op Ambroses schouder zag slapen. Het leek alsof ze in iets paste wat al naar haar vorm gemaakt was. Lotties haar hing over de kraag van zijn jasje.

Ambrose stuurde standvastig, reed zo voorzichtig mogelijk om haar niet wakker te maken.

Vier maanden later trouwden ze. Het huwelijk vond plaats in Belfast, in een protestantse kerk vlak bij Antrim Road. Het was september, maar de dag liftte mee op de sleep van de zomer. Bladeren glinsterden groen aan de bomen. Een troep spreeuwen belegerde de lucht.

Emily en Lottie arriveerden in een witte auto met linten die straktrokken in de wind. Ze gingen door het zwarte smeedijzeren hek naar binnen. Bij het uitstappen droeg Emily haar dochters kanten sleep. Ze vergat zelfs even haar wandelstok. De artritis hield zich op de achtergrond. Ze stak de schaduw over naar het donker van de kerk. De banken waren tot barstens toe gevuld. Donkere pakken en feestelijke hoeden. Jongemannen in RAF-uniform. Meisjes in lange charlestonjurken. Oude vrouwen met een zakdoekje strategisch weggestopt in hun mouw. De familie van Ambrose bezat een fabriek die zich specialiseerde in vliegtuiglinnen. Veel van de werknemers waren komen opdagen. Starende mannen in het grijs, hun pet weggestoken in hun zak. Er waren boeketten van Short Brothers, van Vickers, een in de vorm van een Wellington-zweefvliegtuig. Emily zat op de voorste bank, opvallend alleen, maar dat deerde haar niet: de jonge dominee begon de dienst door zijn handen omhoog te steken, als een man die op het punt stond een vliegtuig binnen te lood-

209

sen. Emily was in jaren niet in een kerk geweest. Ze luisterde aandachtig naar het verloop van de dienst. Ze was aangenaam getroffen door de zangerige noordelijke tongval.

Er vormde zich een dubbele rij waartussen het paar de kerk uit liep. Ambrose leek verlegen met al die drukte. Zijn wangen kleurden rood onder zijn grijze hoge hoed. Lottie droeg platte hakken om niet boven hem uit te torenen. Een regen van witte confetti daalde op hen neer. Het paar kuste elkaar op de trap van de kerk.

Later, in het hotel, werd Emily meegenomen naar de kleine tuin. De vader van Ambrose bracht haar een stoel. Ze zat in een vierkantje zon, met haar stok op haar schoot. Op het gras stonden een paar ijssculpturen. De middag smolt langzaam rond haar weg. Het luide hinniken van paarden in Missouri, ingespannen bij het eerste licht. Haar moeders jas vervormd door de wind. Haar vaders aan elkaar gevroren wimpers. IJsscherven. Prairiestorm. Het bevreemdde Emily dat een zo rijk leven toch terug kon keren naar stukjes jeugd. Lottie in de gangen van het Cochrane Hotel. Op haar eerste dag in het Prince of Wales door Paton Street lopen. De dag dat Lottie een fototoestel ontdekte, een Graflex-balgcamera. Hoe ze nog maar vier maanden geleden op Wimbledon samen, moeder en dochter, op het Centre Court naar de kwartfinale zaten te kijken en Lottie zich naar haar toedraaide om te vertellen wat ze al wist. De verliefde die een crisis haarfijn aanvoelde. De grenzen van Lotties wereld waren verschoven. Ze wilde nu blijven. Ze was verliefd geworden. Emily koesterde een moment van blijdschap dat omsloeg in jaloezie en daarna weer omsloeg in fascinatie over het zwenken van de wereld. Wat was een leven trouwens? Een verzameling planken met rijtjes gebeurtenissen. Schots en scheef op elkaar gestapeld. De lange bladen van een ijszaag die sprankels in een blok kou snijden. Het slijpen van de bladen, ze vervangen en in handgrepen vastzetten. Bukken om de snede te maken. Een korte sprong van vonken in de lucht.

Ze had opeens een dankbaar gevoel. Je wordt op een ochtend wakker bij het gehuil van een winter in Noord-Missouri, en even later sta je op het dek van een trans-Atlantisch cruiseschip, en dan ben je alleen in Rome, en een week daarna zit je in Barcelona, of in een trein door het Franse platteland, of sta je weer in een hotel in St. John's te kijken hoe een vliegtuig de lucht verovert, of in een hoedenwinkel in St. Louis te kijken hoe de regen buiten neergutst, en dan, al even plots, zit je in een hotel in Ierland te kijken hoe je dochter op het gazon tussen de ijssculpturen en een stuk of honderd bruiloftsgasten door laveert met een blad champagne. Emily voelde de sprong die haar leven nam, bijna als het verspringen van een pen. De snelle beweging van inkt over een pagina. De grote verrassing van de volgende vondst. De grenzeloosheid van dat alles. Er zat iets in dat verwant was aan een reis door de lucht, dacht ze, de plotselinge schrik van weersomslag, een muur van zonlicht, of een hagelbui of het opduiken uit een wolkenbank.

Opeens voelde ze de behoefte om Teddy Brown te schrijven en hem te vertellen dat ze nu, op dit kwetsbare moment, precies begreep waarom hij niet meer wilde vliegen.

Emily stond uit haar stoel op en schuifelde over het gras. Haar stok zakte weg in de zachte grond. Ze merkte dat een aantal Belfaster weduwnaars belangstelling voor haar hadden. Ze bogen zich vertrouwelijk naar haar toe. Ze was verrast door hun geflirt. Ze wilden graag kennismaken met een Amerikaanse, zeiden ze. Kleine, ernstige mannen, goed geschoren, geheelonthouders. Ze kon zich hen gemakkelijk voorstellen met hun oranje sjerpen en hun bolhoeden. Wat ging ze nu doen? vroegen ze. Naar welk deel van de wereld zou ze nu afreizen? Ze hadden gehoord dat ze in een hotel in Newfoundland woonde, en niet om onbeleefd te zijn, maar was dat wel een plek voor een vrouw? Wilde ze niet liever een eigen plek zoeken om zich te vestigen? Ze wilden haar met alle plezier rondleiden als ze besloot om in Noord-Ierland te blijven. Er was een mooie stek in Portaferry. Ze zou de valleien van Antrim eens moeten zien. De winderige stranden van Portrush.

Laat op de middag ging de etensbel. Ze voegde zich bij de ouders van Ambrose aan hun tafel. Hij was een kleine man met een gulle lach, zij een gezette vrouw onder een net van steil haar. Ze waren blij dat ze een meisje uit Newfoundland in de familie kregen, zeiden ze. Veel van hun verwanten waren in de loop der jaren naar het westen getiokken: er waren er maar weinig die de andere kant op kwamen. Ze werden eigenaardig stil toen Emily hun het verhaal van Lily Duggan vertelde. Een dienstmeid? Uit Dublin? Is dat zo? En ze heette Duggan, zegt u? Ze dacht een ogenblik dat ze geïnteresseerd waren in de bijzonderheden van het verhaal. De details kwamen haarscherp bij haar boven – de kleren die ontdooiden op de warme stang van het fornuis, het kreunen van het ijs als het over het meer werd getrokken, een handschoen die langzaam kleurde van het bloed. Haar moeder die opkeek bij het lichaam van haar vader – totdat meneer Tuttle zich over de tafel boog en vriendelijk op haar arm tikte en vroeg of die Lily Duggan naar de kerk ging, en zij het verhaal enthousiast oppakte, tot hij zich ten slotte geërgerd opnieuw naar haar toe boog: Was die Lily Duggan nou protestant of niet? Het klonk alsof het de enige vraag van belang was. Emily overwoog even om hem onbeantwoord te laten, omdat zo'n vraag geen antwoord verdiende, maar ze bevond zich op nieuw terrein, en het was de bruiloft van haar dochter, en ze vertelde hun dat Lily zich had bekeerd om te trouwen en ze zag een stille opluchting over hun gezichten trekken en de sfeer aan tafel werd weer wat ongedwongener. Later zag ze Ambroses vader aan de bar 'Soldiers Of The Queen' zingen. Ze schuifelde in het hotel naar boven om naar bed te gaan. Ze werd op de trap staande gehouden door Lottie en Ambrose. Het was nauwelijks te geloven: Meneer Ambrose Tuttle en mevrouw Lottie Tuttle. Wat was het vreemd om te bedenken dat zij en Lottie praktisch elke dag van hun leven samen hadden doorgebracht. Dit was dus het moment van loslaten. Het was veel makkelijker dan ze had gedacht. Ze kuste haar dochter, draaide zich om en zwoegde de trap op. Het donker daalde neer. Ze sliep vol overgave, met haar grijze haar in een wirwar op de lakens.

De volgende dag reed ze mee, zuidwaarts naar Strangford Lough. In een klein konvooi van auto's. Het platteland op. Al jaren bezat de familie Tuttle een paar eilanden langs de meeroever. Tussen het moerasland en de kleine eilandjes die ze *pladdies* noemden. Door wind gekromde bomen. Bochtige landwegen. Als huwelijkscadeau hadden Ambrose en Lottie twee hectare grond met een cottage gekregen, die ze als zomerverblijf konden gebruiken. Een prachtig vervallen ding met een rieten dak en een blauwe halve deur. Een verwilderd gazon liep af naar het meer. Aan de rand van het water stond een scheefgezakt vissershutje. Een bende eksters zat in de wuivende boomtoppen aan de meeroever.

Ze gingen picknicken in het hoge gras. Er stond een gure wind. Ze voelde hem door zich heen klapperen.

Ze kon nu gaan, dacht Emily. Terug naar Newfoundland, alleen. Ze zou de dagen trotseren, alleen. Ze zou schrijven. Een beetje inhoud vinden. Een elegante lichtheid.

Het was een getijdenmeer. Het leek zich eindeloos naar het oosten uit te strekken, rijzend en dalend alsof het ademde. Een paar ganzen vlogen over, de lange nekken vooruitgestoken. Ze zeilden over de cottage en waren weg. Het was alsof ze de kleur uit de lucht trokken. De beweging van de wolken gaf vorm aan de wind. De golven kwamen aan en applaudisseerden tegen de oever. Lusteloos zeewier rees en daalde op de deining. Het was haar niet kwalijk te nemen dat ze in gedachten al terugkeerde naar zee.

1978
valavond

J
e zou hem, in veel opzichten, een goede schutter kunnen noemen. Hij heeft een slag waar kracht achter zit. Kan een forehand
vanuit het achterveld meppen. Als hij wilde zou hij de achterlijn
met twee of drie sprongen kunnen overbruggen. Maar het is een
beetje een slungel. Hoofd in de wolken. Kop met blonde krullen.
Een reclame voor makkelijk leven. Alles hangt als een zak om hem
heen: zijn shirt, zijn broek, zelfs zijn schouders hangen. Altijd afgezakte sokken. Mist hun Slazenger-bal. God, wat zou ze graag een
zachte veeprikker hebben om haar kleinzoon even op te porren,
hem aan de overkant van de baan tot leven te zien komen. Wanneer
hij de bal terugslaat, doet hij dat redelijk precies. Als hij wil, kan hij
de bal het nodige venijn meegeven. Zijn backhand is ook niet slecht.
Lottie heeft hem zien slicen met listig achterwaarts effect. Hij heeft
een natuurlijke aanleg voor het spel, maar nog meer voor dagdro-
men. Ze heeft ooit geprobeerd hem voor de kunst van het tennissen
te interesseren door erop te wijzen dat er hoeken, vectoren, projec-
tielbanen, percentages aan te pas kwamen, maar hij trapte er niet in.
Negentien jaar en een prima jonge wiskundige, maar hij zal nooit de
poorten van Wimbledon bestormen.

Zelf is ze niet bepaald een Billy Jean King, maar aan het net kan ze
nog een balletje heen en weer slaan. Vooral op een late zomeravond
als het licht nog lang aan de noordelijke hemel blijft hangen. Negen
uur in de avond. Nog een halfuur voor zonsondergang.

Ze kan haar botten voelen trillen als ze een van zijn returns op haar volley pakt. Van haar vingers langs haar pols, door haar elleboog tot aan haar schouder. Ze is geen liefhebber van die nieuwe metalen rackets. Vroeger had je fishtails, fantails, flattops. Houten racketpersen. Perfect vakmanschap. Tegenwoordig zijn het allemaal van die gestroomlijnde metalen rackets. Vandaag of morgen neemt ze weer haar oude vertrouwde Bancroft. Ze buigt zich naar achteren en lepelt een nieuwe bal uit de emmer, tikt hem langs de middellijn naar Tomas, een fractie links van hem. Hij laat hem vrolijk langs stuiteren. Ze zou eigenlijk moeten zeggen dat hij een schop onder zijn kont nodig heeft, maar het is genoeg dat hij met zijn oude grootmoeder in haar knielange witte rok is meegekomen om een balletje te slaan. Hem alleen al te zien is een genoegen voor het oog: een lange knappe slungel met Hannahs lieve gezicht en de starende blik van zijn lang geleden verdwenen Hollandse vader. Hij heeft ook iets van Ambrose meegekregen. De krullen. De wat mollige wangen. Het flesgroen van zijn ogen. Helemaal omdat hij het niet van zichzelf weet: als ze zou zeggen dat hij een hartenbreker was, zou hij zich doodschrikken. Hij zou nog liever een formule voor verlangen ontwikkelen. Er is geen meisje in de buurt dat niet voor hem zou vallen, maar hij zit liever in de universiteitsbibliotheek in boeken te neuzen, zijn hoofd vol te proppen met symbolen. Hij wil nota bene actuaris worden, zo iemand die denkt in voorspellingen en mogelijkheden, maar vanavond zou ze alleen graag weten of er nog kans op is dat hij een forehand slaat.

– Bij de les! roept ze. Nog maar zes ballen. Linkervoet naar voren. Rustig indraaien met je heup.

– Oké, Nana.

– Doe maar alsof het raketwetenschap is.

Lottie bukt om een nieuwe bal te pakken. Een korte, felle scheut in haar rug. Gefluister van de genen. Op haar bovenlip zwelt een druppel zweet. Ze richt zich op. Tot haar verbazing ziet ze dat Tomas zich met zijn een meter negentig vooroverbuigt om zijn sokken op te trekken, en op zijn tenen begint te wippen, de Björn Borg-shuffle. Ze moet onwillekeurig grinniken. Ze laat de witte bal tussen haar vingers rollen, gooit hem op en slaat hem zachtjes naar hem toe

– de snaren geven een ping – en zorgt dat hij voldoende opstuit, zodat hij eronder naar voren kan komen en dat doet hij dan ook heel enthousiast. Ze verwacht dat hij faliekant mist, in het niets zwaait, of de bal hoog over het hek ramt, maar hij heeft hem, en dat niet alleen, hij draait zijn pols erover, buigt mee met zijn schouder, stapt met zijn linkervoet naar voren, beweegt met elk stukje van zijn lange lijf mee, en de bal suist langs haar over het net, op de perfecte hoogte met de juiste vaart, en ze draait mee om hem te zien neerkomen, en hoewel ze allebei weten dat hij ruim achter de lijn opstuit, schreeuwt ze net iets te hard: In!

Op de terugweg naar Belfast worden ze aangehouden bij een controlepost op Milton Road. Een handjevol jonge soldaten, frisse gezichten, in camouflagepak. Altijd kriebels van angst in haar nek. Tomas draait het raampje aan de bestuurderskant omlaag. Ze zijn, zeggen ze, rijbewijzen aan het controleren. Normaal geen werk voor militairen, maar Lottie houdt haar mond. De jonge soldaten zijn niet ouder dan Tomas. Een beetje sjofel, open kragen. Er was een tijd dat ze piekfijn gekleed gingen: glimmende koperen insignes en met pijpaarde gewitte riemen.

Een van hen steekt zijn hoofd in het raampje en kijkt naar haar. Een vleug tabakslucht. Ze is niet bepaald een schoonheid in haar wijde witte rok en open vest, beseft ze, maar ze glimlacht hem breed toe en zegt: Zin in tennis?

De soldaat is niet gecharmeerd van leutigheid – geen love, geen deuce – en bekijkt de hele auto van opzij, loopt er langzaam omheen, controleert de keuringssticker achterop, voelt dan met zijn hand hoe warm de motorkap is. Om te zien hoe ver ze hebben gereden. Sinds wanneer zijn een grootmoeder en kleinzoon verdacht? Waar zouden hun raketwerpers verstopt kunnen zijn? Hoe waarschijnlijk is het dat ze op weg zijn naar Falls Road of Shankill Road voor een potje afstraffing?

Er wordt geen woord gewisseld en de soldaat geeft een stug knikje. Tomas zet de auto in de versnelling, zorgt dat hij niet te haastig wegrijdt, naar het huis iets voorbij Malone Road.

Het is in de loop der jaren een beetje in verval geraakt, hoewel de Victoriaanse charme er nog aan af is te zien. Rode baksteen. Ronde erkers. Twee verdiepingen. Fijn kantwerk aan de gordijnen.

Ze lopen het smalle pad over, tussen de trosrozen door, zij met de tennistas over haar schouder. Ze blijven staan voor de gebarsten stoep, hij buigt zich om haar wang te kussen.

– Welterusten, Nana, zegt hij en zijn lippen strijken langs haar oor. Hij heeft de afgelopen maanden in het souterrain gewoond. Dicht genoeg bij de universiteit en ver genoeg van zijn stiefvader. Ze kijkt hoe hij naar beneden hupt, opeens wat enthousiaster, hoe zijn blonde krullen donker worden in de schaduw.

– Niet zo vlug, hé.

Ze heeft veel elementen van het noordelijke accent overgenomen, al is de basis nog steeds haar tijd in Newfoundland, dus soms sluipt die erin, wordt de muziek een mengvorm en weet ze niet meer wat wat is. Tomas wipt de trap weer op, weet wat er komen gaat. Hun woensdagse ritueel. Ze stopt het twintigpondbiljet in zijn hand, zegt dat hij het niet allemaal in één boekwinkel moet uitgeven.

– Bedankt, Nana.

Altijd al een rustig joch geweest. Modelvliegtuigen. Avonturenboeken. Stripverhalen. Als kind zag hij er altijd al netjes uit in zijn schooluniform: overhemd, broek, gepoetste schoenen. Zelfs nu, op de universiteit, heeft zijn slordigheid iets stijfs. Ze zou graag zien dat Tomas op een dag thuiskwam met zo'n gescheurd T-shirt, woeste veiligheidsspelden of een knots van een ring in zijn oor, dat hij wat echte rebellie vertoonde, maar ze weet heel goed dat hij zijn geld waarschijnlijk verstandig zal besteden, zal sparen voor een telescoop of een sterrenkaart of iets anders nuttigs. Misschien legt hij het wel opzij voor tijden van nood, nou, dan hoeft hij niet lang te wachten in deze stad.

– Vergeet niet je moeder en vader te bellen.

– Stiefvader.

– Zeg dat we dit weekend komen.

– Ach, Nana, alsjeblieft.

Hij is dol op de cottage bij Strangford Lough, maar de arme jongen heeft een bloedhekel aan de jachtweekenden van zijn stiefvader. Hannahs man is een herenboer en hij organiseert ze al jaren, het eerste weekend van september, het eendenseizoen. Hij is nog meer Tuttle dan de Tuttles zelf.

Tomas werpt een blik naar de hemel, glimlacht, slentert de trap af naar het tuinappartement. Blij dat hij weg kan, denkt ze.

– O. En Tomas?

– Aye, Nana?

– Zoek verdorie eens een keer een meisje.

– Wie zegt dat ik er niet al eentje heb?

Hij grijnst en verdwijnt. Ze hoort de souterraindeur dichtgaan en alleen klimt ze naar het huis. Een verwaarloosde hondsroos kruipt langs de trap omhoog. Een stadsbloem. Een klimmer. Geel met een rood hartje. Elke bloesem met zijn eigen kleine geweld.

Lottie blijft in het glas-in-loodportiek staan. Steekt de sleutel in het wiebelige slot. De verf rond de brievenbus bladdert en de onderkant van de deur vertoont spleten. Nauwelijks voorstelbaar, maar het is bijna vijftig jaar geleden dat ze voor het eerst door deze deur stapte. In die tijd was het een en al tafelzilver, hoge boekenkasten en planken vol delicaat Belleek-porselein. Nu is het bruingerookte lampen. Watervlekken. Loslatend behang. Ze schreeuwt een groet naar Ambrose, maar er komt geen antwoord. De deur van de woonkamer staat op een kier. Hij zit aan zijn bureau, de witte bol van zijn schedel glimt. Gebogen over het chequeboekje, overal om hem heen stapels papieren. Doof als een kwartel. Ze laat hem met rust, loopt over de krakende vloerplanken, langs de wanden met haar laatste aquarellen en een paar van haar oude foto's, naar de keuken waar ze haar sleutels neergooit, de kraan opendraait, de ketel vult, het gas aanzet en wacht op de fluit. Een paar chocoladebiscuitjes, waarom niet? Vier op een schoteltje, de suiker, de melkkan, het lepeltjespaar innig samen.

Zacht duwt ze met haar elleboog de deur open, loopt stil over het versleten tapijt. Een rij tennisbekers op de plank naast de schoorsteenmantel. Allemaal voor gemengd dubbel. Enkelspel was niks voor haar. Ze speelde liever met mannen samen, ook al was ze groot en sterk en had ze de reputatie dat ze soms het achterveld overnam. Ze kon de backhand recht langs de lijn slaan. Had altijd plezier gehad in de etentjes na afloop in het clubhuis. De champagnetoosts, het gierende lachen, auto's die over de weg kronkelden als een rij knipperende vuurvliegen.

Wanneer ze het dienblad op de rand van zijn bureau schuift, slaat Ambrose van schrik een vulpen van tafel. Een nijdige grom, maar hij vangt de pen nog net op. Ze kust zijn koele slaap bij de donkere vlek op zijn huid. Ze moest een dezer dagen maar eens met hem naar de dermatoloog. Kleine eilandjes bespikkelen zijn schedel.

Zijn bureau is een onafzienbare lap schuld. Bankafschriften. Geweigerde cheques. Brieven van schuldeisers.

Ze legt haar kin op zijn kale knikker en masseert het ruime vlees van zijn schouders, tot hij een beetje ontspant en zijn hoofd tegen haar aan laat vallen. Ze voelt zijn hand over de ronding van haar achterwerk gaan, blij dat hij zijn avontuurlijkheid nog niet kwijt is.

– En hoe was Stranmillis?

– Hij is klaar voor het Centre Court. Duurt niet lang meer.

– Goed ventje.

– We hebben op de terugweg een controlepost omvergereden. Achtervolging op topsnelheid.

– Is dat zo?

– We raakten ze kwijt bij de Prijsbreker. Op de fruitafdeling.

– Ze krijgen je nog wel, zegt hij. Geen ontkomen aan.

Hij klopt op haar bil alsof hij zijn gelijk heeft bewezen, buigt zich dan weer over het chequeboek. Lottie schenkt thee in, de grootste aller Ierse kunsten. Ze heeft in de loop van de jaren geleerd het beste uit de blaadjes te halen: het voorweken, trekken, schenken. Zelfs toen ze in Engeland woonde werd er nooit zoveel drukte over thee gemaakt. Ze schuift een stoel naast hem om over zijn schouder mee te kijken. De linnenhandel is al heel lang ter ziele. Niets meer van over dan lege hallen en kapotte emmers en de skeletten van een paar oude weefgetouwen. Ze hebben het allemaal geërfd. De vloek van de bevoorrechten. Huisbewaarders van de ambities van de doden.

Toch is er alles bij elkaar net genoeg om van rond te komen. Zijn pensioen van de RAF. De cottage aan Strangford Lough. De beleggingen, het spaargeld. Ze wou dat Ambrose zich niet zo'n zorgen maakte, dat ze hem tot wat langer lachen kon verleiden, dat hij van het bureau zou opstaan en de boel de boel zou laten, al was het maar voor een paar minuten, maar hij is een stille tobber. De beurskrach van '29. Ze waren nog maar nauwelijks uit hun trouwkleren. De grote kladderadatsj. Hij vertrok bij de RAF, ging terug naar Belfast. Linnen voor parachutegordels en vliegtuigvleugels. Militaire zweefvliegtuigen, lichte verkenning. Daar kwam algauw een eind aan. De zaken maakten een duikvlucht. Daarna was het linnen voor de oorlogsindustrie. Een onbezonnen experiment met kanten zakdoeken. Haar fotografie viel na de oorlog weg, loste op in de chemicaliën van de tijd, een kind, een bedrijf, een huwelijk. Lottie werkte in de jaren vijftig en begin zestig zelfs op het fabriekskantoor, probeerde zich staande te houden tussen de weefgetouwen en het eenzame geloei van de avondsirene, niet te beschrijven zo triest.

Ze drinkt haar restje thee uit en legt haar arm om de rugleuning van zijn stoel. In de vestibule slaat een klok.

– Onze Tomas heeft misschien een vriendinnetje.

– Is dat zo?

– Misschien wel, misschien niet.

– Is dat een hint?

Ze lacht, pakt zijn arm en hij staat op. Zijn wollen vest, zijn open overhemd, zijn afgezakte broek. In al zijn zakken heeft hij pennen en stukjes papier, kruimels van gisteren en morgen. Het plukje grijs haar op zijn borst. Toch heeft hij nog steeds iets ondeugends. Het vermogen om jong te zijn. Hij draait zijn vulpen dicht, sluit zijn boekhouding en ze lopen het donker van de gang in, naar de trap.

Twee keer met de boot, een keer met het vliegtuig. Ze reisden samen. De eerste keer om haar moeder in het Cochrane Hotel te bezoeken. Er woei een gemene wind vanuit de Atlantische Oceaan. Ze stonden aan dek met een deken om zich heen. Lottie leunde op de reling. Ambrose stond achter haar. Het had hem nooit kunnen schelen dat ze ruim een kop groter was dan hij. Soms was ze bang dat hij een of ander stil verdriet koesterde als hij zijn hoofd tegen haar schouder drukte, dat ze vastzaten in een onderlinge afhankelijkheid die nog eens in droefenis uit elkaar zou spatten. Ze meerden in Boston af en namen de trein langs de oostelijke zeekust. Haar moeder was inmiddels al zo goed als invalide: ze woonde in een stoel op haar kamer, maar ze schreef nog – voornamelijk toneelstukken. Korte, scherpe, geestige stukken die werden opgevoerd door een groep in Gilbert Street. Een immigrantengezelschap. Macedoniërs, Ieren, Turken. Haar moeder zat achter in de zaal te kijken met haar gebreide muts op, de handen bleek samengevouwen op haar donkere jurk. Toneel was een nieuwe vorm voor Emily. Ze had er enorm plezier in, ook al bleven de meeste stoelen leeg. Op een middag reden ze samen naar Lester's Field en liepen het verwilderde veld over. De startbaan werd nu bevolkt door schapen.

Het tweede bezoek was in 1934, twee maanden na de dood van haar moeder, om haar huis uit te ruimen. Lottie kon het niet over haar hart verkrijgen om de dozen met Emily's papieren weg te gooien. Ze laadde ze in de achterbak van een auto en reed het hele stuk naar Noord-Missouri. Er waren daar geen ijsmakers meer. Zij en Ambrose sliepen in een klein motel aan de weg. Ze liet de dozen achter op de stoep van een plaatselijke bibliotheek. Ze zou zich nog jaren afvragen wat er met de papieren was gebeurd. Hoogstwaarschijnlijk verbrand, of weggewaaid. Toen ze naar Belfast terugging, nam ze haar eigen negatieven mee, zag Alcock uit een bad met chemicaliën klimmen. Ze vond het een mooi idee dat hij uit het donker oprees.

Hun laatste reis was in 1959, voor hun dertigjarige huwelijk, toen ze een vliegtuig namen van Londen naar Parijs, daarna van Parijs naar Toronto en van Toronto naar New York, waar Ambrose zaken te regelen had met de linnenhandelaars in White Street. Ze besteedden een flink deel van hun spaargeld aan een eersteklas ticket. Ze stopten de servetten onder hun kin en keken uit het raam naar het almaar wisselende wolkendek. Lottie kon er niet over uit dat ze op zevenduizend kilometer hoogte een gin-tonic kon krijgen. Ze stak een sigaret op, kroop dicht tegen Ambrose aan, viel in slaap met haar hoofd tegen zijn schouder. Ze maakte die reis geen foto's. Ze wilde zien hoe goed ze die louter uit haar geheugen kon reconstrueren.

De lucht licht de zoom van Belfast op. Aan het raam kijkt ze uit over de daken. Het eindeloze landschap van leien en schoorstenen. Het is een sombere stad, maar hij heeft iets wat haar vroeg in de ochtend energie geeft.

Ze knoopt de ceintuur van haar peignoir dicht. De trap af naar de keuken. De kou trekt op door het zeil. Ze vindt haar sloffen onder aan het fornuis. God, ze zijn nog koud. De zomer is dus nu wel voorbij. Ze zet het voorpaneel van het fornuis open om de warmte te verspreiden, gaat aan het houten keukenblad zitten met uitzicht op de achtertuin, schuifelt haar voeten heen en weer om ze te warmen. De rozen staan in bloei en er ligt een floersje dauw over het gras. Lang geleden had je er een gezegde dat je eeuwig jong bleef als je de eerste morgendauw in je gezicht wreef.

Ze pakt twee boterhammen van het brood in de trommel, steekt ze in hun nieuwe, verchroomde broodrooster, vult de ketel voor wat oploskoffie. Schenkt er eerst geklopte melk bij. Een lekker schuimig bakje. Ze heeft geen zin om de radio tot leven te brengen. Het is altijd weer verleidelijk om te horen hoe de wereld zich gedurende de nacht heeft opgeklopt: welke rel er in de stad heeft plaatsgevonden, met welke verkiezing er geknoeid is, welke arme barman de lijken heeft moeten opvegen. Er gaat zelden een week voorbij zonder ramp. Zo gaat het al sinds de tijd van de Blitz. Een van de dingen die haar al vroeg opvielen aan de vrouwen van Belfast, zelfs nog tijdens de oorlog, was dat ze allemaal een kanten zakdoekje in de mouw van hun jurk droegen. Wel een heel raar modestatement. Een blik op de pols, een kleine tijdcapsule van verdriet. Ze was er zelf ook eentje gaan dragen, maar die mode is intussen wel op zijn retour. Minder mouw, meer leed. De hemel was destijds een kroonluchter van geweld. Zij en Ambrose hadden zich teruggetrokken in Strangford, waar ze zagen hoe de vliegtuigen de nachthemel veranderden in een reusachtige oranje bloesem.

De *floep* van het rooster maakt haar aan het schrikken: waarom zo'n nijdige sprong? Hup, de boterhammen schieten weg als pols-stoksspringers of ontsnapte gevangenen. Eentje haalt zelfs het keukenblad. Ze rommelt in de ijskast, smeert beide boterhammen, pakt de marmelade en doet die er dik op. Ze roert haar koffie en brengt alles naar het keukenblad.

Dit is haar favoriete moment. Op de houten kruk naar buiten zitten kijken. De lucht die opklaart. De rozen die opengaan. De dauw die op het gras verdampt. Het huis is nog koud genoeg om het gevoel te krijgen dat de dag nog een doel heeft. Ze is de laatste jaren begonnen met aquarelleren: een aangename bezigheid, je staat 's morgens op, een paar streken met het penseel, en voor je het weet is het avond. Grote zeegezichten, het lough, de Causeway, de touwbrug bij Carrick-a-Rede. Ze had naar Rathlin Island zelfs haar camera meegenomen om met foto's als uitgangspunt te werken. Soms schildert ze zichzelf helemaal terug naar St. John's, de voetnoot die het stadje bij de zee had geplaatst, Water Street, Duckworth, Harbour Drive, al de huisjes op het klif gezet alsof het een vertwijfelde poging was om te onthouden waar ze vandaan kwamen.

Het tikken van zijn stok op de vloer. Het gekletter van de waterleiding. Ze wil er niet te veel aandacht aan schenken. Ze wil hem niet in verlegenheid brengen, maar hij heeft de laatste tijd duidelijk minder energie. Waar ze bang voor is, is een bons op de vloer of een val tegen de trapleuning of, erger nog, een buiteling van de trap. Ze klimt de trap op voordat Ambrose uit de badkamer komt. Even knaagt de ongerustheid wanneer ze geen geluid hoort, maar hij komt naar buiten met een licht verbijsterde trek op zijn gezicht. Hij heeft een beetje scheerschuim naast zijn kin laten zitten en zijn overhemd is lukraak dichtgeknoopt.

Ze verdwijnt de slaapkamer in. De dans van de overbezorgde. Haar peignoir uit. Een broek en een vest aan. Een blik in de spiegel. Grijs en zwaar geboezemd. Ook weer een beetje dikker rond haar hals.

Ze steekt haar hoofd om de slaapkamerdeur om zich ervan te vergewissen dat Ambrose veilig de trap af is gekomen. Zijn kale hoofd wipt weg, om de leuning onder aan de trap heen, naar de keuken. De oude tijd van het Grand Opera House, de renbaan, de Curzon-bioscoop, de Albert-klokkentoren. Samen uit, gelukzalig dansen. Wat waren we jong. De geur van zijn tweed pak. De Turkse tabak die hij altijd rookte. De liefdadigheidsbals in Belfast, haar ritselende japon op de trap, Ambrose naast haar, strikje, brillantine, aangeschoten. Allebei gegrepen door de muziek van het orkest. Mooie tijd. Toen de sterren plafonds waren, of de plafonds sterren. Af en toe werd ze getrakteerd op een liedje over Canada. De Ieren hadden een grote voorliefde voor zingen en wisten bijna overal vandaan een liedje op te diepen. Er waren er die zelfs de woorden kenden van de ballade van het Eerste Newfoundlandregiment, ten dode opgeschreven in de slag bij Beaumont Hamel.

Oude soldaten uit andere oorlogen. Kapiteins en kolonels. Piloten en navigators. Roeiers en springruiters. Allemaal uitstekende mannen. Soms kwamen ze samen voor een enerverende vossenjacht aan de voet van het Mournesgebergte. Zomerweiden. Klapstoelen. Tennistoernooien. Ze noemden haar altijd de Amerikaanse, tot haar grote verdriet. Ze probeerde haar accent kwijt te raken, en dat lukte nooit helemaal. Ze naaide zelfs de vlag van Newfoundland op de zoom van haar rok. De toernooien liepen uit tot zonsondergang. 's Avonds de diners. In de grote huizen van Belfast. Uren voorbereiding aan de toilettafel. Voorovergebogen naar de kleine ovalen spiegel. Een haarstreng weer terugleggen. De poeder opbrengen. Niet te veel rouge op de wangen. Zuinig met de mascara, maar royaal met de lippenstift. Hoe zie ik eruit, schat? Eerlijk gezegd, lieverd, nogal laat. Zijn gebruikelijke antwoord, maar gebracht met een knipoog en zijn arm stijf om haar middel. Na afloop stond ze naakt voor een spiegel haar vlechten los te maken, viel zijn witte boord op het bed, en was de nacht hun welgezind, altijd welgezind.

Vlot gaat ze de trap af, met iets kwieks in haar tred. Hij zit bij het raam met zijn thee en toast. Ze buigt zich naar hem toe om zijn overhemd opnieuw te knopen en slaagt erin het plekje scheerschuim weg te vegen zonder dat hij het merkt. Hij slaat de krant van gisteren open, legt hem met een zucht op de tafel. Een bommelding in het stadscentrum. Zeventien man opgepakt bij een politieactie. Een jongen in de knieën geschoten in de buurt van Peter's Hill. Een brandbom gevonden, verborgen onder in een kinderwagen.

– De grote trouwe helden van Ierland zijn weer bezig, zegt Ambrose.

Op weg naar het lough lijkt zelfs de auto zich te ontspannen. Een oude kerk, een zwerm kraaien op de dakrand, veilingposters op stenen zuilen, schuren tjokvol veevoer, melkbussen bij hekken, moerasland.

Ze rijden vroeg in de morgen langs het erfgoedterrein en over de kleine brug naar het eiland, en dan om het rode hek heen.

De cottage staat aan de rand van het lough, verborgen achter bomen. Het rieten dak is allang vervangen door leisteen, maar de rest ademt nog de sfeer van het verleden. De witgepleisterde muren, de blauwe halve deuren, de oude koperen bloempotten die voor de ramen hangen, de verschoten tuinstoelen, een etensbel op een hekpaal aan de achterkant. Hoeveel dagen is ze hier niet bezig geweest met timmeren, deuren inhangen, muren schilderen en ramen van stopverf voorzien? Een heel nieuw verwarmingssysteem dat nooit heeft gewerkt. Pompen en leidingen. Rollen isolatiemateriaal. Draden en waterputten. Het was begonnen als een tweekamer cottage en breidde zich zoetjesaan uit langs het meer. Zij en Ambrose deden samen het meeste werk in de jaren na de oorlog. Dagen van rust en stilte. Wind en regen. Hun gezicht verweerde erdoor. Boven op de ladder om leien recht te leggen. De goten schoon te maken. Hun zomerhuis ging langzaam over in winter. Al die nachten lag ze, overweldigd door eenvoud, naast hem in de achterslaapkamer. Keek ze naar het oosten over het water uit. Zag ze het licht wegvloeien.

Tomas zwiert de auto de inrit op. Iets te snel. Ambrose beweegt op de achterbank, maar wordt niet wakker. De banden glijden de zachte grond in. Verschillende auto's staan al in het lange gras bij de schuur geparkeerd. Haar schoonzoon, Lawrence, heeft veel te veel gasten uitgenodigd. Het zij zo. Het is zijn weekend. Zijn ritueel.

– Laat je opa nog even slapen.

Lottie buigt zich over haar stoel en stopt de deken in onder Ambroses kin. Hij laat een zacht snurkje horen. De grond is een brij geworden. Plassen en bandensporen. Ze is haar kaplaarzen vergeten en ploetert door de modder naar de achterkant van de auto.

– Tomas, help eens even, lieverd.

Hij staat zich leunend tegen de zijkant van de auto uit te rekken, zijn haar hangt voor zijn ogen.

– Koop eens een stel ruitenwissers.

Hij kijkt haar schuins aan, perplex, tot ze de krullen van zijn voorhoofd veegt. Hij lacht en Lottie overlaadt hem met tassen, boeken, dekens en stuurt hem naar het huis. Ze ziet hem slingeren door het lange gras naast de cottage, ziet de natte halmen langs zijn spijkerbroek strijken. Hij draagt nog van die wijde olifantspijpen. Zijn overhemd hangt van achteren uit zijn broek. Nooit een modebewust joch geweest. Hij wankelt onder de last, glijdt bijna uit, maar houdt zich staande op het grind bij de voordeur, herstelt zich.

Hij schuifelt naar de halve deur – de bovenkant is open, de onderkant dicht – en buigt zich naar de cottage. Half binnen, half buiten. De last die hij draagt, steunt op de rand van de deur. Zelfs van een afstand kan Lottie de schelle begroeting van haar dochter binnen horen. Blijdschap die door de deur naar buiten golft. Een schort. Een paar pieken haar over Hanna's blauwe ogen. Een tabakslucht als ze elkaar omhelzen.

– Waar is pap?

– Doet een dutje. Laat hem nog maar even.

– Heb je het raampje opengedraaid?

– Natuurlijk. Zijn ze al begonnen?

– Ze hebben de lokeenden om vijf uur vanmorgen uitgezet.

– Hoe laat, zeg je?

– Ze zijn in het donker begonnen.

En alsof de duvel ermee speelt, hoort Lottie haar eerste geweerschot van het weekend. En kort daarop een tweede. Als ze zich omdraait, ziet ze een groep vogels wegvluchten over de cottage.

Ambrose was in zijn tijd ook een goede schutter. Kwam in de herfst-weekends met een paar mannen uit de linnenhandel bij elkaar. Koplampen stroomden over de weg door bleke sluiers vroege mist. Laarzen. Jagershoedjes. Tweed jasjes. Groene oliejassen. Browning-geweren weggestoken in het foedraal aan hun schouder. Ze liepen de eilandweg af met de honden achter zich aan, labradors, geel en zwart. Ze hoorde de hakijzers op het grind als ze vertrokken. Laat in de middag kwamen ze terug met een vage lucht van kruit in hun kleren. Tafeleenden, kuifeenden, brilduikers. Hun ritueel was om cognac in het kokende water te gooien, om de hagel los te weken uit het vlees, zeiden ze. Zij kon nooit eend eten zonder aan hun vlucht te denken.

Arthur Brown. God hebbe zijn ziel. Ze heeft nog steeds de ongeopende brief uit haar jeugd. Hij is nu al dertig jaar dood. Zijn eigen zoon, Buster, stortte uit de wolken neer tijdens een oorlogsmissie. De tweede verscheuring van de eeuw. Ze herinnert zich Brown thuis in Swansea, staand op de lage muur, zijn lichaam naar achteren gebogen, de bal in de lucht en een halvemaan van vluchtig plezier op zijn gezicht.

Onregelmatig geknal onderbreekt telkens het ontbijt. Ze zit in de keuken met Hannah aan tafel, het rood-wit geblokte tafelkleed voor hen uitgespreid. Tomas zit bij de haard te lezen, terwijl Ambrose tussen de dutjes door de benen strekt langs de oever.

Ze is blij dat ze haar dochter even voor zich alleen heeft: dat gebeurt tegenwoordig steeds minder. De onvermijdelijke theepot, de boter, de scones. De lelies hangen in een vaas op tafel. De scherpe vlaag tabakslucht: Lottie laat die over haar gezicht trekken.

In de vensterbank staan een stel geopende brieven en een chequeboekje. Het lot heeft haar dochter twee dingen meegegeven – een levendige geest en een talent, of afwijking, om geld weg te geven. Dat is al jaren zo: als kind op Malone Road kwam ze al vaak zonder schoenen thuis. Zelfs nu nog wordt er altijd wel een cheque in een envelop gestopt. Rode Kruis. Oxfam. Het Kindertehuis van Shaftesbury.

– Wat is Amnesty International nou weer?

– Ook weer een stelletje Canadezen, moeder.

– Heeft de postbode geen hekel aan je?

– Ik sta op zijn zwarte lijst.

Lottie houdt het stapeltje brieven op, haalt haar duim erlangs alsof het een bewegend plaatje is: bankbriefjes die de deur uit vliegen.

– Alles wat ik weet heb ik van jou geleerd, mam.

Niet onwaar. Ze was, in haar tijd, ook niet bepaald krenterig. Maar ze is nog altijd moeder. Moeilijk aan te ontkomen. Ze doet een elastiekje om het chequeboekje, probeert het achter de bloempot te verstoppen.

Ze zigzaggen door de uren: bewegen zich vloeiend om elkaar heen, ruilen lepels, geven kommen aan, lenen theedoeken van elkaars schouder. De toestand van de boerderij. Het leven in het dorp. Het geld dat Hannah verdient met het fokken van rashonden.

Hannahs handen zijn al een beetje verweerd. Achtendertig nu, haar halve leven zelf moeder. Het craquelé van haar huid. Een vlecht van aderen onder aan haar pols. Zo eigenaardig om je dochter ouder te zien worden. Die vreemde erfenis.

– Gedraagt Tomas zich daar nog een beetje?

– Gaat elke woensdag mee tennissen.

– Goed voor hem.

Een weemoedige toon in haar dochters stem: Hij maakt jullie toch niet gek met die nieuwe stereo-installatie, hè?

– We zijn allebei toch al doof.

Hannah draait zich om en haalt het brood uit de oven. Met blote handen. Ze brandt haar vingertoppen. Loopt naar de gootsteen, laat koud water over de blaren stromen.

– Ik zat te denken, mam. Weet je, kun jij niet eens met hem praten? Misschien gaat hij dan voor één keer mee. Lawrence heeft het er al de hele week over.

– Jij bent zijn moeder.

– Aye. Maar naar jou luistert hij.

– Misschien kan hij de lokeenden uitzetten.

– Dat zou kunnen.

Door het raam aan de meerkant, ziet ze Ambrose scharrelen onder het bruin van zijn hoed. Hij is altijd dol op het meer geweest. Het strekt zich achter hem uit, als een grote plas grijs. Hij zal nu wel gauw binnenkomen, weet ze, in zijn handen wrijven, uitzien naar de warmte van een vuur, een cognacje en een krant, de simpele genoegens van een vroege september.

De jagers komen rond lunchtijd terug, sjokkend door het laantje, met slingerende geweren. Veel van hen kent ze niet. Vrienden van Lawrence. Een advocaat, een raadslid, een ambachtelijke botenbouwer.

– Waar is Tomas? zegt Lawrence.

– Achter, in zijn kamer.

Lawrence draagt zijn overhemd hoog dichtgeknoopt. Eronder is hij zwaargebouwd. Hij houdt twee brilduikers bij de nek. Hij gooit de vogels op de tafel, draait zich om, stopt zijn pijp, drukt de tabak aan met de muis van zijn hand.

– Dus dan gaat hij morgen mee?

– Ach, laat hem toch, zegt Hannah.

– Het zou wel eens goed voor hem zijn.

– Lawrence. Toe.

Hij schudt zijn vest van zich af en hangt het naast de open haard, mompelt. Een grote man, een kleine stem. Hij vrolijkt op als hij naar zijn vrienden in de huiskamer gaat.

Laat in de middag wroeten Lottie en Hannah hun handen in het warme binnenste van een gebraden vogel. Hannah trekt haar vingers behendig langs de onderkant van het lijf en het vlees komt los tussen haar vingers. Ze spreidt het op een bord uit, met een paar plakken appel en een aalbessengarnering. Een buitensporig kleureffect.

De mannen zitten aan tafel te eten, allemaal, behalve Tomas. Jacks hangen over de rugleuning van hun stoel. Hoeden liggen in de vensterbank. Luid gelach rolt tussen hen heen en weer. De dag ontspant. Trage plaagstootjes. Een soort langzaam wegglijden.

Ze is blij als ze Tomas uit zijn kamer ziet komen, valavond, wanneer de gasten zijn vertrokken. Hij draagt een oude, vele maten te wijde visserstrui die ooit van Ambrose is geweest. Hij loopt wat rond, de slaap hangt nog om hem heen. Hij knikt naar Lawrence aan de andere kant van de kamer. Tussen hen gaapt een kloof: stiefvader en zoon. Altijd bewolkt.

Die avond neemt hij na het eten de roeiboot om zijn sterrenkaarten te controleren. Lieslaarzen aan. Verrekijker om zijn nek. Ze kunnen hem op het meer bezig zien, een puntje rood zaklantaarnlicht dat langs de oever glijdt. De maan staat laag, een zachte wind vlaagt over het lough.

Telkens als hij de roeispaan in het water steekt, springt en zwenkt en blikkert het licht en komt dan weer tot rust.

Zaterdagmorgen vroeg maakt ze Ambrose wakker voor de jacht. Buiten is het pikdonker. De kou tintelt op haar jukbeenderen. Ze heeft zijn kleren al klaargelegd. Een warm onderhemd en een lange onderbroek. Een dik tweed jasje. Twee paar sokken. Opgevouwen op het houten stoeltje. Ook zijn tandenborstel ligt klaar, maar geen scheermes. Het is de enige ochtend van het jaar dat Ambrose zich niet vroeg scheert.

Koplamplicht zwaait over het plafond. De andere gasten rijden het laantje in. Drie, vier, vijf zijn het er deze morgen. Kledderend geluid van hun banden in de modder. De stem van Lawrence is al buiten te horen. Een gedempt bevel om de honden koest te krijgen. Buiten stijgt sigarettenrook op.

In de keuken maken zij en Hannah het ontbijt klaar: alleen toast en thee, tijd om iets te bakken is er niet. De mannen kijken donker, zijn kortaf en mat. Ze staren uit het raam naar de donkere vroegte. Stoppen batterijen in hun zaklampen. Controleren patronen. Strikken hun veters strakker.

Plotseling duikt in de gang zijn silhouet op. Ze denkt eerst dat Tomas de hele nacht op is geweest. Dat is al meer gebeurd. Hij zat vaak avondenlang met zijn sterrenkaarten op het water. Hij sjokt de keuken door, knikt naar de mannen aan tafel, gaat naast Ambrose zitten. De rituele begroeting. Ze ontbijten met zijn allen, en dan staat Tomas tegelijk met Lawrence op – er is geen woord gewisseld – en samen gaan ze naar de bijkeuken waar de vergrendelde zilverkleurige brandkast staat.

Lottie kijkt hoe de kale peer een bol van licht op hen werpt. Lawrence draait aan het cijferslot op de kluis, haalt er iets uit, draait zich naar Tomas. Ze kijkt hoe haar kleinzoon het vreemde gewicht in zijn hand houdt. Flarden van de taal waaien haar aan: kaliber twaalf, vijfschoots, 36-grams patroon.

– Dus je gaat mee? zegt Hannah.

Hannahs stem klinkt verbazend kalm, maar haar lichaam verraadt haar: gespannen schouders, glanzende halspezen, ogen die onheil lijken te voorzien. Ze kijkt even naar Lawrence. Hij haalt zijn schouders op, klopt op de pijp in zijn borstzak, alsof dat het ding is dat alles in de gaten zal houden.

– Ik dacht, laat ik het eens proberen, zegt Tomas.

– Ik zou maar wel je wolletje aantrekken.

Drukte in de keuken nu. Het rumoer van de nieuwe dag. De gasten stappen naar buiten. Tomas bukt zich om zijn wandelschoenen vast te maken. Hannah pakt Lawrence bij zijn kraag, fluistert iets dringends in zijn oor. Ook Lottie neemt Ambrose terzijde, smeekt hem om goed op de jongen te passen.

– We zijn rond het middaguur terug.

Ze is nog in haar peignoir als ze hen nakijkt. Een regiment. De sporen van hun laarzen in de modder. De honden hobbelen geduldig achter hen aan. Ze verdwijnen rond de rode hekpaal, de hemel trekt op, terwijl zij kleiner worden.

De morgen is luidruchtig door geweren die elkaar lik op stuk geven. Dubbele knallen. Telkens een felle schok van binnen. Lottie merkt dat ze het flink op haar zenuwen heeft. Het kost haar al haar zelfbeheersing om gewoon in de keuken rond te lopen. Het liefst zou ze het meel van haar handen kloppen en de halve deur uit gaan, zich door het laantje en langs de meeroever haasten, om te zien of alles goed is, om ze in de gaten te houden, hun boterhammen, melk, een thermosfles te brengen. Haar ogen kunnen geen rustpunt vinden. Bij elk schot kijkt ze uit het raam. Een grijze leegte.

In de verte trekken zuilen regen over het meer. De takken van de bomen verstrengelen in de wind. Nu zal de storm ze toch wel thuisbrengen. Ze zet de radio aan voor de geruststelling van het geluid. Bommen die doen wat ze altijd doen. Ze draait aan de knop en zoekt een klassieke zender. Als het tijdsein klinkt wordt zelfs dat onderbroken. Een brandbom in Newry. Drie doden, twaalf gewonden. Geen waarschuwing.

Ze kijkt hoe de gestalte van haar dochter van tafel naar fornuis naar bijkeuken naar ijskast loopt. Hannah doet onbezorgd. Ze kneedt het deeg en laat het brood rijzen. Alsof de warmte uit de oven de wijzers van de fornuisklok vooruit zou duwen. Af en toe kletsen ze wat. Had Ambrose een goede patroonriem? Hadden ze Tomas de dikste sokken gegeven? Zou Lawrence wel bij die twee in de buurt blijven? Had iedereen een oliejas mee? Wanneer hadden ze voor het laatst een toppereend geschoten? Had hij zijn bril bij zich? Heeft hij ooit eerder een trekker overgehaald?

Het is al na lunchtijd als ze een hond horen blaffen. De mannen komen op een voorspelbare manier over de weg aan: Ambrose en Tomas achteraan, de breedte van de grasstrook tussen hen in. Hun jacks donker van de regen. Geweren aan hun schouder. Een ietwat vermoeide tred.

Ze begroet hen buiten voor de cottage, licht de klink van de halve deur op en wenkt ze naar binnen.

Tomas gooit zijn jack uit en hangt het over de haardijzers, beukt zijn hakken tegen de grond tot zijn schoenen uitgaan, trekt zijn gewatteerde sokken van zijn tenen, zet ze bij het vuur. Hij gaat, lang en lusteloos, in de stoel zitten, verstopt zich onder een handdoek. Een warme damp stijgt op uit zijn schoenen en sokken.

– En hoe gaat het, Nana?

Ze staat dicht bij het vuur, met haar rug tegen de schouw. Ze wil dit ogenblik nog even vasthouden, het beeld van hem in de stoel, de kleine lichtkier van het vuur, die op de neus van zijn regendonkere schoenen flakkert.

– Vond je het leuk?

– O, aye, ging wel.

– Nog wat geschoten?

– Opa had er een paar.

Er zijn momenten – maanden later, jaren later, zelfs tien jaar later – dat Lottie weer voelt hoe ontzettend vreemd het is als de taal je in de steek laat, als de toekomst eist wat in het verleden gevraagd had moeten worden, dat woorden je zo makkelijk kunnen ontsnappen, en je niets anders rest dan te proberen ze te achterhalen. Ze zal zich zo vaak afvragen waarom ze niet bij Tomas is gaan zitten om te horen wat hem precies bewoog om er die morgen op uit te gaan, hoe hij zijn weg vond langs de oever, wat voor vreemde drang hem tot de jacht aanzette. Hoe was het om langs het meer te lopen en in het gras te hurken en te wachten tot de vogels en de honden het blauw en het grijs verstoorden? Wat voor woorden hadden hij en Ambrose met elkaar gewisseld, wat voor stilte? Wat voor geluiden hoorde hij over het meer? Welke hond kwam naast hem zitten wachten? Hoe kwam het dat hij zo makkelijk van gedachten was veranderd? Op zulke momenten wenste ze dat ze elk idee dat door zijn hoofd had gespeeld in de vroege uren van die septembermorgen had opengespleten. Was het alleen maar iets willekeurigs, slordigs, ongevraagds, gewoon een deeltje van de grote wereldchaos? Misschien wilde hij zijn grootvader niet in de steek laten. Of had hij zijn moeder over de jacht horen praten. Of misschien omdat zijn stiefvader zo graag wilde dat hij meeging. Of misschien was het alleen maar pure verveling.

Ze merkte dat ze zich afvroeg – voor een stoplicht op Malone Road, of bij de slager op Ormeau Road, of in de vredesgroep op Andersonstown Road, of in de schaduw van Sandy Row, of tijdens de demonstraties waar ze portretten van hun dierbaren meedroegen, of op dagen dat ze voor de Stormont wachtte op een beetje respectabel nieuws, of het eiland rondwandelde, of op de oefenbaan van de tennisclub in Stranmillis stond, of gewoon samen met

Ambrose de trap af liep en de ene dag aan de andere, het ene uur aan het andere knoopte – wat Tomas naar dat moment had gebracht, hoe dat deel was geworden van het voortdurende ontknopen, wat hem van gedachten had doen veranderen.

Ze heeft het nooit gevraagd. Ze keek hoe Tomas de handdoek optilde – ermee door zijn haar ragde – en ging toen terug naar de keuken, stak de vlam in de oven aan, terwijl er een wereld van geluk over haar kwam.

Gele bladeren liggen in overvloed verspreid over het groene gazon. De cottage heeft aan de rand van een uitwoedende storm gestaan. Dit zijn de weekends die haar het liefste zijn: ze rijden Belfast uit, het laantje af, stoppen even bij het hek, horen de hoogspanningskabels zingen aan het eind van de landweg.

Ze zetten de auto bij de schuur, aan de hoge kant van de inrit, waar de grond steviger is, en ze maken gebruik van de bladeren om niet uit te glijden op het stukje naar de halve deur.

Tomas wordt doodgeschoten tijdens de zevende week van het jachtseizoen. In het donker van de vroege ochtend. In zijn blauwe roeibootje. Tijdens zijn nieuwe ritueel van het uitzetten van de lokeenden op het water.

Ze slaapt wanneer ze het eerste schot hoort. Ambrose naast haar. Het rijzen en dalen van zijn borst. Zijn onregelmatige ademhaling in de achterkamer van de cottage. Hij woelt even onder de dekens en draait zich naar haar toe. Zijn pyjamajasje open. Het driehoekje vlees onder zijn hals. De sterke lucht van zijn adem. Lottie schuift iets bij hem weg. De kamer ruikt stoffig. Eerst denkt ze dat ze zich heeft vergist. Geen bekend geluid voor het donker. De klap van vallende baksteen in de schoorsteen misschien: dat is wel eerder voorgekomen. Of het gekletter van een daklei. Ze zoekt op haar nachtkastje naar haar horloge. Brengt het vlak bij haar oog. Moet het een paar keer in haar hand omdraaien. Tien voor half zes in de ochtend. Dat was geen geweerschot. Daar is het te vroeg voor. Misschien is er iets buiten in de schuur gevallen of anders in de huiskamer. Ze kijkt naar het raam.

De regen slaat er hard tegenaan. Intense kou als ze de stalen bedrand aanraakt.

Dan klinkt er een tweede schot. Ze legt haar hand op de schouder van Ambrose, laat hem daar een ogenblik rusten. Misschien heeft ze zich verslapen. De gordijnen zijn immers dicht. Misschien is het licht bedrieglijk. Ze gaat in haar nachtpon het bed uit. Vindt haar slippers op de koude vloer. Loopt naar het raam. Duwt de gordijnen open. Volkomen donker buiten. Dus ze moet het zich hebben verbeeld. Ze tuurt naar het meer. Helemaal niets. Alleen de donkerder vorm van een door wind gekromde boom. Geen maan of sterrenlicht. Geen boot. Geen rood lichtje. Geen spoor van wie dan ook. Stilte.

Ze sluit de gordijnen en loopt terug door de kamer. Laat de slippers van haar voeten vallen. Slaat de deken en het laken open en zit al half in bed als ze het geluid hoort van het derde schot.

Dat, denkt ze, was geen lei. Dat was geen vallende baksteen.

BOEK DRIE

2011

de herdenkingstuin

Ik heb nu al jaren een ongeopende brief in mijn bezit. Hij reisde bijna honderd jaar geleden met een Vickers Vimy over de Atlantische Oceaan, een vliesdunne brief, hooguit twee kantjes, misschien maar één. De envelop is vijftien centimeter breed, elf en een halve centimeter hoog. Hij was ooit lichtblauw, maar is nu verkleurd en bevlekt met rook en geel en bruin. Het adres op de voorzijde is vervaagd en nog maar net leesbaar. Geen poststempel. Hij heeft gekreukelde randen en is een aantal keren gevouwen geweest. Hij moet jarenlang in jaszakken en kastladen zijn gestopt en er weer uit gehaald. Op een bepaald moment is hij gestreken, want er zit een brandplek op de rechterbovenhoek, een kleine zwarte plek bij de frankering en er zitten waterspatjes over de hele envelop alsof er ooit mee in de regen is gelopen. Hij is niet verzegeld, heeft geen bijzondere kenmerken, geen waarneembare vorm van wat erin kan zitten.

De brief is gedurende opeenvolgende levens van dochter op dochter overgegaan. Ik ben bijna half zo oud als de brief en heb geen dochter aan wie ik hem kan doorgeven, en ik moet bekennen dat ik weleens aan de keukentafel over het lough zat uit te kijken en over de randen van de envelop streek en hem op mijn platte hand legde en zo probeerde te raden wat erin stond, maar net zoals oorlogen ons samenknopen, houden raadsels ons bij elkaar.

Tot mijn schaamte moet ik bekennen dat ik een groot deel van mijn tijd geen specifiek doel heb gehad en ontrouw ben geweest aan mijn innerlijke beloften – een paar jaar verpleging, tien jaar politiek werk voor de Women's Coalition, een beetje boeren op het eiland, een maand of wat cosmeticaverkoop, een paar jaar jachthonden fokken. Ik kreeg op mijn negentiende een kind, verloor het toen ik achtendertig was. De naakte waarheid is dat ik niets liever wil dan mijn dode zoon weer in mijn armen houden – als ik wist dat ik Tomas in een boot naar de oever kon zien roeien, of in zijn lieslaarzen door de keuken kon zien lopen, of over het wad kon zien stappen met zijn verrekijker om zijn nek, dan zou ik de brief tot aan de kleinste snippers toe verscheuren, en de levensverhalen over heel Strangford en ver daarbuiten verstrooien. Maar nu koester ik hem. Hij ligt nota bene in de bijkeuken. Op de middelste plank, in zijn eentje. In een plastic archiefhoesje. Ik heb nog steeds een hang naar de roekeloosheid van de verbeelding. De tunnels van onze levens staan met elkaar in verbinding, komen op de gekste momenten bovengronds en dompelen ons vervolgens weer in het duister. We keren terug naar de levens van degenen die ons zijn voorgegaan, een verbijsterende ring van Moebius tot we uiteindelijk thuiskomen bij onszelf. Ik geneer me niet om hem af en toe tevoorschijn te halen en te kijken of ik toch nog iets van een aanwijzing kan vinden. *Aan de familie Jennings, Brown Street 9, Cork, Ierland.* Het handschrift heeft echt schwung, sierlijk en karaktervol, een zwierige stijl. Het was mijn grootmoeder Emily Ehrlich die de brief heeft geschreven, mijn moeder die de overtocht heeft geregeld, maar het is begonnen met haar moeder, mijn overgrootmoeder Lily Duggan, als iets al ooit werkelijk een begin heeft. Ze was een immigrante, een dienstmeisje uit Dublin, dat naar Noord-Missouri trok, waar ze met een man trouwde die ijsblokken zaagde en conserveerde.

Ik heb me vaak afgevraagd hoe het allemaal gegaan zou zijn als de brief op de juiste bestemming in Cork terecht was gekomen, wat voor mogelijke gebeurtenissen daaruit zouden zijn voortgevloeid, wat voor geluk, wat voor ongeluk, wat voor eigenaardigheden. Geopend was hij misschien verbrand geweest. Of vergeten. Of gekoesterd. Weggegooid. Of had hij ergens op een oude zolder, het domein van een eekhoorn of vleermuis, liggen verschimmelen.

Ongeopend heeft de brief natuurlijk nog minder gevolgen, behalve dat hij allerlei mogelijkheden in stand houdt, de kleine kans dat hij een schokkend feit bevat, of een inkijkje geeft in een vergeten schoonheid.

Maar dat is allemaal oud nieuws, niet echt een openbaring. Je kunt gewoon nooit weten wat er anders zou zijn gegaan, of hoe levens elkaar geraakt, of uit elkaar gedreven zouden hebben, of welke loop ze hadden kunnen nemen door de snee van een mes in een envelop. Zoveel van onze levens worden in lange zwervende banen gestoten.

De realiteit is dat ik ooit mijn ademende zoon dicht bij mijn oor hield, maar dat hij op een natte ochtend in oktober is doodgeschoten, in het wrede donker voor het aanbreken van de dag, en er zijn momenten dat ik graag zou weten wat er zou zijn gebeurd als het niet was gebeurd, en waarom het op die manier is gebeurd, en wat er voor nodig was geweest om te voorkomen dat het gebeurde. Maar ik zou vooral graag willen dat hij weer hier was, levend en groot en agressief en bereid me te verdedigen tegen deze laatste storm.

Vanmorgen – na het nieuws van de bank – roffelde een vlucht rotganzen over het lough, net boven het water, en bracht zijn eigen raadsels mee. Ze komen elk jaar. Je kunt er de klok op gelijk zetten. Gigantische zwermen. Ik heb er in vorige jaren twintig- of dertigduizend gezien in de loop van een paar dagen. Ze kunnen even de hemel verduisteren, in enorme wolken, dan hun vleugels intrekken en als een deken op het water en het gras neerdalen. Niet zozeer elegantie als wel de honger. Ze verspreiden zich over de moerassen, de pladdies en de abrupt oprijzende drumlinheuvels.

Ik ging in mijn ochtendjas en kaplaarzen de achterdeur uit naar het lough. Een beker koffie in mijn hand. Om mijn haar een netje. Geen ochtendbad. Op mijn aantrekkelijkst dus. Het was laag tij en de rotsen aan de oeverkant waren glibberig van het blaaswier. Georgie volgde me naar de waterkant, maar sjokte terug naar de tuin en legde haar kop op haar poten, oud en moe. Ik kon met haar meevoelen, en trok de jas onder me en ging op een koud rotsblok zitten, een meter of zes van de kant. Geen levende ziel in de wijde omtrek. De lucht zwart van de vogels. Ze doken en stegen en kwamen massaal naar de kust, over ons dak, en verdwenen dan achter me, maar vlak daarop kwam er alweer een nieuwe groep over, uit de richting van Bird Island.

De ganzen schijnen een feilloos geheugen te hebben. Ze komen jaar in jaar uit steeds naar dezelfde rotsen op dezelfde getijdeklippen. Ze leren hun jongen de kneepjes van het lough. Tomas nam vaak de blauwe boot van zijn grootvader om op de getijdestroom mee te dobberen. Hij kon uren naar het krabbelen van de ganzen in de lucht kijken, zelfs als het regende. Het was dan net of daar alleen zijn boot of zijn groene oliejas dreef. Als hij rechtop ging zitten om de riemen te pakken of de verrekijker op een bepaald punt te richten, leek zijn lichaam uit het water zelf op te rijzen. 's Avonds luidden we de etensbel aan de oever om hem naar huis te roepen. Dan kwam hij de tuin in geslenterd met de roeispanen over zijn schouder.

De vloed was tot halverwege mijn laarzen gekomen. Het was te koud om te zwemmen, hoewel ik op mijn tweeënzeventigste nog graag, zo nu en dan, een aftandse wetsuit aantrek om een duik te nemen. Ik bleef nog een halfuur naar de ganzen zitten kijken, totdat de rots bijna kopje-onder ging en mijn dikke lompe achterwerk, zelfs door mijn ochtendjas heen, ijskoud werd. Ik riep mijn dode zoon aan en beloofde hem dat ik de bank nog geen sprietje gras of druppel water of kapotte dakpan in beslag zou laten nemen. Ik stond op, stijf van het sentiment, en liep haastig terug naar de cottage waar Georgie op me wachtte. Ik gaf haar wat vlees, maakte een vuur van turf en houtblokken, en las een paar gedichten van Longley.

In de middag maakte ik een glaasje warme cognac met kruidnagels, maar ik kende mezelf te goed om zo vroeg te beginnen en gooide het in het vuur, waar de kruidnagels sisten. Ik haalde de brief uit de bijkeuken, zette hem op de schoorsteenmantel, bij al die andere bewijzen van vluchtgedrag: foto's en bankvorderingen en een tikkende klok.

Het oude verhaal: ze willen mijn land. Twee hectare eiland in een zeearm met honderd andere eilanden. Een grote cottage, een botenhuis, een vissershut, een vervallen kennel die mijn overleden man Lawrence heeft gebouwd. Het eiland is een boerenbedrijf geweest, een fokkerij van staande honden en bloedhonden, en is een tijd voor de eendenjacht gebruikt, maar sinds de dood van onze Tomas heeft er geen schot meer over het land geklonken.

Als ik over het land loop, vind ik nog steeds oude hulzen en patronen en de schedels van vogels die uit de lucht zijn gevallen. De baan van een aangeschoten vogel is iets ongelooflijks. Hard geraakt in de vlucht, blijft de lucht erachter bewegen, maar de vogel valt recht omlaag, een loodlijn naar beneden. Een plof op de grond, een plons in het slik of verder weg, in de golven. En dan de vreugde van de honden, springend door het gras of het water.

In de beste tijd hadden we acht honden. Nu is alleen Georgie nog over, de ouwe trouwe labrador. Ook zij staat wat zwaar op de poten maar ze kan nog een hoop herrie maken als er een wilde eend verschijnt.

Net over de brug liggen de ruïnes van een klooster die tien keer zo oud zijn als mijn kostbare brief. Historisch erfgoed. Koperen borden en overstapstenen en klimmend mos. Vijftienhonderd jaar geleden werden hier de heilige geschriften geschreven. Inkt van het land. Perkament van het vee.

Er komen maar weinig bezoekers over deze smalle binnenweggetjes naar de rand van het lough, maar ik ben nog sikkeneurig genoeg om met een stok te zwaaien als ze voorbij de ruïnes afdwalen en over de brug of de slikken naar de cottage komen.

Drie slaapkamers, een grote keuken, een woonkamer, een bijkeuken en een nieuwe serre gebouwd in de jaren tachtig onder supervisie van mijn moeder, alsof we die eeuwige oorlog uit ons systeem konden krijgen als we naar het water keken. De serre is hoog en breed en licht. Een houten bank voor de ramen. Kussens bedrukt met admiraliteitskaarten. De rest van de cottage was laag gebouwd om ons nederig te houden. Doorgezeten stoelen met verschoten bekleding. Een roetzwarte open haard. Een strenge boekenkast van mahoniehout en glas. Mijn zoon moest in de deuropeningen altijd bukken. De muren zijn dik, maar er is een kou die de buik van het huis in trekt en blijft hangen. Alle deuren moeten dicht zijn om de warmte van de haard in de woonkamer te houden. Alle soorten licht zijn welkom: het liefst van Tilley-lampen, stormlantaarns, het beroete glas van Victoriaanse olielampen.

Er vallen voortdurend schelpen op het dak, van vogels die overvliegen. Soms heb ik het gevoel dat ik in een percussie-instrument woon.

Bij het eerste teken van de dageraad trok ik mijn wandelkleding aan, greep Georgie en nam haar mee naar de rand van het lough, langs de oever door het vochtige bos achter de ruïnes. Aan weerszijden dikke, groene takken, een bodem van zacht mos. Een overstap in de muur.

Ze schrok van een warrige struik en blafte naar de schaduw van waaiende bomen die tussen de ruïnes waren opgeschoten. Haar oren omhoog, haar rug gekromd. De oude monniken gebruikten riet om de evangeliën in te kleuren. Koeienhuid en wolfsvacht en de pels van elanden als bescherming tegen het weer. Ze vermaalden botten, mengden ze met gras en aarde en bessen en planten. Ganzenveren. Leren banden. Stenen hutten. Bronzen klokken. Een reeks verdedigingswallen. Ronde torens voor de uitkijk. De vuren die ze brandden waren klein. De boeken die ze schreven werden meegenomen over het lough, over zee, naar Schotland.

Een vrouwtjeswulp komt deze contreien weleens bezoeken en zeilt dan over de cottage. Het gespikkelde grijs-bruin van haar veren. Haar lange, slanke snavel ziet eruit als een schaar die door de lucht vliegt, achter haar roep aan, knippend door haar eenzame verdriet. Ik volg haar graag door mijn verrekijker, als ze op de slikken naar zeepieren pikt die omhoog komen, maar ik heb haar al een tijd niet gehoord.

Ik liep door de ruïne van de kapel op de nek van de heuvel en raapte de ciderblikjes op die jongelui uit het dorp hadden achtergelaten. *Raves* noemen ze dat, geloof ik. Geef ze ongelijk. Beter hier dan in een vunzig slaapkamertje in een gemeentewoning. Overal lagen sigarettenpeuken, plastic hoezen, flessendoppen, doorweekte dozen. Ik liet de condooms voor een andere keer liggen. Twee verloren tierelantijntjes in het grind. *Ze houdt van me, ze houdt niet van me.*

Bij de kapelruïne bokste de wikkel van een chocoladereep tegen de wind, en een lege wijnfles completeerde de romantiek.

Alles was volkomen statisch en stil totdat een vlucht nieuwe ganzen in hoge formaties door het luchtruim van het lough trok. Ze maakten een lawaai dat erg op geweervuur leek en Georgie rende springend langs de muur alsof ze ze uit de lucht kon plukken.

Ik gooide het afval in de bakken bij de toegangsborden, stak de brug weer over, en liep het eiland rond. Een wandeling van een uur. Oude vrouw met haar hond. Georgie draafde vooruit, joeg vogels uit het hoge gras. Kapotte kreeftenkorven lagen her en der op een stukje strand aan het water. De randen van het lough zijn nooit waterdicht, naar het land noch naar de zee toe. De getijden stromen in en uit. Boten en herinneringen ook.

Tegen de tijd dat ik thuiskwam, ging de telefoon. Ik duwde de halve deur open, gooide de hondenriem neer, liep de lage kamers door en boog me over het antwoordapparaat in de keuken. Het vervloekte rood knipperde terwijl hij sprak. Weer Simon Leogue, de directeur van de bank in Bangor. Uiterst beleefd en afgemeten, een Zuid-Iers accent met een tikje Londens, ons hele conflict in één stem. *Goedemorgen, mevrouw Carson.* Een prima jonge kerel, als hij niet was wat hij was, maar hij is het.

De enige manier om een bericht te wissen is om er eerst naar te luisteren. Ik moest er niet aan denken om twee keer te luisteren, dus pakte ik de hoorn op en gooide hem midden in een zin weer neer, rukte daarna de stekker uit de muur. Een korte, maar weldadige stilte. Het was niet echt een slimme ingreep, maar voor noodgevallen heb ik een BlackBerry.

Ik haalde Georgie binnen en bracht haar naar de serre. De ganzen formeerden zich tegen de jagende lucht. De getijden eronder kunnen een lichaam snel naar zee afvoeren. Slacht de fraters, heil'ge waters.

Ze hebben Tomas in oktober 1978 doodgeschoten toen hij zijn boot op de oever wilde trekken. Negentien jaar oud. Nog op de universiteit, in zijn tweede jaar, hoofdvak kansrekening. Ik weet nog steeds niet zeker of het de UVF of de IRA of de UFF of de INLA was, of welke andere idiotensoort er destijds nog meer rondliep. Eerlijk gezegd heb ik wel een idee, maar dat doet er nauwelijks meer toe. Onze oude haat verdient geen hoofdletters.

Ze schoten hem dood voor een jachtgeweer. Binnen gehoorsafstand van de cottage in het donker van de vroege ochtend, zodat mijn moeder zich naar mijn slaapkamer haastte en zei: Dat is raar, Hannahlief, hoorde je dat? Lawrence holde al over het grasveld, het ijs krakend onder zijn voeten, en hij riep: O, mijn god, Tomas, o mijn god. We dachten eerst dat hij zichzelf had omgebracht, maar het waren drie schoten. Hij was er vroeg op uitgegaan om de lokeenden uit te zetten.

De stroom had hem een heel eind meegevoerd voor we hem te pakken kregen bij de Narrows, waar hij in steeds kleinere kringen ronddraaide. Het is nauwelijks wijsheid te noemen, maar hoe ouder ik word, hoe meer ik geloof dat ons leven niet uit tijd, maar uit licht bestaat. Het probleem is dat de beelden die zo vaak bij me terugkomen, zelden de beelden zijn die ik wil. Het water was zilver en zwart. De wind koud en striemend. We waadden door het ondiepe water om bij hem te komen. De boot cirkelde nog. Een zilveren licht rimpelde met ons mee. Zijn jekker. Zijn lieslaarzen. Verrekijker om zijn nek. Zo ontzettend jong. Hij zag er helemaal niet dood uit, alleen voorovergezakt. Vorst op zijn wenkbrauwen. Dat zal ik nooit vergeten. Een beetje witte rijp had zich erop vastgezet. Een hand gebald van woede, de andere open en slap. Lawrence tilde hem uit de boot en nam hem in zijn armen. Hij droeg hem naar de oever waar de uniformen kwamen aangerend. Vloekend over de slikken. Leg hem neer, zei een stem. Nu. Leg hem neer. Schijnwerpers op de kust, hoewel het al volop ochtend was. Loeiende sirenes. Mijn moeder op de oever met haar hand voor haar mond. In haar ochtendjas. Iemand sloeg een deken over haar schouders. Haar stilte. Lawrence legde mijn zoon aan de rand van het riet. De kranten maakten het wel erg eenvoudig: een jongeman buiten, gewapend met een geweer, belaagd door mannen buiten, gewapend met meer geweren. Wat is de waarheid ver van de werkelijkheid. Ik wilde toen elke moordende klootzak in Noord-Ierland bij zijn lurven grijpen en hem een nacht in de blauwe roeiboot van mijn jongen laten slapen, buiten op het lough, in het donker, tussen het riet, almaar ronddraaiend in vroeg-keltische figuren.

Ik trok mijn wetsuit aan en ging door de achterdeur het donker in. Het water kwam helemaal tot aan het grasveld. De lage stenen muur was bedekt met groen slijm. Ik ritste de waterschoenen dicht en liep de botenhelling af, waadde door de opkomende vloed. Georgie blafte op de oever, maar tegen de tijd dat ik me omdraaide was ze al in het water. Het is geen enthousiaste zwemster, onze Georgie, dus het was des te vertederender dat ze mee poedelde, met in haar grote bruine ogen een vleugje paniek. Ik moet er nogal vreemd voor haar hebben uitgezien: de krappe wetsuit, alleen mijn bolle gezicht zichtbaar met een paar grijze haren die uit de zijkant van de cap staken. Ik liet me langzaam zakken. Even de schrik van de kou, daarna de ingesloten warmte.

Om Georgies angst te sussen bleef ik dicht bij de oever. Drijvend op mijn rug keek ik hoe de sterren hun klauwsporen maakten. Als jongen vond Tomas het een spannend idee dat het licht dat onze ogen trof afkomstig kon zijn van een ster die al verdwenen was. Een tijdlang bestudeerde hij de hemel met al zijn ingewikkelde configuraties. Hij hoorde het verhaal over Alcock en Brown van zijn grootmoeder, en wilde weten wat Brown toen kon hebben geweten om over de Atlantische Oceaan te navigeren. Vliegen op instinct en schoonheid en angst. Het verbaasde hem dat Brown zonder gyroscoop had gevlogen. Tomas ging met zijn boot het lough op en bracht de sterren op millimeterpapier in kaart. Hij nam een sextant mee, een verrekijker, een waterpas en een infraroodlantaarn. Af en toe zette een patrouilleboot de schijnwerper op hem: de kustwacht kende de gewoonten van onze familie wel, maar de militaire eenheden deden vervelend. Met zoeklichten op hun boot kwamen ze snel en plotseling langszij. Luide megafoons. Parachutefakkels. Het ergerde hem en hij gaf ze een grote bek, tot ze in de gaten kregen dat het weinig kwaad kon, zo'n jongen met een vreemde liefhebberij, al kiepten ze wel een keer zijn boot omver, zodat al zijn zorgvuldige kaarten bedorven waren. In latere jaren verduisterde hij de ramen van zijn studentenkamer, schilderde de muren zwart, knipte licht-gevende stickers uit en plakte ze op het plafond en begon daarmee te navigeren. Een solitair leven.

Nadat hij van ons was weggenomen – het is nog zo moeilijk om *vermoord* te zeggen – werd het voor mij een brandende vraag of Tomas ooit een meisje had gezoend of niet, tot ik er een ontmoette die kennelijk een tijdje met hem uit was gegaan, een ordinaire del die op een verzekeringskantoor op Ormeau Road werkte. Ze genas mijn illusies over een ander leven voor hem.

Er zijn momenten dat het verleden een bijzondere weerklank krijgt en we gevoelig worden voor geluiden die normaal buiten het bereik van ons gehoor liggen. Onze Tomas was erg geïntrigeerd door ingewikkelde lijnen in zijn familie. Hij zat in ons huis aan Ma-lone Road vaak bij zijn grootmoeder naar haar verhalen te luisteren en wilde op een gegeven ogenblik een wiskundig model maken van zijn herkomst: Newfoundland, Nederland, Noorwegen, Belfast, Londen, St. Louis, Dublin. Een zigzaglijn die terugging tot Lily Dug-gan. Toen ik hem vroeg hoe zo'n model eruit zou kunnen zien, dacht hij even na en zei dat je het misschien kon vergelijken met een nest in een boom, gezien tegen een achtergrond van hogesnelheidscine-matografie. Ik begreep toen niet goed wat hij bedoelde, maar ik zie het nu als een mooie wirwar van twijgen die overal vandaan zijn gehaald, stukjes en brokjes, bladeren en takken, elkaar kriskras krui-send, versneld afgespeelde jaren, katholiek, Brits, protestant, Iers, atheïstisch, Amerikaans, quaker, terwijl de wolken voortdurend uit-eenstuiven in de geprojecteerde lucht achter hem.

Heremijngod, ik mis mijn jongen. Met het verstrijken der jaren steeds erger. In mijn somberste buien moet ik erkennen dat het heel goed kan zijn dat ik juist de pen op papier zet omdat ik niemand meer heb aan wie ik het verhaal kan vertellen. Na Tomas' dood verhuisde Lawrence zijn tweedpak naar een andere boerderij in Fermanagh en liet de cottage aan mij. Hij liet de schuld in het lough achter, zei dat ik op de een of andere manier wel mijn eigen weg zou vinden. De werkelijkheid is dat het licht aan het eind van de tunnel over het algemeen afkomstig is van de farmaceutische industrie. Er viel weinig hoop meer te putten, zelfs niet uit de herinnering. Twee generaties moeders leefden nog toen Tomas van ons werd weggenomen. Hij was het allergelukkigst met zijn grootmoeder. Nana, noemde hij haar. Ze zaten soms in tuinstoelen aan de rand van het lough. Ze zei vaak dat ze jonger was dan hij, en misschien was ze dat in bepaalde opzichten ook. Het klinkt banaal als ik de penpunt op de bladzij zet, maar er zijn momenten dat ik denk dat de slinger het eind van zijn boog heeft bereikt.

Ik zwom bijna een uur lang, tot elk stukje van me zeer deed van de kou, daarna waggelde ik de tuin in met Georgie op mijn hielen. Ik trok alle vesten aan die ik ooit had gekocht en liep, nog steeds bibberend, naar de keuken. Georgie was dicht tegen het Aga-fornuis aangekropen en ik kroop naast haar, maakte daarna een snelle hap van worstjes, eieren en bonen. Ze kwam naast me liggen terwijl ik aan tafel zat en mijn voeten aan het maanlicht op de vloer veegde.

Om weer bij zinnen te komen na een nacht van woelen en draaien, liep ik met Georgie in de vrieskou van de ochtendschemering over het eiland. Of beter gezegd, zij liep met mij. Mijn wulp riep vanaf de oostelijke pladdies. Ik was blij haar na zo lange tijd weer te horen. Ik vond haar roep altijd troosteloos, maar haar terugkeer heeft haar tot veel meer dan alleen maar een geluid gemaakt.

Georgie kuierde naast me langs het ratjetoe van oude touwen, gebroken roeispanen en kapotte oranje boeien die tegen de oever waren gedreven. De vloed kwam op en ik nam de korte weg over de slikken, trok mezelf vooruit door me vast te grijpen aan het lange riet, woelde rookachtig slib op van de bodem. Ik bleef een paar minuten stilstaan om het landschap beter in me op te nemen, of liever gezegd, om erdoor opgenomen te worden.

Toen ik de bocht in de weg op liep, ging mijn telefoon. Op de een of andere manier had de bank het nummer van mijn BlackBerry te pakken gekregen. Er waren twee nieuwe berichten. Heel beleefd. De huwelijkskandidaten voor mijn nette armoede. Het rode lichtje tikte in mijn zak. Ik wiste ze zonder ze af te luisteren.

Ik kwam de hoek om en zag de cottage, laag tegen het lough. Ik besefte op hetzelfde moment dat als ik niet snel iets deed, ik helemaal niets meer zou kunnen doen.

De Land Rover startte meteen, het trouwe paard. Georgie klom op de achterbank, drukte haar neus tegen het glas. Ze had een wasbeurt nodig. Ik draaide het raampje op een kier. De versnelling was stroef en het duurde even om de oprit af te rijden, de pladdies langs, de ruïnes voorbij en de zes kilometer naar het dorp.

Een knappe jongen vulde de tank met diesel en gaf me daarna met een wat verlegen schouderophaal mijn creditcard terug. Hij controleerde de banden, goot een liter olie bij en legde zijn vinger tegen de voorkant van zijn omgedraaide honkbalpetje.

'Gratis, mevrouw Carson,' zei hij. 'Dit is van het huis.'

Hij stopte een lap in de zak van zijn overall en draaide zich om. Ik riep hem terug, sloot zijn vingers om een pondmunt. Hij bloosde.

'Kijk uit op de weg, hè.'

Ik reed weg in de motregen, mijn ogen wazig van dankbaarheid.

Auto's kwamen midden op de morgen met groot licht achter me aan. Ik zwaaide beleefd dat ze om me heen konden en ging, toen er steeds meer passeerden, over op het V-teken. Sommigen waren zelfs zo goedgehumeurd dat ze lachten. Het kostte me bijna twintig minuten om op de grote weg te komen en wist maar net een botsing te vermijden die al mijn problemen in één klap zou hebben opgelost.

Ik moest grinniken op het stuk bij Comber, toen ik zelfs gepasseerd werd door een langzame boot op een aanhanger, waarvan de bestuurster de knipperlichten had aangezet.

Het verkeer in Bangor ging in file door de straat. Het was druk in de stad. Auto's, vrachtwagens, bestelwagens, fietsen. Ik prikte de Land Rover op een invalidenplek. De vergunning die ik had gebruikt om mijn moeder heen en weer te brengen was al vijf jaar verlopen, maar ik zette hem toch tegen de voorruit.

Ik ging op de achterbumper zitten om mijn laarzen te verruilen voor mijn goede schoenen. Ik voelde me een beetje plakkerig in mijn oude groene jachtjack, dus trok ik het uit, keerde het binnenstebuiten en gooide het over mijn arm. Ik droeg een vest en een oude blauwe jurk die Lawrence een eeuwigheid geleden voor me had gekocht: de rug van de jurk was een paar keer uitgelegd en nogal bont opgelapt, maar van voren zag het er nog prima uit, vooral met het vest eroverheen. Ik liep met Georgie en haar woeste ongeborstelde haar door High Street.

De deuren van de bank waren uitgerust met een verwarrend alarmsysteem. Ik was zo gevoelig als een op scherp gezette val. Toen ik eindelijk binnen was zeiden ze dat Georgie buiten moest blijven, honden werden niet toegelaten. Ik liet de arme jonge bediende weten dat ik niet alleen doof, maar ook blind was en dat Georgie de enige aanwezige met een ingenieursdiploma was, en dus mijn enige mogelijkheid om hun belachelijke Alcatraz binnen te komen.

'Ik zal zien wat ik voor u kan doen, mevrouw Carson.'

Ik zag ze in de hoek met elkaar overleggen. Een klein complot van brillen. Ze wipten en knikten als jojo's. De directeur zelf kwam langs in het glas erachter en tuurde nogal bezorgd naar me. Ik zwaaide hem familiair toe. Hij verraste me door terug te zwaaien, en ik dacht bij mezelf dat het misschien een beschaafd gevecht kon worden tussen hem en mij, tot ik me realiseerde dat va-banque spelen levensgevaarlijk was als, heel letterlijk, mijn erfenis er de inzet van was.

Ze lieten me drie kwartier wachten. Ik kreeg aanvallen van claustrofobie. De gevaarlijke illusie dat er met ze te praten viel, ging samen met de angst dat ze me op de een of andere manier in handboeien zouden afvoeren. Georgies blaas had weer zijn gebruikelijke streken en ze liet een plasje lopen bij de nepbloempotten. Ik was puberaal trots op haar en gaf haar een paar brokjes. Ze ging liggen en vlijde zich tegen mijn voeten. Buiten begon het middaglicht te verflauwen. Ik bekeek het komen en gaan van de klanten. Mijn moeder had zich dit nooit laten welgevallen. Ze zou zwaar beledigd zijn geweest, alleen al om door de bank te worden ontboden, laat staan als ze haar over haar rekeningen ondervroegen en haar huis bedreigden. Ze had in de loop der jaren met zoveel liefde de cottage opgeknapt: nieuwe ramen, isolatie, de serre. Zelfs in haar laatste jaren reed ze nog in haar rolstoel rond om vooral maar te zorgen dat de muren werden gewit, de deurkrukken geolied, de ramen waterdicht gemaakt.

Simon Leogue sloop ten slotte naar me toe. Grijs pak. Zandkleurig haar. Scherp gezicht. Zevenendertig, achtendertig jaar, ik vind het steeds moeilijker om iemands leeftijd te schatten. Hij keek omlaag naar Georgie en zei dat hij met alle plezier een employé zou vragen om een ommetje met de hond te maken. Ik zei, dank u, maar de hond ligt hier prima, en was in de verleiding hem een sneer te geven over zijn namaaknoordelijke accent, maar dat leek me onverstandig.

'Wilt u meekomen naar mijn kantoor, mevrouw Carson?'

'Ik handel mijn zaken liever hier af, dank u. Ik hoef me nergens voor te schamen. U mag Hannah tegen me zeggen. Ik ben geen grafzerk.'

'Natuurlijk niet,' zei hij.

Hij had snelle ogen. Zijn blik flitste langs Georgie. Hij maakte een elastiek van een map los. Zijn nagels zagen er onverzorgd uit. Rode striemen op het vlees rond zijn duimen. Maar zijn handen verdwenen toen hij de nogal duidelijke verdamping van mijn financiën aantoonde. Mijn hypotheek. Mijn bankschuld. Een speer is een speer – die kun je van een afstand gooien of langzaam inprikken, precies tussen de ribben. Hij deed het allebei, en opmerkelijk goed. Ik vond hem bijna aardig vanwege zijn kalmte en aplomb. Hij zei dat hij mijn krediet wellicht zou moeten bevriezen zolang ik het huis niet had verkocht. Anders zou het worden geëxecuteerd. Hij bleef gelijkmoedig, was gewiekst wollig, zei dat er een aantal prachtige flatjes te huur stonden in de stad, of zelfs aan zee, als mijn financiën eenmaal op orde waren. 'Het is een lough, geen zee,' zei ik, maar hij haalde zijn schouders op, alsof het lood om oud ijzer was. Hij begon niet over aanleunwoningen of een bejaardentehuis, dan zou ik echt

zijn gaan gillen. Ik zei iets belachelijks over Majakovski en de del-
ging van de ziel, maar zelfs ik wist dat het een hopeloze zaak was. Ik
kon niet anders dan bewondering hebben voor de behendigheid en
eindeloze beleefdheid waarmee ik razendsnel klem was gezet. Daar
zat hij, als een met zichzelf ingenomen jonge hond en ik voelde me
dommer dan gebruikelijk. De oude iconografie van de Ierse verbeelding: uitzetting.

Ik zei dat ik de cijfers graag mee naar huis zou nemen om mijn
accountant er eens goed naar te laten kijken.

Hij zuchtte diep en schoof me zijn visitekaartje toe. 'Accountant?'
Hij zei dat hij me zoveel tijd zou geven als hij kon, maar dat er eerlijk gezegd niet veel meer over was. 'Mijn privénummer staat erop,
wie weet komt het u te pas.'

Ik voelde me te vernederd om te reageren. Vreemd genoeg glom
er iets van triestheid in zijn ogen. Hij knipperde ermee en keek weg.
Ik was even doodsbang dat hij van streek zou zijn vanwege mij.

'Je moet je handen beter wassen, Simon,' zei ik.

Georgie bleef iets te lang liggen en ik gaf een harde ruk aan de lijn,
wat wreed was, maar mijn woede begon over te lopen in tranen, en
ik was niet van plan om dat in de bank te laten gebeuren.

Buiten prikte het licht van Bangor in mijn ogen. Een vlaag van
zelfmedelijden bleef bij mijn borstbeen steken. Er tufte nota bene een
boerderijtractor over Queens Parade. Je ziet ze weinig meer tegenwoordig, maar op deze zat een jonge knaap aan het stuur met een
collie aan zijn voeten bij de versnellingspook. Hij glimlachte zelfs
terug en tilde een wijsvinger van het stuur toen ik knikte. Tomas was
nooit een jongen geweest met feeling voor het werk op de boerderij.
Hij meed het tot elke prijs. Gaf de voorkeur aan de boot. Waarom
Tomas die ochtend het geweer had meegenomen, ik heb geen idee.
Hij hield helemaal niet van de eendenjacht; het was gewoon iets wat
hoorde, iets van zijn stiefvader. In zijn vroege tienerjaren jaagde hij
nooit. Gaf de voorkeur aan verrekijkers. Ronddobberen op het
water. Het kwam allemaal neer op vectoren en hoeken. Hij vroeg
zich af of er een manier was om de natuur in kaart te brengen. Het
was een beetje een lummel, onze Tomas, hij zou nooit iemand wor-

den die de wereld zou verlichten, maar hij was meer dan genoeg voor mij. Het gestolen geweer is nooit boven water gekomen. Wie weet wat voor geschiedenis het heeft gediend, of dat het gewoon is weggegooid en begraven in het veen, bij de oer-elanden, de botten, de boter?

Ik keek de tractor na, maar keerde algauw met een klap in de werkelijkheid terug. De Land Rover stond aan het eind van de straat, met een wielklem. Zo'n mooie gele. Ik had geen enkele puf om met parkeerwachten te gaan ruziën. Ze stonden nors en kwaadaardig aan het eind van de straat. Ik maakte rechtsomkeert naar de bank en haalde er geld uit de muur voordat Simon mijn krediet kon bevriezen.

Ik smeekte hen om me zonder bon te laten gaan, maar de parkeerwachten wierpen hun grote talent voor schouderophalen in de strijd. Ik betaalde de boete, maar het kostte ze nog een eeuwigheid om de klem te verwijderen.

Georgie lag op de achterbank te slapen tegen de tijd dat ik het laantje in reed. Ik ging wat in de achtertuin spitten om de woede, of de angst, van die dag op te branden. Ik keerde een paar kluiten om in het oude tomatenperk. Er viel een miezerige regen uit de hemel, die oranje was door de lichtvervuiling van Bangor. Je staat er nooit bij stil dat sterren zullen verdwijnen. Onze vergeefse pogingen om te navigeren. Ik schopte de modder van mijn laarzen en ging naar binnen. Hoe vaak staan we niet de drek van de spiegel te schrapen? Er hing een verzameling boeventronies in het gangetje naar de bijkeuken waar ik de spade neerzette. De bekende verdachten. Mijn moeder in haar tennistenue, een zware rode wijn. Mijn vader in zijn RAF-uniform. Mijn grootvader voor de poort van een linnenfabriek. Mijn Amerikaanse grootmoeder op het dek van een trans-Atlantisch lijnschip. Mijn Tomas die zes makrelen aan een enkele lijn omhoog houdt. Jon Kilroyan, de boerenknecht, voor de vissershut. Mijn man in zijn tweedpak en knielaarzen. Buren en oude vrienden van de Women's Coalition. Een foto van mij op heel jonge leeftijd tijdens een vossenjacht, met een beagle achter me aan dravend, mijn hele leven zo duidelijk voorbestemd, de bevoorrechting liep langs mijn ruggengraat.

Twee dagen lang storm. Georgie en ik bleven binnen. Het weer ranselde het lough. De lucht was donker. Takken braken van de bomen. De buien waren meedogenloos. Ik ging op in hun beurtzangen. Op de derde dag vertrok ik. De brief lag naast me op de passagiersstoel, gestoken in zijn plastic archiefmapje. Niet de allerbeste manier van bewaren, denk ik, maar bij gebrek aan een geklimatiseerde bankkluis had ik niets anders.

Het verkeer op de weg naar Belfast werd drukker. Auto's achter me knipperden met hun lichten en toeterden luid bij het passeren. Ik gebruikte mijn V-teken weer, al schijnt de middelvinger tegenwoordig de meest populaire groet te zijn. De auto's toeterden en zwenkten. Ik was tevreden met mijn sukkelgangetje.

Op rotondes raak ik altijd in verwarring. Even buiten Comber ontdekte ik dat ik op de een of andere manier op weg was naar de Stormont, waar mijn moeder en ik meer dan tien jaar geleden uren en uren hebben gestaan. Ze huilde toen op Goede Vrijdag het vredesakkoord was getekend. Dikke tranen van blijdschap. Ze gleed als een zeehond uit al het oude verdriet dat ze met zich meedroeg. Ze had nog vier maanden te leven. Ze wilde de volle eeuw halen, maar zei kort voor haar dood tegen me dat ze het zo welletjes vond. Waarom verrast de dood ons toch altijd? Toen Tomas van haar weggenomen werd, zei ze dat het was alsof er een gat in haar borst was geslagen om haar oude hart eruit te rukken. Nu voelde ze zich gezegend door het idee van wat ze George Mitchells vrede noemde. Ze had ook een zwak voor John Hume, met zijn krullenkop. Goeie kerels, zei ze. Ze hadden de moed om aan het net te blijven volleren. Een van haar gelukkigste momenten was de ontmoeting met Mitchell op de tennisclub. Zijn grijze haar. Zijn trainingsjack. De onuitputtelijke beleefdheid van de man. Het kwajongensachtige dat er in hem zat. Hij stond met zijn racket achter zijn rug. Hij boog zich naar haar toe als ze sprak. Ze wist dat de radertjes in zijn hoofd volop draaiden. Ze had hem gezegd dat hij aan zijn backhand moest werken.

Voor haar had Mitchells vrede Tomas te ruste gelegd. Ze stierf in haar slaap. Ze werd gecremeerd en we strooiden haar in het westen uit boven zee. Haar hele leven had in het teken van water gestaan, in Newfoundland en daarbuiten. Soms heb ik van die fantasieën dat ze zelf met die Vickers Vimy meevloog, dat haar wilskracht hem de oceaan over hielp. Ze was verzot op het verhaal van Alcock en Brown en haalde vaak de foto's tevoorschijn, liet ze ons zien, nam de kleinste bijzonderheden met ons door. Er zat zoveel van haar eigen leven in dat begin.

Mijn leven voelde alsof de slinger naar beneden begon te zwaaien. Ik was drie of vier jaar niet in Belfast geweest. Onze treurige, vormeloze, beroete stad. Muurschilderingen, stegen, zwarte taxi's, hoge gele hijskranen. Het is er altijd zo agressief somber geweest. Maar de universiteitsbuurt verraste me – die was vrolijker, groener, vol leven. Ik parkeerde en trok een verbouwereerde Georgie aan de lijn mee. Wat heeft die stad toch een schitterende namen, misschien om ons verdriet weg te nemen. Holyland. Cairo Street. Damascus. Jerusalem. Palestine.

Ik vond het kantoor tamelijk makkelijk, boven een Spaans restaurant op Botanic Avenue. De trap op. Stoffig licht in. De filatelist was klein, tenger, kaal, met een hangende bril en een zweem van verval om zich heen. Belfast zit vol merkwaardige mensen die vanwege de Troubles zijn ondergedoken: ze wonen in kleine ruimten en in grote fantasieën. Hij zette zijn bril op zijn neus en tuurde me met grote ogen aan. Hij had iets van een wasbeer. De aanwezigheid van Georgie, die niet erg fijnzinnig aan zijn kruis snuffelde, leek hem totaal niet te storen.

Hij veegde mijn stoel met zijn zakdoek af voor ik ging zitten, liep naar zijn kant van het bureau, vouwde zijn handen en zei mijn naam alsof die het enige uitroepteken was dat de dag verdiende.

De bibliotheeklampen wierpen vreemde schaduwen. Hij werd omlijst door een rij Graham Green-romans, nauwkeurig gerangschikte leren uitgaven. De kleinste aanwijzing kan ons verraden. Hij opende het hoesje en liet een gesis horen, waarvan ik niet wist of dat nu bewonderend of spottend was bedoeld. Hij keek naar mij en dan weer naar de brief. Hij trok een paar latex handschoenen aan en legde de envelop op een stuk blauw vilt, draaide hem met een pincet om. Ik wilde hem het verhaal erbij vertellen, maar hij hief steeds een vinger op om me tegen te houden. Hij verraste me door een gloednieuwe computer aan te zetten en behendig door zijn bestanden te scrollen. Hij keek op en zei dat er tientallen brieven van Alcock en Brown verkrijgbaar waren, hij was zelf naar allerlei tentoonstellingen in Groot-Brittannië geweest waar hij de echte brieven had gezien, ze waren behoorlijk wat geld waard, vooral als ze in uitstekende conditie waren. Hij zei dat mijn brief ongetwijfeld uit Newfoundland was gekomen, dat de envelop correct was, het frankeerstempel authentiek, maar dat er een gewone Cabot-zegel op zat, geen trans-Atlantische overdruk. Het poststempel ontbrak, dus hij kon in elk willekeurig jaar verstuurd zijn en in geen van de registers was ooit melding gemaakt van een nieuwe brief, en dus was er geen enkel onbetwistbaar bewijs van echtheid.

De naam Jennings zei hem niets. Die van Frederick Douglass evenmin. Hij trok zijn magnetische bril uit elkaar en liet hem op zijn holle borstkasje vallen. 'Eerlijk gezegd zou u hem moeten openmaken, mevrouw Carson.'

Ik zei dat hij mijn moeder met ongeveer tien jaar was misgelopen en dat zij de echtheid heel makkelijk had kunnen bewijzen, ze zat in het Cochrane Hotel toen de vlucht van start ging. Ze was zeventien. Ze had het vliegtuig – met de brief – zien vertrekken en kleiner zien worden aan de hemel. Hij was nooit in Cork aangekomen. Jaren later was ze de brief naar Groot-Brittannië gevolgd en had Arthur Brown in Swansea ontmoet. Hij had de brief in zijn uniformjasje laten zitten. Hij had hem aan haar en Emily gegeven en zij had hem weggeborgen, niet wetend wat ze ermee aan moest. Ik vertelde het kort en zakelijk, maar niettemin leek hij in zijn stoel weg te zinken, tot hij ten slotte zei dat hij het eigenlijk niet aandurfde om een concrete waardeschatting te maken van wat kennelijk een familie-erfstuk was, hoewel het een aardig bedrag moest zijn, misschien een paar honderd pond, al had dat met een poststempel een paar keer zoveel kunnen zijn.

Hij stond op uit zijn stoel en maakte de deur open, krabde toch nog even Georgie achter haar oren. Wat had ik trouwens verwacht? Op Botanic Avenue stak het licht in mijn ogen, daarom liep ik het Spaanse restaurant binnen, waar de knappe jonge eigenares zich over me ontfermde en me op een glas rioja met wat tapas trakteerde, terwijl haar man op de piano ragtime en liedjes van Hoagy Carmichael speelde. Onze eigen leeftijd blijft ons voortdurend verbazen. Ik weet heel zeker dat Lily Duggan ooit iets dergelijks heeft gevoeld, en ook Emily Ehrlich en Lottie Tuttle, de opeenvolging van vrouwen wier levens waren besloten in de brief die ik in mijn hand hield.

Ik ben niet van mening dat we lege stoelen worden, maar uiteindelijk zullen we onderweg wel plaatsmaken voor anderen.

Twee glazen wijn was te veel voor me. Duizelig vond ik uiteindelijk de auto, reed een stukje, maar zette hem op Newtownards Road aan de kant. Ik moet even zijn ingedommeld, want Georgie begon te grommen en er werd ongeduldig op het raampje geklopt. Een vrouw in uniform. Ik draaide het raampje omlaag. Het was inmiddels donker.

'U staat scheef geparkeerd,' zei ze.

In feite had ik me niet eens gerealiseerd dat ik geparkeerd stond. Ik kon mijn eigen gedachten bijna door mijn hoofd zien glijden, als een karper in een vijver, duidelijk en traag. 'Neem me niet kwalijk, agent.' Ik startte de motor, maar ze boog zich over het stuur naar binnen en pakte de sleutels.

'Hebt u gedronken?'

Ik strekte me naar achteren en streelde Georgies nek.

'Hebt u familie hier in de buurt?'

Ik zei dat ik hier niemand kende, maar toen ze met een blaastest dreigde en de mogelijkheid dat ik de nacht op het politiebureau – dat ze de kazerne noemde – zou moeten doorbrengen, vroeg ik me wanhopig af wie er nog in de stad zou kunnen zijn.

Opeens dacht ik terug aan een tijd die me bijstaat als bruisend en vrolijk. In de jaren zestig maakte Lawrence deel uit van een groep herenboeren die op zaterdagochtenden bij elkaar kwam. Ze droegen tweed jasjes. Plusfours. Hun patroonriemen rammelden als ze langs het lough wegliepen. De *dames* – zoals we toen heetten – speelden tennis. Mijn moeders hartstocht voor dat spel heb ik niet geërfd, maar ik deed wel mee. We zagen onze echtgenoten aan het begin van de avond, dronken cocktails, reden op weg naar huis onze auto's de sloot in. Ik ben ervan overtuigd dat er op de slikken nog steeds wielsporen van ons te vinden zijn, als resten van reigers.

Het is niet bepaald een glorieuze herinnering, maar ik moet bekennen dat ik nogal gul was met mijn genegenheid. In de loop der jaren heb ik verschillende verhoudingen gehad, de meeste haastig, kribbig en ronduit saai. Een afspraak op een parkeerterrein, gestolen ogenblikken in de badkamer van een golfclub, in de benauwde ruimte van een opgekalefaterd jacht. De mannen schenen allemaal uit te zijn op een tweede kans in hun leven. Ik ging vol schuldgevoel en melancholie terug naar Lawrence, nam mezelf voor om nooit meer vreemd te gaan. Ik weet bijna zeker dat hij dat ook deed, maar het interesseerde me niet genoeg om het uit te zoeken. Ik klampte me vast aan het moederschap. Toch waren er momenten dat de wereld met me aan de haal ging. Het meest gedenkwaardige was één middag met Jack Craddogh, een hoogleraar geschiedenis aan de Queen's Universiteit, die even buiten Portaferry een zomerhuisje had: een en al glas, champagne en afzondering. Zijn vrouw was meubelontwerpster en moest regelmatig naar Londen. We zochten aanvankelijk aarzelend toenadering, maar opeens rukte hij de knopen van mijn jurk en de middag ging op in extase. Zo vreemd om nu terug te denken aan de toeren die we toen konden uithalen: het is alsof ik een foto heb van dat ene moment waarop mijn jonge hand op zijn bonzende borst lag.

Ik stamelde even, en zei toen tegen de agente dat ik een echtpaar in de buurt kende, niet ver van Donegall Square.

'Bel ze,' zei ze, en ze stak me een mobieltje toe, maar ik verbaasde haar met mijn BlackBerry. Jack nam meteen op. Ook hij klonk alsof hij al wat vermouth op zijn tong had. Ik vroeg of ik die avond bij hen kon blijven. Hij begreep het niet en ik schreeuwde door de telefoon dat ze Georgie en mij die nacht in de gevangenis wilden gooien.

'Georgie?' zei hij en toen wist hij het weer. 'O, Hannah.' Wat gedempt geklaag op de achtergrond, een ingewikkelde zucht.

De agente aarzelde een ogenblik, zei toen dat ze achter me aan zou rijden om er zeker van te zijn dat ik aankwam waar ik naartoe wilde. Ik moet een beetje hebben geslingerd, want ze liet me weer stoppen en nam het stuur over, terwijl haar collega achter ons aan bleef rijden. Ze vond het treurig dat ik op mijn leeftijd dronken rondreed en zei dat ze me ter plekke had gearresteerd als de hond er niet bij was geweest. Ze leek me het type vrouw dat ooit, lang geleden, grondig verzuurd was geraakt. Dat zou nu niet zoeter worden. Ik had zin om mijn hele geschiedenis met Jack Craddogh te vertellen om te zien of ik haar tot een lachje kon verleiden – hij béét de allerlaatste knoop van mijn jurk, deed alsof hij die doorslikte en zoende me – maar ik bleef rustig naast haar zitten, braaf mokkend, en zei niets. We zijn allemaal een keer jong geweest: mijn moeder zei altijd dat we de wijn moesten drinken voordat hij zuur werd.

We stopten voor Jacks grote Victoriaanse huis. Hij stond in de deuropening onder het gebrandschilderde raam, nog steeds een grote, elegante man. Zijn vrouw Paula stond half achter hem in haar badjas.

Jack kwam het pad af, duidelijk ouder, maakte het smeedijzeren hekje open en gaf de agente een hand, verzekerde haar dat het allemaal in orde was, dat hij zou zorgen dat ik een flinke nacht zou maken. Hij leek ietwat wrevelig bij het idee dat hij ook voor Georgie moest zorgen, maar ik nam haar mee door het gerenoveerde huis – hoge plafonds en bovenlichten en rijk behang en oude schilderijen – en bracht haar naar de kleine patio achter, waar ze zich met haar kop op haar poten bij haar lot neerlegde.

We zaten met zijn drieën aan zijn keukentafel thee te drinken, omringd door dure moderne apparaten, terwijl het verleden zijn vuursteen tegen het heden ketste. Jack was in de afgelopen jaren een vogelaar geworden, een benaming die me bijna mijn thee deed uitproesten van het lachen. De scholekster, de smient, de grutto. Hij en zijn vrouw waren de vogels uit de omgeving gaan tekenen. Ze hadden vaak bij mijn cottage langs willen gaan, zeiden ze, maar het was er nooit echt van gekomen, de tijd glipte door hun vingers. Ik moest toegeven dat de aquareltekeningen best mooi waren en begon te twijfelen aan mijn eigen tijdsbesteding: buiten zitten, zwemmen, kijken, wachten.

Bij de gedachte aan de cottage trok een sentimentele mist over mijn ogen, namen die door decennia regen waren uitgewist, en ik stamelde iets over het idee om ze in volle vlucht te tekenen.

Jack brak een fles cognac aan en we warmden onszelf met geklets over zijn andere lopende project: hij was min of meer gepensioneerd, maar gaf nog een cursus negentiende-eeuwse geschiedenis op Queen's. Hij was gefascineerd door wat hij de literatuur van de koloniaal noemde. Hij sprak langzaam, alsof hij op zijn woorden kauwde. Op zijn handen zaten levervlekken. Hij schonk de cognac een beetje beverig in.

Na een tweede glas kondigde Paula aan dat ze de jongelui alleen liet – ze zei echt *de jongelui* – en Jack stond op en liep met haar naar de deur, en zijn hand streek over haar achterwerk, wat me gezien de omstandigheden een geweldig moedige daad leek. Hij kuste haar vol op de mond alsof hij haar gerust wilde stellen. Ik hoorde haar met weer een zucht de trap op klossen.

'Zo,' zei hij, alsof alles tussen ons opnieuw was begonnen en mijn hand nog steeds boven zijn zwoegende hart zweefde. 'Wat brengt je naar deze contreien, Hannah?'

Ik had de onaangename gewaarwording dat mijn leven weer een slag terugdraaide, alleen was ik er slechter op voorbereid dan ooit. Hij had jaren geleden over de brief gehoord, maar had hem nog nooit gezien. Het was, zei hij, de allereerste keer dat hij op een *levende metafoor* was gestuit. Ik wist niet precies wat hij bedoelde, en had zin om de brief meteen voor zijn ogen te verscheuren, alleen maar om die bewering teniet te doen. Mijn leven en mijn huis leken me helemaal geen *metafoor*: het was een bestaande, ademende plek waar meeuwen vanuit de lucht schelpen op lieten vallen, en waar alle deuren dicht moesten om het warm te houden, en waar de spoken moesten bukken wanneer ze door de lage kamers dwaalden. Ik neem aan dat Jack Craddogh niet al te verbaasd was dat mijn familie en ik er in de loop der jaren in waren geslaagd het grootste deel van het linnengeld van mijn overleden grootvader te verbrassen.

Ik was voorzichtig met het omschrijven van de details, maar hij zel dat er heel weinig hoop was dat de universiteit bereid zou zijn om een risico te nemen met een ongeopende brief, wat voor bewijs er ook bij geleverd kon worden.

Maar de brief had duidelijk zijn belangstelling geprikkeld. Hij was op de hoogte van de connectie met Douglass: het was, zei hij, de laatste tijd bon ton geworden voor de Ieren om zichzelf verschrikkelijk tolerant te vinden. Hij gebruikte het woord *zij* als een deur, die hij open en dicht kon doen. De academische vraag was wanneer *zij*, de Ieren, in feite blank waren geworden. Het zat vastgehecht aan begrippen als kolonialisme en verlies. Hij had politieke figuren uit Australië, Groot-Brittannië en van de Tammany Hall in het oude New York bestudeerd, en hoe ze zich mengden in de literatuur van hun tijd, hoe dat blanke aspect aan de oppervlakte kwam. Hij wantrouwde wetenschappers die te dicht aanschurkten tegen wat hij de donkerder kanten noemde. Het was mij een beetje al te stoffig. Maar hij kende, zei hij, een aantal wetenschappers die de bezoeken van Douglass aan Groot-Brittannië en Ierland bestudeerden. Hij kon me in contact brengen met een van hen, David Manyaki uit Kenia, die aan de universiteit in Dublin doceerde.

Ik was nogal duizelig geworden van al die aardrijkskunde en cognac. Hij ratelde maar door over zoiets als innerlijke kolonisatie en toonde een glimlachje toen ik begon te gapen. Ik had echt wat rust nodig, zei ik. Ik was niet meer in staat om zoveel op te nemen als vroeger. Hij glimlachte, legde zijn hand op die van mij, hield hem daar een ogenblik, en keek me recht in de ogen tot ik wegkeek. Ik hoorde zijn vrouw boven over de planken vloer heen en weer lopen: ongetwijfeld om handdoeken, tandenborstel en nachtpon op het logeerbed te leggen.

Hij wilde zich over me heen buigen. Ik moet toegeven dat ik het wel vleiend vond. Ik zei dat ik het zou opslaan onder vermoeidheid in plaats van onder lust. Tweeënzeventig jaar: sommige dingen zijn beter houdbaar als herinnering.

De dag brak helder en koud aan. Vorst in de lucht. De hoge gotische torens van het universiteitsgebouw stonden grimmig tegen een strakke blauwe lucht. De studenten liepen kwiek en netjes gekapt over de goedverzorgde paden.

Mijn eigen studententijd aan het eind van de jaren vijftig was kort en oppervlakkig geweest. De literatuur had me niet voorbereid op zwangerschap op mijn negentiende. Mijn vrijer uit Amsterdam ging terug naar zijn grachten. Ik kon het hem nauwelijks kwalijk nemen. Ik was lange tijd een soort mislukt protestants meisje dat pieken aan haar haar zoog en eindeloos zwatelde over revolutie en gerechtigheid. De arme jongen was doodsbenauwd geworden. Hij stuurde met kerst altijd geld, tot het jaar dat de enveloppen helemaal wegbleven. Tomas heeft nooit de kans gekregen om hem te zien.

Ook Tomas' studententijd werd afgebroken. Als ik hem bij de universiteit afzette, in 1976, liepen er studenten over de voetpaden met Martin Luther King-affiches en Miriam Makeba-T-shirts. De Troubles waren al acht jaar aan de gang en ze zongen nog *We shall overcome*. Tomas liep ertussen. Een hoopvolle glans in zijn ogen. Hij droeg zijn haar krullend en zijn broekspijpen wijd. Hij deed een keer mee aan een studentenbezetting van het letterengebouw en ze waren dwaas genoeg om witte duiven uit een raam te laten vliegen. In de loop van de tijd werd hij rustiger. Stak zijn neus in de wiskundeboeken. Hij wist nooit precies welke kant hij op wilde, maar dacht dat hij misschien actuaris kon worden. De levensduur, de waarschijnlijkheid van overleving. Geen formule voor onze ironie. Hoe was het op die donkere ochtend, toen een paar gemaskerde mannen het riet uiteenduwden? Wat voor kleine siddering overviel hem toen hij naar een kogel in zijn buik greep?

Ik verliet het universiteitsterrein en bracht Georgie terug naar de auto. Ze legde tijdens het rijden haar kop op mijn schoot. De kleine vertroostingen.

Toen ik terugkwam op het eiland, lag er weer een brief van de bank. Van het moeizame voorstellingsvermogen van Simon Leogue. Simon zegt: Je bent failliet. Simon zegt: Betalen. Simon zegt: Verkopen, of anders… Simon zegt: Nu. *Nu.*

Hoe kwam het dat ik hypotheek op hypotheek had genomen op alles wat me vooraf was gegaan? Vanaf het lough keek ik om naar het huis en de hele keuken sprong op rood, dan op donker, dan weer rood. Ik had het gevoel dat ik was overgestoken naar een oever waar ik niet echt leefde, maar toen realiseerde ik me dat het gewoon het antwoordapparaat op het keukenbuffet was. Ik had een tijdje overwogen om het met een stuk papier te verduisteren en het er alleen onder vandaan te halen wanneer ik dat wilde. *Spreek alstublieft een boodschap in na de toon.* Ik zwom een halfuur, liep daarna de tuin in, wreef Georgie met een handdoek droog, kleedde me aan, zette de ketel op en wachtte tot hij floot. Ik had een bruin vermoeden dat de boodschap weer van de bank was, maar een rood lichtje is een rood lichtje.

Het bleek Jacks bevriende hoogleraar te zijn, David Manyaki, die zei dat een brief, die mogelijk betrekking had op Douglass hem intrigeerde en dat hij me graag voor een lunch zou uitnodigen als ik een keer in Dublin was.

Een Afrikaans accent. Hij klonk ouder, gearriveerd, voorzichtig. Een beetje Harris Tweed in de stem.

Vroeg in de morgen vielen schelpen uit de lucht, stuiterend over het leien dak. De meeuwen daarboven vormden kleine ziggoerats in het uitspansel. Ik liep de dauw in. Hier en daar lagen mosselen open in het gras. Debussy had ooit gezegd dat muziek is wat er tussen de noten gebeurt. Ik was opgelucht dat ik thuis was en weer energie had, ondanks mijn lamlendige slaap. Ik pakte de stapel rekeningen en verbrandde ze in de haard.

In de woonkamer hingen naast de schouw een paar van mijn moeders oude aquarellen. Toen ze ouder werd ging ze schilderen, omdat haar belangstelling voor fotografie was verflauwd. Ze vond dat de nieuwe apparaten het plezier uit het werk haalden. Ze zat graag in de serre te schilderen: er is er een van de cottage zelf, de blauwe deur half open naar het lough, dat zich daarachter eindeloos uitstrekt.

Ik zat in de keuken naar de radio te luisteren toen er een storm opstak. Windkracht 10 begon over het lough te razen. Binnen een uur beukten enorme golven tegen de zeewering. De regen kwam de tuin in en mepte tegen de ruiten en de storm deed wat hij kon met het lough.

David Manyaki. Vreemde naam. Misschien een weduwnaar met een Achebe-gezicht. Een strook grijs haar. Een hoog voorhoofd. Een ernstige blik. Of misschien was het een blanke man met een Afrikaans accent. Zilveren brilmontuur en charmant. Met leren stukken op de ellebogen van zijn jasje.

Ik vroeg me af of ik hem moest bellen of googlen of hoe dat ook heet, maar mijn BlackBerry deed het niet: geen bereik.

Als ik in mijn jeugd graaf, komt de rit van Malone Road naar de cottage altijd als leukste naar boven. In de auto met mijn vader en moeder. We herinneren ons routes net zo goed als we ons mensen herinneren. Ik wilde die weg een stuk terug volgen vanwege die goede ouwe tijd. Ik maakte een lus via Newtownards in het noorden, dan naar het oosten door Greyabbey en weer omlaag via Kircubbin, een hele rondrit langs de oevers van het lough.

Er is een mooie helling naar de oude veerboot in Portaferry. Ik sloot aan bij de rij op de oostelijke oever en keek hoe de veerboot overstak en een dunne witte lijn achter zich aan maalde. Een stuk of tien auto's op het dek, de zon blikkerde op hun voorruiten. Een paar kinderen op het bovendek keken over het kanaal uit of er bruinvissen uit het water opdoken. De tocht over de Narrows is maar een paar honderd meter, maar de boot moet het kanaal schuins oversteken, in een hoek die afhangt van de kracht en de richting van het getij. Al vierhonderd jaar gaat hij heen en weer. In de verte lagen de Mournes paars tegen de hemel. Misschien zijn ze om een andere reden het Treurgebergte genoemd, maar juist door die schoonheid is het telkens weer schokkend om te bedenken dat we elkaar zoveel jaar aan flarden hebben geblazen.

De veerboot manoeuvreerde door de stroming, gleed tussen de steigers. Ik reed de Land Rover erop, draaide het raampje omlaag, betaalde de lange jonge veerman. Hij leek me niet het type dat een grapje over de Styx zou begrijpen. Maar hij was goedgeluimd en lachte. Even was alle gevoel van land verdwenen, zelfs de herinnering eraan. Ik trok de handrem aan, sloot het portier en nam Georgie mee naar het bovendek om een luchtje te scheppen.

Aan de andere kant stond een jong, Russisch sprekend paartje gezellig tegen elkaar aan. Misschien op huwelijksreis. Ik trok Georgie aan de riem mee en kuierde langs een gezin uit Portavogie dat boterhammen en een thermoskan thee had uitgepakt. Twee ouders, zes kinderen. Ze gaven Georgie stukjes van hun brood en klopjes op haar nek. Ze waren op weg naar Dublin, zeiden ze, voor het bezoek van de koningin. Ik was al een tijd incommunicado, onkundig van wat de wereld van zichzelf vond. Ik had maanden geen krant ingekeken. Geen televisie. Mijn radio stond permanent afgestemd op een klassieke zender.

'De koningin zelf,' zei de jonge moeder stralend, alsof er meerdere kopieën van de monarchie zouden bestaan. Ze was door een biertje wat los van tong. Ze zei snuivend dat president Obama ook kwam, in precies dezelfde week. Curieuze samenloop. Het deed er eigenlijk niet toe: het enige wat ik moest doen was mijn brief verkopen.

De pont bonkte tegen de andere oever. Meeuwen cirkelden boven ons. Ik zei het gezin gedag en loodste Georgie weer naar de auto.

Ik besloot de kustweg te nemen, wat het ook aan extra diesel mocht kosten. Er vormde zich een lange, ongeduldige rij auto's achter me. Ze haalden in, seinden met hun lichten. Er was er zelfs een die midden op de weg stopte, zijn auto uitstapte en zei: 'Krijg de tering, stomme ouwe koe,' en ik bedankte hem voor zijn opmerkelijke welsprekendheid. Ik vroeg of hij soms ook op weg was om naar de koningin te kijken. Lakeienhumor. Hij lachte niet.

De drukte op de weg was niet te omzeilen. Grote vrachtwagens zaten dicht op mijn bumper. Ik reed zo hard dat het stuur in mijn handen trilde. Een stijve pijn in beide schouders. Ik passeerde ongemerkt de grens en toen ik stopte bij het eerste benzinestation dat ik kon vinden, schoot me te binnen dat ik hier euro's nodig had. De bediende, een jonge Aziatische gentleman, verwees me naar de geldautomaat. Een angstig ogenblik. Welke boodschap zou er op het schermpje verschijnen? Hoe verklaar je op je tweeënzeventigste dat je zo aan de grond bent geraakt?

Het scherm knipperde even, maar er gleed zowaar een dun stapeltje biljetten uit, een golfje van blijdschap.

Ik kocht voor Georgie een broodje worst om het te vieren. Ik weifelde nog even of ik mezelf op een pakje sigaretten zou trakteren, een oude gewoonte, maar besloot het niet te doen. We reden langzaam de weg weer op met een volle tank diesel.

Ik zette de autoradio aan. Een hoop geklets over veiligheidsmaatregelen en het bezoek van de koningin. Ze schenen zich minder zorgen te maken over een kogel voor Obama. Onze ingewikkelde geschiedenis. Inderdaad, innerlijk kolonialisme. Ik zocht een andere zender. Hoe zuidelijker ik kwam, hoe drukker het verkeer. Ik had er al vier uur over gedaan vanaf Belfast, wat grotendeels te wijten was aan sanitaire stops voor Georgie. Om de dertig kilometer moest ik de auto aan de kant zetten om haar te laten plassen. Ze was al niet zo gek op deze rit en bleef op de achterbank piepen totdat ik haar uiteindelijk voorin liet zitten en ze haar kop uit het raampje kon steken.

Tegen de avond bereikte ik de buitenwijken van de stad. Ik hobbelde verder, vervloekte mezelf dat ik een hotel in het centrum had geboekt. Het was veel makkelijker geweest om iets in een buitenwijk te vinden. Dublin leek zo op overal elders. Kronkelende viaducten. Winkelcentra. Straten vergeven van *Te koop*-borden. *Sluiting*. *Opheffingsuitverkoop*. Leegstaande glazen kantoortorens. De overbelasting door wat we met zijn allen geworden zijn. Het ijdele vertoon. De honger naar status. Ik maakte gebruik van de busbanen en kwam zo vlot door Gardiner Street. Een politieman gebaarde dat ik moest stoppen, maar ik reed door, met mijn noordelijke kentekenplaat schuddend als een jonge meid die lonkend langskwam. Ik wilde over de Beckettbrug lopen, puur vanwege de ironie: *Geeft niet, weer proberen, weer falen, beter falen*, maar raakte verstrikt in een verraderlijke serie eenrichtingsstraten en wegversperringen voor de staatsbezoeken.

Het was bijna acht uur in de avond toen ik eindelijk voor het Shelbourne stond, een duur presentje voor mezelf. De parkeerbediende, een gemeen Spaans snobje, keek met meer minachting dan ik kan beschrijven naar de auto en vervolgens naar mij, en liet me toen kortaf weten dat honden niet werden toegelaten. Natuurlijk niet. Ik moest mezelf toegeven dat ik het al die tijd al had geweten. Wie

dacht ik nog voor de gek te houden? Zelf ben ik natuurlijk nauwelijks minder snobistisch. Ik veinsde woede en verontwaardiging, en
raakte prompt weer vast in het verkeer. De waarheid was dat ik niet
veel geld meer had, zeker niet voor de luxe van een hotel.

Georgie en ik sliepen op het parkeerterrein van het strand bij Sandymount. Nog vier andere wagens naast me. Dakloze gezinnen,
nam ik aan. De gedachte dat mijn problemen heel gewoon waren,
hielp niet. De gezinnen zaten dicht opeengepakt in hun auto's,
gehuld in dekens en mutsen. Al hun bezittingen hoog op het dak
gestapeld, vastgesjord met touw. Ze leken op de figuren op de eerste zwart-witfoto's die mijn moeder had gemaakt. We schijnen de
aandoenlijke overtuiging te koesteren dat zulke dingen nooit in ons
eigen wereldje kunnen voorkomen. Alsof niets uit het verleden in
het heden kan gebeuren. De druiven der gramschap. Een van de
auto's had zelfs een bumpersticker: *Keltische tijger, Me reet.* De politie bracht ons midden in de nacht een bezoekje, scheen met een
zaklamp door het raam, maar liet ons met rust. Ik trok mijn jas over
me heen en dook weg op mijn stoel. Koude tocht sneed door de kier
in de deur. Ik trok Georgie op schoot om me te warmen, maar ze kon
het twee keer niet ophouden, het arme beest.

's Morgens stonden de kinderen uit de buurauto door het raam te
gluren. Om ze af te leiden terwijl ik me omkleedde, vroeg ik hun om
wat met Georgie over het strand te rennen. Ik gaf ze een 2-euromunt.
Toch zei een van die monstertjes: 'Ze stinkt.' Eerlijk gezegd wist ik
niet of ze mij of de hond bedoelde. Een golf van verdriet in mijn buik.
De kinderen leken opgelucht dat ze bij me weg konden komen. Ik
keek hoe hun voetafdrukken in het zachte zand oplosten. Een enorm
stuk grijs naar het groene vasteland.

Later liep ik met Georgie naar Irishtown voor een ontbijtje en
vond een café waar ze bij me mocht liggen dommelen. Ik waste mijn
jas uit in een wastafel, veegde mijn jurk schoon, staarde naar mezelf
in de spiegel. Ik kamde mijn haar en zette een streepje lippenstift.
Kleine dingen, oude trots.

De radio waarschuwde voor meer enorme verkeersopstoppin-
gen. Ik liet de auto bij het strand staan en nam een taxi die met een

grote omweg probeerde in de buurt van Smithfield te komen. De bestuurder was een Dubliner. 'Hou die hond aan uw voeten, verdomme,' zei hij. Een rol vet verdraaide in zijn nek.

We stuitten op nog meer drukte en kwamen vast te staan. Hij vervloekte de koningin met opmerkelijke bedrevenheid. Ik moest uitstappen en de laatste vierhonderd meter gaan lopen. De chauffeur vroeg om een tip. *Gok maar op Throwaway*, dacht ik, maar voor ik iets kon zeggen, ging hij er vloekend vandoor.

Smithfield was een armoedig stukje Dublin, dat totaal niet beantwoordde aan de voorstelling die ik me ervan had gemaakt, maar dat gold ook voor David Manyaki die op de hoek van de straat op me stond te wachten.

Ik had een oudere man verwacht, stijfjes, grijs haar, leren stukken op de mouwen van zijn jasje. Met een zilveren brilmontuur en weerbarstig gedrag. Misschien zou hij zo'n Afrikaans mutsje dragen, ik wist bij god niet meer hoe die dingen heetten, klein en rond en kleurig. Of misschien leek hij meer op zo'n grote Nigeriaanse zakenman in een glanzend blauw pak met een strak wit overhemd over een jammerlijk buikje?

Manyaki was begin dertig. Een elegant samenraapsel. Een brede tors, gespierd, een tikje aan de mollige kant. Zijn haar was in losse staartjes gevlochten, met aan het eind korte hulsjes die langs zijn wangen slingerden – ik probeerde me het woord voor dat kapsel te herinneren, maar ik kwam er niet op, had mijn hoofd er niet bij. Hij droeg een verfomfaaid sportcolbert, maar daaronder een fleurige dashiki, geel met zilverdraad doorweven. Hij gaf me een hand. Ik voelde me zwaar en slonzig, maar Manyaki had iets wat me pep gaf. Hij bukte zich naar Georgie en haalde haar aan. Hij had een zwaarder Afrikaans accent dan ik aan de telefoon had gehoord, al zat er ook een snufje Oxford in.

'Dreadlocks,' zei ik nogal stom tegen hem.

Hij lachte.

We gingen een bedompt cafeetje in. De eigenaars hadden een kleine televisie op de tapkast gezet waarop ze de gebeurtenissen van de dag volgden: de koningin was op weg naar de Herdenkingstuin.

Hier en daar waren wat demonstranten op straat. Geen geweren, geen rubberkogels, geen traangas. De tv-commentatoren waren geïnteresseerd in het feit dat ze in een groene japon was gekomen. Ik ben nooit zo voor de monarchie geweest en hoewel ik formeel protestants ben opgegroeid, staat een oud stukje van me nog steeds achter Lily Duggan.

We bestelden koffie. De televisie dreinde op de achtergrond.

Toen ik Manyaki de brief liet zien, hield hij het mapje aan de uiterste rand vast en draaide het in zijn vingers rond. Ik legde uit dat de brief was geschreven namens mijn overgrootmoeder, die als jong meisje in een huis in deze straat, Brunswick Street, had gewerkt, maar hij corrigeerde me meteen en zei dat Douglass had gelogeerd in Great Brunswick Street, die inmiddels was omgedoopt tot Pearse Street.

'Ik vroeg me al af waarom u me hier wilde ontmoeten,' zei hij.

'Is dit dan niet Great Brunswick?'

'Ik ben bang van niet.'

Het was een domper voor me dat hij misschien meer over de werkplek van mijn overgrootmoeder wist dan ik, maar goed, hij was de wetenschapper. Het speet hem kennelijk ook dat hij me had verbeterd, want hij zei dat er eigenlijk niet zoveel bekend was over de straat en het huis, omdat ze lang geleden waren afgebroken, maar dat Richard Webb hem bijzonder interesseerde. Hij zei dat we wel konden proberen naar Pearse Street te wandelen, maar dat de stad gekneveld was vanwege het bezoek van de koningin.

De brief zat weggestopt in het archiefmapje. Dat hij hem niet mocht openen stoorde hem niet. Hij zei dat hij eigenlijk geen idee had wat er met Isabel Jennings was gebeurd, al was het heel goed mogelijk dat ze Frederick Douglass had geholpen om zich vrij te kopen via een vrouw in Newcastle, ene Ellen Richardson, een quaker die heel lang actief was geweest voor de beweging.

– Hij is ontslaafd naar Amerika teruggegaan.

Ontslaafd. Een vreemd en mooi woord, dat me nog meer voor Manyaki innam. Er was ook geen Brown Street meer in Cork, zei hij. Die was, voor zover hij wist, in de jaren zestig afgebroken om plaats te maken voor een supermarkt. Hij wist niet zeker wanneer de familie Jennings was vertrokken, maar hij vermoedde dat het tijdens de grote hongersnood kon zijn geweest. Iedereen had flink wat boter op zijn hoofd, zei hij, de Engelsen net zo goed als de Engelssprekende Ieren. Ik vertelde dat er ook decennialang een amethisten broche in de familie was geweest, maar die was lang geleden ergens in Canada verloren geraakt – Toronto of misschien St. John's.

Hij schoof zijn bril omhoog en tuurde naar het televisiescherm. Een patrouillerende helikopter. Onze opmerkelijke vrede die zo lang had standgehouden.

Manyaki hield de brief aan de randen vast en draaide hem om en om, hield hem toen vlak voor de lamp tot ik hem vroeg hem niet te lang aan het licht bloot te stellen omdat het handschrift erg kwetsbaar was, zelfs in het plastic.

Wat ik het aardigst van Manyaki vond was dat hij niet vroeg of hij de brief mocht openmaken, of kon lenen om hem door zijn collega's op de universiteit te laten bombarderen met protonen of neutronen, of wat ze ook deden om te ontdekken wat erin zat. Ik denk dat hij begreep dat het eindpunt, als dat er al was, me niet interesseerde, en dat ik het vooruitzicht van de waarheid niet erg aantrekkelijk vond: voor zo'n jonge man, een academicus, was hij toch opvallend geïnteresseerd in het ongrijpbare.

Er was een verzamelaar in Chicago, zei hij, die duizenden dollars had betaald voor memorabilia van Douglass. De verzamelaar had al een bijbel gekocht die van Douglass was geweest, en had een buitensporig bod gedaan op een stel halters, die uiteindelijk in een museum in Washington DC terecht waren gekomen.

Manyaki streek met een vinger langs zijn slaap: 'Enig idee wat er in de brief staat?'

'Ik denk dat het gewoon een bedankbriefje is.'

'O.'

'Voor zover ik weet.'

'Nou, dat is dan ons geheim.'

'Niemand heeft hem ooit opengemaakt. Jack Craddogh noemt het een metafoor.'

'Ach ja, Jack,' zei Manyaki, en ik mocht hem des te meer om zijn opmerkelijke openheid. Hij leek even weg te dromen terwijl hij suiker in zijn koffie roerde. 'Mijn vader schreef me altijd brieven op van dat dunne luchtpostpapier, dat kreukelige spul.' Hij ging er niet op door, maar pulkte de bovenkant van het plastic mapje open en snoof de lucht op, keek me toen schaapachtig aan. Van hoe ver was hij gekomen? Wat voor verhalen droeg hij zelf met zich mee?

Manyaki haalde zijn smartphone tevoorschijn en begon foto's van de brief te maken. Hij was er voorzichtig mee, maar er waren een paar minieme schilfertjes van het plastic losgekomen: niet meer dan stofjes eigenlijk. De natuurlijke neiging naar chaos. Ik zei iets onbenulligs, dat we allemaal op verschillende manieren uit elkaar vallen, en hij schoof de brief terug in het mapje, maar een stipje papier was op de tafel gevallen.

'Denkt u werkelijk dat u er een bedrag voor kunt krijgen?' vroeg ik.
'Hoeveel hebt u nodig?'
Ik schoot half in de lach. Hij ook, maar vriendelijk.

Hij hield zijn hoofd een beetje schuin, als een man wiens gezicht zojuist was aangeraakt door iemand die hij nog niet goed kende. Waarom was de brief eigenlijk bewaard? De dingen die we het zorgvuldigst in een la wegbergen blijken vaak de dingen die we nooit meer terugvinden. Hij stak zijn hand uit alsof hij die op de mijne wilde leggen, maar trok hem terug en pakte zijn koffiemok op.

'Ik kan het uitzoeken,' zei hij, terwijl hij het archiefmapje over de tafel terugschoof. 'Ik zal deze foto's later vandaag e-mailen.'

De kruimels van de envelop lagen nog op tafel. Zijn blik dwaalde eroverheen. Ik weet zeker dat hij het gedachteloos deed, maar Manyaki bevochtigde afwezig zijn vingertop en drukte hem op zo'n kruimeltje. Hij staarde over mijn schouder weg. Een flintertje papier ter grootte van een speldenknop. Hij keek er lang naar, maar was duidelijk elders met zijn hoofd. Hij tikte het kruimeltje op zijn tong, hield het daar even, en slikte.

Toen hij besefte wat hij had gedaan, stamelde hij een excuus, maar ik zei dat het niet gaf, het zou toch zijn weggeruimd met de schotels en de mokken.

Later die avond reed ik van Sandymount naar het huis van Manyaki. Hij woonde verderop langs de kust in Dún Laoghaire. Georgie was ziek geworden in de auto. Ze kon haar achterdeel niet meer bewegen en had haar darmen niet meer in bedwang. Ik probeerde haar te dragen. Loodzwaar. Ik wankelde de trap op en belde aan.

Zijn vrouw was een bleke Ierse schoonheid met een chic accent. 'Aoibheann,' zei ze. Ze nam Georgie meteen van me over en verdween met haar naar achteren.

Het was een prachtig huis met veel kunst, kleine sculpturen op witte sokkels, een serie abstracten en in het trappenhuis een schilderij dat me een Sean Scully leek.

Ze bracht me haastig naar de keuken waar Manyaki aan een kookeiland zat. Twee jongens zaten naast hem in voetbalpyjama's hun huiswerk te maken. Hun zoons. Een volmaakte melange. Ze zouden vroeger *mulatten* zijn genoemd.

'Hannah,' zei hij. 'Ik dacht dat je terugging naar het noorden.'

'Georgie is ziek.'

'Heb je een dierenarts nodig?' vroeg Aoibheann.

Manyaki spreidde een krant uit bij de achterdeur van de keuken, legde Georgie erop en begon op zijn mobieltje te zoeken. Na een paar telefoontjes vond hij een arts in het naburige Dalkey die huisbezoekdienst had. Aan de telefoon was zijn accent nu eerder Oxfords dan Afrikaans, zijn woorden klonken scherper en meer afgemeten. Ik vroeg me af wat voor opvoeding hij had gehad. Misschien was zijn vader ambtenaar, zijn moeder lerares geweest. Misschien in een kleine, stoffige voorstad van Mombasa. Zwembaden. Koele witte lakens. Of een balkonnetje dat uitkeek op een snikhete straat. Een imam die iedereen opriep tot het gebed. De wijde mouwen van zijn vaders gewaad. De arrestaties, de martelingen, de verdwijningen. Of misschien was hij in welstand opgegroeid, een dakwoning op een heuvel, de radio afgestemd op de BBC, een jeugd in de zwembaden van Nairobi. Een universitaire opleiding, een smerige flat in Londen misschien? Hoe was hij hier, aan de rand van de Ierse Zee, terechtgekomen? Wat bracht ons ertoe om zulke afstanden af te leggen, tegen de stroom op te roeien naar het verleden?

Hij klapte de smartphone dicht en ging zijn kinderen weer met hun huiswerk helpen. Ik voelde me daar een beetje voor gek staan in mijn eentje – hij was me even vergeten. Ik was blij dat zijn vrouw me bij mijn elleboog pakte, naar een stoel aan het granieten eiland bracht en een glas bosbessensap voor me inschonk.

De keuken was niet ingericht om in een lifestyleblad terecht te komen, maar het had gekund – fraaie bergmeubels, prachtig afge- werkte messen in een houten slagersblok, een gloednieuw fornuis in grootmoederstijl, een rood espressoapparaat, een kleine, op afstand te bedienen tv die verscheen op een paneel op de ijskast. Aoibheann bemoederde me – 'Ga zitten, ga zitten,' zei ze – maar ze had ook de tact om me iets te laten doen: sjalotjes snijden en aardappelen in plakjes voor de gratin. Het nieuws flakkerde op de ijskast: de konin- gin met de Ierse president, de zoveelste omgevallen bank, een bus- ongeluk.

Eindelijk ging de deurbel. De dierenarts was een jonge vrouw die al moe leek van alle drama's die haar te wachten stonden. Ze klikte een kleine zwarte leren koffer open en boog zich over Georgie.

'Rustig maar,' zei ze, zonder me zelfs maar aan te kijken.

Ze onderzocht Georgie zorgvuldig, streelde haar buik, onder- zocht haar poten, bekeek haar ontlasting, scheen met een lampje op haar tanden en in haar keel, en vertelde me dat de hond oud was. Alsof dat een openbaring was. Ik wist zeker dat ze nu ging zeggen dat ze Georgie zou moeten laten inslapen, maar ze zei dat de hond gewoon uitgeput was en een beetje ondervoed, misschien een darm- infectie had en wel een antibioticakuur kon gebruiken, voor alle zekerheid. Er zat iets van afkeuring in haar houding. Ondervoed. Ik voelde me klein worden. Ze schreef een recept uit en zwaaide ermee, samen met de rekening. Tachtig euro.

Ik zocht in mijn portemonnee, maar Aoibheann schudde alleen haar hoofd, maakte haar handtas open, en pakte haar portefeuille.

'Je blijft vannacht bij ons,' zei ze, met een blik naar Manyaki.

Niets heeft ooit een einde. Aoibheann kwam uit een rijke Ierse fami- lie, de Quinlans, die in de loop der tijd een aardig fortuin had vergaard in de levensmiddelenbranch en het bankwezen. Haar vader, Michael Quinlan, was een veelbesproken figuur in de Ierse financiële pers. Vader en dochter waren kennelijk nogal van elkaar vervreemd, mogelijk vanwege het huwelijk met Manyaki.

Zij en Manyaki waren in Londen getrouwd, alleen voor de wet, en hun verleden was met enige geheimzinnigheid omgeven, misschien een kind, of een immigratieschandaal, het was me niet duidelijk, al deed dat er niet toe: het was een goed stel, en die kwestie met haar vader scheen hen eerder naar dan uit elkaar te hebben gedreven. Ze gedroegen zich vrijmoedig, niet opgeschroefd of klef. Hun kinderen waren luidruchtig en vervelend aan tafel, zoals kinderen overal. Oisin en Conor. Vijf en zeven jaar oud, even donker als ze licht waren.

Aoibheann maakte een bad voor me in de kuip op klauwpoten. Ik liet mijn hoofd onder water zakken. Ze had een potje badparels voor me klaargezet met een lint erom. Ik wilde het pakken, maar het hele potje viel om. Een loste er in mijn hand op. In de verte hoorde ik de scheepstoeters, boten die Dún Laoghaire aandeden. Iedereen haastte zich om ergens te komen. Het verlangen naar een andere plek. Dezelfde haven waar Frederick Douglass zo lang geleden was aangekomen. Het water klotste om me heen. Reizen over het ruime sop. Tomas. Ze hadden hem doodgeschoten voor een eendengeweer. De vrede van George Mitchell. De koningin had haar hoofd gebogen in de Herdenkingstuin.

Er werd luid op de deur gebonsd en Manyaki stormde de kamer in. Ik schoot proestend en naakt uit het water omhoog. Mijn lichaam, onderworpen aan de wetten van de zwaartekracht. Hij schuifelde, hoogst opgelaten, achterwaarts de badkamer uit.

'Neem me niet kwalijk, neem me niet kwalijk,' riep hij vanaf de gang, 'ik had eerst geklopt. Ik dacht dat je niet goed was geworden of zo.'

Het water was ijskoud, ik moet er een hele tijd in hebben gelegen. Ik draaide de warmwaterkraan open en klom weer in bad. Aoibheann kwam me even later een kop thee brengen. 'Ik heb je man schokkende beelden voorgetoverd, vrees ik.'

Ze wierp lachend haar hoofd in haar nek: geen leedvermaak.

'Misschien moet hij nu in therapie,' zei ik.

'O, in dit huis weten we alles van therapieën.'

Ze had iets puurs en vertrouwds. Misschien probeerde ze zo de beruchte naam van haar vader van zich af te schudden. Ze waaierde met haar handen het water op om me te warmen en gooide nog een paar zachte badparels in bad zonder één keer naar mijn lichaam te kijken.

'Ik zal je met rust laten,' zei ze.

'Nee, het is goed. Blijf maar.'

'O,' zei ze.

'Eerlijk gezegd, heb ik liever gezelschap. Ik wil echt niet nog eens in slaap vallen.'

Ze pakte er een stoel bij en ging midden in de kamer zitten, er was een vreemd gevoel van intimiteit. Het viel me nu pas op dat haar linkeroog ietwat lui was, het gaf haar de blik van een vrouw die een oud verdriet had overwonnen.

In de badkamer zat een matglazen raam, waar ze naar keek als ze sprak. Een buitenlamp maakte het donker lichter. Ze had Manyaki op de universiteit in Londen leren kennen, zei ze. Zij deed de modeacademie, hij deed Engels. Hij was naar een van haar shows gekomen met een vriendin – een van de vele, zei ze, hij zat altijd ruim in de vriendinnen – en had voor haar afstudeerproject gestaan, een exclusieve rokken- en blouselijn, die geïnspireerd zou zijn op nomadenstammen.

'Hij barstte in lachen uit,' zei ze. 'Midden in die galerie. Hij stond me gewoon uit te lachen. Ik was diep gekwetst.' Aoibheann liep naar de kraan, vulde nog wat warm water bij en waaierde het naar mijn voeten. 'Ik haatte hem.' Ze lachte een beetje, terwijl ze de kreukels van haar vernedering gladstreek.

Ze zag hem jaren later op een boekpresentatie in Soho, toen hij een essay had geschreven met de titel 'De politiek van de Afrikaanse roman.' Ze probeerde het stuk af te kraken, terwijl hij vlakbij stond, maar jammer genoeg was het louter ironie, van begin tot het eind, zo had hij het bedoeld.

'Ik gaf hem de wind van voren en wat denk je? Hij begon weer te lachen, die pedante kwast.'

Ze wreef met haar knokkels het vocht uit haar luie oog.

'Dus ik zei dat hij in de plomp kon springen. Ik zal je maar niet zeggen wat hij daarop antwoordde. Ik vervloekte mezelf erom, maar hij fascineerde me. Dus een week later stuurde ik hem een bedoeïenengewaad, met een hatelijke brief erbij waarin ik zei dat hij me verschrikkelijk voor schut had gezet, dat hij een strontvervelende klootzak was, een lul van de hoogste plank en dat ik hoopte dat hij in de hel zou wegrotten. Hij schreef me een brief van vier kantjes terug over mijn pretentieuze mode-instinct, en dat het wellicht een goed idee was als ik kennis nam van een cultuur voordat ik die aan miljoenen konten hing.'

Ik zat wat onrustig in bad, het water begon weer af te koelen.

'Het is niet bepaald een romantisch verhaal, maar we zijn nu acht jaar getrouwd, en hij draagt dat gewaad nog steeds als kamerjas. Alleen maar om me te stangen.'

We zwegen een tijdje. Ik had de indruk dat het wellicht de last van haar familie was die ze met zich meedroeg. Ik had gehoord dat haar vader een keer was aangehouden, of in ieder geval ondervraagd, wegens financiële ongeregeldheden vlak na de welvaartsexplosie. Ik had er natuurlijk niets mee te maken en bedwong mijn nieuwsgierigheid. Ik maakte aanstalten om uit bad te komen.

'Ik ben blij dat je bent gekomen,' zei ze. 'We zien tegenwoordig veel te weinig mensen.'

Ik legde mijn elleboog op de rand en ze stak haar arm onder mijn oksel en hielp me eruit. Ik hield mijn rug naar haar toegekeerd. We kunnen maar een beperkte hoeveelheid schaamte verdragen. Ze pakte een verwarmde handdoek uit de droogkast en legde die over mijn schouder. Ze greep mijn schouders van achteren vast.

'We zullen zorgen dat je een goede nacht maakt, Hannah,' zei ze.

'Is het zo slecht met me gesteld?'

'Ik heb een half slaappilletje als je wilt.'

'Liever een cognacje, eerlijk gezegd.'

Toen ik beneden kwam had ze een warme cognac met kruidnagel

klaarstaan in een prachtig kristallen glas. De samenzwering van vrouwen. We zitten allemaal in hetzelfde schuitje, vergis je niet.

Ik bleef nog vier dagen. Aoibheann waste mijn kleren en zorgde dat ik weer een beetje rust in mijn lijf kreeg. Ik miste mijn cottage, maar de zee hield me gezelschap. Ik liep met Georgie over de pier. Er kon nog altijd een laatste emigrant in mijn familie komen. Een verstandige vriendin van me merkte ooit op dat zelfmoord alleen iets is voor jongeren. Ik gaf mezelf de raad om op te houden met mokken en gewoon te genieten van de tijd dat ik hier was.

Op de laatste dag van mijn bezoek kwam ik uit bed en liep naar de kleine tuin achter het huis. Ik ging in een tuinstoel zitten, zocht patronen in de blauweregen. Ik hoorde de deurkruk achter me omdraaien. Een kuchje. Manyaki was blootsvoets, nog in zijn pyjama. Hij droeg een stalen brilletje. Zijn dreadlocks zaten door de war.

Hij schoof een bloempot naast me, keerde hem ondersteboven en ging erop zitten. Ik zag het meteen aan zijn opgetrokken schouders. De verzamelaar had hem teruggemaild over de brief, zei hij. Hij wreef het wit van zijn voeten over de stenen. 'Hij heeft belangstelling,' zei hij, 'maar wil er niet meer dan duizend dollar voor geven.' Ik wiebelde een beetje in de tuinstoel. Ik wist het, maar wilde het niet horen. Ik moest spontane blijdschap veinzen: hars op de strijkstok, direct nadat de viool was stukgeslagen.

Manyaki knakte met zijn vingers. Hij dacht dat de verzamelaar misschien tot twee- of drieduizend zou willen gaan, maar dan moest ik kunnen bewijzen dat de brief met Douglass te maken had. Dat kon ik niet, behalve als ik de brief openmaakte en las, met een grote kans dat hij daarmee waardeloos werd.

'Ik zal erover nadenken,' zei ik, maar we wisten dondersgoed dat het niet zou gebeuren. Ik zou de brief liever gewoon laten zitten. Die was nu nauwelijks meer waard dan een druppel in zee.

Manyaki trommelde even met zijn vingers op de onderkant van de bloempot. Hij stak zijn arm uit en klopte Georgie op haar nek.

'Het spijt me,' zei hij.

'Jij hoeft jezelf niks kwalijk te nemen.'

Het licht viel schuin in de achtertuin: het was een prachtig heldere dag. Aoibheann en Manyaki liepen mee naar de weg, waar we afscheid namen. Ze had een bruin zakje voor me ingepakt met boterhammen, een bakje yoghurt en wat koekjes. Net als vroeger, de schoollunch. Ze glimlachten beleefd. Ik draaide de weg op en nam de route langs de kust. Een lange rit naar huis.

Obama zou volgens alle berichten diezelfde dag op luchthaven Baldonnel aankomen. Hoera voor Ierland. De lucht zou me het hele eind naar huis gezelschap houden.

Het donker viel uit de gebogen takken van de bomen. Het lough was volmaakt kalm. Ik duwde de deur open en schopte de wachtende enveloppen tegen de muur. De cottage was steenkoud. Ik was vergeten hout binnen te halen. Ik stak een petroleumlamp aan en zette hem op de schoorsteen.

Ik had verwacht dat mijn thuiskomst een immense opluchting zou zijn, maar het huis dreef een felle kou in mijn botten. Georgie duwde zich tegen me aan. Er waren nog wat houtjes en een paar turfbriketten. Ik stak een aanmaakblokje aan en gooide de rekeningen erbij.

Ik haalde de wetsuit voor de dag. Hij gaf een lichte schimmelgeur af. Ik warmde hem bij de haard. Georgie hield me in de gaten, met haar kop op haar poten. Ze leek een fikse tegenzin te hebben, maar ze liep mee door het gras en bleef bij de rand van de muur staan, terwijl ik het water in waadde. Een kalme avond. Drie sterren en een maan, en een eenzaam vliegtuig dat door het hoge donker trok. De wind kwam van het water alsof hij gezelschap zocht, de levenden en de doden die deel van elkaar werden. De bries rammelde aan de grote ramen, krulde om het puntdak en ging liggen.

David Manyaki belde de volgende ochtend om te zeggen dat ik de brief had laten liggen. Dat wist ik maar al te goed. Ik had hem midden op het nachtkastje gelegd, onder een glazen presse-papier.

God weet dat je niet zo oud kunt worden zonder uit te zien naar anderen om onze lasten over te nemen. Ik zei dat hij hem kon openmaken. Wát zeg je? zei hij. Je mag hem openmaken, David. Hij nam mijn uitdaging bijna onmiddellijk aan. De kamer werd kleiner, het plafond lager. Ik ademde door katoen. Hij had korte, dikke handen, dat herinnerde ik me. De toppen van zijn vingers waren heel wit. Zijn nagelriemen afgekloven. Hij vroeg nog eens of ik het wel zeker wist, en ik zei ja natuurlijk. Ik meende de envelop te horen scheuren, maar natuurlijk was er nog het archiefmapje. Dat was hij aan het openmaken. Ik probeerde me te herinneren hoe de slaapkamer eruit zag. Zijn huis. De kindergordijnen voor de ramen. Een donsdek met een schelpendessin. Hij moest de telefoon tussen schouder en oor geklemd hebben. Hij trok de brief voorzichtig uit het plastic. Zijn stem werd zwakker. Hij had me op de luidspreker gezet. De telefoon had zeker op het bed gelegen. Terwijl hij de brief in zijn rechterhand hield, duwde hij zijn linkerduim voorzichtig onder de klep. Ik zat in mijn keuken naar het lough te kijken. Het weer was volkomen alledaags. Een laag, grijs dek. Wat zou er gebeuren als de brief doormidden scheurde? Hoe durfde hij het. Er was stilte aan de andere kant van de lijn. Hij kon het niet. Hij zou hem per expres toesturen. De lucht voor het raam werd lichter. Nee, zei ik, lees hem alsjeblieft voor, in godsnaam. Het holle geluid van de telefoon verplaatste zich. Het plafond zakte iets. De envelop was nu open, wilde ik dat hij de brief nu openvouwde? Het bloed bonsde in mijn slapen. Een poging tot onverschilligheid. Is de envelop stuk? Nee, zei hij, open maar niet gescheurd. Een grijs tapijt op de vloer. In de kast hingen kinderkleren. Voor zijn raam stond een boom, een tak raakte het kozijn. Hij vouwde het papier open. Het cafeetje in Dublin waar dat schilfertje uit het plastic was gevallen. Twee velletjes, zei hij. Het was geschreven op postpapier van het Cochrane Hotel. Blauw papier met een briefhoofd in zilveren reliëf. Het waren kleine velletjes, dubbelgevouwen. Het handschrift was verbleekt maar leesbaar. Vulpeninkt. Hij zette de luidspreker op de telefoon uit. Misschien kwam de tak tegen het raam. Hij is gedateerd, zei hij. Precies wat ik had verwacht. Juni 1919. Emily Ehrlich. *Ik stuur u deze brief in de hoop dat hij u in handen zal komen. Mijn moeder, Lily Duggan, is nooit de vriendelijkheid vergeten die juffrouw Isabel Jennings haar heeft betoond.* De scherpte van zijn Afrikaanse accent. Hij las langzaam. Blauw papier. De wondjes rond zijn nagelriemen. *Het is heel goed mogelijk dat dit op zee verloren zal gaan, maar als ze het halen, zult u het ontvangen van twee mannen die de oorlog uit een vliegtuig hebben gehaald.* Ze zijn in Clifden neergekomen. Blijven steken in de taaie wortels. Het levende zeggemoeras. Ze hadden de brief meegenomen over de Ierse Zee. *We weten nooit wat de weerklank van onze daden zal zijn, maar onze verhalen zullen ons ongetwijfeld overleven.* De misthoorns op de pier. Het verkeer van buiten dat je aan zijn raam hoorde. De stenen toren aan de waterkant. *Dit is niet meer dan een eenvoudig blijk van erkentelijkheid.* Emily Ehrlichs blouse met inktspatten. Getik op de rand van de inktpot met de punt van de pen. Mijn moeder Lottie, die over haar schouder meekijkt. *Ik stuur u dit met de grootste dankbaarheid.* Het gras boog naar achteren. Mijn zoon kwam door de achterdeur binnen. De wereld draait niet zonder ogenblikken van genade. Hoe klein ook. Zijn broekzomen kletsnat van de zware dauw. Ik vroeg hem om het nog eens voor te lezen. Wacht even, zei Manyaki. Ik hoorde papier knisperen. Het was kort genoeg om te onthouden.

Ik zette de cottage in de vroege zomer van 2011 te koop. De meubels waren opzij geschoven, de schilderijen van de muur gehaald. De lucht gonsde van de maaimachines. Het groene gras waaide in vlagen over het lough. De raamkozijnen en deuren waren geschilderd. Frisse lucht trok door het huis. De scharnieren van de halve deuren waren gesmeerd. Het Aga-fornuis was schoongeboend. De kussens in de serre waren opgelapt en de admiraliteitskaarten uitgeklopt.

Het verleden stond op en schudde zich los. Ik pakte mijn bezittingen in kartonnen dozen en bracht ze naar de schuur achter het huis. Een kast vol nostalgische kleren. Houten tennisrackets in klemmen. Meters hengels met molens. Oude dozen met kogels. Nutteloze dingen.

Jack Craddogh en zijn vrouw Paula kwamen uit Belfast aangereden om me te helpen met pakken. Ik denk dat ze een kijkje wilde nemen in mijn laatste bezittingen. Ik hield een oude rijbroek omhoog en verbaasde me dat ik die ooit had aangekund. Jack vouwde de resterende kleren van mijn man in een stel verhuisdozen. Ze hadden belangstelling voor de laatste tekeningen van mijn moeder. Ze gebruikte in die tijd olieverf als aquarel, waardoor de verf vers leek, en bracht er lagen stralende kleurstromen op aan. Ze had een neiging om figuren te vervormen of te verlengen: een soort honger.

Jack en Paula boden me een klein bedrag voor de schetsen. Het ging hen eigenlijk om de lijsten. Ik wilde geen geld. Het was niet meer nodig. De bank had mijn krediet verlengd. Ik haalde mijn favorieten eruit, gaf de rest aan hen. Ze laadden de schilderijen in de achterbak van hun auto: vogels in volle vlucht.

Simon, de bankdirecteur, hing rond met een schuldbewust begrafenisgezicht. Hij liep van kamer tot kamer de prijs te berekenen die hij uiteindelijk zou krijgen. Hij had een eigenaardig type makelaar bij zich, dat lippenstift en een flinterdun rokje droeg. Ze had een zuidelijk accent. Ik zei tegen haar dat als ze nog één keer in mijn bijzijn het woord *erfgoed* gebruikte, ik haar lever eruit zou pikken. Het arme ding begon te trillen op haar hoge hakken. Ze deed, zei ze, alleen maar haar werk. Mij best, zei ik. Ik wees haar waar de theeketel stond. Ze sloop door de cottage, ontliep me.

Als er een koper kwam, kreeg ik steeds de indruk dat het niet om kopen ging, maar om de pijn te peilen. Daarom ging ik liever met Georgie het eiland op. Ze bleef dicht bij me, alsof ook zij wist dat ze het binnenkort met herinneringen zou moeten doen. Een eiland met randen. Voor mij waren het niet zozeer de herinneringen die me aan de plek bonden, als wel de gedachte hoe het er over een paar jaar uit zou zien. De bomen stonden koppig in de wind, hun takken kromden naar het vasteland.

Ik ging op een rots aan de oever zitten. Georgie liet zich met een plof zakken. Ik had zelf ook schuld aan deze hele toestand. Ooit had ik er van alles aan kunnen doen. Sinds ze mijn zoon hadden vermoord – ik had eindelijk geleerd het te zeggen – had ik alles op zijn beloop gelaten. Allemaal mijn eigen verantwoordelijkheid. Roekeloos. Gebroken. Angstig.

Mijn bezoekers wilden met me praten, erachter komen wat ze zelf verlangden, maar ik rook hun onoprechtheid en kon het niet opbrengen me anders te gedragen dan als een oude zuurpruim. Ik zwiepte met de sleedoornstok door het hoge gras en schuifelde weg. Wanneer de kijkers vertrokken, ging ik weer naar binnen en ging door met wat er nog in te pakken viel.

Drie dagen voor de veiling werd er op de ruit geklopt. Georgie stond op en huppelde blij naar de voorkant.

Ik maakte de halve deur aarzelend open. Aoibheann stak me een fles goede Franse cognac toe. David Manyaki zat in de auto, met zijn gezicht in het donker, door de lichtval wierp de voorruit een schaduw. Ik was het bijna vergeten. Hij had beloofd dat hij de brief intact zou terugbrengen. Hij draaide zich naar de achterbank, bevrijdde zijn zoons uit hun veiligheidsgordels.

'We laten ze even een beetje uitrazen als je het niet erg vindt,' zei Aoibheann, maar de kinderen renden al in het rond. 'We hebben geprobeerd je te bellen. Ik hoop dat het gelegen komt. David moet morgen naar een conferentie in Belfast.'

'Het is hier nogal een kale boel, ben ik bang.'

We gingen het lege huis door. Aoibheann droeg een lange zomerjurk; Manyaki was in een van zijn fleurige dashiki's. Ze liepen traag, alsof ze de leegte aan het inventariseren waren. Die was overal te vinden. De muren waren minder verschoten waar de schilderijen hadden gehangen. Spijkergaten in het pleisterwerk. Krassen van meubels op de vloer. Een windvlaag kwam door de schoorsteen en liet de as opwervelen.

Ze liepen door de woonkamer, langs de haard, voorbij de keuken. Ze waren heel zuinig met hun woorden. Manyaki legde de brief op de tafel. Ik vouwde de envelop open en bekeek het handschrift. Het was nogal slordig. Wat voor mysterie verliezen we wanneer we dingen uitpluizen? Maar misschien zit er ook een mysterie in wat zo duidelijk lijkt. Alleen maar een simpel briefje. Ik stopte het terug en bedankte hem. Het was helemaal van mij, ik zou het nu voor mezelf houden: geen universiteit, geen filatelist, geen behoefte aan archieven.

We gingen in de serre zitten, waar we de jongens door de tuin konden zien hollen. Ik maakte een lunch van bliktomaten en sodabrood.

Een paar Jetski's lieten hun nijdige insectengeluid over het water snerpen. Mijn vermoeide hart stond bijna stil toen Manyaki beleefd uit zijn stoel opstond en naar de waterkant liep, waar hij met zijn jongens de ondiepte in waadde en de jetski's met een schreeuw en handgezwaai wegjoeg. Zijn korte dreadlocks zwaaiden langs zijn kaak. Hij liep met de jongens langs de zeemuur, verdween uit het zicht en kwam toen de tuin in met drie oesters. Hij opende ze met een schroevendraaier en legde ze in een bakje zeewater in de ijskast. Een uur later – hij had naar het dorp gemoeten om melk voor de jongens te halen, zei hij – maakte hij ze klaar in de pan. Witte wijn, fijngehakte knoflook en rozemarijn.

Ik vroeg hen om die nacht te blijven slapen. Manyaki en zijn zoons sleepten de oude matrassen uit de schuur. Wolkjes stof stegen op toen ze op de grond ploften. We schudden de kussens op en legden schone lakens op de bedden. Ik kreeg natuurlijk weer tranen in mijn ogen. Aoibheann schonk een bodempje cognac in mijn glas, zorgde dat ik niet van het klif zou springen.

Direct na het avondeten riep Oisin, de oudste van Manyaki's zoons, stampend met zijn voetjes dat hij de meeuwen wilde voeren. Er was nog een half brood over. Hij pakte mijn hand en samen met zijn broertje Conor strooiden we het uit over het gazon. Tegen het invallen van de schemering zagen we een kudde reeën op hoge poten door het grind stappen. Oisin en Conor zaten voor het raam met hun handen tegen het koude glas te kijken. Ik durfde niet te zeggen dat de reeën het restant van mijn tuin zouden vertrappen, en hield Conor in mijn armen voor het raam tot hij, met al zijn vijf jaren, in slaap viel. Daarna kon ik naar buiten om de reeën weg te jagen.

Ik stond op het erf in het bijna-donker te luisteren. De hemel was een lang spel van silhouetten. De meest nabije bomen leken blauw. De maan verscheen laag en broos boven het meer. Water klotste tegen de oever. Het donker viel volledig in.

Toen ik weer binnenkwam, was Aoibheann bezig de jongens om te kleden in pyjama. Ze balkten een beetje, maar werden toen stil. Ze ging aan het voeteneind van het kermisbed zitten om ze vanaf haar mobiele telefoon een verhaaltje voor te lezen.

284

Er was eens, begon ze. Ik stond aan de deur te luisteren. Er is geen verhaal ter wereld dat niet op zijn minst voor een deel over het verleden gaat.

Ik stak de olielampen aan, liet mijn gasten alleen en ging met Georgie naar het lough. Weg zwom ik. De kou was heftig en drong tot diep in mijn botten. Ik keek om naar het huis. Tomas rees op en zijn lange magere gedaante strekte zich over het hele gazon uit.

Eenmaal weer binnen wreef ik Georgie bij de deur droog. Manyaki en zijn vrouw zaten in de serre, afgetekend tegen het licht. Even glinsterde zijn stalen brilmontuur. Ik ving een flard van hun gesprek op: zijn conferentie, hun zoontjes, de op handen zijnde veiling. Ze zaten diep over de tafel gebogen, ieder aan een kant, een vel papier met wat getallen tussen hen in. Hun weerspiegeling in het glas. Het water achter hen strekte zich ver en zwart uit. Ik bleef lang, heel lang, in de deuropening staan, niet wetend wat ik moest doen of zeggen. Ik was niet uit op hun barmhartigheid. En ik zou ook niet blijven, als zij bleven.

Toen ik naast hen ging zitten, was hun stilte gevuld met tederheid. We moeten bewondering hebben voor de wereld dat hij niet met ons vergaat.

trans-atlantische dank

Er bestaat in de geschiedenis geen echte anonimiteit. En bij het vertellen van verhalen eigenlijk ook niet. Vele handen hebben dit werk begeleid, en het zou dan ook onjuist zijn als ik pretendeerde deze roman helemaal alleen te hebben geschreven. Natuurlijk neem ik alle vergissingen en fouten geheel voor mijn rekening, maar ik zou erg tekortschieten als ik niet de mensen noemde die me onderweg hebben geholpen. Om te beginnen, zoals altijd en oneindig, Allison, Isabella, John Michael en Christian. Ook mijn collega's en studenten van Hunter College, in het bijzonder Jennifer Raab, Peter Carey, Tom Sleigh en Gabriel Packard. Mijn oprechte dank aan David Blight, John Waters, Patricia Ferrerio, Marc Conner, Brendan Barrington, Colm O'Grada, Fionnghuala Sweeney, Richard Bradbury en Donal O'Kelly voor hun hulp bij het deel over Douglass. Kenners van Douglass moeten weten dat ik citaten soms heb gecombineerd, ineengeschoven en soms verzonnen om een geloofwaardige opbouw te bereiken. Voor het Alcock&Brown-deel ben ik veel dank verschuldigd aan Scott Olsen, William Langewiesche, Cullen Murphy, Brendan Lynch en Andrew Nahum van het Science Museum in Londen. Voor het deel over George Mitchell, moet ik niemand anders dan George en Heather Mitchell zelf bedanken – zij stonden me grootmoedig toe om te proberen me in hun wereld in te leven. Daarnaast wil ik Liz Kennedy, Tim O'Connor, Mitchell Reiss, Declan Kelly, Maurice Hayes, Tony Blair en vele anderen (met name

Seamus en Mairead Brolly) bedanken, die geprobeerd hebben me inzicht in het vredesproces te geven. De mensen van Aspen en de Aspen Writers' Foundation waren enorm behulpzaam bij elke stap op weg: met speciale dank aan Lisa Consiglio voor alles. Aan de *Transatlantic*-bemanning, Loretta Brennan Glucksman, Gabriel Byrne, Niall Burgess en Eugene Downes, mijn aanhoudende dank, altijd. In de afgelopen jaren kon ik bij zwaar weer beschikken over een dak boven mijn hoofd – mijn grote dank aan Mary Lee Jackson, Fleur Jackson, Kyron Bourke en Claira Jackson voor het huis aan de rand van Strangford Lough; een woord en een wereld van dank voor Wendy Aresty voor het toevluchtsoord in Aspen; dank aan Bruce Berger voor het gebruik van de mooiste cottage in het westen; aan Isa Catto en Daniel Shaw voor de rust in Woody Creek; en natuurlijk aan Rosemarie en Roger Hawke voor hun steun en de kamer boven. Voor redactionele begeleiding en scherpzinnigheid, oprechte dank aan Jennifer Hershey en Alexandra Pringle. Een diepe buiging voor Martin Quinn. Ook dank aan Caroline Ast, Thomas Uberhoff en Carolyn Kormann. Zoals altijd dank aan Sarah Chalfant en Andrew Wylie en iedereen van het Wylie Agency. Ik ben John Berger, Michael Ondaatje, Jim Harrison en Wendell Berry erkentelijk voor hun voortdurende inspiratie. Er zijn vele anderen die me onderweg steeds hebben geholpen met meelezen en raad – John en Anna Custatis, Joe Lennon, dr. Jim Marion, Terry Cooper, Chandran Madhun, Maurice Byrne, Sharif Abdunnur, Bob Mooney, Dan Barry, Bill Cheng, Tom Kelly, Danny McDonald, Mike Jewell, Tim en Kathy Kipp, Kaitlyn Greenidge, Sean en Sally en verdere familie in Ierland, heel in het bijzonder mijn broer Ronan McCann, die mijn website beheert en zonder wie ik totaal verloren zou zijn. Er zijn nog anderen: ik hoop dat ik er niet te veel heb overgeslagen. Ik zal hen gaandeweg stilletjes bedanken, met zijn allen, samen, in volle vlucht.

colofon

Trans-Atlantisch van Colum McCann werd in opdracht van Uitgeverij
De Harmonie te Amsterdam gedrukt door Ten Brink te Meppel.
Oorspronkelijke uitgave *Transatlantic,* Random House, New York
Omslagontwerp Anne Lammers, Amsterdam
Foto omslag © Dan Winters
Typografie binnenwerk Ar Nederhof, Amsterdam

Copyright © Colum McCann 2013
Copyright © Nederlandse vertaling Frans van der Wiel en
Uitgeverij De Harmonie 2013

ISBN 978 90 76168 65 4
Eerste druk juli 2013

Voor het citaat van Virginia Woolf (p. 186) is gebruikgemaakt van
de vertaling van Jo Fideldij Dop van *Jacobs kamer*.
Voor het citaat van Samuel Beckett (p. 267) is gebruikgemaakt van
de vertaling van Martine Vosmaer en Karina van Santen van *Ten
slechtste gekeerd*.

De auteur dankt de John Simon Guggenheim Foundation voor een
beurs die hem steunde bij het onderzoek voor en het schrijven van
deze roman.

De vertaler ontving voor deze vertaling een werkbeurs van het
Nederlands Letterenfonds.

Deze vertaling is mede tot stand gekomen dankzij een financiële
bijdrage van Ireland Literature Exchange, Dublin, Ierland.
www.irelandliterature.com
info@irelandliterature.com

www.colummccann.com
www.deharmonie.nl